# RICK RIORDAN

# AS PROVAÇÕES DE APOLO

LIVRO DOIS
## A PROFECIA DAS SOMBRAS

Tradução de Regiane Winarski

intrínseca

Copyright © 2017 by Rick Riordan
Publicado mediante acordo com Nancy Galt Literary Agency e Sandra Bruna Agencia Literaria, SL.

TÍTULO ORIGINAL
The Dark Prophecy

PREPARAÇÃO
Ilana Goldfeld

REVISÃO
Giuliana Alonso
Milena Vargas

ADAPTAÇÃO DE CAPA E DIAGRAMAÇÃO
Julio Moreira | Equatorium Design

ARTE DE CAPA
SJI Associates, Inc.

ILUSTRAÇÃO DE CAPA
© 2017 John Rocco

CIP-BRASIL. CATALOGAÇÃO NA PUBLICAÇÃO
SINDICATO NACIONAL DOS EDITORES DE LIVROS, RJ

R452p

    Riordan, Rick, 1964-
        A profecia das sombras / Rick Riordan ; tradução Regiane Winarski. - 1. ed. - Rio de Janeiro : Intrínseca, 2017.
        336 p. : il. ; 23 cm.      (As provações de Apolo ; 2)

    Tradução de: The dark prophecy
    Sequência de: O oráculo oculto
    ISBN: 978-85-510-0171-4

    1. Ficção infantojuvenil americana. 2. Mitologia grega - Ficção. I. Winarski, Regiane. II. Título.

17-40047                         CDD: 028.5
                                  CDU: 087.5

[2017]

*Todos os direitos desta edição reservados à*
EDITORA INTRÍNSECA LTDA.
Rua Marquês de São Vicente, 99, 3º andar
22451-041 – Gávea
Rio de Janeiro – RJ
Tel./Fax: (21) 3206-7400
www.intrinseca.com.br

*Para Ursula K. Le Guin,*
*que me ensinou que as regras mudam nos Domínios*

# 1

*Sou Lester, Apolo*
*Ainda um mero humano*
*Ó, vida implacável*

**QUANDO NOSSO DRAGÃO DECLAROU** guerra contra Indiana, eu soube que o dia não ia ser fácil.

Estávamos viajando havia seis semanas, e Festus nunca tinha demonstrado tanta hostilidade por um estado. Nova Jersey, ele ignorou. Da Pensilvânia ele pareceu gostar, apesar de nossa batalha contra os ciclopes de Pittsburgh. Ohio, ele tolerou, mesmo depois de nosso encontro com Potina, a deusa romana das bebidas infantis, que nos perseguiu no formato de uma jarra vermelha gigante decorada com uma carinha feliz.

Mas, por algum motivo, Festus decidiu que não gostava de Indiana. Ele pousou na cúpula da sede da prefeitura, bateu as asas metálicas e soprou um jato de fogo que incinerou a bandeira do estado que tremulava no mastro, simples assim.

— Opa, amigão! — Leo Valdez puxou as rédeas do dragão. — Nós já conversamos sobre isso. Nada de carbonizar monumentos públicos!

Atrás dele, também montada no dragão, Calipso segurou as escamas de Festus para se equilibrar.

— Podemos, *por favor*, ir para o chão? *Delicadamente*, desta vez?

Para uma antiga feiticeira imortal que já controlou espíritos do ar, Calipso não era muito fã do céu. O vento frio soprou o cabelo castanho dela em meu rosto, me fazendo piscar e cuspir.

Isso mesmo, querido leitor.

Eu, o passageiro mais importante, o jovem antes conhecido como o glorioso deus Apolo, fui forçado a me sentar na parte de trás do dragão. Ah, as indignidades que sofri desde que Zeus tirou meus poderes divinos! Nããão, não bastava que agora eu fosse um mortal de dezesseis anos com o nome pavoroso de Lester Papadopoulos. Não bastava que eu tivesse que andar pela Terra realizando (argh) missões heroicas até encontrar uma forma de cair novamente nas graças do meu pai, nem que eu tivesse um problema de acne que *não* reagia a medicações comuns contra espinhas. Apesar da minha carteira de motorista provisória, Leo Valdez não confiava em mim para operar seu corcel aéreo de bronze!

As garras de Festus se seguraram no domo de cobre verde, que era pequeno demais para um dragão do seu tamanho. Aquilo me lembrou de quando instalei uma estátua em tamanho real da musa Calíope no capô da minha carruagem do Sol. O peso do ornamento me fez mergulhar de cabeça na China e criar o deserto de Gobi.

Leo olhou para trás, o rosto sujo de fuligem.

— Apolo, está sentindo alguma coisa?

— Por que é *meu* trabalho sentir coisas? Só porque eu costumava ser um deus da profecia...

— É você quem tem tido visões — lembrou Calipso. — Você disse que sua amiga Meg estaria aqui.

Só de ouvir aquele nome senti uma pontada de dor.

— Isso não quer dizer que posso descobrir onde ela está com a mente! Zeus revogou meu acesso ao GPSS!

— GPSS? — perguntou Calipso.

— Guia de Posicionamento para Seres Superiores.

— Isso não existe!

— Calma aí, pessoal. — Leo deu tapinhas no pescoço do dragão. — Apolo, pelo menos tenta, tá bom? Essa parece a cidade com que você sonhou ou não?

Observei o horizonte.

Indiana era um lugar plano: rodovias atravessando planícies marrons e ressequidas, com sombras de nuvens carregadas pairando acima da paisagem urbana. Ao nosso redor havia um agrupamento parco de arranha-céus, pilhas de pedra e vidro que pareciam camadas de alcaçuz preto e branco. (E não estou falando daquele alcaçuz gostoso, não. Me refiro ao que fica um século na bombonière da mesa de centro da sua madrasta. E não, Hera, por que eu estaria mandando uma indireta para você?)

Como Nova York foi minha primeira parada na Terra, achei Indianápolis deprimente e nada inspiradora, como se um bairro de Nova York — Midtown, talvez — tivesse sido esticado para englobar toda a área de Manhattan, depois perdido dois terços da população e depois sido lavado com um jato de água potente.

Eu não conseguia pensar em nenhum motivo para um triunvirato de antigos imperadores romanos do mal se interessar por um local daqueles. Também não conseguia imaginar por que Meg McCaffrey seria enviada até ali para me capturar. Mas minhas visões foram claras. E aquele cenário aparecera nelas. Tinha ouvido meu velho inimigo Nero ordenar a Meg: *Vá para o Oeste. Capture Apolo antes que ele encontre o próximo oráculo. Se não conseguir trazê-lo vivo, mate-o.*

O mais triste disso tudo? Meg era uma das minhas melhores amigas. Também era minha mestra semideusa, graças ao senso de humor distorcido de Zeus. Enquanto eu fosse mortal, Meg poderia me mandar fazer qualquer coisa, até me matar... Não. Melhor não pensar nessa possibilidade.

Eu me remexi no assento de metal. Depois de tantas semanas de viagem, eu estava cansado e com o bumbum doendo. Só queria encontrar um lugar seguro para descansar. Mas *aquela* cidade é que não seria. Alguma coisa na paisagem lá embaixo me deixou tão inquieto quanto Festus.

Então, eu tive certeza de que era ali que tínhamos que estar. Apesar do perigo, se eu tinha a chance de ver Meg McCaffrey de novo, de arrancá-la das mãos vilanescas do padrasto, eu tinha que tentar.

— É aqui — falei. — Antes que esse domo desabe debaixo de nós, sugiro irmos para o chão.

Calipso resmungou em minoico antigo:

— Eu *acabei* de falar isso.

— Ah, perdão, feiticeira! — respondi na mesma língua. — Se *você* tivesse visões úteis, talvez eu a escutasse com mais frequência!

Calipso me xingou de alguns nomes que me lembraram como a linguagem minoica era rica antes de se extinguir para sempre.

— Ei, vocês dois — interveio Leo. — Nada de dialetos antigos. Espanhol ou inglês, por favor. Ou linguagem de máquina.

Festus rangeu em concordância.

— Tudo bem, garoto — disse Leo. — Tenho certeza de que eles não nos excluíram de propósito. Agora vamos voar até a rua, que tal?

Os olhos de rubi de Festus brilharam. Os dentes de metal giraram como brocas de furadeira. Ele deve ter pensado: *Illinois parece bem melhor agora.*

Ele bateu as asas e pulou, pousando logo em frente à sede da prefeitura com tanta força que a calçada rachou. Meus globos oculares tremeram como balões de água.

Festus virou a cabeça de um lado para o outro, vapor saindo das narinas.

Não identifiquei nenhuma ameaça. Carros passavam tranquilamente pela rua principal. Pedestres caminhavam: uma mulher de meia-idade de vestido florido, um policial corpulento carregando um copo descartável com o rótulo CAFÉ PATACHOU, um homem de terno azul listrado.

O sujeito arrumadinho acenou educadamente ao passar.

— Bom dia.

— E aí, cara? — disse Leo.

Calipso inclinou a cabeça, confusa.

— Por que ele foi tão simpático? Ele não *viu* que estamos sentados em um dragão de metal de cinquenta toneladas?

Leo sorriu.

— É a Névoa, gata. Atrapalha os olhos mortais. Faz monstros parecerem cachorrinhos inofensivos. Faz espadas parecerem guarda-chuvas. Faz com que eu pareça ser ainda mais bonito do que sou!

Calipso deu um cutucão nas costas de Leo.

— Ai! — reclamou ele.

— Eu sei o que é a Névoa, *Leonidas*...

— Ei, eu falei para você nunca me chamar assim.

— ... mas a Névoa deve ser muito forte aqui para esconder um monstro do tamanho de Festus, e tão próximo. Apolo, você não acha isso meio estranho?

Eu observei os pedestres que passavam.

Verdade, eu tinha visto alguns lugares onde a Névoa era particularmente densa. Em Troia, o céu acima do campo de batalha estava tão carregado de deuses que não dava para virar a carruagem sem atropelar uma deidade, mas os troianos e os gregos só viram leves sinais da nossa presença. Na ilha Three Mile, em 1979, os mortais não se deram conta de que o desastre nuclear foi causado por uma luta épica de serras elétricas entre Ares e Hefesto. (Pelo que me lembro, Hefesto tinha falado mal da calça jeans boca de sino de Ares.)

Ainda assim, eu não achava que o problema ali era a Névoa densa. Alguma coisa naquelas pessoas me incomodava. Os rostos estavam plácidos demais. Os sorrisos atordoados me lembravam os antigos atenienses antes do Festival de Dioniso: todo mundo de bom humor, distraído, pensando nas festas regadas a bebida e na libertinagem que estavam por vir.

— É melhor irmos para um lugar mais reservado — sugeri. — Talvez...

Festus cambaleou, se balançando todo como um cachorro molhado. De dentro do peito veio um barulho de corrente de bicicleta solta.

— Ah, de novo, não — reclamou Leo. — Todo mundo para o chão!

Calipso e eu descemos na mesma hora.

Leo parou na frente de Festus e esticou os braços, uma postura clássica de cuidador de dragão.

— Ei, amigão, está tudo bem! Só vou desligar você um pouco, tá? Um tempinho para...

Festus vomitou um longo jato de chamas que envolveu Leo. Felizmente, Valdez era à prova de fogo. As roupas dele, não. Pelo que Leo tinha me contado, ele podia impedir que as roupas se queimassem caso se concentrasse. Mas, se fosse pego de surpresa, nem sempre essa tática dava certo.

Quando as chamas se dissiparam, Leo se viu apenas com uma cueca boxer de amianto, o cinto mágico de ferramentas e um par de tênis fumegantes e parcialmente derretidos.

— Droga! — gritou. — Festus, está frio aqui!

O dragão cambaleou outra vez. Leo correu e puxou a alavanca atrás da pata dianteira esquerda do dragão, que começou a desmontar. As asas, os membros, o pescoço e a cauda se encolheram, as placas de bronze se sobrepondo e se dobrando para dentro. Em questão de segundos, nosso amigo robótico fora reduzido a uma mala grande de bronze.

Isso devia ser fisicamente impossível, claro, mas, como qualquer deus, semideus ou engenheiro que se preze, Leo Valdez se recusava a ser detido pelas leis da física.

Ele fez cara feia.

— Cara... eu *achei* que tivesse consertado o girocapacitor dele. Acho que vamos ficar presos aqui até eu conseguir encontrar uma oficina.

Calipso fez uma careta. A jaqueta rosa brilhava por causa da água condensada, resultado de nosso voo pelas nuvens.

— Se encontrarmos uma, quanto tempo vai levar para consertar Festus? — perguntou a feiticeira.

Leo deu de ombros.

— Doze horas? Quinze? — Ele apertou um botão na lateral da mala. Uma alça surgiu. — Mas acho que é melhor darmos uma passadinha numa loja de roupas antes.

Eu nos imaginei entrando em uma loja de departamento, Leo de cueca boxer e tênis derretidos, puxando uma mala de bronze. Não apreciei muito a ideia.

E então, da calçada, uma voz disse:

— Oi!

A mulher de vestido florido tinha voltado. Ou pelo menos *parecia* a mesma mulher. Ou isso, ou muitas moças em Indianápolis usavam vestidos com estampa de madressilvas roxas e amarelas e gostavam de penteados bufantes estilo anos 1950.

Ela deu um sorriso vazio.

— Linda manhã!

Na verdade, a manhã estava horrível, fria e nublada, e parecia que ia nevar a qualquer momento, mas achei que seria grosseria ignorá-la completamente.

Respondi com meu aceno de realeza, o tipo de gesto que eu fazia para meus adoradores quando eles iam se prostrar sob meu altar. A mensagem era bem clara: *Estou vendo você, reles mortal; agora, se manda. Os deuses estão conversando.*

A mulher não se tocou e resolveu se aproximar. Ela não era particularmente grande, mas alguma coisa em suas proporções parecia errada. Os ombros eram largos demais para a cabeça. O peito e a barriga se projetavam para a frente em uma massa volumosa, como se ela tivesse enfiado um saco de mangas no vestido. Isso sem contar os braços e pernas finos, que me faziam lembrar uma espécie de besouro gigante. Não ia me surpreender se ela levantasse voo e saísse zanzando por aí.

— Minha nossa! — Ela segurou a bolsa com as duas mãos. — Vocês são ou não são as crianças mais fofas?

O batom e a sombra eram de um tom violento de roxo. Eu me perguntei se tinha oxigênio suficiente chegando ao cérebro dela.

— Senhora — falei —, nós não somos crianças. — Eu poderia ter acrescentado que tinha mais de quatro mil anos de idade e que Calipso era ainda mais velha, mas achei melhor não entrar em detalhes. — Agora, se você nos der licença, temos uma mala para consertar, e meu amigo precisa urgentemente de uma calça.

Tentei passar, mas a mulher não deixou, bloqueando meu caminho.

— Você não pode ir embora agora, querido! Nem demos as boas-vindas a vocês!

Ela tirou um smartphone da bolsa. A tela brilhou, como se uma ligação já estivesse acontecendo.

— É ele, sim — disse a mulher ao telefone. — Pessoal, pode vir. Apolo está aqui!

Minha respiração ficou presa no peito.

Antigamente, eu esperaria ser reconhecido assim que chegasse a qualquer cidade. *Claro* que os habitantes correriam para me receber. Eles cantariam e dançariam e jogariam flores. Começariam a construir um novo templo na mesma hora.

Mas, como Lester Papadopoulos, não dava para esperar muita coisa. Eu não parecia com meu antigo eu. A ideia de que os habitantes de Indiana pudessem me reconhecer apesar do cabelo embaraçado, da acne e daquela pancinha era ao mesmo tempo insultante e apavorante. E se erigissem uma estátua minha na forma atual, um Lester dourado gigantesco no meio da cidade? Os outros deuses nunca mais me deixariam em paz!

— Senhora — falei —, infelizmente, acho que você me confundiu...

— Não seja modesto! — A mulher jogou o celular e a bolsa no chão. Então segurou meu antebraço com a força de um halterofilista. — Nosso mestre vai ficar feliz da vida de ter você por perto. E pode me chamar de Nanette.

Calipso atacou. Ou queria me defender (improvável), ou não era fã do nome Nanette. Ela deu um soco na cara da mulher.

Isso por si só não me surpreendeu. Como tinha perdido os poderes imortais, ela estava testando outras habilidades. Até o momento, tinha fracassado com espadas, lanças, *shurikens*, chicotes e *stand-up comedy*. (Entendo a frustração dela, já passei pelo mesmo.) Naquele dia, ela decidiu experimentar os punhos.

O que me surpreendeu foi o CRACK alto que o punho dela fez na cara de Nanette, o som de ossos da mão se quebrando.

— Ai!

Calipso cambaleou, segurando a mão.

A cabeça de Nanette deslizou para trás. Ela me soltou para tentar segurar o próprio rosto, mas era tarde demais. A cabeça desabou dos ombros, bateu na calçada e rolou para o lado, os olhos ainda piscando, os lábios roxos tremendo. A base era de aço inoxidável liso. Tiras irregulares de fita adesiva cheias de cabelo e grampos estavam presas a ela.

— Santo Hefesto! — Leo correu até Calipso. — Moça, você quebrou a mão da minha namorada com a sua cara. O que você é, um autômato?

— Não, querido — disse a decapitada Nanette. A voz abafada não saiu da cabeça de aço na calçada. Emanou de algum lugar dentro do vestido. Acima da gola, onde antes ficava o pescoço, havia um afloramento de cabelo louro e fino todo emaranhado e cheio de grampos. — E devo dizer que bater em mim não foi muito educado.

Só então percebi que a cabeça de metal era um disfarce. Assim como sátiros cobriam os cascos com sapatos humanos, aquela criatura se passou por mortal fingindo que tinha rosto humano. A voz veio da área da barriga, o que significava que...

Meus joelhos tremeram.

— Um *blemmyae* — falei.

Nanette riu. O tronco volumoso se contorceu embaixo do tecido florido. Ela rasgou a blusa, coisa que um habitante educado do Meio-Oeste jamais pensaria em fazer, e revelou seu verdadeiro rosto.

Onde o sutiã de uma mulher ficaria, dois olhos saltados enormes piscaram para mim. Do esterno se projetava um nariz grande e brilhante. No abdome se curvava uma boca horrenda: lábios cor de laranja cintilantes, dentes que lembravam um conjunto de cartas brancas de baralho.

— Pois é, querido — disse o rosto. — E estou prendendo você em nome do Triunvirato!

Então, todos os pedestres de aparência agradável da Rua Washington se viraram e vieram em nossa direção.

## 2

*Gente sem cabeça*
*Não curti o Meio-Oeste*
*Ih... Fantasma queso!*

**CARAMBA, APOLO, VOCÊ PODE** estar pensando, *por que você não puxou o arco e disparou nela? Ou a encantou com uma música do seu ukulele de combate?*

Verdade, eu tinha esses dois itens pendurados nas costas, assim como minha aljava. Infelizmente, até as melhores armas semidivinas exigem uma coisa chamada *manutenção*. Meus filhos Kayla e Austin me explicaram isso antes de eu sair do Acampamento Meio-Sangue. Eu não podia simplesmente puxar o arco e a aljava do nada, como fazia quando era deus. Não podia mais fazer meu ukulele aparecer nas minhas mãos e esperar que estivesse perfeitamente afinado.

Minhas armas e meu instrumento musical estavam cuidadosamente embrulhados em cobertores. Senão, voar pelo céu úmido de inverno teria entortado o arco, estragado as flechas e bancado Hades com as cordas do meu ukulele. Pegá-los agora exigiria vários minutos, tempo que eu não tinha.

Além do mais, duvidava que fossem servir de muita coisa contra os *blemmyae*. Eu não lidava com essas criaturas desde a época de Júlio César, e teria ficado feliz se passasse mais dois mil anos sem me deparar com uma delas.

Como um deus da poesia e da música podia ser eficiente contra uma espécie cujas orelhas estavam enfiadas nos sovacos? E os *blemmyae* não temiam nem respeitavam a arqueria. Eram lutadores robustos e com pele grossa. Eram resistentes até à maior parte das enfermidades, o que significava que nunca pediam minha ajuda médica nem tinham medo das minhas flechas encantadas com pragas. Pior de tudo, não tinham humor nem imaginação. Não se interessavam pelo futuro, então não viam utilidade em oráculos nem profecias.

Em resumo, não dava para *criar* uma raça menos solidária a um deus atraente e multitalentoso como eu. (E, acredite, Ares já tinha tentado. Aqueles mercenários que ele arrumou na Guerra de Independência dos Estados Unidos? Caramba. George Washington e eu cortamos um dobrado com eles.)

— Leo — falei —, ative o dragão.

— Eu acabei de colocá-lo pra dormir.

— Anda!

Leo mexeu com desespero nos botões da mala. Nada aconteceu.

— Já falei, cara. Mesmo que Festus não estivesse com esses problemas, ele tem um sono *muito* pesado.

*Que maravilha*, pensei. Calipso estava encolhida, apertando a mão quebrada, murmurando obscenidades em minoico. Leo, de cueca, tremendo de frio. E eu... bom, eu era *Lester*. Além disso tudo, em vez de enfrentar nossos inimigos com um autômato enorme que cuspia fogo, nós agora teríamos que confrontá-los com uma mala de metal não muito compacta.

Eu me virei para o *blemmyae*.

— SUMA, abominável Nanette! — Tentei incorporar minha antiga voz de *fúria divina*. — Encoste em minha pessoa divina de novo e você será DESTRUÍDA!

Quando eu era deus, essa ameaça seria o bastante para fazer exércitos inteiros molharem as calças camufladas. Nanette só piscou os olhos castanhos esbugalhados.

— Menos, por favor — disse ela. Os lábios eram grotescamente hipnóticos, como ver uma incisão cirúrgica falando como uma marionete. — Além do mais, querido, você não é mais deus.

Por que precisavam ficar me lembrando disso toda hora?

Mais pessoas se juntaram a Nanette. Dois policiais desceram correndo os degraus da sede da prefeitura. Na esquina da Avenida Senate, três funcionários abandonaram o caminhão de lixo e se aproximaram carregando desajeitadamente grandes latas de lixo de metal. Da direção oposta, seis homens de terno atravessaram o gramado do prédio do governo.

Leo soltou um palavrão.

— Todo mundo nessa cidade é fã de metal, é isso? E não estou falando de música.

— Relaxe, amorzinho — disse Nanette. — Se renda, e não vamos precisar machucar muito você. Isso é trabalho do imperador!

Apesar da mão quebrada, Calipso não parecia estar a fim de se render. Com um grito desafiador, ela partiu para cima de Nanette de novo, desta vez dando um chute de caratê na direção do nariz gigante do *blemmyae*.

— Não! — gritei, tarde demais.

Como mencionei, *blemmyae* são seres fortes. É difícil machucá-los, e ainda mais complicado matá-los. O pé de Calipso acertou o alvo, mas o tornozelo dela se dobrou com um estalo horrível. Ela caiu, balbuciando de dor.

— Cal! — Leo correu até ela. — Para trás, cara de peito!

— Olha o vocabulário, querido — repreendeu Nanette. — Agora, infelizmente, vou ter que pisar em você.

Ela levantou um sapato alto de couro envernizado, mas Leo foi mais rápido. Conjurou um globo de fogo e o arremessou como uma bola de beisebol, acertando Nanette bem no meio dos enormes olhos peitudos. Chamas tomaram conta dela, incendiando as sobrancelhas e o vestido florido.

Enquanto Nanette gritava e cambaleava, Leo gritou:

— Apolo, me ajude!

Eu percebi que estava ali parado, paralisado de choque, o que não seria um problema se estivesse vendo a cena se desenrolar da segurança do meu trono no Monte Olimpo. Mas eu estava ali, nas trincheiras, ao lado dos seres inferiores. Ajudei Calipso a se erguer (apoiada no pé que ainda estava intacto). Passamos os braços dela por cima dos nossos ombros (com muitos gritos de Calipso quando segurei sem querer sua mão quebrada) e começamos a nos afastar, desajeitados.

Depois de uns dez metros, Leo parou de repente.

— Deixei Festus lá!

— Não podemos voltar — falei.

— *O quê?*

— Nós não vamos conseguir levar Festus *e* Calipso! Voltamos depois para buscá-lo. Os *blemmyae* nem vão notar que ele está ali.

— Mas e se descobrirem como abrir a mala — disse Leo, nervoso —, se machucarem meu bebê...

— *MARRRGGGGH!*

Atrás de nós, Nanette arrancou os farrapos do vestido em chamas. Da cintura para baixo, pelos louros desgrenhados cobriam seu corpo, não muito diferente dos de um sátiro. As sobrancelhas estavam soltando fumaça, mas o rosto parecia ter saído ileso. Ela cuspiu as cinzas que tinha na boca e olhou de cara feia em nossa direção.

— Isso *não* foi legal! PEGUEM ELES!

Os engomadinhos estavam quase nos alcançando, acabando com qualquer esperança de conseguirmos voltar até Festus sem sermos pegos.

Escolhemos a única opção heroica disponível: sair correndo.

Eu não me sentia tão sobrecarregado desde a corrida de três pernas da morte com Meg McCaffrey no Acampamento Meio-Sangue. Calipso tentou ajudar, quicando como um pula-pula entre mim e Leo, mas sempre que esbarrava com o pé ou a mão quebrados, dava um gritinho e caía sobre nós.

— D-desculpa, pessoal — murmurou ela, o rosto coberto de suor. — Acho que não nasci para lutar corpo a corpo.

— Nem eu — admiti. — Talvez Leo consiga segurar esse pessoal enquanto...

— Ei, não olhe para mim — resmungou Leo. — Sou só um sujeito que conserta coisas e que, de vez em quando, consegue jogar uma bola de fogo. Nosso lutador ficou lá para trás, no modo mala.

— Manquem mais rápido — sugeri.

Só chegamos vivos à rua seguinte porque os *blemmyae* se moviam muito devagar. Acho que eu também me mexeria devagar se estivesse equilibrando uma cabeça falsa de metal em cima da minha, hã, cabeça, mas, mesmo sem os disfarces, eles não eram tão velozes quanto eram fortes. A percepção terrível de profundidade os fazia andar com cautela exagerada, como se o chão fosse um holograma com várias camadas. Se ao menos conseguíssemos cambalear mais rápido do que eles...

— Bom dia! — Um policial apareceu à nossa direita, arma em punho. — Parem, ou atiro! Obrigado!

Leo tirou uma garrafa de vidro do cinto de ferramentas. Jogou nos pés do policial, e chamas verdes explodiram em torno dele. O policial largou a arma.

Começou a arrancar o uniforme em chamas, revelando uma cara de peito com sobrancelhas peludas e uma barba na barriga precisando ser aparada.

— Ufa! — exclamou Leo. — Eu estava *torcendo* para ele ser um *blemmyae*. Era meu único frasco de fogo grego, pessoal. E não consigo ficar conjurando bolas de fogo, a não ser que queira desmaiar, então...

— Precisamos nos esconder — completou Calipso.

Conselho sensato, mas *se esconder* não parecia um conceito comum em Indiana. As ruas eram amplas e retas, a paisagem, plana, não havia grandes multidões... Dava para ver tudo e todos.

Entramos na Avenida South Capitol. Olhei para trás e vi a multidão de locais sorridentes de cabeça falsa se aproximando de nós. Um operário de obras parou para arrancar o para-lama de uma picape Ford, depois se juntou ao grupo, a nova clava cromada sobre o ombro.

Enquanto isso, os mortais comuns (pelo menos os que não pareciam interessados em nos matar) continuavam o que estavam fazendo, dando telefonemas, esperando para atravessar nos sinais de trânsito, tomando café em estabelecimentos da região, nos ignorando completamente. Em uma esquina, sentado em um caixote de feira, um sem-teto envolto em um cobertor pesado me pediu um prato de comida. Resisti à vontade de avisar que nós estávamos prestes a virar picadinho.

Meu coração estava disparado. Minhas pernas tremiam. Eu odiava ter um corpo mortal. Sentia tantas coisas incômodas, como medo, frio, náusea e vontade de choramingar *Por favor, não me mate!* Se ao menos Calipso não tivesse quebrado o tornozelo, talvez pudéssemos ir mais rápido, mas não podíamos deixá-la para trás. Não que eu gostasse de Calipso, veja bem, mas já tinha convencido Leo a abandonar o dragão. Não queria abusar da sorte.

— Ali! — disse a feiticeira.

Ela apontou com o queixo para o que parecia uma viela, onde ficava a entrada de serviço de um hotel.

Eu estremeci, relembrando meu primeiro dia em Nova York como Lester Papadopoulos.

— E se for sem saída? Na última vez que me vi em um beco sem saída, as coisas não acabaram bem.

— Vamos tentar — disse Leo. — Podemos conseguir nos esconder lá, ou... sei lá.

*Sei lá* me pareceu um péssimo plano B, mas eu não tinha nenhuma sugestão melhor.

Boa notícia: o beco não era sem saída. Eu avistei um cruzamento no final do quarteirão. Má notícia: as plataformas de carga e descarga nos fundos do hotel estavam trancadas, nos deixando sem lugar para nos escondermos, e a parede do outro lado do beco estava cheia de caçambas de lixo. Ah, caçambas! Que ódio!

Leo suspirou.

— Podemos pular lá dentro, talvez...

— Não! — falei com rispidez. — Nunca mais!

Atravessamos o beco o mais rápido possível. Tentei me acalmar compondo em silêncio um soneto sobre as várias formas como um deus em fúria poderia destruir caçambas de lixo. Fiquei tão absorto que não reparei no que havia na nossa frente até Calipso ofegar.

Leo parou de repente.

— Mas que...? *Hijo*.

A aparição brilhou com uma suave luz laranja. Ela usava um *quíton* tradicional, sandálias e uma espada embainhada, como um guerreiro grego no auge da vida... exceto pelo fato de que tinha sido decapitada. Mas, diferentemente dos *blemmyae*, essa pessoa já tinha sido obviamente humana. Sangue etéreo escorria do pescoço cortado, pingando na túnica laranja luminosa.

— Esse fantasma tem cor de queijo — disse Leo.

O espírito levantou uma das mãos, nos chamando.

Por não ter nascido mortal, eu não tinha nenhum medo específico dos mortos. Se você já viu uma alma atormentada, já viu todas. Mas alguma coisa naquele fantasma me incomodou. Ele despertou uma lembrança antiga, uma sensação de culpa de milhares de anos antes...

Atrás de nós, as vozes dos *blemmyae* ficaram mais altas. Eles não paravam de dizer "Bom dia!" e "Com licença!" e "Que dia lindo!" para os outros habitantes de Indiana.

— O que a gente faz? — perguntou Calipso.

— Segue o fantasma — falei.

— O quê? — gritou Leo.

— Vamos seguir o fantasma cor de queijo. Como você sempre diz: *Vaya con queso*.

— Era uma piada, *ese*.

O espírito laranja chamou de novo e flutuou na direção do fim do beco.

Atrás de nós, uma voz masculina gritou:

— Aí estão vocês! Tempo bom, não é mesmo?

Eu me virei e vi um para-lama de picape rodopiando na nossa direção.

— Abaixem-se!

Derrubei Calipso e Leo, provocando mais gritos de dor na feiticeira. O para-lama de picape voou por cima das nossas cabeças e acertou uma caçamba de lixo, gerando uma explosão festiva de confete de lixo.

Ficamos de pé com dificuldade. Calipso estava tremendo e tinha parado de reclamar de dor. Eu tinha quase certeza de que ela estava entrando em choque.

Leo puxou um grampeador do cinto de ferramentas.

— Vão na frente. Vou segurar esse pessoal o máximo que puder.

— O que você vai fazer? — perguntei. — Grampear todo mundo bonitinho na parede e depois fazer uma exposição?

— Vou jogar coisas neles! — respondeu Leo, ríspido. — A não ser que você tenha uma ideia melhor.

— V-vocês dois, parem — gaguejou Calipso. — N-nós não deixamos ninguém para trás. Agora, andem. Esquerda, direita, esquerda, direita.

Saímos do beco e encontramos uma praça ampla e circular. Ah, por que o povo de Indiana não podia construir uma cidade direito, com ruas sinuosas, um monte de cantos escuros e talvez uns *bunkers* à prova de bombas bem posicionados?

No meio de uma rotatória havia um chafariz cercado de canteiros de flores murchas. Ao norte, estavam as torres gêmeas de outro hotel. Ao sul, ficava um prédio de tijolos vermelhos e granito mais antigo e mais grandioso, talvez uma estação de trem da Era Vitoriana. De um lado da construção, uma torre de relógio se projetava uns sessenta metros no céu. Acima da entrada principal, debaixo de um arco de mármore, um vitral brilhava em uma moldura de cobre verde, como uma versão de vidro do alvo que usávamos nas competições de dardos na noite de jogos semanal do Monte Olimpo.

Esse pensamento me deixou bem melancólico. Eu daria qualquer coisa para voltar para casa em uma noite de jogos, mesmo que isso significasse ouvir Atena se gabar de sua pontuação nas Palavras Cruzadas.

Eu observei a praça. Nosso guia fantasmagórico parecia ter desaparecido.

Por que ele tinha nos levado até ali? Devíamos ir para o hotel? Para a estação de trem?

Essas perguntas se tornaram irrelevantes quando os *blemmyae* nos cercaram.

A multidão saiu do beco atrás de nós. Uma viatura da polícia deu uma guinada na rotatória ao lado da estação de trem. Uma escavadeira parou na entrada do hotel, o operador acenando e gritando com alegria:

— Oi! Eu vou escavar vocês!

Todas as saídas da praça tinham sido bloqueadas rapidamente.

Senti um fio de suor escorrer e depois secar no meu pescoço. Um ruído irritante preencheu meus ouvidos, que percebi ser meu choramingo incompreensível de *Por favor, não me matem, por favor, não me matem.*

*Eu não vou morrer aqui*, prometi a mim mesmo. *Sou importante demais para bater as botas em Indiana.*

Mas minhas pernas fracas e meu queixo trêmulo pareciam discordar.

— Alguém tem alguma ideia? — perguntei aos meus compatriotas. — Por favor, qualquer ideia brilhante.

Calipso fez cara de que sua ideia mais brilhante no momento era tentar não vomitar. Leo ergueu o grampeador, o que não pareceu assustar os *blemmyae*.

Do meio da multidão, nossa velha amiga Nanette surgiu, a cara de peito sorrindo. Os sapatos altos de couro envernizado faziam um contraste horrível com o pelo louro nas pernas.

— Caramba, meus amores, vocês me deixaram meio zangada.

Ela segurou a placa de rua mais próxima e a arrancou do chão com apenas uma das mãos.

— Agora fiquem paradinhos, tudo bem? Só vou amassar a cabeça de vocês com isto aqui.

# 3

*Interrompe o show
Uma coroa arrasando
E mata geral*

**EU ESTAVA PRESTES A** iniciar o Plano de Defesa Ômega — cair de joelhos e implorar por misericórdia — quando Leo me salvou desse constrangimento.

— Escavadeira — sussurrou ele.

— Isso é um código? — perguntei.

— Não. Vou me esgueirar até a escavadeira. Distraiam os caras de peito.

Ele passou Calipso para mim.

— Você está maluco? — sussurrou ela.

Leo lançou um olhar desesperado para ela, como quem diz *Confie em mim! Distraia eles!*, e deu um passo cuidadoso para o lado.

— Ah! — Nanette abriu um sorrisão. — Você está se oferecendo para morrer primeiro, semideus baixinho? Foi você quem me acertou com fogo, então até que faz sentido.

Eu não sabia o que Leo tinha em mente, mas se começasse a discutir com Nanette sobre sua altura (ele tinha algumas questões quanto ao uso da palavra *baixinho*), seu plano não ia dar muito certo. Felizmente, tenho um talento natural para atrair a atenção de todos ao redor.

— Eu me ofereço para a morte! — gritei.

A multidão se virou para me olhar. Amaldiçoei silenciosamente minha escolha de palavras. Eu devia ter me voluntariado para uma coisa mais fácil, como fazer uma torta ou deixar tudo limpinho após a execução.

Tenho que aprender a pensar antes de falar. Sempre faço isso. Normalmente, dá certo. Às vezes, resulta em obras de arte da improvisação, como a Renascença ou o movimento beat. Eu tinha que torcer para que aquele fosse o caso dessa vez.

— Mas primeiro — falei —, ouça minha súplica, ó misericordioso *blemmyae*!

O policial que Leo tinha queimado baixou a arma. Algumas brasas verdes de fogo grego ainda fumegavam na barba da barriga dele.

— O que você quer dizer com *ouça minha súplica*?

— Bom — comecei —, é uma tradição ouvir as últimas palavras de um homem à beira da morte... ou de um deus ou semideus, ou de um... O que você se consideraria, Calipso? Titã? Semititã?

Calipso limpou a garganta com um ruído que soou bastante como *idiota*.

— O que Apolo está tentando dizer, ó misericordioso *blemmyae*, é que a etiqueta exige que você nos conceda algumas últimas palavras antes de nos matar. Tenho certeza de que você não ia querer ser mal-educado.

Os *blemmyae* pareceram chocados. Tinham perdido os sorrisos simpáticos, e balançaram as cabeças mecânicas. Nanette se adiantou, as mãos levantadas de forma apaziguadora.

— Não, jamais! Nós somos *muito* educados.

— Extremamente educados — concordou o policial.

— Obrigada — disse Nanette.

— De nada — disse o policial.

— Então, escutem! — gritei. — Amigos, inimigos, *blemmyae*... liberem as axilas e escutem minha triste história!

Leo deu outro passo para trás, as mãos nos bolsos do cinto de ferramentas. Mais cinquenta e sete, cinquenta e oito passos, e ele finalmente chegaria à escavadeira. Fantástico.

— Eu sou Apolo! — comecei. — Antigamente, um deus! Expulso do Monte Olimpo, banido por Zeus, culpado injustamente por começar uma guerra com os gigantes!

— Acho que vou vomitar — murmurou Calipso. — Preciso me sentar.

— Você está matando meu ritmo.

— Você está matando meus tímpanos. Me deixe sentar!

Apoiei Calipso na mureta do chafariz.

Nanette levantou a placa que arrancou da rua.

— Isso é tudo? Posso matar você agora?

— Não, não! — falei. — Estou só, hã, deixando Calipso se sentar para que... para que ela possa ser meu coral. Uma boa performance grega sempre tem um coral.

A mão de Calipso parecia uma berinjela esmagada, o tornozelo estava inchado. Eu não entendia nem como ela permaneceria consciente, muito menos como faria o coral, mas a feiticeira respirou fundo e, com dificuldade, assentiu.

— Estou pronta.

— Então! — bradei. — Eu cheguei ao Acampamento Meio-Sangue como Lester Papadopoulos!

— Um patético mortal! — cantou Calipso. — O mais inútil dos adolescentes! Lester!

Fiz cara feia para ela, mas não ousei interromper minha performance de novo.

— Superei muitos desafios com minha companheira, Meg McCaffrey!

— Ele quis dizer *mestra*! — acrescentou Calipso. — Uma garota de doze anos! Vejam o escravo patético dela, Lester, o mais inútil dos adolescentes!

O policial bufou com impaciência.

— Nós já sabemos de tudo isso. O imperador nos contou.

— Shhh — disse Nanette. — Não seja mal-educado.

Eu coloquei a mão no peito.

— Nós protegemos o Bosque de Dodona, um oráculo antigo, e atrapalhamos os planos de Nero! Mas, vejam, Meg McCaffrey me abandonou. O padrasto malvado dela envenenou sua mente!

— Veneno! — gritou Calipso. — Como o bafo de Lester Papadopoulos, o mais inútil dos adolescentes!

Resisti à vontade de empurrar Calipso no canteiro de flores.

Enquanto isso, Leo disfarçava e se aproximava da escavadeira, fazendo uma dança interpretativa, girando e ofegando e fazendo uma pantomima das minhas palavras. Ele parecia uma bailarina de cueca boxer tendo alucinações, mas os *blemmyae* educadamente saíram do caminho dele.

— Então! — gritei. — Do Oráculo de Dodona nós recebemos uma profecia, um limerique terrível!

— Terrível! — ecoou Calipso. — Como as habilidades de Lester, o mais inútil dos adolescentes.

— Você pode usar outros adjetivos — resmunguei, e continuei minha narração: — Viajamos para o Oeste em busca de outro oráculo, lutando com inimigos apavorantes! O ciclope nós derrotamos!

Leo pulou no estribo da escavadeira. Com muito drama, ergueu o grampeador e grampeou o operador da escavadeira duas vezes no peitoral, bem onde ficariam os verdadeiros olhos da criatura. Isso não deve ter sido *nada* agradável, mesmo para uma espécie resistente como os *blemmyae*. O operador gritou e levou a mão ao peito. Leo o chutou do banco do motorista.

— Ei! — gritou o policial.

— Esperem! — implorei. — Nosso amigo só está fazendo uma interpretação dramática de como vencemos os ciclopes. Sempre fazemos isso quando vamos contar uma história!

A multidão se entreolhou, desconfiada.

— Essas suas últimas palavras estão muito demoradas — reclamou Nanette. — Quando vou poder esmagar sua cabeça?

— Em breve — prometi. — Agora, como eu estava dizendo... Nós viajamos para o Oeste!

Levantei Calipso, o que gerou muitos choramingos da parte dela (e uns poucos da minha).

— O que você está fazendo? — murmurou ela.

— Vê se colabora — pedi. — Então, amados inimigos! Vejam o tanto que viajamos!

Nós dois cambaleamos na direção da escavadeira. As mãos de Leo voaram pelos controles. O motor ganhou vida.

— Isso não é uma história! — protestou o policial. — Eles estão fugindo!

— Não, claro que não! — Empurrei Calipso para a escavadeira e subi atrás dela. — Sabe, nós viajamos por muitas semanas dessa forma...

Leo começou a dar ré. *Bipe. Bipe. Bipe.* A pá da escavadeira começou a se erguer.

— Imaginem que vocês estão no Acampamento Meio-Sangue — gritei para a multidão —, e que estamos viajando para longe de vocês.

Percebi meu erro. Pedi aos *blemmyae* para imaginarem. Eles não eram muito bons nisso.

— Parem eles!

O policial levantou a arma. O primeiro tiro ricocheteou na pá de metal da máquina.

— Escutem, meus amigos! — implorei. — Abram as axilas!

Mas tínhamos abusado da educação deles. Uma lata de lixo voou em nossa direção. Um engomadinho pegou uma urna de pedra decorativa no canto do chafariz e jogou na gente, destruindo a janela da frente do hotel.

— Mais rápido! — falei para Leo.

— Estou tentando, cara — murmurou ele. — Essa coisa não foi feita para ser veloz.

Os *blemmyae* se aproximaram.

— Cuidado! — gritou Calipso.

Leo virou a pá da escavadeira a tempo de rechaçar um banco de ferro fundido que estava prestes a nos atacar. Infelizmente, isso nos deixou vulneráveis a outro tipo de ataque. Nanette jogou a placa como se fosse um arpão. A vara de metal perfurou o chassi da escavadeira em uma explosão de vapor e graxa, e nosso veículo de fuga parou com um tremor.

— Que ótimo — disse Calipso. — E agora?

Aquele seria um excelente momento para minha força divina dar o ar da graça. Eu partiria para a batalha, arremessando meus inimigos nos ares, como se fossem bonecas de pano. Em vez disso, meus ossos pareceram se liquefazer e formar poças nos meus sapatos. Minhas mãos tremiam tanto que eu duvidava que conseguisse desembrulhar o arco mesmo que tentasse. Ah, que minha vida gloriosa pudesse terminar assim, esmagada por pessoas educadas e sem cabeça no Meio-Oeste americano!

Nanette pulou no capô da nossa escavadeira, me oferecendo uma visão horrenda de suas narinas. Leo tentou incendiá-la, mas daquela vez Nanette estava preparada. Ela abriu a boca e engoliu a bola de fogo, sem demonstrar sinal de incômodo, soltando apenas um arrotinho.

— Não se sintam mal, queridos — disse ela. — Vocês nunca teriam acesso à caverna azul. O imperador caprichou na proteção dela! Mas é uma pena vocês terem que morrer. A nomeação será em três dias, e você e a garota iam ser as atrações principais na procissão de escravos dele! Vai ser uma festança!

Eu estava apavorado demais para compreender totalmente as palavras dela. *A garota...* Ela estava falando de Meg? Fora isso, só ouvi *azul–morrer–escravo*, que no momento parecia uma descrição precisa da minha existência.

Eu sabia que não tinha chance, mas puxei o arco do ombro e comecei a desembrulhá-lo. De repente, uma flecha atingiu Nanette entre os olhos. Ela ficou vesga tentando enxergá-la, mas cambaleou para trás e virou pó.

Olhei para minha arma envolta no cobertor. Eu era um arqueiro veloz, fato. Mas estava quase certo de que não tinha disparado aquela flecha.

Um assobio agudo chamou minha atenção. No meio da praça, acima do chafariz, havia uma mulher agachada, de calça jeans surrada e casaco prateado. Um arco branco feito de bétula brilhava nas suas mãos. Nas costas, ela carregava uma aljava cheia de flechas. Meu coração se encheu de alegria! Minha irmã Ártemis tinha finalmente vindo me ajudar! Mas não... Aquela mulher tinha pelo menos sessenta anos e estava com o cabelo grisalho preso em um coque. Ártemis jamais apareceria daquele jeito.

Por motivos que nunca me contou, Ártemis tinha aversão a parecer ter mais do que, digamos, vinte anos. Eu disse para ela incontáveis vezes que beleza não tem idade. Todas as revistas de moda olimpianas dizem que quatro mil é o novo mil, mas ela nunca me deu ouvidos.

— Para o chão! — gritou a mulher grisalha.

Por toda a praça, círculos do tamanho de bueiros apareceram no asfalto. Cada um se abriu como o diafragma de uma câmera, e torres surgiram, bestas mecânicas girando e apontando miras laser vermelhas em todas as direções.

Os *blemmyae* não tentaram se proteger. Talvez não tivessem entendido. Talvez estivessem esperando que a mulher de cabelo grisalho dissesse *por favor*. Mas eu não precisava ser um deus da arqueria para saber o que aconteceria em seguida. Derrubei meus amigos pela segunda vez naquele dia. (O que, em retrospecto, preciso admitir que me deu certo prazer.) Despencamos da escavadeira enquanto as bestas disparavam em uma confusão de assobios agudos.

Quando ousei levantar a cabeça, não tinha sobrado nada dos *blemmyae*, só pilhas de poeira e roupas.

A mulher grisalha pulou do alto do chafariz. Considerando sua idade, tive medo de quebrar os tornozelos ou algo do tipo, mas ela caiu de forma graciosa e veio em nossa direção, o arco ao lado do corpo.

Havia rugas no rosto dela. A pele debaixo do queixo estava começando a ficar flácida. Manchas se espalhavam pelas mãos. Ainda assim, ela se portava com a confiança majestosa de uma mulher que não tinha mais nada a provar para ninguém. Os olhos brilhavam como se refletissem o luar. Algo neles era familiar.

Ela me observou por cinco segundos e balançou a cabeça, impressionada.

— Então é verdade. Você é Apolo.

O tom dela não tinha a admiração *Ah, uau, Apolo!* com que eu estava acostumado. Ela disse meu nome como se me conhecesse pessoalmente.

— N-nós nos conhecemos?

— Você não se lembra de mim — disse ela. — É, não achei que fosse lembrar mesmo. Pode me chamar de Emmie. E o fantasma que você viu... era Agamedes. Ele guiou vocês até nossa porta.

O nome Agamedes não me era estranho, mas, como sempre, não consegui localizar a lembrança. Meu cérebro humano ficava dando aquela mensagem irritante de *memória cheia*, me pedindo para apagar alguns séculos de experiências antes que eu pudesse continuar.

Emmie olhou para Leo.

— Por que você está de cueca?

Leo suspirou.

— Foi uma longa manhã, *abuela*, mas obrigado pela ajuda. Essas torres são incríveis.

— Obrigada... eu acho.

— Será que você pode nos ajudar aqui com a Cal? — pediu Leo. — Ela não está muito bem.

Emmie se agachou ao lado de Calipso, que estava pálida e sem cor. Os olhos da feiticeira estavam fechados, e ela respirava com dificuldade.

— Ela está muito machucada. — Emmie franziu a testa ao observar o rosto de Calipso. — Você disse que o nome dela é Cal?

— Calipso — respondeu Leo.

— Ah. — As linhas de preocupação de Emmie se intensificaram. — Isso explica tudo. Ela é tão parecida com Zoë.

Senti uma pontada dolorida no estômago.

— Zoë Doce-Amarga?

Em seu estado febril, Calipso murmurou alguma coisa que não consegui entender... talvez o nome *Doce-Amarga*.

Durante séculos, Zoë foi tenente de Ártemis, a líder das Caçadoras. Morreu em batalha alguns anos atrás. Eu não sabia se Calipso e Zoë se conheciam, mas de fato *eram* meias-irmãs, as duas filhas do titã Atlas. Eu nunca tinha pensado no quanto elas eram parecidas.

Olhei para Emmie.

— Se você conheceu Zoë, deve ser uma das caçadoras da minha irmã. Mas não pode ser. Você está...

Eu parei antes de dizer *velha e quase morrendo*. As Caçadoras não envelheciam nem morriam, a não ser que fossem mortas em combate. Aquela mulher era obviamente mortal. Eu conseguia sentir sua energia vital se esvaindo... tão deprimente e parecida com a minha; nem um pouco parecida com a de um ser divino. É difícil explicar como eu sabia aquilo, mas estava perfeitamente claro para mim, como notar a diferença entre uma quinta justa e uma quinta diminuta.

Ao longe, sirenes ressoaram. Eu me dei conta de que estávamos no meio de uma pequena zona de desastre. Mortais ou outros *blemmyae* chegariam logo.

Emmie estalou os dedos, e as torres de besta sumiram. Os portais se fecharam como se nunca tivessem existido.

— Precisamos sair da rua — disse Emmie. — Venham, vou levar vocês para a Estação Intermediária.

# 4

*Era proibido*
*Esconder-se de Apolo e*
*Jogar-lhe tijolos*

**NÃO TIVEMOS QUE CAMINHAR** muito.

Carregando Calipso, Leo e eu seguimos Emmie até o prédio grande e ornamentado no lado sul da praça. Como eu desconfiava, em algum momento o edifício tinha sido uma estação de trem. As palavras UNION STATION estavam entalhadas em granito debaixo do vitral.

Emmie ignorou a entrada principal. Desviou para a direita e parou diante de uma parede. Passou os dedos pelos tijolos, traçando o contorno de uma porta. O concreto estalou e se dissolveu. Uma porta recém-talhada se abriu para dentro, revelando um duto estreito, parecido com uma chaminé, com degraus de metal na parede.

— Truque legal — disse Leo —, mas Calipso não está exatamente em condições de escalar uma parede.

Emmie franziu a testa.

— Você tem razão. — Ela olhou para a porta. — Estação Intermediária, podemos usar uma rampa, por favor?

Os degraus de metal sumiram. Com um ronco suave, a parede interna do duto se inclinou para trás e os tijolos se rearrumaram em uma inclinação ascendente suave.

— Caramba — disse Leo. — Você falou com o prédio?

Um sorriso surgiu no canto da boca de Emmie.

— A Estação Intermediária é mais do que um prédio.

De repente, não achei aquela rampa tão legal assim.

— Isso é uma estrutura viva? Como o Labirinto? E você espera que a gente *entre*? — perguntei.

O olhar de Emmie foi definitivamente a expressão de uma Caçadora. Só as seguidoras de minha irmã ousariam me lançar uma cara feia tão insolente.

— A Estação Intermediária não é nenhum trabalho de Dédalo, Lorde Apolo. É perfeitamente segura... enquanto vocês forem nossos convidados.

O tom da mulher sugeria que minha estadia ali dependia da boa vontade dela. As sirenes lá fora estavam cada vez mais altas. Calipso continuava respirando com dificuldade. Decidi que não tínhamos muita escolha. Seguimos Emmie para dentro do prédio.

Luzes surgiram nas paredes, velas amarelas tremeluzindo em arandelas de bronze. Uns seis metros à frente na rampa, uma porta se abriu à nossa esquerda. Lá dentro, vislumbrei uma enfermaria que deixaria meu filho Asclépio com inveja: um armário com estoque completo de remédios, instrumentos cirúrgicos e ingredientes de poções; uma cama de hospital com monitoramento eletrônico de sinais vitais embutido e equipamento de fisioterapia de última geração. Ervas curativas secavam em uma prateleira ao lado da máquina de ressonância magnética portátil. E, nos fundos, havia um terrário de vidro cheio de cobras venenosas.

— Nossa! — exclamei. — Sua enfermaria é de ponta.

— É — concordou Emmie. — E a Estação Intermediária está me dizendo que devo cuidar da sua amiga imediatamente.

Leo olhou ao redor.

— Então quer dizer que este aposento simplesmente *apareceu* aqui?

— Não — disse Emmie. — Bom, sim. Está sempre aqui, mas... é mais fácil de encontrar quando precisamos dele.

Leo assentiu, pensativo.

— Você acha que a Estação Intermediária poderia organizar minha gaveta de meias?

Um tijolo caiu do teto e se espatifou aos pés dele.

— Isso é um *não* — interpretou Emmie. — Agora, se você puder deixar sua amiga comigo, por favor.

— Hã... — Leo apontou para o terrário. — Você tem cobras ali. Só para avisar.

— Vou cuidar bem dela — prometeu Emmie.

Ela segurou Calipso e, sem demonstrar qualquer dificuldade, levantou a feiticeira nos braços.

— Podem seguir em frente. Jo está no topo da rampa.

— Jo? — perguntei.

— Não tem como vocês se perderem — prometeu Emmie. — Ela vai conseguir explicar a Estação Intermediária melhor do que eu.

Então se afastou, levando Calipso consigo. A porta se fechou.

Leo me encarou, a testa franzida.

— Cobras? Sério?

— Ah, sim — falei. — Há um motivo para o símbolo da medicina ser uma cobra enrolada em um bastão. O veneno foi um dos primeiros remédios.

— Hã. — Leo olhou para os próprios pés. — Você acha que pelo menos posso ficar com esse tijolo?

O corredor tremeu.

— Eu deixaria aqui — sugeri.

— É, melhor.

Alguns metros depois, outra porta se abriu à nossa direita.

Lá dentro, a luz do sol entrava por cortinas de renda cor-de-rosa e iluminava o piso de madeira do quarto de uma criança. Uma cama aconchegante estava coberta com edredons fofos, travesseiros e bichos de pelúcia. As paredes, num branco suave, haviam sido usadas como tela para desenhos de giz de cera: bonecos de palito, árvores, casas, animais que podiam ser cachorros, cavalos ou lhamas brincando. Na parede esquerda, em frente à cama, um sol de giz de cera sorria para um campo de flores felizes de giz de cera. No centro, uma garota de palito estava entre dois bonecos de palito maiores, que pareciam ser seus pais, os três de mãos dadas.

A parede toda desenhada do quarto me lembrou a caverna de Rachel Elizabeth Dare no Acampamento Meio-Sangue. Meu Oráculo Délfico gostava de pintar sua caverna com coisas que apareciam em suas visões... antes de o poder oracular deixar de funcionar, claro. (Não tive nada a ver com isso. Foi tudo culpa daquela cobra gigante maldita, Píton.)

Os desenhos pareciam ter sido feitos por uma criança de uns sete ou oito anos. Mas, no canto mais distante da parede dos fundos, a jovem artista tinha decidido lançar uma praga horripilante no mundo de giz de cera. Uma tempestade negra surgia, rabiscada grosseiramente. Bonecos de palito com cenho franzido ameaçavam lhamas com facas triangulares. Rasuras escuras cobriam um arco-íris de cores primárias. Um enorme círculo escuro havia sido rabiscado por cima do campo de grama verde, como um lago negro... ou a entrada de uma caverna.

Leo deu um passo para trás.

— Não sei, cara. Acho melhor a gente não entrar.

Eu me perguntei por que a Estação Intermediária decidiu nos mostrar aquele quarto. Quem morava ali? Ou, para ser mais exato... quem *tinha* morado ali? Apesar da cortina cor-de-rosa alegre e da pilha de bichos de pelúcia na cama cuidadosamente arrumada, o quarto parecia abandonado, conservado como uma exposição de museu.

— Vamos em frente — concordei.

Finalmente, no topo da rampa, saímos em um salão que parecia uma catedral. Acima, um teto abobadado com entalhes em madeira e vitrais iluminados no centro criava desenhos geométricos em verde e dourado. Na extremidade oposta do aposento, o vitral redondo que vi do lado de fora lançava sombras como um alvo de dardos no piso de cimento pintado. À nossa esquerda e direita, havia passarelas suspensas com corrimões de ferro forjado e postes de luz vitorianos elegantes alinhados nas paredes. Atrás dos corrimões, fileiras de portas levavam a outros aposentos. Seis escadas subiam até o friso decorado na base do teto, onde os parapeitos estavam cheios do que pareciam ninhos de palha para galinhas muito grandes. O lugar todo tinha um leve odor animal... embora lembrasse mais um canil do que um galinheiro.

Em um canto do salão principal cintilava uma cozinha toda equipada e grande o bastante para receber, ao mesmo tempo, vários reality shows de culinária. Havia conjuntos de sofás e poltronas aqui e ali. Uma mesa de jantar enorme e rústica de sequoia com vinte lugares ocupava o centro do salão.

Debaixo do vitral, os equipamentos de diferentes tipos de oficina pareciam ter sido espalhados de maneira aleatória: serras de bancada, furadeiras, tornos mecânicos, fornalhas, forjas, bigornas, impressoras 3D, máquinas de costura, caldeirões e vários outros equipamentos industriais que eu não saberia nomear. (Não me julgue. Não sou Hefesto.)

Curvada sobre uma solda, trabalhando numa folha de metal com fagulhas saindo do maçarico para todos os lados, uma mulher musculosa usava visor de metal, avental de couro e luvas.

Não sei bem como ela reparou em nós. Talvez a Estação Intermediária tenha jogado um tijolo nas costas dela para chamar sua atenção. Como quer que tenha sido, ela olhou em nossa direção, desligou o maçarico e levantou o visor.

— Feitiços me mordam! — Ela soltou uma gargalhada. — Você é *Apolo*?

Ela tirou o equipamento de segurança e se aproximou. Como Emmie, a mulher tinha uns sessenta anos, mas, enquanto a outra possuía o físico de uma ex-ginasta, aquela mulher havia sido feita para lutar. Os ombros largos e os braços negros musculosos esticavam o tecido de uma camisa polo cor-de-rosa desbotada. Chaves inglesas e de fenda despontavam dos bolsos do macacão jeans. Contrastando com a pele escura do couro cabeludo, o cabelo grisalho quase raspado brilhava como geada.

Ela esticou a mão.

— Você não deve se lembrar de mim, Lorde Apolo. Sou Jo. Ou Josie. Ou Josephine. Qualquer um serve.

A cada versão do nome, ela apertava minha mão com mais força. Eu nunca entraria em uma queda de braço com ela (se bem que, com aqueles dedos gordos, duvido que ela tocasse violão tão bem quanto eu, então *rá*). O rosto quadrado seria intimidante se não fossem os olhos alegres e brilhantes. A boca tremia como se ela estivesse fazendo um grande esforço para não cair na gargalhada.

— Sim — guinchei, puxando a mão. — Quer dizer, não. Infelizmente, não me lembro. Posso apresentá-la ao Leo?

— Leo! — Ela esmagou a mão dele com entusiasmo. — Sou Jo.

Era tanta gente com nomes terminados em *o* — *Jo, Leo, Calipso, Apolo* — que senti que minha marca registrada estava se diluindo. Agradeci aos deuses por não estarmos em Ohio e por nosso dragão não se chamar Festo.

— Acho que vou chamar você de Josephine — decidi. — É um nome lindo.

Josephine deu de ombros.

— Por mim, tudo bem. Onde está sua amiga Calipso?

— Espere — disse Leo. — Como você soube de Calipso?

Josephine bateu de leve na têmpora esquerda.

— A Estação Intermediária me conta coisas.

— Aaah. — Leo arregalou os olhos. — Que legal.

Eu não tinha tanta certeza disso. Normalmente, quando uma pessoa dizia que ouvia um prédio falar com ela, eu me afastava o mais rápido possível. Infelizmente, eu acreditava em Josephine. E também tinha a sensação de que precisaríamos da hospitalidade dela.

— Calipso está na enfermaria — falei. — Quebrou a mão. E o pé.

— Ah. — O brilho dos olhos de Josephine diminuiu. — É, vocês conheceram os vizinhos.

— Você está falando dos *blemmyae*. — Eu imaginei os *vizinhos* batendo à porta delas para pedir uma chave inglesa emprestada, ou uma xícara de açúcar, ou para assassinar alguém, essas coisas. — Vocês sempre tiveram problemas com eles?

— Não muitos. — Josephine suspirou. — Sozinhos, os *blemmyae* são inofensivos, desde que você seja educado com eles. Não têm imaginação suficiente para elaborar um plano maligno. Mas, desde o ano passado...

— Vou adivinhar — falei. — Indianápolis tem um novo imperador?

Um tremor de raiva surgiu no rosto de Josephine, me dando um vislumbre de como seria irritá-la. (Dica: envolvia dor.)

— É melhor só conversarmos sobre o imperador quando Emmie e sua amiga se juntarem a nós — disse ela. — Sem Emmie por aqui para me manter calma... eu fico nervosa.

Concordei com um aceno de cabeça. Não deixar Josephine nervosa parecia um plano excelente.

— Mas estamos em segurança aqui? — perguntei.

Leo esticou a palma da mão, como se verificando se estavam chovendo tijolos.

— Também queria perguntar isso. É que... a gente meio que trouxe uma galera furiosa até a porta de vocês.

Josephine descartou nossas questões.

— Não se preocupem. As forças do imperador estão nos procurando há meses. A Estação Intermediária não é tão fácil de achar, a menos que você seja convidado a entrar.

— Ah. — Leo bateu com o pé no chão. — Então você criou este lugar? É bem incrível.

Josephine riu.

— Quem me dera. Um semideus arquiteto com *muito* mais talento do que eu fez isso. Construiu a Estação Intermediária nos anos 1880, nos primórdios da ferrovia transcontinental. Era para ser um refúgio para semideuses, sátiros, Caçadoras... para qualquer um que precisasse de um esconderijo aqui no centro do país. Emmie e eu somos apenas as sortudas responsáveis por cuidar do prédio atualmente.

— Eu nunca nem ouvi falar deste lugar — comentei com mau humor.

— Nós... ah, nós tentamos ser discretas. Ordens de Lady Ártemis. Só sabe quem precisa.

Como deus, eu era a própria definição de *quem precisa*, mas era típico de Ártemis manter algo assim em segredo. Ela era *tão* cismada com o fim do mundo, sempre escondendo coisas dos outros deuses, como estoques de suprimentos, bunkers de emergência e pequenos estados-nação.

— Suponho que este lugar não seja mais uma estação de trem. O que os mortais pensam que é?

Josephine sorriu.

— Estação Intermediária, piso transparente, por favor.

Embaixo dos nossos pés, o cimento pintado sumiu. Dei um pulo para trás, como se estivesse de pé em uma frigideira quente, mas o chão não tinha sumido de verdade. Tinha só ficado transparente. Ao nosso redor, os tapetes, a mobília e o equipamento das oficinas pareciam pairar dois andares acima do térreo de verdade do salão, onde vinte ou trinta mesas de banquete tinham sido arrumadas para algum evento.

— Nosso espaço fica no topo do prédio — disse Josephine. — Aquela área abaixo de nós já foi o saguão principal da estação. Agora, os mortais alugam para casamentos, festas e tal. Se eles olharem para cima...

— Camuflagem adaptativa — opinou Leo. — Eles veem uma imagem de teto, mas não veem vocês. Legal!

Josephine concordou, claramente satisfeita.

— Na maior parte do tempo, é bem silencioso aqui, embora fique agitado nos fins de semana. Se eu precisar ouvir "Thinking Out Loud" de mais uma banda cover de casamento, talvez tenha que deixar uma bigorna cair.

Ela apontou para o piso, que imediatamente voltou a ser de cimento opaco.

— Agora, se vocês não se importarem, preciso terminar um projeto em que estou trabalhando. Não quero que as placas de metal esfriem sem a solda apropriada. Depois disso...

— Você é filha de Hefesto, não é? — perguntou Leo.

— De Hécate, na verdade.

Leo piscou, confuso.

— Não acredito! Mas aquela oficina incrível que você tem...

— Construção mágica é minha especialidade — disse Josephine. — Meu pai, o *mortal*, era mecânico.

— Legal! — disse Leo. — Minha mãe era mecânica! Ei, se eu puder usar suas ferramentas, deixei um dragão na sede da prefeitura e...

— Hã-hã, nada disso. — interrompi. Por mais que quisesse Festus de volta, não achava que uma mala quase indestrutível e impossível de abrir corresse perigo imediato. Também tinha medo de que, se Leo e Josephine começassem a conversar, estariam em pouco tempo babando sobre as maravilhas dos parafusos de cabeça sextavada e eu morreria de tédio. — Josephine, você ia dizer que *depois disso...*?

— Isso — concordou Josephine. — Me dê alguns minutos. Aí vou poder levar vocês até os quartos de hóspedes e, hã, talvez arrumar umas roupas para o Leo. Infelizmente, nos últimos tempos, temos espaço de sobra.

Eu me perguntei por que isso era ruim. E pensei no quarto de criança vazio pelo qual passamos. Alguma coisa me dizia que talvez fosse melhor não mencioná-lo.

— Nós agradecemos a ajuda — falei para Josephine. — Mas ainda não entendo. Você diz que Ártemis sabe sobre este lugar. Você e Emmie são ou eram Caçadoras?

Os músculos do pescoço de Josephine se contraíram.

— Não somos mais.

Franzi a testa. Sempre pensei nas seguidoras da minha irmã como uma máfia de donzelas. Uma vez que você faz parte do grupo, não o abandona de jeito nenhum, a não ser em um lindo caixão prateado.

— Mas...

— É uma longa história — disse Josephine, me interrompendo. — É melhor Hemiteia contar.

— *Hemiteia*? — O nome me atingiu como um dos tijolos da Estação Intermediária. Parecia que meu rosto estava derretendo. De repente, percebi por que Emmie me pareceu familiar. Não era surpresa eu ter me sentido tão inquieto na presença dela. — Emmie. Apelido de Hemiteia. *A* Hemiteia?

Josephine olhou para os lados.

— Você não sabia mesmo? — Ela apontou para a oficina. — Então... vou voltar à solda agora. Tem comida e bebida na cozinha. Fiquem à vontade.

Ela se afastou.

— Caramba — murmurou Leo. — Ela é *incrível*.

— Humpf.

Ele arqueou as sobrancelhas.

— Você e Hemiteia tiveram um caso ou algo assim? Parecia que você tinha levado um chute no saco quando ouviu o nome dela.

— Leo Valdez, em quatro mil anos ninguém *nunca* ousou me dar um chute no saco. Se você quer dizer que pareci ligeiramente surpreso, é porque conheci Hemiteia quando ela era uma jovem princesa na Grécia Antiga. Nós nunca tivemos *um caso*. No entanto, fui eu que a tornei imortal.

O olhar de Leo vagou na direção da oficina, onde Josephine tinha voltado a soldar.

— Achei que todas as Caçadoras se tornassem imortais quando faziam o juramento a Ártemis.

— Você não entendeu — falei. — Eu tornei Hemiteia imortal *antes* de ela se tornar Caçadora. Na verdade, eu a transformei em deusa.

# 5

*Que tal uma história?*
*Hmmm... Acho que vou desmaiar*
*Que visão do inferno!*

**AQUELA ERA A DICA** para Leo se sentar aos meus pés e ouvir, absorto, a história que eu ia contar.

Mas ele só apontou vagamente para a oficina.

— Ah, tudo bem. Vou dar uma olhada na forja.

E me deixou sozinho. Esses semideuses de hoje, francamente... Culpo as redes sociais por essa dificuldade de concentração. Quando não se pode nem tirar um tempinho para ouvir um deus tagarelar, o mundo está perdido mesmo.

Infelizmente, a história insistia em ser lembrada. Vozes, rostos e emoções de três mil anos antes encheram minha mente, tomando controle dos meus sentidos com tanta força que eu quase desmoronei.

Ao longo das últimas semanas, durante nossa viagem para o Oeste, essas visões vinham acontecendo com uma frequência alarmante. Talvez fossem resultado dos meus neurônios humanos falhos tentando processar lembranças divinas. Talvez Zeus estivesse me punindo com flashbacks vívidos de meus fracassos mais espetaculares. Ou talvez meu tempo como mortal estivesse simplesmente me enlouquecendo. Fosse qual fosse o caso, mal consegui chegar ao sofá mais próximo antes de desabar.

Estava levemente ciente de Leo e Josephine na estação de solda, Josephine com roupa de soldadora e Leo de cueca, conversando sobre o projeto em que ela estava trabalhando. Eles não pareceram notar minha consternação.

De repente, as lembranças me engoliram.

Eu me vi pairando acima do Mediterrâneo Antigo. A água azul cintilante se estendia até o horizonte. Um vento quente e salgado me carregava. Os penhascos brancos de Naxos se erguiam nas ondas como a boca escancarada de uma baleia.

A uns trezentos metros dali, duas adolescentes tentavam salvar suas vidas, correndo na direção da beirada do penhasco, fugindo de uma multidão armada que vinha logo atrás. Os vestidos brancos das garotas tremulavam, e os cabelos compridos e escuros voavam ao vento. Apesar dos pés descalços, o terreno rochoso não as fez desacelerar. Bronzeadas e pequenas, elas estavam acostumadas a correr ao ar livre, embora estivessem se encaminhando para um beco sem saída.

À frente da horda, um homem corpulento de vestes vermelhas gritava e balançava a alça de um jarro de cerâmica quebrado. Uma coroa dourada brilhava na cabeça dele, e vinho seco tingia sua barba grisalha.

O nome dele me ocorreu: Estáfilo, rei de Naxos. Semideus filho de Dioniso, Estáfilo herdou os piores traços do pai e nada da tranquilidade festeira. Agora, em uma fúria bêbada, ele gritava alguma coisa sobre as filhas terem quebrado sua melhor ânfora de vinho, e por isso, naturalmente, elas tinham que morrer.

— Vou matar vocês duas! — gritou ele. — Vou partir vocês em pedacinhos!

Olha... se as garotas tivessem quebrado um violino Stradivarius ou uma gaita banhada a ouro, eu talvez entendesse a fúria. Mas um jarro de vinho?

As garotas continuaram correndo, implorando pela ajuda dos deuses.

Normalmente, esse tipo de coisa não seria problema meu. As pessoas gritavam pela ajuda dos deuses o tempo todo. Quase nunca ofereciam nada interessante em troca. Eu provavelmente só ficaria olhando a cena pensando *Ah, caramba, que pena. Ai. Deve ter doído!* e depois seguiria com minha vida divina.

Mas, naquele dia em particular, eu não estava voando por Naxos por acidente. Eu estava indo visitar a lindíssima e deslumbrante Reo, a filha mais velha do rei, por quem eu por acaso estava apaixonado.

Nenhuma das duas garotas era Reo, e sim suas irmãs mais novas, Parteno e Hemiteia. Mesmo assim, acho que Reo não ia gostar nada de saber que eu não tinha ajudado as irmãs dela no caminho para nosso encontro. *Ei, gata. Acabei de ver suas irmãs serem perseguidas até um penhasco e caírem em direção à morte. Quer ver um filme ou comer alguma coisa?*

Mas, se eu ajudasse as irmãs dela, contra a vontade do pai homicida e na frente de uma multidão de testemunhas, isso exigiria intervenção divina. Teria que preencher formulários, reconhecer firma, as três Parcas ainda exigiriam tudo em três vias.

Enquanto eu pensava no que fazer, Parteno e Hemiteia chegaram ao precipício. Elas devem ter percebido que não tinham para onde ir, mas mesmo assim continuaram correndo a toda velocidade.

— Nos ajude, Apolo! — gritou Hemiteia. — Nosso destino está em suas mãos!

E então, de mãos dadas, as duas irmãs pularam no abismo.

Uma demonstração tão forte de fé... Fiquei até sem ar!

Eu não podia deixar que se espatifassem depois de terem confiado a vida a mim. Se fosse Hermes? Claro, ele talvez as tivesse deixado morrer. Teria achado hilário. Hermes era um safado sádico. Mas Apolo? Não. Eu tinha que honrar tanta coragem e estilo!

Parteno e Hemiteia não chegaram a encostar na água. Eu estiquei as mãos e atingi as garotas com um raio poderoso, impregnando nelas parte da minha força vital divina. Ah, era de causar inveja a qualquer um! Cintilando e se esvaindo em um brilho dourado, cheias de calor e poder recém-descoberto, elas flutuaram em direção ao céu em uma nuvem de purpurina no melhor estilo Sininho.

Não é uma coisa pequena transformar alguém em deus. A regra geral é que o poder flui para baixo, então qualquer deus pode teoricamente fazer um novo deus de poder menor do que o dele. Mas isso requer sacrificar parte da própria divindade, uma pequena quantidade do que torna você *você*, então os deuses não concedem um favor desses com frequência. Quando fazemos, geralmente criamos só os *menores* dos deuses, como fiz com Parteno e Hemiteia: só o pacote básico de imortalidade com poucos adicionais. (Se bem que acrescentei garantia estendida, porque sou um cara legal.)

Exultando de gratidão, Parteno e Hemiteia voaram para se encontrar comigo.

— Obrigada, Lorde Apolo! — disse Parteno. — Ártemis mandou você?

Meu sorriso vacilou.

— Ártemis?

— Ah, deve ter mandado! — disse Hemiteia. — Quanto estávamos caindo, oramos: "Nos ajude, Ártemis!"

— Não — falei. — Vocês gritaram: "Nos ajude, Apolo!"

As garotas se entreolharam.

— Há... acho que não, meu senhor — disse Hemiteia.

Eu tinha *certeza* de que ela dissera meu nome. Mas, pensando bem, talvez eu tenha presumido, e não ouvido de fato. Nós três nos encaramos. Aquele momento em que você transforma duas garotas em imortais e descobre que elas não pediram para você fazer isso... Que climão.

— Bom, não importa! — disse Hemiteia, com alegria. — Nós temos uma dívida enorme com você, e agora estamos livres para seguir os desejos do nosso coração!

Eu estava esperando que ela dissesse: *Servir Apolo por toda a eternidade e levar para ele uma toalha quente com aroma de limão antes de cada refeição!*

— Sim, nós vamos nos juntar às Caçadoras de Ártemis! — disse Parteno. — Obrigada, Apolo!

Elas usaram seus novos poderes para se vaporizarem, me deixando sozinho com uma multidão furiosa gritando e balançando os punhos para o mar.

O pior de tudo? A irmã das garotas, Reo, rompeu comigo uma semana depois.

Ao longo dos séculos, vi Hemiteia e Parteno de tempos em tempos no cortejo de Ártemis. Em geral, nós nos evitávamos. Transformá-las em deusas menores foi um daqueles erros benevolentes sobre os quais eu não queria escrever músicas.

Sutil como a luz que entrava pelo vitral da Estação Intermediária, minha visão saiu de Naxos e me transportou para outro lugar.

Eu me vi em um apartamento amplo de ouro e mármore branco. Atrás das vidraças e da varanda gigantesca, sombras da tarde inundavam os vales de arranha-céus de Manhattan.

Eu já tinha estado ali. Não importava para onde minhas visões me levavam, eu sempre parecia voltar para essa cena de pesadelo.

Reclinado em um divã dourado, o imperador Nero estava horrivelmente resplandecente em um terno roxo, camisa azul-pastel e sapatos pontudos de couro de jacaré. Na barriga considerável, ele equilibrava um prato de morangos, colocando um de cada vez na boca, o dedo mindinho sempre levantado para exibir o diamante de cem quilates.

— Meg... — Ele balançou a cabeça, decepcionado. — Querida Meg. Você devia estar mais animada! É sua chance de redenção, minha querida. Você não vai me decepcionar, vai?

A voz dele era suave e gentil, como uma nevasca intensa, do tipo que derruba linhas elétricas, faz telhados desabarem, mata famílias inteiras.

Sentada diante do imperador, Meg McCaffrey parecia uma planta murcha. O cabelo escuro e curto emoldurava o rosto sem vida. Ela estava com seu vestido verde, os joelhos dobrados na legging amarela, tênis de cano alto vermelho chutando com desânimo o chão de mármore. Ela olhava para baixo, mas dava para ver que os óculos de gatinho haviam se quebrado desde nosso último encontro, e uma fita adesiva cobria as pontas de pedra nas duas articulações.

Sob o peso do olhar de Nero, ela parecia tão pequena e vulnerável. Eu queria correr até ela. Queria quebrar aquele prato de morangos na cara sem queixo e no pescoço barbudo de Nero. Mas só podia assistir, sabendo que essa cena já tinha acontecido. Eu a vira acontecer várias vezes nas minhas visões nas últimas semanas.

Meg continuou sem dar um pio, mas Nero assentiu, como se ela tivesse respondido a pergunta.

— Vá para o Oeste — disse ele. — Capture Apolo antes que ele encontre o próximo oráculo. Se não conseguir trazê-lo vivo, mate-o.

Ele dobrou o dedinho com o anel de diamante. Havia vários guarda-costas imperiais atrás dele, e um deu um passo à frente. Como todos os germânicos, o sujeito era enorme. Os braços musculosos pulavam da couraça. O cabelo castanho era desgrenhado e comprido. O rosto marcado teria sido assustador mesmo sem a tatuagem de serpente que se enrolava no pescoço e terminava na bochecha.

— Este é Vortigern — disse Nero. — Ele vai... proteger você.

O imperador saboreou a palavra *proteger*, como se ela tivesse muitos significados possíveis, nenhum deles bom.

— Você também vai viajar com outro membro do Lar Imperial, só para o caso de, hã, *dificuldades* surgirem.

Nero encolheu o mindinho de novo. Das sombras perto da escada surgiu um adolescente que parecia muito o tipo de garoto que gostava de aparecer das sombras. O cabelo escuro cobria seus olhos. Ele usava uma calça preta larga, uma camiseta preta mamãe-sou-forte (apesar de não ser forte) e tantas correntes de ouro no pescoço que podia sair dali e ir direto para um festival de hip hop. No cinto havia três adagas embainhadas, duas no lado direito e uma no esquerdo. O brilho predatório nos olhos dele sugeria que aquelas facas não eram só decorativas.

De um modo geral, o garoto me lembrava um pouco Nico di Angelo, o filho de Hades, se Nico fosse um pouco mais velho, mais cruel e tivesse sido criado por chacais.

— Ah, que bom, Marcus — disse Nero. — Mostre a Meg seu destino, por favor.

Marcus deu um sorriso forçado. Levantou a palma da mão, e uma imagem cintilante surgiu logo acima das pontas dos dedos: uma vista aérea de uma cidade que agora eu reconhecia como Indianápolis.

Nero colocou outro morango na boca. Mastigou lentamente, deixando o sumo escorrer pelo queixo insignificante. Eu decidi que, se voltasse para o Acampamento Meio-Sangue, teria que convencer Quíron a trocar as plantações de morango por qualquer outra fruta.

— Meg, minha querida — continuou Nero —, eu *quero* que você se saia bem. *Por favor*, não fracasse. Se o Besta se irritar com você de novo... — Ele deu de ombros, impotente. A voz doía de sinceridade e preocupação. — Eu só não sei como poderia proteger você. Encontre Apolo. Submeta-o à sua vontade. Sei que você pode fazer isso. E, minha querida, *por favor*, tome cuidado quando estiver com nosso amigo, o Novo Hércules. Ele não é um cavalheiro como eu. Não se envolva com a obsessão dele de destruir a Casa das Redes. É só uma atividade de menor importância. Consiga logo o que precisa e volte para mim. — Nero abriu os braços. — Aí poderemos ser uma família feliz de novo.

O garoto, Marcus, abriu a boca, talvez para fazer um comentário maldoso, mas, quando ele falou, foi a voz de Leo Valdez que escutei. Lá se foi minha visão.

— Apolo!

Ofeguei. Estava de volta à Estação Intermediária, esparramado no sofá. De pé à minha frente, franzindo a testa de preocupação, estavam nossas anfitriãs, Josephine e Emmie, junto com Leo e Calipso.

— Eu... eu tive um sonho. — Ainda fraco, apontei para Emmie. — E você estava lá. E... o resto de vocês não, mas...

— Um sonho? — Leo balançou a cabeça, agora vestindo um macacão sujo.

— Cara, seus olhos estavam arregalados. Você estava deitado aí se contorcendo. Já vi você ter visões, mas não assim.

Meus braços tremiam. Segurei a mão direita com a esquerda, mas isso só piorou as coisas.

— Eu... eu ouvi uns detalhes novos, coisas de que não lembrava antes. Sobre Meg. E os imperadores. E...

Josephine bateu na minha cabeça como se eu fosse um cocker spaniel.

— Tem certeza de que está tudo bem aí, Raio de Sol? Você não parece muito bem.

Houve uma época em que eu teria fritado em óleo quente qualquer um que me chamasse de Raio de Sol. Depois que assumi as rédeas da carruagem do Sol do velho deus titã Hélio, Ares me chamou de Raio de Sol durante séculos. Era uma das poucas piadas que ele entendia (pelo menos uma das piadas *limpas*).

— Estou bem — falei. — O q-que está acontecendo? Calipso, você já está curada?

— Você está apagado há horas, na verdade. — Ela levantou a mão quebrada, que agora parecia novinha em folha, e balançou os dedos. — Mas, sim. Emmie é uma curandeira tão boa quanto Apolo.

— É claro que você tinha que dizer isso... — resmunguei. — Então quer dizer que estou caído aqui há horas e ninguém reparou?

Leo deu de ombros.

— Nós estávamos meio ocupados falando de trabalho. Na verdade, acho que a gente nem teria reparado em você agora se não fosse, hã, uma pessoa aqui que quer falar com você.

— Hum — concordou Calipso, com um olhar de preocupação no rosto. — Ele está sendo bem insistente.

Ela apontou na direção do vitral.

Primeiro, achei que estivesse vendo pontos laranja. Mas então percebi que uma aparição voava em minha direção. Nosso amigo Agamedes, o fantasma sem cabeça, tinha voltado.

# 6

*Profecias falhas*
*Diz a Bola 8 Mágica*
*Tente novamente*

**O FANTASMA FLUTUOU EM** nossa direção. Era difícil identificar seu humor, pois ele não tinha rosto, mas parecia nervoso. Apontou para mim e fez uma série de gestos com as mãos que não entendi: balançou os punhos, entrelaçou os dedos, fez uma concha com uma das mãos como se estivesse segurando uma esfera. Parou do lado oposto da mesa de centro.

— O que tá rolando, Queijinho? — perguntou Leo.

Josephine riu.

— *Queijinho?*

— É, ele é laranja e tal — disse Leo. — Por que ele é dessa cor? E por que não tem cabeça?

— Leo — repreendeu Calipso. — Não seja grosseiro.

— Ei, é uma pergunta válida.

Emmie observou os gestos do fantasma.

— Eu nunca o vi tão agitado. Ele brilha nesse tom de laranja porque... Bom, na verdade, eu não faço ideia. Quanto à cabeça...

— O irmão cortou a cabeça dele — expliquei. A lembrança surgiu das profundezas obscuras de meu cérebro mortal, embora eu não lembrasse os detalhes. — Agamedes era irmão de Trofônio, o espírito do Oráculo das Sombras. Ele... — Havia outra coisa, algo que me enchia de culpa, mas eu não conseguia recordar.

Os outros ficaram me encarando.

— O irmão dele fez *o quê?* — perguntou Calipso.

— Como você sabia disso? — questionou Emmie.

Eu não tinha resposta. Não sabia de onde viera aquela informação. Mas o fantasma apontou para mim como se dizendo *Esse cara sabe das coisas*, ou possivelmente, e mais perturbador, *É sua culpa*. Mais uma vez, ele repetiu o gesto de antes, como se estivesse segurando uma esfera.

— Ele quer a Bola 8 Mágica — interpretou Josephine. — Já volto.

Ela correu até a oficina.

— A Bola 8 Mágica? — Leo sorriu para Emmie. O macacão que ele pegou emprestado tinha o nome GEORGIE bordado no peito. — Ela está brincando, né?

— Ela está falando sério — disse Emmie. — É melhor sentarmos.

Calipso e Emmie se sentaram nas poltronas. Leo ficou quicando no sofá ao meu lado com tanto entusiasmo que senti uma pontada irritante de nostalgia ao me lembrar de Meg McCaffrey. Enquanto esperávamos Josephine, tentei recuperar memórias mais específicas sobre aquele fantasma, Agamedes. Por que o irmão dele, Trofônio, o decapitaria, e por que *eu* me sentia tão culpado por isso? Não consegui descobrir muita coisa, só uma sensação vaga de desconforto e a impressão de que, apesar da falta de olhos, Agamedes olhava feio em minha direção.

Finalmente, Josie voltou correndo. Em uma das mãos, ela segurava uma esfera preta de plástico do tamanho de uma manga. De um lado, pintado no meio de um círculo branco, havia o número 8.

— Adoro isso! — disse Leo. — Não vejo uma dessas há anos.

Olhei ressabiado para a esfera, me perguntando se era algum tipo de bomba. Isso explicaria a empolgação de Leo.

— O que isso faz?

— Você está de brincadeira? — perguntou Leo. — É uma Bola 8 Mágica, cara. Você faz perguntas a ela sobre o futuro.

— Impossível — contestei. — Eu sou o deus da profecia. Conheço *todas* as formas de adivinhação e nunca ouvi falar de uma Bola 8 Mágica.

Calipso se inclinou para a frente.

— Também não estou muito familiarizada com esse tipo de bruxaria. Como funciona?

Josephine abriu um sorriso largo.

— Bom, é só um brinquedo, na verdade. Você sacode a bola, e uma frase aparece flutuando nessa janelinha de plástico embaixo. Fiz algumas modificações. Às vezes, a bola capta os pensamentos de Agamedes e os converte em palavras.

— Às vezes? — perguntou Leo.

Josephine deu de ombros.

— Tipo, trinta por cento das vezes. Foi o melhor que consegui.

Eu ainda não fazia ideia do que ela estava dizendo. Aquela bola me pareceu uma forma muito esquisita de adivinhação, mais um jogo de sorte de Hermes do que um oráculo digno de mim.

— Não seria mais fácil Agamedes escrever o que quer dizer? — perguntei.

Emmie me lançou um olhar de cautela.

— Agamedes é analfabeto. É um assunto um pouco sensível para ele.

O fantasma se virou para mim. Sua aura escureceu até um laranja-avermelhado.

— Ah... — falei. — E esses gestos que ele estava fazendo?

— Não é nenhuma forma de linguagem de sinais que consigamos identificar — disse Jo. — Estamos tentando descobrir há sete anos, desde que Agamedes se juntou a nós. A Bola Mágica 8 é a melhor forma de comunicação que temos. Aqui, amigão.

Ela jogou a esfera mágica para ele. Como Agamedes era etéreo, eu esperava que a bola passasse direto por ele e se estilhaçasse no chão. Mas ele a pegou com facilidade.

— Tudo bem! — disse Josephine. — E então, Agamedes, o que você quer nos contar?

O fantasma sacudiu a Bola 8 Mágica com vigor e a jogou para mim. Eu não sabia que dentro da esfera tinha um líquido, o que, como qualquer um que já brincou de batata quente com uma bexiga cheia de água pode comprovar, torna o objeto bem mais difícil de controlar. A bola bateu em meu peito e caiu em meu colo. Eu a apanhei por pouco, antes que rolasse do sofá.

— Mestre da destreza — murmurou Calipso. — Vire a bola de cabeça para baixo. Você não estava ouvindo?

— Fica quietinha, feiticeira.

Desejei que Calipso só pudesse se comunicar trinta por cento das vezes. Virei a bola para baixo.

Como Josephine tinha descrito, havia um círculo de plástico transparente na base da esfera, uma espécie de janela para o líquido lá dentro. Um grande dado branco com vários lados flutuava lá dentro. (Eu sabia que essa coisa cheirava aos malditos jogos de azar de Hermes!) Um lado estava encostado na janelinha, revelando uma frase escrita em letra de forma.

— "Apolo precisa trazê-la para casa" — li em voz alta.

Olhei para a frente. Uma expressão de choque estampava o rosto de Emmie e Josephine. Calipso e Leo trocaram um olhar cauteloso.

— Hã, o que...? — Leo começou a dizer.

Simultaneamente, Emmie e Josephine soltaram uma enxurrada de perguntas:

— Ela está viva? Está em segurança? Onde está? Me diga!

Emmie se levantou num pulo. Começou a andar de um lado para o outro, soluçando alto, enquanto Josephine avançava para cima de mim, os punhos fechados, o olhar intenso como a chama do maçarico dela.

— Não sei! — Joguei a bola para Josephine como se fosse uma batata quente. — Não me mate!

Ela pegou a Bola 8 Mágica e então pareceu voltar a si. Respirou fundo.

— Me desculpe, Apolo. Me desculpe. Eu... — Ela se virou para Agamedes. — Aqui. Nos responda. Nos conte.

Ela jogou a bola para ele.

Os olhos inexistentes de Agamedes encararam a bola. Os ombros murcharam, como se ele não gostasse da tarefa. Balançou a bola mais uma vez e a jogou para mim.

— Por que *eu*? — protestei.

— Leia! — disse Emmie com rispidez.

Virei a bola. Uma nova mensagem apareceu no líquido.

— "Resposta vaga" — li em voz alta. — "Tente novamente mais tarde."

Emmie chorou de desespero. Afundou na poltrona e escondeu o rosto nas mãos. Josephine correu até ela.

Leo franziu a testa.

— Ei, Queijinho, é só sacudir de novo, cara.

— Não adianta — disse Josephine. — Quando a Bola 8 Mágica diz "tente novamente mais tarde", é exatamente isso que quer dizer. Vamos ter que esperar.

Ela se sentou no braço da poltrona e aninhou a cabeça de Emmie entre seus braços.

— Está tudo bem — murmurou Josie. — Nós vamos encontrá-la. Vamos trazê-la de volta.

Hesitante, Calipso esticou a palma da mão, como se não soubesse direito como ajudar.

— Sinto muito. Quem... quem está desaparecida?

Com o lábio tremendo, Josephine apontou para Leo.

Leo piscou.

— Hã, eu ainda estou aqui...

— Não você — disse Josephine. — O nome. Esse macacão era dela.

Leo encostou no nome bordado no peito.

— Georgie?

Emmie assentiu, os olhos inchados e vermelhos.

— Georgina. Nossa filha adotiva.

Fiquei feliz de estar sentado. De repente, tantas coisas fizeram sentido que minha mente ficou sobrecarregada, como se estivesse no meio de outra visão: as duas Caçadoras que envelheciam e não eram Caçadoras, o quarto de criança vazio, os desenhos de giz de cera feitos por uma garotinha. Josephine mencionou que Agamedes chegara à vida delas aproximadamente sete anos antes.

— Vocês duas abandonaram as Caçadoras — falei. — Para ficarem juntas.

O olhar de Josephine se perdeu ao longe, como se as paredes do prédio fossem transparentes como a base da Bola 8 Mágica.

— Não foi exatamente algo planejado. Saímos em... quando, 1986?

— Oitenta e sete — disse Emmie. — Estamos envelhecendo juntas desde então. E muito felizes. — Ela limpou uma lágrima, não parecendo muito feliz no momento.

Calipso flexionou a mão recentemente quebrada.

— Não sei muito sobre Lady Ártemis e as regras para as seguidoras dela...

— Tudo bem — interrompeu Leo.

Calipso fez cara feia para ele.

— Mas não é só a companhia de *homens* que é proibida? Se vocês duas se apaixonaram...

— Não — falei, com amargura. — Todos os romances são proibidos. Minha irmã é muito inflexível quanto a isso. A missão das Caçadoras é viver sem nenhum tipo de distração romântica.

Pensar na minha irmã e nas ideias antirromânticas dela me irritou. Como dois irmãos podiam ser *tão* diferentes? Mas eu também estava irritado com Hemiteia. Ela não só abriu mão de ser Caçadora; ao fazer isso, também desistiu da divindade que lhe concedi.

Humanos! Nunca mudam! Damos imortalidade e poder divino a vocês e aí vocês vão lá e trocam isso tudo por amor e um loft no centro de Indianápolis. Francamente!

Emmie não olhou nos meus olhos.

Deu um suspiro melancólico.

— Nós adorávamos ser Caçadoras. Era nossa família. Mas...

— Nós nos amamos mais — completou Josephine.

Tive a sensação de que elas terminavam as frases uma da outra com frequência, de tão em sintonia que estavam. Isso não me ajudou a ficar menos irritado.

— A separação deve ter sido tranquila — comentei. — Porque Ártemis permitiu que vocês continuassem vivas.

Josephine concordou.

— As Caçadoras da Lady sempre passam pela Estação Intermediária... mas não vemos a própria Ártemis há décadas. E, sete anos atrás, fomos abençoadas com Georgina. Ela... foi trazida até nós por Agamedes.

O fantasma laranja fez uma reverência.

— Ele a trouxe de onde? — perguntei.

Emmie deu de ombros.

— Nunca conseguimos obter essa informação dele. É a única pergunta que a Bola 8 Mágica nunca responde.

Leo devia estar pensando muito; um tufo de fogo surgiu no alto da orelha esquerda dele.

— Esperem. Agamedes não é o pai da sua filha, é? Além do mais... você está me dizendo que o macacão de uma menina de sete anos *cabe em mim*?

Isso arrancou uma gargalhada seca de Josephine.

— Aparentemente, sim. E, não, Leo, Agamedes não é o pai da Georgina. Nosso amigo fantasmagórico está morto desde a Antiguidade. Como Apolo disse, ele era irmão de Trofônio, o espírito do oráculo. Agamedes apareceu aqui com Georgie quando ela era bebê. Em seguida, nos levou até o oráculo. Foi quando descobrimos que ele existia.

— Então vocês conhecem a localização dele — falei.

— Claro — murmurou Emmie. — Mas não adianta de nada para nós.

Perguntas demais surgiram na minha cabeça. Eu queria me dividir em doze manifestações diferentes para poder ir atrás de todas as respostas ao mesmo tempo, mas mortais não se dividem com facilidade.

— Mas a garota e o oráculo devem ter alguma ligação.

Emmie fechou os olhos, e percebi que ela estava se esforçando para segurar o choro.

— Não sabíamos que a conexão entre eles era tão forte. Só notamos quando Georgie foi tirada de nós.

— O imperador — concluí.

Josephine assentiu.

Eu ainda nem tinha encontrado esse segundo membro do Triunvirato, mas já o odiava. Eu tinha perdido Meg McCaffrey para Nero. Não gostei da ideia de mais uma garotinha sendo levada por outro imperador do mal.

— Na minha visão — relembrei —, ouvi Nero chamar esse imperador de *Novo Hércules*. Quem é ele? O que ele fez com Georgina?

Emmie se levantou, aflita.

— Eu... eu preciso fazer alguma coisa produtiva com as mãos. Foi o único jeito que encontrei de não enlouquecer nas últimas duas semanas. Por que vocês não nos ajudam com o almoço? Aí podemos falar sobre o monstro que controla nossa cidade.

## 7

*Eu piquei cebolas*
*Com as mãos antes divinas*
*Você tem que comer*

**FAZER ALGO PRODUTIVO.**

Eca.

É um conceito tão humano. Dá a entender que você tem tempo limitado (HAHAHA) e que precisa se esforçar para fazer alguma coisa acontecer (HAHAHA ao quadrado). Talvez, se você passasse anos escrevendo uma ópera sobre as glórias de Apolo, eu conseguiria compreender a utilidade de ser produtivo. Mas como alcançar a satisfação e a serenidade preparando comida? Isso não entrava na minha cabeça.

Mesmo no Acampamento Meio-Sangue, ninguém me pedia para fazer minha própria comida. Verdade, as salsichas eram questionáveis, e nunca descobri que cola era aquela que colocavam no refrigerante, mas pelo menos eu era servido por uma equipe de ninfas lindas.

Agora eu estava sendo obrigado a lavar alface, fatiar tomates e picar cebolas.

— De onde *vem* essa comida? — perguntei, piscando para afastar as lágrimas.

Não sou Deméter, mas até eu conseguia ver que aqueles alimentos eram frescos e recém-saídos da terra, provavelmente por causa do tempo que levei para limpá-los.

A lembrança de Deméter me fez pensar em Meg, o que podia ter me feito chorar mesmo se eu já não estivesse sofrendo com os vapores das cebolas.

Calipso jogou um cesto de cenouras enlameadas na minha frente.

— Emmie tem um jardim no telhado. Estufas. Dá para plantar o ano todo. Você devia ver as ervas: manjericão, tomilho, alecrim. É *incrível*.

Emmie sorriu.

— Obrigada, querida. Você entende bastante de jardinagem.

Ah, ótimo. Agora *aquelas duas* tinham virado amiguinhas. Em pouco tempo, eu ia assistir Emmie e Calipso discutindo técnicas de plantação de couve, e Leo e Josephine desfiando poesias sobre carburadores. Eu não tinha como vencer.

Leo entrou pela porta ao lado da despensa, segurando uma peça de queijo como se fosse a coroa de louros da vitória.

— HABEMUS CHEDDAR! — anunciou ele. — UM VIVA PARA OS CONQUISTADORES DO QUEIJO!

Josephine entrou rindo atrás dele, trazendo um balde de metal.

— As vacas gostaram do Leo.

— Ei, *abuelita* — disse Leo. — Todas as vacas amam o Leo. — Ele sorriu para mim. — E aquelas vacas são vermelhas, cara. Tipo... de um *vermelho vivo*.

Isso me deu vontade de chorar. Vacas vermelhas eram as minhas favoritas. Durante séculos, eu tive um rebanho de gado escarlate sagrado, antes de colecionar vacas ter saído de moda.

Josephine deve ter visto a expressão de infelicidade em meu rosto.

— Só usamos o leite — disse ela. — Não as matamos.

— Assim espero! — gritei. — Matar gado vermelho seria sacrilégio!

Josephine não pareceu adequadamente apavorada pela ideia.

— Ah, sim, claro. Mas na verdade Emmie me fez parar de comer carne faz vinte anos.

— É muito melhor para a saúde — repreendeu Emmie. — Você não é mais imortal, precisa se cuidar.

— Mas cheesebúrgueres... — murmurou Jo.

Leo colocou a peça de queijo na minha frente.

— Corte um pedaço disso, meu bom homem. Rapidinho!

Fiz cara feia para ele.

— Não me teste, Valdez. Quando eu for deus de novo, vou transformar você numa constelação, que vou chamar de Pequeno Latino em Explosão.

— Gostei!

Ele deu um tapinha no meu ombro, fazendo minha faca tremer.

Ninguém mais tinha medo da fúria dos deuses?

Enquanto Emmie assava pães, que, devo admitir, estavam com um cheiro incrível, fiz uma salada com cenouras, pepinos, cogumelos, tomates e todos os tipos de vegetais cultivados no telhado. Calipso usou limões frescos e cana de açúcar para fazer limonada enquanto cantarolava músicas do álbum da Beyoncé de mesmo nome. (Durante nossas viagens para o Oeste, eu assumi a tarefa de atualizar Calipso nos últimos três milênios de música pop.)

Leo ficou responsável pelo queijo. A peça de cheddar era bem vermelha por dentro e era deliciosa. Josephine fez a sobremesa, que disse ser sua especialidade. Naquele dia, foi frutas vermelhas frescas e pão de ló com creme vermelho doce e cobertura de merengue ligeiramente tostada com o maçarico.

Quanto ao fantasma, Agamedes, ele ficou pairando em um canto da cozinha, segurando a Bola 8 Mágica com desânimo, como se tivesse ficado em terceiro lugar numa competição com três pessoas.

Finalmente, nos sentamos para almoçar. Eu não tinha percebido como estava faminto. Fazia um tempo que tínhamos tomado café da manhã, e o serviço de bordo de Festus deixava muito a desejar.

Devorei a comida enquanto Leo e Calipso contavam às nossas anfitriãs sobre nossa viagem para o Oeste. Entre mordidas de pão fresco com manteiga bem vermelha, eu fazia alguns comentários necessários, pois é claro que minha capacidade de contar histórias era muito superior.

Nós explicamos como minha antiga inimiga Píton retomou o local original de Delfos, interrompendo o acesso ao oráculo mais poderoso. Explicamos que o Triunvirato tinha sabotado todas as formas de comunicação usadas por semideuses: mensagens de Íris, pergaminhos mágicos, marionetes de ventríloquos, até a magia arcana do e-mail. Com a ajuda de Píton, os três imperadores do mal agora pretendiam controlar ou destruir *todos* os oráculos da Antiguidade, colocando assim o futuro do mundo em uma situação complicada.

— Nós libertamos o Bosque de Dodona — resumi. — Mas o oráculo de lá nos mandou para cá, para proteger a fonte seguinte de profecia: a Caverna de Trofônio.

Calipso apontou para a minha aljava, encostada no sofá ali perto.

— Apolo, mostre a elas sua flecha falante.

Os olhos de Emmie brilharam.

— Flecha falante?

Estremeci. A flecha que peguei das árvores sussurrantes de Dodona não tinha sido muito útil. Só eu conseguia ouvi-la, e sempre que pedia conselhos ela só falava coisas sem sentido em inglês arcaico, o que me deixava falando sozinho como um ator ruim de uma peça de Shakespeare durante horas. Calipso adorava.

— Não vou mostrar minha flecha falante — falei. — Mas vou compartilhar o limerique.

— Não! — disseram Calipso e Leo ao mesmo tempo.

Eles largaram os garfos e cobriram as orelhas.

Eu recitei:

*Houve um deus, Apolo era chamado*
*Entrou em uma caverna azul acompanhado*
*Ele e mais dois montados*
*No cuspidor de fogo alado*
*A morte e loucura forçado*

Ao redor da mesa, um silêncio desconfortável se espalhou.

Josephine me repreendeu.

— Nunca uma voz ousou proferir um limerique nesta casa, Apolo.

— E vamos torcer para que ninguém mais faça isso — retruquei. — Mas essa foi a profecia de Dodona que nos trouxe aqui.

A expressão de Emmie ficou tensa, afastando qualquer dúvida que pudesse haver de que era a mesma Hemiteia que imortalizei tantos séculos antes. Reconheci a intensidade nos olhos dela, a mesma determinação que a fez se jogar de um penhasco, confiando o destino aos deuses.

— *"Uma caverna azul"*... — disse ela. — É o Oráculo de Trofônio, sim. Fica nas cavernas Bluespring, uns cento e trinta quilômetros ao sul da cidade.

Leo sorriu enquanto mastigava, a boca revelando uma avalanche de partículas de comida cor de terra.

— Missão mais fácil do mundo, então. Pegamos Festus de volta, pesquisamos esse lugar no Google Maps e voamos até *lá*.

— Duvido muito — disse Josephine. — O imperador cercou o campo com proteção pesada. Não daria para se aproximar de Bluespring voando num dragão sem levar um tiro no céu. Mesmo que desse, as entradas das cavernas são pequenas *demais* para um dragão mergulhar e entrar.

Leo fez beicinho.

— Mas o limerique...

— Pode ser traiçoeiro — falei. — Afinal, é um limerique.

Calipso se remexeu na cadeira, chegando mais para a frente. Tinha enrolado um guardanapo de pano na mão antes quebrada (talvez porque ainda doesse, talvez porque estava nervosa). Aquilo me lembrou uma tocha, uma associação não muito feliz depois do meu último encontro com o imperador louco Nero.

— E a última linha? — perguntou ela. — Apolo vai ser "a morte e loucura forçado".

Josephine ficou encarando o prato vazio. Emmie apertou a mão dela.

— O Oráculo de Trofônio é perigoso — disse Emmie. — Mesmo quando tínhamos acesso livre a ele, antes de o imperador chegar, nós só consultávamos o espírito em emergências extremas. — Ela se virou para mim. — Você deve se lembrar. Você era o deus da profecia.

Apesar da excelente limonada, minha garganta estava seca. Eu não gostava de ser lembrado do que era. Também não gostava de buracos gigantescos na memória, cheios de nada além de medo do desconhecido.

— Eu... eu lembro que a caverna era perigosa, sim — falei. — Mas *não lembro por quê.*

— Você não lembra. — A voz de Emmie assumiu um tom perigoso.

— Eu normalmente me concentrava no lado divino das coisas — expliquei. — Na qualidade dos sacrifícios. Que tipo de incenso os requerentes acendiam. Nos agradáveis hinos de louvor. Nunca perguntei por que tipo de provações os requerentes passavam.

— Você nunca perguntou.

Eu não estava gostando nada daquilo. Tive a sensação de que Emmie seria um coro grego ainda pior do que Calipso.

— Eu li algumas coisas no Acampamento Meio-Sangue — falei, na defensiva. — Não tinha muita coisa sobre Trofônio. E Quíron não pôde ajudar. Ele tinha se esquecido completamente da existência do oráculo. Supostamente, as profecias de Trofônio eram sombrias e assustadoras. Às vezes, enlouqueciam as pessoas. Talvez essa caverna fosse uma espécie de casa mal-assombrada com, hã, esqueletos pendurados, sacerdotisas pulando e gritando *BU*?

A expressão azeda de Emmie indicava que meu palpite estava muito errado.

— Também li uma coisa sobre os requerentes beberem de duas fontes especiais — persisti. — Achei que "a morte e loucura forçado" pudesse ser uma referência simbólica a isso. Licença poética e tal.

— Não — murmurou Josephine. — Não é licença poética. Aquela caverna literalmente enlouqueceu nossa filha.

Uma brisa gelada bateu no meu pescoço, como se a Estação Intermediária tivesse soltado um suspiro infeliz. Pensei no apocalipse que vi desenhado na parede do quarto abandonado da criança.

— O que aconteceu? — perguntei, embora não tivesse certeza de que queria saber a resposta, principalmente se fosse um presságio do que eu estava prestes a enfrentar.

Emmie amassou um pedaço da casca do pão, deixando as migalhas caírem.

— Quando o imperador chegou a Indianápolis... esse *Novo Hércules*...

Calipso abriu a boca para perguntar, mas Emmie levantou a mão.

— Por favor, querida, não me peça para dizer o nome dele. Não aqui. Não agora. Como tenho certeza de que você sabe, muitos deuses e monstros ouvem quando você diz o nome deles. *Ele* é pior do que a maioria.

— Por favor, continue — pediu Calipso.

— Primeiro nós não entendemos o que estava acontecendo — disse Emmie. — Nossos amigos e companheiros começaram a sumir. — Ela indicou a área ampla ao redor. — Éramos umas doze pessoas mais ou menos morando aqui. Agora... só sobramos nós.

Josephine se recostou na cadeira. Na luz do vitral, o cabelo emanava o mesmo brilho cinza-chumbo das ferramentas nos bolsos do macacão.

— O imperador estava nos procurando. Sabia sobre a Estação Intermediária. Queria nos destruir. Mas, como eu falei, este lugar não é fácil de encontrar, a não ser que você seja convidado por nós. Então as forças deles esperaram até nosso pessoal sair. Foram levando nossos amigos um a um.

— Levando? — perguntei. — *Vivos?*

— Ah, sim. — O tom sombrio de Josephine deu a impressão de que a morte seria preferível. — O imperador ama prisioneiros. Ele capturou nossos hóspedes, nossos grifos.

Uma fruta vermelha caiu dos dedos de Leo.

— Grifos? Hã... Hazel e Frank me contaram sobre eles. Lutaram com alguns no Alasca. Disseram que eram hienas com asas raivosas.

Josephine deu um sorrisinho.

— Os pequenos, os selvagens, podem ser, sim. Mas criamos os melhores grifos aqui. Ou, pelo menos... criávamos. Nosso último par de reprodutores desapareceu um mês atrás. Heloísa e Abelardo. Nós os deixamos sair para caçar, eles precisam fazer isso para ficarem saudáveis. Eles nunca voltaram. Para Georgina, isso foi a gota d'água.

Fui tomado por uma sensação ruim. Algo mais ameaçador do que o óbvio *estamos falando sobre coisas sinistras que podem me matar*. Os ninhos de grifos nas passarelas acima de nós. Uma lembrança distante sobre as seguidoras da minha irmã. Um comentário que Nero fez na minha visão: o Novo Hércules queria porque queria destruir a Casa das Redes, o que talvez fosse outro nome da Estação Intermediária... Parecia que a sombra de alguém estava surgindo na mesa de jantar, alguém que eu deveria conhecer, talvez alguém de quem devesse estar fugindo.

Calipso desenrolou o guardanapo da mão.

— Sua filha — disse ela. — O que aconteceu com ela?

Nem Josephine nem Emmie responderam. Agamedes fez uma leve reverência, a túnica sangrenta brilhando em vários tons de molhos de pimenta.

— É óbvio — falei. — A garota foi para a Caverna de Trofônio.

Emmie lançou um olhar incisivo para um ponto além de mim, para Agamedes.

— Georgina botou na cabeça que o único jeito de salvar a Estação Intermediária e encontrar os prisioneiros era consultando o oráculo. Ela sempre se sentiu atraída pelo lugar. Não tinha medo, como a maioria das pessoas. Uma noite, ela saiu escondida. *Agamedes* a ajudou. Não sabemos exatamente como eles chegaram lá...

O fantasma pegou a Bola 8 Mágica. Jogou para Emmie, que franziu a testa para a resposta que apareceu.

— "Foi uma ordem" — leu ela. — Não sei o que você quer dizer, seu velho morto idiota, mas ela era só uma *criança*. Sem o trono, você *sabia* o que aconteceria com ela!

— Trono? — perguntou Calipso.

Outra lembrança surgiu na superfície do meu cérebro de Bola 8.

— Ah, deuses — falei. — O trono.

Antes que eu pudesse continuar, o salão inteiro tremeu. Pratos e xícaras balançaram na mesa de jantar. Agamedes sumiu em um brilho alaranjado. No alto do teto abobadado, os painéis de vitral verde e marrom escureceram, como se uma nuvem tivesse bloqueado o sol.

Josephine se levantou.

— Estação Intermediária, o que está acontecendo no telhado?

Pelo que pude perceber, o prédio não respondeu. Nenhum tijolo pulou da parede. Nenhuma porta se abriu e fechou em código Morse.

Emmie colocou a Bola 8 Mágica na mesa.

— Vocês todos, fiquem aqui. Jo e eu vamos dar uma olhada.

Calipso franziu a testa.

— Mas...

— Foi uma ordem — disse Emmie. — Não vou perder mais hóspedes.

— Não pode ser Côm... — Josephine parou no meio da palavra. — Não pode ser ele. Será que Heloísa e Abelardo voltaram?

— Talvez. — Emmie não pareceu convencida. — Mas, só por garantia...

As duas mulheres correram até um armário de metal na cozinha. Emmie pegou seu arco e sua aljava. Josephine puxou uma metralhadora das antigas com carregador cilíndrico entre os dois cabos.

Leo quase engasgou com a sobremesa.

— Isso é uma *pistola metralhadora*?

Josephine deu um tapinha carinhoso na arma.

— Esta é a Pequena Bertha. Um lembrete da minha sórdida vida passada. Tenho certeza de que não há nada com que se preocupar. Fiquem todos quietinhos aí.

Com esse conselho reconfortante, nossas anfitriãs altamente armadas saíram para verificar o telhado.

# 8

*Pombinhos brigando*
*Problemas no Paraíso*
*Melhor lavar a louça*

**A ORDEM DE FICARMOS** *quietinhos* me pareceu clara o bastante.

Mas Leo e Calipso decidiram que o mínimo que podíamos fazer era lavar a louça do almoço. (Veja meu comentário anterior referente à idiotice da produtividade.) Eu ensaboei. Calipso enxaguou. Leo secou, o que *não foi nenhum problema* para ele, porque ele só precisava fazer as mãos esquentarem um pouco.

— Então — disse Calipso —, que trono é esse que Emmie mencionou?

Fiz cara feia para minha pilha ensaboada de fôrmas de pão.

— O Trono da Memória. É uma cadeira entalhada pela própria deusa Mnemosine.

Por cima de uma travessa de salada fumegante, Leo olhou para mim com curiosidade.

— Você se esqueceu do Trono da Memória? Isso não é um pecado mortal, ou algo do tipo?

— O único pecado mortal seria deixar de incinerar você assim que eu voltar a ser deus.

— Você pode tentar — disse Leo. — Mas então como você faria para aprender as escalas secretas do Valdezinator?

Espirrei água no meu rosto sem querer.

— Que escalas secretas?

— Vocês dois, parem — ordenou Calipso. — Apolo, por que esse Trono da Memória é importante?

Sequei a água do rosto. Falar sobre o Trono da Memória me trouxe algumas lembranças desagradáveis.

— Antes de um requerente entrar na Caverna de Trofônio — expliquei —, a pessoa tinha que beber de duas fontes mágicas: Esquecimento e Memória.

Leo pegou outro prato. Vapor subiu da porcelana.

— As duas fontes não cancelariam uma à outra?

Balancei a cabeça, negando.

— Se aquela experiência não matasse você, ela prepararia sua mente para o oráculo. Você então desceria até a caverna e vivenciaria... horrores indescritíveis.

— Como o quê? — perguntou Calipso

— Eu acabei de falar que eram *indescritíveis*. Só sei que Trofônio encheria sua mente com trechos de versos horripilantes que, se organizados da maneira correta, se tornavam uma profecia. Quando você saísse da caverna, supondo que sobrevivesse e não enlouquecesse, os sacerdotes levavam você para se sentar no Trono da Memória. Os versos sairiam jorrando da sua boca. Um sacerdote os anotava e *voilà*! Sua profecia. Com sorte, sua mente voltaria ao normal.

Leo assobiou.

— Que oráculo *bizarro*. Sou mais as árvores que cantavam.

Tentei disfarçar um tremor. Leo não foi comigo para o Bosque de Dodona. Não sabia como aquela confusão de vozes balbuciantes era terrível. Mas ele tinha razão. Havia um motivo para poucas pessoas se lembrarem da Caverna de Trofônio. Não era um lugar que recebia críticas lá muito entusiasmadas nos artigos da edição anual de *Melhores oráculos, melhores destinos*.

Calipso pegou uma fôrma de pão e começou a enxaguá-la. Ela parecia saber o que estava fazendo, embora suas mãos fossem tão bonitas que eu não conseguia imaginar que ela lavasse os próprios pratos com muita frequência. Precisava descobrir que hidratante ela usava.

— E se o requerente não conseguisse usar o trono? — perguntou ela.

Leo riu.

— *Usar o trono.*

Calipso o repreendeu com o olhar.

— Desculpe.

Leo tentou ficar sério, o que para ele era sempre uma batalha perdida.

— Se o requerente não conseguisse usar o trono, não poderia extrair os versos da profecia da mente dele — falei. — Ele seria obrigado a carregar os horrores da caverna... para sempre.

Calipso enxaguou a fôrma.

— Georgina... pobre criança. O que você acha que aconteceu com ela?

Eu não queria pensar nisso. As possibilidades me deixavam angustiado.

— Ela deve ter conseguido chegar à caverna. Sobreviveu ao oráculo. Voltou para cá, mas... não estava cem por cento. — Eu relembrei os bonecos de palito de cara feia e com facas na mão na parede do quarto. — Meu palpite é que o imperador se apoderou do Trono da Memória. Sem isso, Georgina jamais conseguiria se recuperar totalmente. Talvez ela tenha partido de novo em busca dele... e tenha sido capturada.

Leo murmurou um xingamento em espanhol.

— Eu fico pensando no meu irmãozinho Harley, no acampamento. Se alguém tentasse fazer mal a ele... — Ele balançou a cabeça. — Quem é esse imperador, e quando vamos poder quebrar a cara dele?

Lavei o restante da louça. Pelo menos essa missão épica eu completei com sucesso. Fiquei olhando para as bolhas de sabão estourando nas minhas mãos.

— Tenho um bom palpite sobre a identidade do imperador — admiti. — Josephine começou a dizer o nome dele. Mas Emmie está certa, é melhor não falar isso em voz alta. *O Novo Hércules*... — Engoli em seco. No meu estômago, salada e pão pareciam estar fazendo uma luta livre na lama. — Ele não era uma pessoa legal.

Na verdade, se eu estivesse pensando no imperador certo, essa missão podia ser pessoalmente constrangedora. Eu torcia para estar errado. Talvez pudesse ficar na Estação Intermediária e comandar as operações dali enquanto Calipso e Leo lutavam de verdade. Parecia justo, já que eu tive que ensaboar a louça.

Leo guardou os pratos. Seu olhar foi de um lado a outro, como se resolvendo equações invisíveis.

— Esse projeto no qual Josephine está trabalhando... — comentou. — Ela está construindo uma espécie de rastreador. Eu não perguntei, mas... ela deve estar tentando encontrar Georgina.

— Claro. — A voz de Calipso ficou ríspida. — Você consegue imaginar como é perder uma filha?

As orelhas de Leo ficaram vermelhas.

— É. Mas eu estava pensando, se conseguirmos voltar até Festus, posso fazer uns cálculos, talvez reprogramar a esfera de Arquimedes dele...

Calipso jogou a toalha. Literalmente. O pano de prato caiu na pia com um barulho úmido.

— Leo, você não pode reduzir tudo a um programa.

Ele piscou.

— Eu não estou fazendo isso. Só...

— Você está tentando consertar — disse Calipso. — Como se todos os problemas fossem uma máquina. Jo e Emmie estão sofrendo de verdade. Emmie me contou que elas estão pensando em abandonar a Estação Intermediária e se entregar para o imperador, se isso for salvar a filha delas. Elas não precisam de engenhocas, nem de piadas, nem de consertos. Tente *ouvir*.

Leo estendeu as mãos. Pela primeira vez, ele parecia não saber o que fazer com elas.

— Olha, gata...

— Não me chame de *gata* — cortou ela. — Não...

— APOLO?

A voz de Josephine explodiu no saguão principal. Ela não pareceu exatamente em pânico, mas definitivamente tensa, como a atmosfera na cozinha.

Eu me afastei do casal feliz. A explosão de Calipso me pegou de surpresa, mas, quando pensei no assunto, relembrei várias outras discussões entre ela e Leo enquanto viajávamos para o Oeste. Só não dei muita bola para elas porque... bom, as brigas não eram comigo. Além do mais, em comparação às brigas de amor entre os deuses, as de Leo e Calipso não eram nada.

Eu apontei para um lugar aleatório.

— Acho que vou, hã...

Saí da cozinha.

No meio do saguão principal, Emmie e Josephine estavam paradas com as armas junto ao corpo. Não consegui ler muito bem suas expressões: estavam tensas, ansiosas, da mesma forma que o copeiro de Zeus, Ganimedes, ficava quando dava ao patrão um vinho novo para experimentar.

— Apolo. — Emmie apontou para um ponto acima da minha cabeça, onde havia ninhos de grifos alinhados na beirada do teto. — Você tem visita.

Para ver quem era a visita, tive que dar um passo à frente, até o tapete, e me virar. Pensando bem, eu não devia ter feito aquilo. Assim que coloquei o pé no tapete, pensei: *Espere, esse tapete estava aqui antes?*

Isso foi seguido do pensamento: *Por que esse tapete parece uma rede?*

Seguido de: *É uma rede.*

Seguido de: DROGA!

A rede me envolveu e me jogou no ar. Recuperei o poder de voar. Por um microssegundo, imaginei que estava sendo chamado de volta ao Olimpo, ascendendo em glória para me sentar ao lado direito do meu pai. (Bom, três tronos à direita do trono de Zeus, pelo menos.)

Mas a gravidade agiu. Quiquei como um ioiô. Em um momento eu estava na altura dos olhos de Leo e Calipso, que me observavam boquiabertos da porta da cozinha. No instante seguinte, estava na altura dos ninhos de grifos, encarando uma deusa que conhecia muito bem.

Você deve estar pensando: *Era Ártemis. A armadilha de rede era só uma brincadeira entre irmãos. Nenhuma irmã amorosa deixaria o irmão sofrer tanto por tanto tempo. Ela finalmente tinha ido salvar nosso herói, Apolo!*

Não. Não era Ártemis.

A jovem estava sentada no parapeito interno, balançando as pernas alegremente. Reconheci as sandálias amarradas de maneira elaborada, o vestido feito de camadas de rede formando uma camuflagem em tons de verde-folha. O cabelo castanho-avermelhado trançado formava um rabo de cavalo tão comprido que se enrolava no pescoço como um lenço ou a corda de uma forca. Os olhos escuros intensos me lembraram uma pantera observando a presa das sombras da vegetação rasteira, uma pantera com um senso de humor perverso.

Sim, era uma deusa. Mas não a que eu esperava.

— Você — rosnei.

Era difícil falar de forma ameaçadora enquanto eu quicava em uma rede.

— Oi, Apolo. — Britomártis, a deusa das redes, sorriu com timidez. — Eu soube que você é humano agora. Isso vai ser divertido.

# 9

*Armadilha, claro!*
*A Rainha dos Ardis*
*Na Casa das Redes*

**BRITOMÁRTIS PULOU DO PARAPEITO** e aterrissou de joelhos, a saia se abrindo como um redemoinho de redes.

(Ela ama essas entradas dramáticas. Alguém pode avisar que ela não está em um anime?)

A deusa se levantou e pegou sua faca de caça.

— Apolo, se você tem algum apreço pela sua anatomia, fique parado.

Eu ia protestar e dizer que não dava para ficar exatamente parado em uma rede oscilante, mas não tive tempo. Ela passou a faca logo acima da minha virilha. A rede se partiu e me jogou no chão, e felizmente minha anatomia se manteve intacta.

Minha queda não foi graciosa. Ainda bem que Leo e Calipso correram em meu socorro, me ajudando a ficar de pé. Fiquei mais calmo ao ver que, apesar da briga recente, eles ainda conseguiam se unir por questões importantes como meu bem-estar.

Leo levou a mão ao cinto de ferramentas, talvez procurando uma arma. Mas só pegou uma lata de pastilhas de hortelã. Eu duvidava que aquilo fosse nos ajudar.

— Quem é essa moça? — perguntou ele.

— Britomártis — respondi. — A Dama das Redes.

Leo pareceu em dúvida.

— De todas as redes? Tipo vôlei e redes sociais?

— Só redes de caça e pesca — falei. — Ela é uma das *minions* da minha irmã.

— *Minions?* — Britomártis franziu o nariz. — Não sou *minion* de ninguém.

Atrás de nós, Josephine tossiu.

— Hã, desculpe, Apolo. A Dama fez questão de chamar sua atenção com essa performance.

O rosto da deusa se iluminou.

— Bom, eu tinha que ver se ele cairia na minha armadilha. E caiu. Como sempre. Hemiteia, Josephine... nos deixem a sós, por favor.

Nossas anfitriãs se entreolharam, provavelmente se perguntando qual das duas teria que retirar os corpos depois que Britomártis acabasse com a gente. Em seguida, saíram por uma porta nos fundos do salão.

Calipso avaliou a deusa das redes.

— Britomártis, é? Nunca ouvi falar de você. Deve ser uma das menores.

Britomártis abriu um sorriso amarelo.

— Ah, mas eu ouvi falar de *você*, Calipso. Exilada em Ogígia depois da Guerra dos Titãs. Esperando que um *homem* qualquer aparecesse por lá, partisse seu coração e a abandonasse. Que destino terrivelmente antiquado. — Ela se virou para Leo. — Esse é seu salvador, é? Meio baixinho e desgrenhado para um herói.

— Ei, moça. — Leo sacudiu a lata de pastilhas de hortelã. — Já explodi deusas mais poderosas do que você.

— E ele não é meu *salvador* — acrescentou Calipso.

— É! — Leo franziu a testa. — Bem... na verdade eu meio que fui.

— E também não é um herói — refletiu Calipso. — Embora seja mesmo baixinho e desgrenhado.

Uma lufada de fumaça subiu da gola de Leo.

— Enfim — ele falou para Britomártis —, que história é essa de dar ordens a Jo e Emmie como se aqui fosse a sua casa?

Peguei as pastilhas da mão dele antes que Britomártis as transformasse em nitroglicerina.

— Leo, acho que aqui *é* a casa dela — falei.

A deusa sorriu para mim daquele jeito provocante que eu tanto odiava, o mesmo sorriso que me dava a sensação de ter néctar quente borbulhando no estômago.

— Nossa, Apolo, você deduziu tudo direitinho! Como conseguiu?

Sempre que encontrava Britomártis, eu aumentava um pouco de tamanho, para ficar mais alto do que ela. Mas agora eu não tinha o poder de modificar minha altura quando bem entendesse. Só me restava ficar na ponta dos pés.

— Nero chamou este lugar de Casa das Redes — expliquei. — Eu devia ter percebido que a Estação Intermediária tinha sido ideia sua. Sempre que minha irmã queria inventar uma geringonça elaborada, uma coisa estranha e perigosa, procurava você.

A deusa fez uma reverência e girou a saia de rede.

— Assim você me deixa sem graça. Agora venham, meus amigos! Vamos nos sentar e conversar!

Ela indicou os sofás mais próximos.

Leo se aproximou da mobília com cautela. Mesmo com tantos defeitos, ele não era burro. Calipso estava prestes a afundar em uma poltrona quando Leo segurou o pulso dela.

— Espere.

Do cinto de ferramentas ele tirou um metro dobrável. Então o esticou e cutucou a almofada da poltrona. Uma armadilha de urso se fechou, cortando o enchimento e o tecido como um tubarão feito de espuma.

Calipso encarou Britomártis com uma expressão nada amigável.

— *Sério?*

— Ops! — disse Britomártis, exultante.

Leo apontou para um dos outros sofás, embora eu não conseguisse ver nada de errado.

— Tem um fio que aciona uma armadilha nas costas daquelas almofadas ali também.

Britomártis riu.

— Você é bom, garoto! Realmente. É uma mina-S modificada ativada por pressão.

— Moça, se aquilo fosse detonado, quicaria quase um metro no ar, explodiria, e os estilhaços matariam todos nós.

— Exatamente! — disse Britomártis, dando pulinhos de alegria. — Leo Valdez, você vai se sair muito bem.

Leo fez uma careta. Tirou cortadores de fio do cinto, andou até o sofá e desativou a mina.

Respirei pela primeira vez em vários segundos.

— Acho que vou me sentar... ali. — Apontei para o outro sofá. — É seguro? Leo grunhiu.

— É. Parece certinho.

Quando estávamos todos bem acomodados, sem mortos nem feridos, Britomártis se esparramou na poltrona que antes acomodava a armadilha de urso e sorriu.

— Ah, isso não é ótimo?

— Não — nós três dissemos.

Britomártis brincou com o cabelo, possivelmente procurando fios ativadores de minas esquecidos.

— Você me perguntou por que mandei Jo e Emmie saírem. Eu amo muito as duas, mas acho que elas não vão gostar da missão que vou passar para vocês.

— Missão? — Calipso arqueou as sobrancelhas. — Tenho quase certeza de que sou uma divindade mais antiga do que você. Que direito tem de *me* dar uma missão?

Britomártis abriu um sorriso malicioso.

— Você é uma fofa mesmo, né? Querida, eu já existia quando os gregos antigos moravam em cavernas. Comecei como uma deusa *cretense*. Quando o resto do meu panteão morreu, Ártemis e eu ficamos amigas. Eu me juntei às Caçadoras dela e aqui estou, milhares de anos depois, ainda tecendo redes e montando armadilhas.

— É — resmunguei. — Quem diria.

A deusa abriu os braços. Havia pesos de chumbo e ganchos de metal pendurados nas mangas bordadas.

— Querido Apolo, você é mesmo um Lester Papadopoulos fofo. Venha aqui.

— Não me provoque — implorei.

— Não estou provocando! Agora que você é um mortal inofensivo, decidi finalmente dar aquele beijo em você.

Eu sabia que ela estava mentindo. Sabia que o vestido dela me prenderia e me machucaria. Reconheci o brilho malicioso nos olhos vermelho-ferrugem.

Ela me enganou muitas vezes ao longo dos milênios.

Eu flertava desavergonhadamente com *todas* as seguidoras da minha irmã. Mas Britomártis foi a única que retribuiu minhas investidas, apesar de ser uma donzela proibida, como qualquer Caçadora. Sua *diversão* era me atormentar. Perdi a conta de quantas vezes ela me enganou, dizendo que ia me juntar com outras pessoas. Argh! Ártemis nunca foi conhecida pelo senso de humor, mas seu braço direito, Britomártis, se encarregava disso muito bem. Ela era insuportável. Bonita, mas insuportável.

Admito que a proposta de Britomártis mexeu comigo. Como era fraca a carne mortal! Ainda mais fraca do que minha carne divina!

Balancei a cabeça.

— Você está me enganando. Não quero.

Ela pareceu ofendida.

— Quando foi que enganei você?

— Em Tebas! — gritei. — Você prometeu se encontrar comigo na floresta para um piquenique romântico. Mas fui pisoteado por um javali gigante!

— Foi um mal-entendido.

— E o incidente com Ingrid Bergman?

— Ah, ela queria mesmo conhecer você. Como eu ia saber que tinham cavado uma armadilha e coberto com folhas na porta do trailer dela?

— E o encontro com Rock Hudson?

Britomártis deu de ombros.

— Bom, eu nunca *disse* que ele estava esperando você no meio daquele campo minado. Você que tirou conclusões precipitadas. Mas vocês dois teriam formado um casal fofo, fala a verdade.

Eu soltei um gemido e puxei meu cabelo encaracolado mortal. Britomártis me conhecia bem demais. Eu adorava a ideia de fazer parte de um casal fofo.

Leo ficou nos encarando como se assistisse a uma partida acalorada de lançamento de fogo grego. (Era superpopular em Bizâncio. Sem comentários.)

— Rock Hudson — disse ele. — Em um campo minado.

Britomártis abriu um sorrisão.

— Apolo estava *tão* adorável, saltitando entre as margaridas... Aí explodiu.

— Caso você tenha esquecido — murmurei —, eu não sou mais imortal. Então, por favor, nada de armadilhas.

— Eu nem sonharia com isso! — disse a deusa. — Não, o objetivo dessa missão não *é* matar você. Pode *até* matar você, mas não foi feita para isso. Só quero meus grifos de volta.

Calipso franziu a testa.

— *Seus* grifos?

— Sim — respondeu Britomártis. — São híbridos alados de leão e águia com...

— Eu sei o que é um grifo — disse Calipso. — Sei que Jo e Emmie os criavam aqui. Mas por que eles são *seus*?

Tossi.

— Calipso, os grifos são os animais sagrados da deusa. Ela é a mãe deles.

Britomártis revirou os olhos.

— Só no sentido figurado da coisa. Eu não me sento nos ovos e choco.

— Você me convenceu a fazer isso uma vez — falei. — Por um beijo que não ganhei.

Ela riu.

— Nossa, tinha me esquecido disso! De qualquer modo, o imperador daqui capturou meus bebês, Heloísa e Abelardo. Na verdade, está capturando animais míticos em todo o Meio-Oeste para usar em seus jogos diabólicos. Eles precisam ser libertados.

Leo observou as peças da mina desmontadas no colo.

— A menina. Georgina. Foi por isso que você pediu para Jo e Emmie saírem, não foi? Você está mais preocupada em recuperar seus grifos do que com a filha delas.

Britomártis deu de ombros.

— As prioridades de Jo e Emmie estão invertidas. Elas não aguentariam lidar com isso, mas a verdade é que os grifos são mais importantes do que qualquer coisa. Eu tenho meus motivos. Por ser uma deusa, minhas necessidades vêm em primeiro lugar.

Calipso fungou, indignada.

— Você é tão gananciosa e territorialista quanto os seus *bebês*.

— Vou fingir que não ouvi isso — disse a deusa. — Prometi a Ártemis que tentaria ajudar vocês três, mas não testem minha paciência. Vocês dariam ótimas salamandrinhas.

Uma mistura de esperança e tristeza surgiu no meu peito. Ártemis, minha amada irmã, não tinha me abandonado, afinal. Zeus podia ter proibido os outros olimpianos de me ajudar, mas pelo menos Ártemis deu um jeito de mandar sua tenente, Britomártis. Claro que a ideia de "ajuda" de Britomártis envolvia nos testar com minas terrestres e armadilhas de urso, mas, *àquela altura*, eu estava aceitando qualquer coisa.

— E se encontrarmos esses grifos? — perguntei.

— Se trouxerem meus filhos de volta, ensino como se infiltrar no lar do imperador — prometeu Britomártis. — Sendo a deusa das armadilhas, sei tudo sobre entradas secretas!

— E como isso pode ser considerado uma troca justa? — perguntei.

— Porque, meu adorável Lester, você *precisa* se infiltrar no palácio para salvar Georgina e os outros prisioneiros. Sem eles, a Estação Intermediária está condenada, e suas chances de impedir o Triunvirato também. Além do mais, é no palácio que você vai encontrar o Trono da Memória. Se não conseguir recuperá-lo, sua viagem à Caverna de Trofônio vai matar você. Você nunca vai salvar os outros oráculos. Nunca vai voltar ao Monte Olimpo.

Eu me virei para Leo.

— Então, sou novo nesse lance de missão heroica, mas não era para ter uma recompensa no final? E não só outras missões mortais?

— Pior que não — disse Leo. — É bem assim mesmo.

Ah, que injustiça! Uma deusa menor *me* forçando, um dos doze olimpianos, a recuperar animais para ela! Prometi silenciosamente que, se um dia recuperasse minha divindade, jamais mandaria um pobre mortal em uma missão. A não ser que fosse realmente importante. E a não ser que eu tivesse certeza de que o mortal estaria à altura do desafio. E que eu estivesse meio sem tempo... ou só com preguiça mesmo. Eu seria *bem mais* gentil e generoso do que essa deusa das redes.

— O que você quer que a gente faça? — perguntei a Britomártis. — Será que esses grifos não ficam presos no palácio do imperador? Não daria para matar dois coelhos com uma cajadada só?

— Não mesmo — respondeu Britomártis. — Os animais importantes de verdade, os raros e valiosos... O imperador os deixa em um local especial, fora do palácio, onde são tratados com todos os recursos adequados. O zoológico de Indianápolis.

Estremeci. Acho zoológicos locais deprimentes, cheios de animais enjaulados e tristes, crianças histéricas e comida ruim.

— Os grifos vão estar sob vigilância — supus.

— É claro! — Britomártis pareceu um pouco animada demais com a situação. — Por favor, tente libertar os grifos *antes* de ser ferido ou morto. Além do mais, você precisa ir logo...

— Lá vem o limite de tempo. — Leo olhou para mim com um ar de sabedoria. — Sempre tem limite de tempo.

— Em três dias — continuou Britomártis —, o imperador planeja usar todos os animais e prisioneiros em uma grande comemoração.

— Uma cerimônia de nomeação — relembrei. — Nanette, a *blemmyae* que quase nos matou, mencionou alguma coisa sobre isso.

— De fato. — Britomártis fez uma careta. — Esse imperador... ele *ama* dar nome às coisas em homenagem a si mesmo. Na cerimônia, ele planeja rebatizar Indianápolis.

Isso por si só não me pareceu uma tragédia. Indianápolis era um nome meio difícil de amar. No entanto, se esse imperador era quem eu supunha, a ideia de comemoração dele envolveria matar uma penca de gente e animais. Ele não era o tipo de pessoa que você contrataria para organizar a festa de aniversário do seu filho.

— Os *blemmyae* mencionaram outra coisa — falei. — O imperador queria sacrificar dois prisioneiros especiais. Eu e a *garota*.

Calipso juntou as mãos em uma armadilha de urso.

— Georgina.

— Exatamente! — Mais uma vez, Britomártis pareceu excessivamente alegre. — A garota está em segurança, por enquanto. Presa e maluca, sim, mas viva. Concentrem-se em libertar meus grifos. Vão para o zoológico assim que amanhecer. O turno da noite estará quase no fim, e os guardas do imperador vão estar cansados e desatentos.

Olhei para os pedaços de mina nas mãos de Leo. Morrer em uma explosão estava começando a me parecer um destino mais agradável do que a missão de Britomártis.

— Pelo menos não vou ter que fazer tudo sozinho — murmurei.

— Na verdade — disse a deusa —, Leo Valdez precisa ficar aqui.

Leo fez uma careta.

— Como é?

— Você já demonstrou sua habilidade com armadilhas! — explicou a deusa. — Emmie e Josephine precisam da sua ajuda. O imperador ainda não conseguiu achar a Estação Intermediária, mas não vai demorar muito. Ele não tolera nenhum tipo de oposição ao seu poder. Ele *vai* encontrar esse refúgio. E então destruí-lo. Você, Leo Valdez, pode ajudar a melhorar nossas defesas.

— Mas...

— Alegre-se! — Britomártis olhou para Calipso. — *Você* pode ir com Apolo, minha querida. Dois ex-imortais em uma missão para mim! Nossa, gosto muito dessa ideia.

Calipso empalideceu.

— Mas... Não. Eu não...

— Ela não pode — acrescentei.

A feiticeira assentiu enfaticamente.

— Nós não nos damos bem, então...

— Está decidido, então! — A deusa se levantou da poltrona. — Me encontro com vocês aqui quando estiverem com meus grifos. Não me decepcionem, mortais! — Ela bateu palmas com alegria. — Ah, eu sempre quis dizer isso!

Ela girou e desapareceu em um lampejo como uma isca de pesca engolida pelo mar, sem deixar nada para trás além de alguns anzóis triplos agarrados no tapete.

# 10

*Limpando privadas*
*Ao menos tem recompensa*
*Resto de tofu*

**DEPOIS DE ARMADILHAS PARA** urso e minas explosivas, eu não achava que a tarde pudesse piorar. Então é claro que foi isso que aconteceu.

Quando contamos a Emmie e Josephine o que tinha acontecido com Britomártis, nossas anfitriãs se desesperaram. A possibilidade de a missão dos grifos levar ao resgate de Georgina *não as tranquilizou*, nem o fato de que a garotinha delas permaneceria viva até o espetacular festival de matança que o imperador tinha planejado para dali a três dias.

Emmie e Jo ficaram tão magoadas, não só com Britomártis, mas também com *a gente*, que nos deram mais afazeres domésticos. Ah, claro, elas *alegaram* que todos os hóspedes tinham que ajudar. A Estação Intermediária era um espaço comunitário, não um hotel, blá-blá-blá.

Mas eu sabia muito bem que esfregar as privadas dos vinte e seis banheiros conhecidos da Estação Intermediária só podia ser uma punição.

Pelo menos, não precisei trocar o feno dos ninhos dos grifos. Essa foi a função de Leo, e quando ele terminou a tarefa parecia ter sido atacado por um espantalho. Já Calipso passou a tarde plantando feijão com Emmie. Agora me respondam: isso é justo?

Na hora do jantar, eu estava morrendo de fome. Estava louco por outra refeição fresca, de preferência preparada *para* mim, mas Josephine acenou com desânimo para a cozinha.

— Acho que tem sobra de enchilada de tofu na geladeira. Agamedes vai levar vocês até seus quartos.

Ela e Emmie nos deixaram à própria sorte, desamparados.

O fantasma laranja brilhante acompanhou Calipso até o quarto dela primeiro. Agamedes deixou claro por meio da Bola 8 Mágica e de muitos gestos que mulheres e homens sempre dormiam em alas totalmente diferentes.

Achei isso ridículo, mas, como tantas coisas relacionadas às Caçadoras da minha irmã, não tinha lógica.

Calipso não reclamou. Antes de sair, ela se virou para nós com hesitação e disse "Vejo vocês de manhã", como se estivesse fazendo um sacrifício *enorme*. Como se, ao falar com Leo e comigo, agisse com mais cortesia do que merecíamos. Sinceramente, eu não via como alguém podia ser tão arrogante depois de uma tarde plantando leguminosas.

Alguns minutos depois, munidos com sobras da geladeira, Leo e eu seguimos Agamedes até nosso quarto de hóspedes. Isso mesmo. Tivemos que *dividir* o quarto, o que encarei como outro sinal do descontentamento das nossas anfitriãs.

Antes de nos deixar, Agamedes jogou a Bola 8 Mágica para mim.

Franzi a testa.

— Não perguntei nada.

Ele apontou enfaticamente para a esfera mágica.

Eu a virei e li APOLO PRECISA TRAZÊ-LA PARA CASA. Desejei que o fantasma tivesse rosto, para que eu pudesse interpretar sua expressão.

— Você já me disse isso.

Joguei a bola de volta para ele, torcendo por mais explicações. Agamedes ficou flutuando com expectativa, como se esperasse que eu percebesse alguma coisa. E então, com os ombros murchos, ele se virou e foi embora.

Eu não estava a fim de comer enchiladas de tofu requentadas. Dei a minha para Leo, que ficou sentado na cama de pernas cruzadas e engoliu a comida. Ele ainda estava usando o macacão de Georgina, com uma leve cobertura de feno. Parecia ter decidido que caber nas roupas de trabalho de uma menina de sete anos era um sinal de honra.

Eu me deitei na cama. Olhei para o teto de tijolos, me perguntando se e quando ele cairia na minha cabeça.

— Sinto falta da minha cama no Acampamento Meio-Sangue.

— Aqui não é tão ruim — disse Leo. — Dormi na ponte Main Street de Houston por um mês, entre um lar adotivo e outro.

Ele parecia bem confortável em seu ninho de feno e cobertores.

— Você vai mudar de roupa antes de dormir, não vai? — perguntei.

— Vou tomar banho de manhã. Se começar a sentir coceira no meio da noite, é só arder em chamas.

— Não estou com paciência para brincadeiras. Não depois de Britomártis.

— Não estou brincando. Relaxa. Tenho certeza de que Jo tem um extintor em algum lugar.

A ideia de acordar em chamas e coberto de espuma de extintor não me pareceu atraente, mas faria até sentido, considerando o andar da carruagem.

Leo bateu com o garfo no prato.

— Essas enchiladas de tofu estão *muy ricas*. Preciso pegar a receita com Josephine. Minha amiga Piper ia adorar.

— Como você pode estar tão calmo? — perguntei. — Vou sair em uma missão perigosa amanhã com a sua namorada!

Normalmente, dizer para um homem mortal que eu ia a algum lugar com a namorada dele seria o suficiente para partir seu coração.

Leo concentrou sua atenção no tofu.

— Vai dar tudo certo.

— Mas Calipso não tem poderes! Como ela vai me ajudar?

— Ter poderes *não é tudo, ese*. Você vai ver. Amanhã, Calipso vai acabar salvando a sua pele cheia de espinhas da mesma forma.

Não gostei dessa ideia. Eu não queria minha pele cheia de espinhas dependendo de uma ex-bruxa que falhou em luta corpo a corpo e *stand-up comedy*, principalmente considerando o humor dela nos últimos tempos.

— E se ela ainda estiver com raiva de manhã? — perguntei. — O que está acontecendo entre vocês dois?

O garfo de Leo parou acima da última enchilada.

— É que... Durante seis meses ficamos viajando, tentando chegar a Nova York. Perigo constante. Nunca ficamos mais de uma noite no mesmo lugar. Depois, foi mais um mês e meio para chegar a Indianápolis.

Tentei imaginar como seria passar por quatro vezes mais provações do que eu já tinha vivenciado.

— Não deve ser fácil passar por tanta coisa assim no início do relacionamento. É muita pressão — falei.

— Calipso morou na ilha dela por milhares de anos, cara — concordou Leo, com tristeza. — Gosta de jardinagem, bordado, tapeçarias, de deixar o ambiente bonito. Não dá para fazer isso sem ter uma casa. E tem o fato de que eu... eu a tirei de lá.

— Você a salvou. Os deuses não estavam com pressa nenhuma de libertá-la da prisão. Ela poderia ter ficado naquela ilha por mais mil anos.

Leo mastigou o último pedaço e o engoliu como se o tofu tivesse virado argila (o que, na minha opinião, não seria uma grande mudança).

— Às vezes, ela fica feliz com a situação — disse ele. — Outras horas, sem os poderes, sem a imortalidade... é como... — Ele balançou a cabeça. — Eu estava prestes a comparar nosso relacionamento com uma máquina. Ela odiaria isso.

— Pode falar de máquinas.

Ele colocou o prato na mesa de cabeceira.

— Um motor é construído com um limite de estresse que é capaz de aguentar, sabe? Se for usado rápido demais ou por tempo demais, começa a superaquecer.

Isso eu entendia. Até minha carruagem do Sol ficava meio sensível quando eu a dirigia o dia todo no modo Maserati.

— Vocês precisam de tempo para manutenção. Não tiveram oportunidade de ver quem são como casal sem estarem em perigo e sempre viajando.

Leo sorriu, embora os olhos estivessem desprovidos do brilho travesso habitual.

— É. Só que estar em perigo e viajando... isso é a minha vida. Eu não... não sei como consertar isso. Nem sei se é consertável.

Ele tirou alguns pedaços de palha do macacão emprestado.

— Chega de conversa. É melhor dormir enquanto pode, Raio de Sol. Vou apagar.

— Não me chame de Raio de Sol — reclamei.

Mas era tarde demais. Quando Leo apagava, fazia isso com a eficiência de um gerador a diesel. Virou de lado e começou a roncar na mesma hora.

Não tive tanta sorte. Fiquei deitado na cama por muito tempo, contando carneirinhos carnívoros dourados, até finalmente cair num sono agitado.

# 11

*Quatro degolados*
*É muito num pesadelo*
*Por quê? Vou chorar?*

**É ÓBVIO QUE TIVE SONHOS** horríveis.

Eu me vi de pé na frente de uma fortaleza imensa em uma noite sem luar. À minha frente, muros inacabados se elevavam a dezenas de metros, com pontinhos protuberantes brilhando como estrelas.

No começo, não ouvi nada além dos gritos de corujas na floresta atrás de mim, um som que sempre me lembrava da noite na Grécia Antiga. Depois, na base da fortaleza, pedra foi arrastada sobre pedra. Uma pequena abertura apareceu onde não havia nada antes. Um jovem saiu engatinhando, puxando um saco pesado.

— Venha! — sibilou ele para alguém ainda no túnel.

O homem se levantou com dificuldade, e o conteúdo do saco tilintou. Ou ele estava carregando lixo para reciclagem (improvável), ou tinha acabado de roubar parte de um tesouro. Ele se virou na minha direção, e fui atingido por um golpe de reconhecimento que me deu vontade de gritar como uma coruja.

Era Trofônio. Meu filho.

Sabe aquela sensação de quando você *desconfia* que pode ter sido pai de alguém milhares de anos antes, mas não tem certeza? Aí vê a pessoa já adulta e, ao olhar nos olhos dela, sabe sem dúvida nenhuma que ela é sua filha? É, tenho certeza de que muitos de vocês já passaram por isso.

Eu não lembrava quem era a mãe dele… a esposa do rei Ergino, talvez? Ela era uma beleza. O cabelo escuro e brilhoso de Trofônio me lembrava o dela. Mas o físico musculoso e o rosto bonito... aquele queixo forte, aquele nariz perfeito, aqueles lábios rosados... sim, era evidente que Trofônio tinha herdado de mim a beleza deslumbrante.

Os olhos brilharam com confiança, como quem diz: *Isso mesmo. Eu acabei de engatinhar por um túnel e continuo lindo.*

Da abertura, a cabeça de outro jovem surgiu. Ele devia ter ombros mais largos, porque estava tendo dificuldade para passar.

Trofônio riu baixinho.

— Eu falei para você não comer tanto, irmão.

Apesar do esforço, o outro homem olhou para o irmão e sorriu. Ele não era nada parecido com Trofônio. O cabelo era louro e cacheado, o rosto tão sem malícia, abobalhado e feio quanto o de um burrinho simpático.

Percebi que era Agamedes, o meio-irmão de Trofônio. Ele não era meu filho. O pobre garoto teve o azar de ser a cria verdadeira do rei Ergino e sua esposa.

— Não acredito que deu certo — comentou Agamedes, soltando o braço esquerdo.

— *Claro* que deu certo — disse Trofônio. — Somos arquitetos famosos. Nós construímos o Templo de Delfos. Por que o rei Hirieu não nos confiaria a construção do seu depósito de tesouros?

— Com direito a túneis secretos!

— Bom, ele nunca vai descobrir o que fizemos — disse Trofônio. — O velho burro e paranoico vai supor que os criados roubaram todo o tesouro dele. Agora, anda logo, Carga Pesada.

Agamedes estava ocupado demais rindo para se libertar. Ele esticou o braço.

— Me ajude.

Trofônio revirou os olhos. Largou o saco de tesouro no chão... e, com isso, disparou a armadilha.

Eu sabia o que aconteceria em seguida. Eu me lembrava da história agora que a via acontecendo, mas, ainda assim, era difícil de assistir. O rei Hirieu era paranoico mesmo. Dias antes, tinha revirado o depósito de tesouros em busca de quaisquer pontos vulneráveis. Ao descobrir o túnel, ele não disse nada para os criados, para a equipe de operários nem para os arquitetos. Não tirou suas riquezas de lá. Só montou uma armadilha mortal e esperou para descobrir exatamente quem planejava roubá-lo...

Trofônio havia colocado o saco de ouro ao lado do fio que acionava a armadilha, que só era ativada quando o ladrão tivesse saído do túnel. O rei pretendia pegar os traidores com a mão na massa.

Numa árvore próxima, um arco mecânico disparou um sinal luminoso e barulhento para cima, traçando um arco de chama vermelha pelo céu. Dentro do túnel, uma viga de sustentação se partiu, esmagando o peito de Agamedes sob uma avalanche de pedras.

Ele ofegou, sacudindo o braço livre. Os olhos saltaram e ele tossiu sangue. Trofônio gritou de horror. Correu até o irmão e tentou libertá-lo, sem sucesso.

— Me deixe! — pediu Agamedes.

— Não! — Lágrimas desciam pelo rosto de Trofônio. — É culpa minha. A ideia foi minha! Vou buscar ajuda. Vou... vou dizer para os guardas...

— Isso só vai fazer com que eles matem você também — grunhiu Agamedes. — Vá. Enquanto ainda há tempo. E, irmão, o rei conhece meu rosto. — Ele ofegou, a respiração gorgolejando. — Quando ele encontrar meu corpo...

— Não fale assim!

— Ele vai saber que você estava comigo — continuou Agamedes, sereno diante da certeza da morte. — Vai perseguir você. Vai declarar guerra contra nosso pai. Você precisa garantir que meu corpo não será identificado.

Já quase desfalecendo, Agamedes esticou a mão para a faca pendurada no cinto do irmão. Trofônio chorou alto. Entendeu o que o irmão estava pedindo. Ouviu guardas gritando ao longe. Logo seriam alcançados.

Ele levantou a voz para os céus.

— Me leve no lugar dele! Salve-o, Pai, por favor!

O pai de Trofônio, Apolo, preferiu ignorar a súplica do filho.

*Eu tornei você famoso*, pensou Apolo. *Deixei que criasse meu templo em Delfos. Mas você usou sua reputação e seus talentos para se tornar um ladrão. Você é responsável por isso.*

Desesperado, Trofônio pegou a faca. Beijou a testa do irmão pela última vez e encostou a lâmina no pescoço de Agamedes.

Meu sonho mudou.

Eu estava em uma câmara subterrânea comprida, uma espécie de imagem alternativa do salão principal da Estação Intermediária. Acima, um teto curvo cintilava com azulejos brancos do metrô. Dos dois lados do aposento, onde ficariam os trilhos em uma estação de trem, canais abertos de água fluíam. Fileiras de monitores de tevê ocupavam as paredes, piscando com clipes de um homem de cabelo castanho cacheado e barba, dentes perfeitos e olhos azuis brilhantes.

Os vídeos me lembraram os anúncios que passavam na Times Square com apresentadores de *talk shows*. O homem fazia pose para a câmera, rindo, mandando beijinhos, fingindo perder o equilíbrio. Em cada cena, usava uma roupa diferente: um terno italiano, um macacão de piloto de corrida, traje de caça, todos feitos de pele de leão.

Um título quicava na tela em cores espalhafatosas: O NOVO HÉRCULES!

Sim. Era assim que ele gostava de se intitular na Roma Antiga. Tinha o corpo escandalosamente forte do herói, mas não era o verdadeiro Hércules. Eu bem sei. Encontrei com Hércules em várias ocasiões. Esse imperador era mais como alguém imaginava que Hércules deveria ser: uma caricatura retocada e musculosa demais.

No meio do salão, ladeado por guarda-costas e criados, estava o próprio sujeito, reclinado em um trono de granito branco. Não são muitos os imperadores que conseguem parecer imperiais usando só uma sunga de pele de leão, mas Cômodo conseguia. Uma das pernas estava jogada casualmente por cima do braço do trono. O abdome dourado formava um tanquinho tão perfeito que era fácil se imaginar lavando roupa ali. Com uma expressão de puro tédio, usando apenas dois dedos, ele girava um machado de guerra de um metro e oitenta que chegava bem perto de ameaçar a anatomia do conselheiro mais próximo.

Eu queria chorar. Não só porque ainda achava Cômodo atraente depois de tantos séculos, não só porque tivemos uma, hã, história complicada, mas também porque ele me lembrava de como *eu* costumava ser. Ah, poder me olhar no espelho e ver a perfeição de novo, não um garoto esquisito e gorducho com problemas de pele!

Eu me obriguei a prestar atenção nas outras pessoas no aposento. Ajoelhadas diante do imperador estavam duas que apareceram na minha visão da cobertura de Nero: Marcus, o menino dos colares de ouro que parecia ter sido criado por chacais, e Vortigern, o bárbaro.

Marcus tentava explicar alguma coisa para o imperador.

— Nós tentamos! Senhor, escute!

O imperador não pareceu muito disposto a escutar. Seu olhar desinteressado seguiu pela sala do trono, passando por várias fontes de diversão: uma estante com instrumentos de tortura, uma fileira de fliperamas, um conjunto de halteres e um alvo com... ah, caramba, o rosto de Lester Papadopoulos, brilhando com facas que tinham sido lançadas contra ele.

Nas sombras no fundo do aposento, animais estranhos se agitavam em jaulas. Não vi grifos, e sim outros animais famosos que eu não via há séculos. Seis serpentes aladas árabes pairavam em uma gigantesca gaiola para canários. Em um cercado dourado, um par de criaturas semelhantes a touros e com chifres enormes enfiavam a cara em um cocho de comida. Centícoras europeus, talvez? Nossa, essas criaturas eram raras mesmo na Antiguidade, e também eram chamadas de yales.

Marcus continuava tagarelando desculpas, até que, à esquerda do imperador, um homem corpulento de terno escarlate gritou:

— CHEGA!

O conselheiro contornou com um arco amplo o machado de guerra rodopiante do imperador. Seu rosto estava tão vermelho e suado que, como deus da medicina, tive vontade de avisar que ele se encontrava perigosamente próximo de sofrer um infarto. Cômodo avançou para cima dos dois suplicantes.

— Você está nos dizendo — rosnou ele — que a *perdeu*. Dois servos fortes e qualificados do Triunvirato perderam uma garotinha. Como isso aconteceu?

Marcus levantou as mãos, desamparado.

— Lorde Cleandro, eu não sei! Nós paramos em uma loja de conveniência perto de Dayton. Ela foi ao banheiro e... e desapareceu.

Marcus olhou para o companheiro em busca de apoio. Vortigern grunhiu.

Cleandro, o conselheiro de terno vermelho, fez cara de desprezo.

— Havia algum tipo de planta perto desse banheiro?

— Planta? — perguntou Marcus.

— É, seu idiota. Do tipo que *cresce*.

— Eu... Bom, tinha um montinho de dentes-de-leão crescendo em uma rachadura na calçada perto da porta, mas...

— *O quê?* — gritou Cleandro. — Você deixou uma filha de Deméter chegar perto de uma *planta*?

*Filha de Deméter.* Meu coração pareceu ter sido jogado para o alto em uma das redes de Britomártis. Pensei que aqueles homens estivessem conversando sobre Georgina, mas na verdade falavam de Meg McCaffrey. Ela havia escapado dos acompanhantes.

— Senhor, era... era só uma *erva daninha*!

— Que é tudo de que ela precisa para se teletransportar! — gritou Cleandro. — Você devia ter *percebido* como ela está se tornando poderosa. Só os deuses sabem onde ela está agora!

— Na verdade — disse o imperador, paralisando todo o salão —, eu sou um deus e não tenho a menor ideia.

Ele parou de girar o machado de guerra. Observou a sala do trono até seu olhar se fixar em uma serva *blemmyae* arrumando bolos e canapés em um carrinho de chá. Ela não estava disfarçada; a cara de peito estava à mostra, embora abaixo do queixo/barriga usasse um uniforme de empregada, uma saia preta com avental de renda branca.

O imperador mirou. Arremessou casualmente o machado de guerra até o outro lado da sala, a lâmina afundando entre os olhos da criada. Ela cambaleou, mas conseguiu dizer "Bom arremesso, meu senhor" antes de virar pó.

Os conselheiros e guarda-costas bateram palmas educadamente.

Cômodo descartou os elogios com um gesto.

— Estou entediado com esses dois. — Ele indicou Marcus e Vortigern. — Eles falharam, não foi?

Cleandro fez uma reverência.

— Sim, meu senhor. Graças a eles, a filha de Deméter está solta por aí. Se chegar a Indianápolis, pode nos causar uma infinidade de problemas.

O imperador sorriu.

— Ah, mas Cleandro, você também falhou, não foi?

O homem de terno vermelho engoliu em seco.

— Senhor, eu... eu garanto...

— Foi *sua* ideia permitir que Nero nos mandasse esses idiotas. Você achou que eles seriam *úteis* para capturar Apolo. Agora, a garota nos traiu. *E* Apolo está solto pela *minha* cidade, e você ainda não o capturou.

— Senhor, as mulheres intrometidas da Estação Intermediária...

— Isso mesmo! — disse o imperador. — Você também ainda não as encontrou. E não vou nem começar a falar de todos os seus fracassos em relação à cerimônia de nomeação.

— M-mas, senhor! Vamos ter milhares de animais para você matar! Centenas de prisioneiros...

— CHATO! Já falei, quero alguma coisa *criativa*. Você é meu prefeito pretoriano ou não, Cleandro?

— S-sim, senhor.

— Então é responsável por qualquer fracasso.

— Mas...

— E está me entediando — acrescentou Cômodo —, o que é punível com morte. — Ele olhou para os dois lados do trono. — Quem é o próximo na linha de comando? Se apresente.

Um jovem deu um passo à frente. Não era um guarda-costas germânico, mas definitivamente um lutador. Sua mão pousou com tranquilidade no cabo de uma espada. O rosto era um mapa de cicatrizes. As roupas eram casuais, só uma calça jeans, uma camiseta vermelha e branca em que se lia NEBRASCA e uma bandana vermelha amarrada no cabelo escuro cacheado, mas ele se portava com a confiança tranquila de um matador experiente.

— Eu sou o próximo, senhor.

Cômodo inclinou a cabeça.

— Vá em frente, então.

— Não! — gritou Cleandro.

Nebrasca se moveu com velocidade vertiginosa. A espada brilhou. Em três cortes fluidos, três pessoas caíram mortas, as cabeças separadas do corpo. O lado bom era que Cleandro não ia precisar mais se preocupar com o infarto iminente. O mesmo se aplicava a Marcus e Vortigern.

O imperador bateu palmas, radiante.

— Que máximo! Isso foi *muito* divertido, Litierses!

— Obrigado, senhor. — Nebrasca limpou o sangue da lâmina.

— Você é quase tão bom com a espada quanto eu! — elogiou o imperador. — Eu já falei como decapitei um rinoceronte?

— Sim, meu senhor, muito impressionante. — A voz de Litierses era tão sem graça quanto aveia. — Posso remover os corpos?

— Claro. Você... é filho de Midas, não é?

O rosto de Litierses pareceu desenvolver novas cicatrizes.

— Sim, senhor.

— Mas não consegue fazer aquela coisa do toque que transforma em ouro?

— Não, senhor.

— Que pena. Mas você *mata* gente bem. Isso é bom. Suas primeiras ordens: encontre Meg McCaffrey. E Apolo. Traga-os para mim, vivos se possível, e... hum. Tinha mais uma coisa.

— A cerimônia de nomeação, senhor?

— Isso! — O imperador sorriu. — Isso mesmo. Tenho ideias maravilhosas para incrementar os jogos, mas, como Apolo e a garota ainda estão soltos por aí, temos que seguir em frente com nossos planos para os grifos. Vá ao zoológico imediatamente. Traga os animais para cá por segurança. Se fizer isso tudo para mim, *não* vou matar você. É justo?

Os músculos do pescoço de Litierses se contraíram.

— Claro, senhor.

Quando o novo prefeito pretoriano gritou ordens para os guardas, mandando que retirassem os corpos decapitados, alguém disse meu nome.

— Apolo. Acorde.

Meus olhos se abriram. Calipso estava na minha frente. O quarto estava escuro. Ali perto, Leo ainda roncava na cama.

— Está quase amanhecendo — disse a feiticeira. — Temos que ir.

Tentei piscar para afastar os resquícios dos sonhos. A Bola 8 Mágica de Agamedes pareceu flutuar diante dos meus olhos. *Apolo precisa trazê-la para casa.*

Eu me perguntei se o fantasma estava falando de Georgina ou de outra garota que eu queria muito encontrar.

Calipso sacudiu meu ombro.

— Venha logo! Você é lerdo demais de manhã para um deus do Sol.

— O q-quê? Onde?

— Zoológico — disse ela. — A não ser que você queira ficar aqui à espera dos afazeres domésticos matinais.

# 12

*Falo de bolinho*
*Quatro tipos diferentes*
*A flecha explica*

**CALIPSO SABIA COMO ME** motivar.

A ideia de esfregar privadas de novo era mais apavorante do que os meus sonhos.

Andamos pelas ruas escuras no amanhecer frio, atentos a multidões educadas de *blemmyae* assassinos, mas ninguém nos incomodou. No caminho, contei meus pesadelos para Calipso.

Achei melhor soletrar o nome c-ô-m-o-d-o, caso enunciá-lo em voz alta pudesse atrair a atenção do deus-imperador. Calipso nunca tinha ouvido falar dele. Claro, ela havia ficado presa em sua ilha nos últimos milênios. Eu duvidava que reconhecesse nomes de muitas pessoas que nunca tinham dado as caras lá pelas suas bandas. Mal sabia quem era Hércules. Adorei isso. Hércules queria *tanto* ser o centro das atenções.

— Você conhece esse imperador pessoalmente? — perguntou ela.

Repeti para mim mesmo que não estava corando. Era só o vento fazendo meu rosto arder.

— Nós nos conhecemos quando ele era mais jovem. Tínhamos muitas coisas em comum, era surpreendente. Quando ele se tornou imperador... — Suspirei. — Você sabe como é. Ele era muito jovem quando conquistou todo aquele poder e fama. Mexeu com a cabeça dele. Aconteceu o mesmo com Justin, Britney, Lindsay, Amanda, Amadeus...

— Não conheço nenhuma dessas pessoas.

— Precisamos dedicar mais tempo às suas aulas de cultura pop.

— Não, por favor. — Calipso brigou com o zíper do casaco.

Naquele dia, ela estava usando uma mistura de roupas emprestadas que deviam ter sido selecionadas às escuras: uma parka prateada surrada, provavelmente da época em que Emmie ainda era uma das Caçadoras de Ártemis; uma camiseta azul da INDY 500; uma saia marrom até os tornozelos por cima de uma legging preta; e tênis de corrida em tons de roxo e verde. Meg McCaffrey aprovaria o visual.

— E o cara de Nebrasca com a espada? — perguntou Calipso.

— Litierses, filho do rei Midas. Não sei muito sobre ele, nem por que está servindo o imperador. Espero que a gente entre e saia do zoológico antes desse cara aparecer. Não gosto da ideia de lutar contra ele.

Calipso fechou os dedos, talvez lembrando o que aconteceu na última vez em que ela deu um soco em alguém.

— Pelo menos a sua amiga Meg conseguiu fugir — comentou. — É uma boa notícia.

— Talvez.

Eu queria acreditar que Meg estava se rebelando contra Nero. Que finalmente tinha percebido a verdade sobre o padrasto monstruoso e agora correria para o meu lado, pronta para me ajudar nas missões e parar de me dar ordens irritantes.

Infelizmente, eu sabia por experiência própria como era difícil sair de um relacionamento abusivo. As garras de Nero estavam enterradas fundo na mente da garota. Pensar em Meg fugindo sem destino, apavorada, perseguida por capangas de dois imperadores diferentes... Isso não me tranquilizou. Eu esperava que ao menos seu amigo Pêssego, o espírito dos grãos, estivesse com ela para dar uma força, mas não vi sinal dele nas minhas visões.

— E Trofônio? — perguntou Calipso. — Você sempre se esquece dos seus filhos assim?

— Você não entenderia.

— Estamos procurando um oráculo perigoso que enlouquece as pessoas. O espírito desse oráculo por acaso é seu filho, que pode estar bem magoado com você por não ter atendido as súplicas dele, obrigando-o assim a decepar a cabeça do próprio irmão. Então seria bom que você se lembrasse desse tipo de coisa.

— Andei com muita coisa na cabeça! É uma cabeça *mortal* muito pequena.

— Pelo menos concordamos com o tamanho do seu cérebro.

— Ai, dá um tempo — murmurei. — Eu só queria um conselho, uma direção, mas nem para isso você serve.

— Meu conselho é parar de ser tão *gloutos*.

A palavra significava *nádegas*, mas em grego antigo tinha uma conotação bem mais grosseira. Tentei pensar em uma resposta sagaz, mas a expressão em grego antigo para *é a mãe!* me escapou.

Calipso mexeu nas penas das flechas da minha aljava.

— Se você quer tanto um conselho, por que não pede à sua flecha? Talvez ela saiba como resgatar grifos.

— Hum.

Não gostei do conselho de Calipso sobre pedir conselhos. Eu não via como uma flecha saída de uma peça de Shakespeare poderia nos ajudar. Por outro lado, eu não tinha nada a perder além da minha paciência. E, se a flecha me irritasse demais, eu sempre podia dispará-la no *gloutos* de algum monstro.

Eu peguei a Flecha de Dodona. Na mesma hora, a voz grave e masculina falou na minha mente, a haste ressonando a cada palavra.

*ORA*, disse a flecha. *O MORTAL FINALMENTE DEMONSTRA BOM SENSO.*

— Também senti saudades suas — falei.

— Está falando? — perguntou Calipso.

— Infelizmente, está. Ó, Flecha de Dodona, tenho uma pergunta para você.

*DISPARA TUA MELHOR QUESTÃO.*

Expliquei minhas visões. Tenho certeza de que parecia ridículo falando com uma flecha enquanto andava pela Rua West Maryland. Em frente ao Centro de Convenções Indiana, tropecei e quase me empalei pelo olho, mas Calipso nem chegou a rir. Ao longo de nossa jornada juntos, ela já tinha me visto em situações muito mais humilhantes.

Conversar me parecia uma forma bem inútil de usar uma flecha, mas até que eu me saía bem.

*QUE VERGONHA.* Ela tremeu na minha mão. *TU ME DESTE NÃO UMA QUESTÃO, MAS UMA HISTÓRIA.*

Eu me perguntei se a flecha estava me testando, avaliando até onde podia me irritar até que eu a quebrasse ao meio. Eu podia ter feito isso há muito tempo, mas temia terminar com *dois* fragmentos de uma flecha falante me dando conselhos ruins ao mesmo tempo.

— Muito bem — falei. — Como podemos encontrar os grifos? Onde está Meg McCaffrey? Como podemos derrotar o imperador, libertar os prisioneiros e recuperar o controle do Oráculo de Trofônio?

*AGORA TU FIZESTE PERGUNTAS DEMAIS*, disse a flecha. *MINHA SABEDORIA NÃO CUSPIRÁ RESPOSTAS COMO SE FOSSE O GOOGLE.*

Aquela flecha estava indo longe demais.

— Vamos começar com algo simples, então. Como libertamos os grifos?

*VAI AO ZOOLÓGICO.*

— Já estamos fazendo isso.

*ENCONTRA A GAIOLA DOS GRIFOS.*

— Certo, mas *onde*? E não me diga *no zoológico*. Onde exatamente dentro do Zoológico de Indianápolis os grifos estão presos?

*PROCURA A MARIA-FUMAÇA.*

— A maria-fumaça.

*SERIA ECO O QUE TEM AQUI?*

— Tudo bem! Nós procuramos uma maria... um trem. Quando localizarmos os grifos, como os libertaremos?

*ORA, TU CONQUISTAS A CONFIANÇA DOS ANIMAIS COM BOLINHOS DE BATATA.*

— Bolinhos de batata?

Esperei um esclarecimento, ou mesmo outro comentário mordaz. A flecha ficou em silêncio. Com um ruído de repugnância, eu a devolvi à aljava.

— Sabe, ouvir só um lado da conversa foi bem confuso — comentou Calipso.

— Ouvir os dois lados não fez muito mais sentido. Tem alguma coisa a ver com um trem. E bolinhos de batata.

— Bolinhos de batata? Leo... — A voz dela falhou. — Leo adora.

Minha enorme experiência com mulheres sugeria que Calipso estava arrependida de ter discutido com Leo no dia anterior ou emocionada com o assunto dos bolinhos de batata. Eu não estava a fim de descobrir qual das duas opções era a verdadeira.

— Seja qual for o caso, não pude compreender... Eis a questão. — Tentei parar de falar usando clichês shakespearianos. — Não sei o que o conselho da flecha significa. Talvez faça sentido quando chegarmos ao zoológico.

— Claro, porque é o que sempre acontece quando nós chegamos a lugares novos, né? De repente, tudo passa a fazer sentido.

— Você tem razão. — Suspirei. — Mas, assim como a ponta da minha flecha falante, isso não nos ajuda em nada. Vamos em frente?

Passamos por uma ponte e atravessamos o Rio White, que não era nem um pouco branco. Era largo e marrom e corria devagar entre os muros de contenção de cimento, a água contornando ilhas de arbustos irregulares que me lembravam espinhas no rosto (algo com o que eu estava bem familiarizado agora). Estranhamente, me lembrava o Tibre, em Roma, outro rio decepcionante e negligenciado.

Ainda assim, eventos que alteraram o curso da história mundial aconteceram às margens do Tibre. Tremi ao pensar nos planos que Cômodo tinha para aquela cidade. E, se o Rio White alimentava os canais que vislumbrei na sala do trono, seu esconderijo talvez estivesse próximo. O que significava que seu novo prefeito, Litierses, podia já estar no zoológico. Decidi andar mais rápido.

O Zoológico de Indianápolis ficava escondido em um parque depois da West Washington. Atravessamos um estacionamento vazio e seguimos na direção da marquise turquesa da entrada principal. Uma faixa na frente dizia NATURALMENTE FOFO! Por um momento, achei que talvez a equipe do zoológico tivesse ouvido falar que eu estava indo até lá e houvesse decidido me dar boas-vindas. Mas percebi que a faixa era só uma propaganda dos coalas. Como se coalas precisassem de propaganda.

Calipso franziu a testa para as bilheterias fechadas.

— Não tem ninguém aqui. Está fechado.

— Era *essa* a ideia — lembrei a ela. — Quanto menos mortais por perto, melhor.

— Mas como vamos entrar?

— Se ao menos alguém pudesse controlar espíritos do vento e nos carregar por cima da cerca.

— Se ao menos alguém pudesse nos teletransportar — respondeu ela. — Ou estalar os dedos e trazer os grifos até nós.

Cruzei os braços.

— Estou começando a lembrar por que exilamos você para aquela ilha por três mil anos.

— Três mil, quinhentos e sessenta e oito. Eu teria ficado mais tempo lá, se dependesse de você.

Eu não pretendia retomar aquela discussão, mas Calipso estava pedindo.

— Você estava em uma ilha tropical com praias de águas cristalinas, servos alados e uma caverna generosamente aparelhada.

— E isso fazia com que Ogígia não fosse uma prisão?

Fiquei tentado a explodi-la usando meu poder divino, só que... Bom, eu não tinha nenhum.

— Você não sente saudade da sua ilha, então?

Ela piscou, como se eu tivesse jogado areia na cara dela.

— Eu... Não. Essa não é a questão. Eu fui exilada. Não tinha ninguém...

— Ah, por favor. Quer saber como é o *verdadeiro* exílio? Essa é minha terceira vez como mortal. Desprovido de poderes. Desprovido de imortalidade. Eu posso *morrer*, Calipso.

— Eu também — disse ela, de maneira cortante.

— Sim, mas você *escolheu* partir com Leo. Abriu mão de sua imortalidade por amor! Você é tão ruim quanto Hemiteia!

Eu não tinha percebido quanta raiva havia por trás daquela última acusação até soltá-la. Minha voz ressoou pelo estacionamento. Em algum lugar do zoológico, uma ave tropical de repente piou em protesto.

A expressão de Calipso endureceu.

— Certo.

— Eu só quis dizer...

— Pode parar. — Ela olhou para a cerca. — Vamos procurar um lugar para pular?

Tentei formular um pedido de desculpas cavalheiresco que ao mesmo tempo sustentasse minha posição, mas decidi deixar a questão pra lá. Meu grito podia acabar acordando mais do que tucanos. Precisávamos correr.

Encontramos um ponto em que a cerca era um pouco mais baixa. Mesmo de saia, Calipso se mostrou mais ágil ao escalar. Ela chegou ao topo sem problema, enquanto eu prendi o sapato no arame farpado e me vi de cabeça para baixo. Foi pura sorte eu não ter caído na jaula do tigre.

— Cala a boca — falei para Calipso quando ela me soltou.

— Eu não falei nada!

O tigre estava olhando para a gente de cara feia do outro lado do vidro, como quem diz *Por que você está me incomodando se não trouxe o café da manhã?*

Sempre achei os tigres criaturas sensatas.

Calipso e eu nos esgueiramos pelo zoológico, atentos a sinais de mortais ou de guardas imperiais. Exceto por um funcionário lavando a parte das jaulas dos lêmures, não vimos ninguém.

Paramos em uma área que parecia ser o cruzamento principal do parque. À nossa esquerda havia um carrossel. À direita, orangotangos relaxavam nas árvores de um grande complexo cercado de redes. Estrategicamente posicionados em volta da praça, havia vários cafés e lojas de souvenires, todos fechados. Placas apontavam para diversas atrações: OCEANO, PLANÍCIES, SELVA, VOOS MIRABOLANTES.

— "Voos mirabolantes" — falei. — Claro que classificariam os grifos como voos mirabolantes.

Calipso observou os arredores. Ela tinha olhos perturbadores, castanho-escuros e intensamente concentrados, parecidos com os de Ártemis quando colocava um alvo em sua mira. Imagino que, em Ogígia, Calipso tenha tido muitos anos de treino olhando para o horizonte, esperando que alguém ou alguma coisa interessante aparecesse.

— Sua flecha mencionou um trem. Tem uma placa indicando um passeio de trem.

— É, mas minha flecha também falou sobre bolinhos de batata. Acho que ela deve ter empenado um pouco.

Calipso apontou.

— Ali.

No café mais próximo com mesas ao ar livre, junto a uma janela de atendimento fechada, tinha um cardápio de almoço preso à parede. Li as opções.

— Quatro tipos diferentes de bolinhos de batata? — Eu me senti sufocado diante da confusão culinária. — Por que alguém precisaria de tantos? De chili. De batata-doce. De batata *roxa*? Como uma batata pode...? — Parei.

Por um nanossegundo, não entendi o que havia chamado minha atenção. Mas percebi que meus ouvidos tinham captado um som ao longe, uma voz de homem.

— O que foi? — perguntou Calipso.

— *Shh*. — Prestei mais atenção.

Eu torcia para estar enganado. Talvez só tivesse ouvido uma ave exótica com um pio grave, ou até o funcionário do zoológico xingando por ter que limpar cocô de lêmure. Mas, não. Mesmo no meu estado mortal inferior, minha audição era excepcional.

A voz falou de novo, familiar e bem mais próxima.

— Vocês três, por ali. Vocês dois, comigo.

Toquei na manga da parka de Calipso.

— É Litierses, o fã de Nebrasca.

A feiticeira murmurou outro xingamento em minoico, citando uma parte do corpo de Zeus sobre a qual eu *não* queria pensar.

— Precisamos nos esconder.

Infelizmente, Litierses estava se aproximando pelo caminho de onde tínhamos vindo. A julgar pelo som da voz dele, tínhamos segundos até sua chegada. O cruzamento oferecia uma série de rotas de fuga, mas todas ficariam na linha de visão de Litierses.

Só um lugar estava próximo o bastante para oferecer proteção.

— Quando em dúvida — disse Calipso —, bolinhos de batata.

Ela pegou minha mão e me levou para os fundos do café.

# 13

*Trabalhar numa cozinha*
*Um sonho alcançado*
*Quer batatas fritas?*

**QUANDO ERA UM DEUS,** eu ficava feliz da vida se uma mulher me puxava para trás de uma construção. Mas, como Lester e com Calipso, era mais provável que eu fosse morto do que beijado.

Nós nos agachamos junto a uma pilha de caixas de leite perto da entrada da cozinha. A área tinha cheiro de gordura, cocô de pombo e cloro, que vinha da água que jorrava de uns jatos usados para crianças se refrescarem ali perto. Calipso sacudiu a porta trancada e me fuzilou com o olhar.

— Me ajude! — sibilou ela.

— O que *eu* posso fazer?

— Bom, agora seria uma boa hora para ter uma explosão de força divina!

Eu não devia ter contado sobre isso para ela e Leo. Uma vez, quando estava enfrentando Nero no Acampamento Meio-Sangue, meu poder sobre-humano voltou brevemente, o que me permitiu vencer os germânicos do imperador. Atirei um deles em direção ao céu, e, até onde eu sabia, ele ainda devia estar vagando por lá. Mas esse momento de força divina logo passou. E não retornara desde então.

Independentemente disso, Leo e Calipso pareciam pensar que eu podia conjurar explosões de maravilhas divinas a hora que quisesse, só porque já tinha sido um deus. Eu achava isso injusto.

Tentei abrir a porta. Puxei a maçaneta e quase perdi os dedos da mão.

— Ai — murmurei. — Os mortais melhoraram nisso de fazer portas. Já na Era do Bronze...

Calipso me mandou calar a boca.

As vozes dos nossos inimigos estavam se aproximando. Eu não conseguia ouvir Litierses, mas os dois outros homens conversavam em uma língua gutural que parecia gaulês antigo. Duvidava que eles fossem funcionários do zoológico.

Desesperada, Calipso tirou um grampo do cabelo. Ahá, então aquelas mechas dela não permaneciam no lugar por magia! Ela apontou para mim e então para o canto. Achei que estivesse me mandando fugir e me salvar. Seria uma sugestão sensata, mas percebi que me pedia para vigiar.

Não sabia como isso ajudaria, mas espiei por cima da enorme pilha de caixas de leite e esperei que os germânicos viessem nos matar. Eu os ouvi na frente do café, sacudindo a janela de alumínio, depois conversando brevemente com muitos grunhidos e resmungos. Conhecendo os guarda-costas do imperador, eles deviam estar dizendo alguma coisa como *Matar? Matar. Esmagar cabeças? Esmagar cabeças.*

Eu me perguntei por que Litierses dividira seu grupo em dois. Eles já sabiam onde os grifos estavam. Por que então ainda zanzavam pelo parque? A não ser, claro, que estivessem procurando invasores, especificamente *nós...*

Calipso quebrou o grampo ao meio. Inseriu as partes de metal na fechadura e começou a movimentá-las, os olhos fechados como se estivesse profundamente concentrada.

*Ridículo*, pensei. Isso só funciona em filmes e em épicos de Homero!

*Clique.* A porta se abriu. Calipso fez sinal para eu entrar. Ela tirou os pedaços de grampo da fechadura e me seguiu, fechando a porta atrás de si com cuidado. Ela a trancou momentos antes de alguém do lado de fora sacudir a maçaneta.

Uma voz rouca murmurou em gaélico, provavelmente alguma coisa como *Não demos sorte. Vamos esmagar cabeças em outro lugar.*

Os passos se afastaram.

Só então me lembrei de respirar.

Eu me virei para Calipso.

— Como você arrombou a fechadura?

Ela olhou para o grampo quebrado na mão.

— Eu... eu me lembrei de tecelagem.

— Tecelagem?

— Eu ainda sei *tecer*. Passei milhares de anos praticando no tear. Achei que talvez, não sei, mexer com grampos em uma fechadura não fosse tão diferente de tecer fios em um tear.

As duas coisas me pareciam *muito* diferentes, mas os resultados eram indiscutíveis.

— Então não foi magia?

Tentei conter minha decepção. Ter alguns espíritos do vento à nossa disposição seria bastante útil.

— Não. Você vai saber quando eu recuperar minha magia, porque vai perceber que foi jogado do outro lado de Indianápolis.

— Nossa, mal posso esperar.

Observei o interior escuro da lanchonete. Na parede dos fundos havia o básico: uma pia, uma fritadeira, um *cooktop*, dois micro-ondas. Debaixo da bancada, dois freezers horizontais.

Você pode estar se perguntando como eu conhecia o equipamento básico de uma cozinha de lanchonete. Descobri a Pink quando ela trabalhava no McDonald's. Descobri a Queen Latifah no Burger King. Passei bastante tempo em lugares como aquele. Você nunca sabe onde vai encontrar um grande talento.

Verifiquei o primeiro freezer. Lá dentro, em meio à névoa gelada, havia caixas cuidadosamente rotuladas de refeições prontas para serem cozidas, mas nada que dissesse BOLINHOS DE BATATA.

O segundo freezer estava trancado.

— Calipso, você conseguiria tecer e abrir este aqui?

— Quem é inútil agora, hein?

Para não atrapalhar meus planos, decidi não responder. Dei um passo para trás enquanto Calipso usava suas habilidades não mágicas. Ela levou ainda menos tempo para abrir a segunda fechadura.

— Muito bem. — Eu levantei a tampa do freezer. — Ah.

Centenas de pacotes em papel-manteiga branco, cada um identificado em caneta preta.

Calipso leu as descrições.

— Mix de cavalo carnívoro? Cubos de avestruz de combate? E... bolinhos de grifo. — Ela se virou para mim com uma expressão horrorizada. — Não é possível que estejam moendo os animais e usando para fazer *comida*!

Eu me lembrei de um banquete muito tempo atrás, com o perverso rei Tântalo, que serviu aos deuses um ensopado feito dos próprios filhos. Com humanos, tudo era possível. Mas, naquele caso, eu não achava que o café estivesse servindo animais selvagens *míticos*.

— Esses itens estão trancados — falei. — Acho que foram separados para os animais mais raros do zoológico. Isso é um mix de comida *para* cavalos carnívoros, não uma mistura *de* cavalos carnívoros.

Isso não pareceu diminuir muito o enjoo de Calipso.

— Mas o que é um avestruz de combate?

A pergunta despertou uma lembrança antiga. Fui tomado por uma visão tão intensa quanto o fedor de uma jaula de lêmure suja.

Eu me vi esparramado em um sofá na tenda do meu amigo Cômodo. Ele estava no meio de uma campanha militar com o pai, Marco Aurélio, mas nada ali indicava a vida difícil da legião romana. Acima, uma cobertura de seda branca oscilava com a brisa leve. Em um canto, um músico tocava discretamente a lira. Sob os nossos pés, os melhores tapetes das províncias orientais, cada um tão caro quanto uma *villa* em Roma. Entre os dois sofás, havia uma mesa coberta com o lanche da tarde: javali, faisão e salmão assados e frutas saindo de uma cornucópia de ouro maciço.

Eu estava me entretendo jogando uvas na boca de Cômodo. Claro que errava apenas se quisesse, mas era divertido ver a fruta quicar no nariz dele.

— Você é *terrível* — provocou ele.

*E você é perfeito*, pensei, mas apenas sorri.

Ele tinha dezoito anos. Em minha forma mortal, eu parecia ser um jovem da mesma idade, mas, apesar das melhorias divinas, dificilmente seria mais bonito do que o *princeps*. Mesmo com a vida fácil de filho do imperador, Cômodo era o modelo de perfeição atlética: o corpo era ágil e musculoso, o cabelo dourado caía em cachos em torno do rosto olimpiano. A força física já era famosa, gerando comparações ao lendário herói Hércules.

Joguei outra uva. Ele a pegou e observou a pequena esfera.

— Ah, Apolo... — Ele sabia minha verdadeira identidade. Éramos amigos, *mais* do que amigos, havia quase um mês naquele momento. — Fico tão cansado dessas campanhas. Meu pai está em guerra há praticamente todo o reinado!

— Que vida difícil a sua. — Indiquei a opulência ao nosso redor.

— É, mas é *ridículo*. Pisoteando florestas do Danúbio, aniquilando tribos bárbaras que não são uma ameaça verdadeira a Roma. Qual é o sentido de ser imperador se você nunca está na capital se divertindo?

Mordisquei um pedaço de carne de javali.

— Por que você não fala com o seu pai? Pede uma licença?

Cômodo riu com deboche.

— Você sabe o que ele vai fazer: vai me dar outro sermão sobre dever e moralidade. Ele é tão virtuoso, tão perfeito, tão admirado.

Ele colocou essas palavras em círculos no ar (já que aspas no ar ainda não tinham sido inventadas). Eu compreendia a situação dele. Marco Aurélio era o pai mais rigoroso e poderoso do mundo, com a exceção de meu próprio pai, Zeus. Os dois amavam dar sermão. Os dois amavam lembrar à prole como todos tinham sorte, como tinham privilégios, como não chegavam perto de cumprir as expectativas do pai. E, claro, os dois tinham filhos lindos, talentosos e que não eram devidamente valorizados.

Cômodo espremeu a uva e observou o sumo escorrer pelos dedos.

— Meu pai me tornou seu imperador júnior quando eu tinha *quinze* anos, Apolo. É sufocante. Tantas obrigações o tempo todo. Depois, ele me casou com aquela garota horrenda, Bruta Crispina. Quem bota o nome de *Bruta* na filha?

Eu não pretendia rir às custas da esposa distante dele... mas parte de mim ficava satisfeita quando ele falava mal dela. Eu queria ser o centro das atenções dele.

— Bom, um dia você vai ser o único imperador — falei. — Aí *você* vai poder ditar as regras.

— Vou restaurar a paz com os bárbaros — disse ele. — E vamos para casa comemorar com jogos. Os *melhores* jogos, o tempo todo. Vou reunir os animais mais exóticos do mundo. Vou lutar contra eles pessoalmente no Coliseu: tigres, elefantes, avestruzes.

Eu ri.

— Avestruzes? E você já *viu* um avestruz?

— Ah, vi. — Ele fez uma expressão nostálgica. — Criaturas maravilhosas. Se fossem treinados para lutar, talvez com algum tipo de armadura personalizada, seriam *incríveis*.

— Você é um idiota lindo. — Eu joguei outra uva, que quicou na testa dele.

Um breve lampejo de raiva surgiu em seu rosto. Eu sabia que meu doce Cômodo podia ter um temperamento agressivo. Seu gosto por matanças era um pouco excessivo. Mas por que eu me importaria? Eu era um deus. Podia falar com ele como mais ninguém ousava.

A aba da barraca foi aberta. Um centurião entrou e fez uma saudação decidida, mas seu rosto estava abalado, brilhando de suor.

— *Princeps...* — A voz dele falhou. — É seu pai. Ele... ele está...

O homem não chegou a falar *morto*, mas a palavra pareceu flutuar na barraca ao nosso redor, sugando o calor do ar. O lirista parou no meio de um acorde de sétima maior.

Cômodo se virou para mim com um olhar de pânico.

— Vá — falei, o mais calmamente que podia, sufocando meus medos. — Você sempre vai ter minhas bênçãos. Vai se sair bem.

Mas eu já desconfiava do que ia acontecer: o jovem que eu conhecia e amava estava prestes a ser consumido pelo imperador que se tornaria.

Cômodo se levantou e me beijou pela última vez. Seu hálito tinha cheiro de uva. Então saiu da barraca, andando, como os romanos diriam, para a boca do lobo.

— Apolo. — Calipso me cutucou no braço.

— Não vá! — supliquei. E minha vida passada desapareceu.

A feiticeira me encarava, com a testa franzida.

— O que você quer dizer com *não vá*? Teve outra visão?

Observei a cozinha escura da lanchonete.

— Eu... estou bem. O que está acontecendo?

Calipso apontou para o freezer.

— Olhe os preços.

Engoli o gosto amargo de uvas e carne de javali. No freezer, havia um preço escrito a lápis no canto de cada pacote. O mais caro, de longe: bolinhos de grifo, quinze mil dólares a porção.

— Não entendo muito sobre a atual economia — admiti —, mas não é meio caro para uma refeição?

— Eu ia perguntar a mesma coisa. Sei que um S com a linha no meio significa dólares americanos, mas a quantia...? — Ela deu de ombros.

Achei injusto estar me aventurando com alguém tão perdido quanto eu. Um semideus moderno conheceria muito bem o assunto e também teria habilidades úteis para o século XXI. Leo Valdez sabia consertar máquinas. Percy Jackson sabia dirigir. Eu até aceitaria Meg McCaffrey e seu talento para arremessar sacos de lixo, embora soubesse o que a menina diria sobre nossa situação atual: *Como vocês são burros.*

Apanhei um pacote de bolinhos de grifo e abri um canto. Dentro, pequenos cubos congelados de batata brilhavam com uma cobertura dourada metálica.

— Uma dúvida: bolinhos de batata costumam ser salpicados de metal precioso? — perguntei.

Calipso pegou um.

— Acho que não. Mas grifos gostam de ouro. Meu pai me disse isso uma vez, séculos atrás.

Estremeci. Eu me lembrava do pai dela, o general Atlas, soltando um bando de grifos em cima de mim durante a primeira guerra dos titãs contra os deuses. Estar em uma carruagem atacada por leões com cabeça de águia não é algo de que se esqueça com facilidade.

— Então levamos esses bolinhos para dar aos grifos — supus. — Com sorte, vai nos ajudar a conquistar a confiança deles. — Puxei a Flecha de Dodona da minha aljava. — Era isso que você tinha em mente, Mais Frustrante das Flechas?

A flecha vibrou.

*DE FATO, TU ÉS MAIS TOLO DO QUE UM AVESTRUZ DE OLHOS VENDADOS.*

— O que ele disse? — perguntou Calipso.

— Ele disse que sim.

A feiticeira pegou no balcão um cardápio de papel com um mapa do zoológico e apontou para uma linha laranja em torno da área das PLANÍCIES.

— Aqui.

A marcação tinha o título PASSEIO DE TREM, o nome menos criativo que eu conseguia imaginar. Embaixo, na legenda do mapa, havia uma explicação mais detalhada: PASSEIO DE TREM! UMA VISITA AO ZOOLÓGICO POR TRÁS DO ZOOLÓGICO!

— Bem — falei —, pelo menos eles anunciam o fato de que tem um zoológico secreto atrás do zoológico. É simpático da parte deles.

— Acho que está na hora de andar de maria-fumaça — concordou Calipso.

Da porta do café veio um estrondo, como se um germânico tivesse tropeçado em uma lata de lixo.

— Parem com isso! — gritou Litierses. — Você, fique aqui vigiando. Se eles aparecerem, capture os dois. Não os mate. E, você, venha comigo. Precisamos daqueles grifos.

Contei silenciosamente até cinco e sussurrei para Calipso:

— Foram embora?

— Vou usar minha supervisão para olhar através da parede e verificar — disse ela. — Ah, não, espera.

— Você é uma pessoa terrível.

Ela apontou para o mapa.

— Se Litierses tiver deixado um guarda no cruzamento, vai ser difícil sair daqui e chegar ao trem sem que ele nos veja.

— Bom — falei —, acho que nós poderíamos voltar para a Estação Intermediária e explicar para Britomártis que pelo menos *nós tentamos*.

Calipso jogou um bolinho de batata dourado congelado em mim.

— Quando você era deus, você seria compreensivo se uns heróis voltassem de mãos vazias de uma missão e dissessem *Desculpe, Apolo. Pelo menos, nós tentamos*?

— Claro que não! Eu os incineraria! Eu... Ah. Entendi. — Retorci as mãos. — Então o que vamos fazer? Não estou a fim de ser incinerado. Dói.

— Deve ter um jeito. — Calipso passou o dedo pelo mapa, em uma seção chamada SURICATOS, RÉPTEIS E COBRAS, que parecia o nome da pior firma de advocacia do mundo. — Tenho uma ideia. Traga os bolinhos e venha comigo.

# 14

*Sapato furado*
*Mais alguns feitiços falsos*
*Toma chuva de hera*

**EU NÃO QUERIA IR** com Calipso, com ou sem bolinhos.

Infelizmente, minha única outra opção era ficar escondido no café até os homens do imperador me encontrarem ou o gerente da lanchonete chegar e me mandar cozinhar.

Calipso foi na frente, correndo de esconderijo em esconderijo como a ninja urbana que era. Vi o germânico solitário de sentinela uns quinze metros do outro lado da praça, mas ele estava ocupado observando o carrossel. Apontou a lança com cautela para os cavalos pintados, como se pudessem ser carnívoros.

Chegamos do outro lado do cruzamento sem atrair a atenção dele, mas eu ainda estava nervoso. Pelo que sabíamos, Litierses era bem capaz de ter vários grupos nos caçando pelo parque. Em um poste telefônico perto da loja de souvenires, uma câmera de segurança olhava para nós. Se o Triunvirato era tão poderoso quanto Nero alegava, eles podiam facilmente controlar o sistema de segurança do Zoológico de Indianápolis. Ele já sabia que estávamos aqui.

Pensei em atirar uma flecha na câmera, mas devia ser tarde demais. As câmeras me amam. Sem dúvida meu rosto estava em todos os monitores de segurança.

O plano de Calipso era contornar os orangotangos e cortar caminho pela exposição de répteis, ladeando o perímetro do parque até chegarmos à estação do trem. Mas, quando passamos pelo habitat dos macacos, vozes de uma patrulha germânica que se aproximava nos assustaram. Entramos no complexo dos orangotangos para nos esconder.

Tudo bem... *eu* me assustei e corri para me esconder. Calipso sussurrou "Não, seu idiota!", mas me seguiu lá para dentro. Juntos, nos agachamos atrás de um muro de contenção quando dois germânicos passaram, conversando casualmente sobre técnicas de esmagar cabeças.

Olhei para a direita e sufoquei um gritinho. Do outro lado de uma vitrine, um orangotango grande me observava, os olhos cor de âmbar curiosos. Ele fez alguns sinais com as mãos — linguagem de sinais? Agamedes talvez reconhecesse. A julgar pela expressão do primata, ele não estava muito feliz em me ver. Dentre os grandes primatas, só os humanos são capazes de ter a admiração adequada pelos deuses. O lado positivo dos orangotangos é que eles têm um pelo laranja *incrível* que nenhum humano jamais conseguirá ter.

Calipso cutucou minha perna.

— Temos que seguir em frente.

Corremos pelo salão de exibição. Nossos movimentos símios devem ter divertido o orangotango. Ele deu uma risada.

— Cala a boca! — sussurrei meio alto para ele.

Na saída, nós nos encolhemos atrás de uma cortina de rede camuflada. Aninhei os bolinhos junto ao peito e tentei manter a respiração em um ritmo regular.

Ao meu lado, Calipso cantarolou baixinho, um hábito dela quando ficava nervosa. Eu queria que parasse. Sempre que ela cantarolava uma melodia, eu tinha vontade de cantar a harmonia bem alto, o que revelaria nossa posição.

Finalmente, sussurrei:

— Acho que podemos ir.

Saí e dei de cara com outro germânico. Sério, quantos bárbaros Cômodo tinha? Estava comprando no atacado?

Por um momento, nós três ficamos surpresos demais para falar ou nos mexer. Mas um som profundo saiu do peito do bárbaro, como se ele estivesse prestes a gritar por ajuda.

— Segure isto!

Joguei o pacote de bolinhos de grifo em cima dele.

Por reflexo, ele segurou. Afinal, um homem entregando seus bolinhos é sinal de rendição em muitas culturas. Ele franziu a testa, olhando para o pacote, e nesse meio tempo dei um passo para trás, tirei o arco do ombro e disparei uma flecha no pé esquerdo dele.

Ele berrou e largou o pacote. Apanhei o embrulho e saí correndo, com Calipso logo atrás.

— Muito bem — disse ela.

— Exceto pelo fato de que ele deve ter alertado... Para a esquerda!

Mais um germânico vinha a toda velocidade da área dos répteis. Meio sem jeito, conseguimos evitá-lo e corremos na direção de uma placa que dizia VISTA PANORÂMICA.

Ao longe havia um teleférico, fios presos entre duas torres acima das árvores, uma única gôndola verde pendurada quinze metros no ar. Eu me perguntei se seria possível usar o transporte para chegar à área secreta do zoológico, ou pelo menos ter a diferença de altura como uma vantagem contra eles, mas a entrada estava fechada com cadeado.

Antes que eu pudesse pedir a Calipso para fazer seu truque com o grampo, os germânicos nos encurralaram. O da área dos répteis avançou, carregando sua lança na altura do peito. O do espaço dos orangotangos saiu rosnando e mancando atrás, minha flecha ainda espetada na bota de couro ensanguentada.

Prendi outra flecha no arco, mas não tinha como derrubar os dois antes de eles nos matarem. Já tinha visto germânicos levarem seis ou sete flechas no coração e continuarem lutando.

— Apolo, quando eu amaldiçoar você, finja desmaiar — murmurou Calipso.

— O quê?

Ela se virou para mim e gritou:

— Você fracassou comigo pela última vez, escravo!

Fez uma série de gestos que reconheci da Antiguidade, pragas e maldições que ninguém nunca tinha ousado fazer na minha direção. Fiquei tentado a dar um tapa nela. Em vez disso, segui suas instruções: ofeguei e desabei.

Por olhos entrefechados, vi Calipso se virar para os nossos inimigos.

— Agora é *sua* vez, tolos!

Ela começou a fazer os mesmos gestos rudes na direção dos germânicos.

O primeiro parou. O rosto ficou pálido. Ele olhou para mim, caído no chão, se virou e saiu correndo, passando pelo amigo.

O germânico com o pé ferido hesitou. A julgar pelo ódio nos olhos dele, o homem queria vingança pela flecha que destruiu sua bota esquerda.

Calipso, nada intimidada, balançou os braços e começou a entoar feitiços. Seu tom fez parecer que ela estava convocando os piores demônios do Tártaro, embora as palavras, em fenício antigo, fossem na verdade uma receita de panqueca.

O germânico ferido gritou e saiu mancando, deixando uma trilha de pegadas vermelhas para trás.

Calipso estendeu a mão para me ajudar a levantar.

— Vamos embora. Só consegui atrasá-los por alguns segundos.

— Como você...? Sua magia voltou?

— Quem me dera. Era tudo fingimento. Metade da magia é *agir* como se fosse funcionar. A outra metade é escolher um alvo supersticioso. Eles vão voltar. Com reforços.

Admito que fiquei impressionado. O "feitiço" dela me deixou nervoso.

Fiz um gesto rápido para afastar o mal, só para o caso de Calipso ser melhor do que ela imaginava. Em seguida, corremos juntos ao longo da cerca.

No cruzamento seguinte, ela disse:

— Este é o caminho para o trem.

— Tem certeza?

Ela assentiu.

— Sou boa em decorar mapas. Uma vez, fiz um de Ogígia: reproduzi cada metro quadrado daquela ilha. Foi a única maneira que arranjei de me manter sã.

Parecia um péssimo jeito de alguém se manter são, mas deixei que ela me guiasse. Atrás de nós, mais germânicos gritavam, mas pareciam estar indo na direção dos portões do teleférico, de onde tínhamos saído. Eu me permiti ter esperanças de que não haveria ninguém na estação de trem.

HA-HA-HA. Eu estava errado.

Nos trilhos havia um trem em miniatura, uma locomotiva verde a vapor com assentos ao ar livre. Ao lado, na plataforma da estação, debaixo de uma cobertura cheia de hera, Litierses estava de pé, a espada desembainhada apoiada no ombro, como a trouxinha de um viajante sem destino. Uma armadura de couro surrada estava presa por cima da camiseta do NEBRASCA. O cabelo cacheado escuro caía em mechas por cima da bandana vermelha, dando a impressão de que havia uma aranha grande na cabeça dele, pronta para pular.

— Bem-vindos. — O sorriso do prefeito pretoriano seria simpático, não fossem as cicatrizes espalhadas por seu rosto. Ele tocou em alguma coisa na orelha. Um dispositivo *bluetooth*, talvez. — Eles estão aqui na estação — anunciou. — Venham até aqui, mas *devagar e com calma*. Eu estou bem. Quero esses dois vivos.

Ele deu de ombros como quem pede desculpas.

— Meus homens podem ficar um pouco entusiasmados demais quando o assunto é matar alguém. Ainda mais depois de vocês terem aprontado com eles.

— Foi um prazer.

Duvido que eu tenha conseguido o tom seguro e arrogante que queria. Minha voz falhou. Havia suor no meu rosto. Eu segurava o arco de lado, como uma guitarra, o que não era uma posição apropriada para disparo, e, na outra mão, em vez da flecha que poderia ser útil, trazia um pacote de bolinhos de batata congelados.

Provavelmente, não faria diferença. No meu sonho, vi como Litierses manejava a espada com agilidade. Se eu tentasse disparar nele, nossas cabeças sairiam rolando pelo chão antes de eu puxar a corda do arco.

— Você sabe usar um telefone — reparei. — Ou *walkie-talkie*, ou seja lá o que for isso. Odeio quando os vilões conseguem falar entre si e nós não.

A gargalhada de Litierses foi como uma lixa raspando metal.

— É. O Triunvirato gosta de ter certas vantagens.

— Por acaso você não nos contaria como eles conseguem... como bloqueiam as comunicações dos semideuses?

— Você não vai viver por tempo suficiente para se importar com isso. Agora, largue o arco. Quanto à sua amiga... — Ele avaliou Calipso. — Mantenha as mãos nas laterais do corpo. Nada de maldições repentinas. Eu odiaria ter que cortar essa sua bela cabecinha.

Calipso deu um sorriso doce.

— Eu estava pensando a mesma coisa sobre você. Largue sua espada e não vou destruir você.

Ela era uma boa atriz. Nota mental: convidá-la para meu acampamento de verão exclusivo no Monte Olimpo, apenas para convidados: *Metodologia de Atuação com as Musas*. Isso se saíssemos daquela vivos.

Litierses riu.

— Essa é boa. Gostei de você. Mas, em uns sessenta segundos, mais de dez germânicos vão lotar esta estação. Eles *não* vão pedir educadamente, como eu. — Ele deu um passo à frente e moveu a espada para a lateral do corpo.

Tentei bolar um plano brilhante. Infelizmente, a única coisa que me ocorria era chorar de pavor. De repente, acima de Litierses, a hera que envolvia o toldo se agitou.

O espadachim não pareceu reparar. Eu me perguntei se havia orangotangos brincando lá, ou se talvez alguns deuses olimpianos tinham se reunido para fazer um piquenique e me ver morrer. Ou talvez... Parecia bom demais para ser verdade, mas, a fim de ganhar tempo, larguei o arco.

— Apolo — sibilou Calipso. — O que você está fazendo?

Litierses respondeu por mim.

— Ele está sendo inteligente. Agora, onde está o seu companheiro de viagem?

Pisquei.

— Somos... somos só nós dois.

As cicatrizes no rosto de Litierses se enrugaram, linhas brancas na pele bronzeada, como as cristas de uma duna.

— Pare com isso. Vocês chegaram à cidade voando em um dragão. Três passageiros. Eu quero *muito* ver Leo Valdez de novo. Temos umas continhas para acertar.

— Você conhece o Leo?

Apesar do perigo em que estávamos, senti um pequeno alívio. Finalmente um vilão queria matar Leo mais do que queria me matar. Já era um progresso!

Calipso não pareceu tão feliz. Ela deu um passo na direção do espadachim com os punhos cerrados.

— O que você quer com o Leo?

Litierses estreitou os olhos.

— Você não é a garota que estava com ele da última vez que o vi. O nome dela era Piper. Você por acaso é namorada do Leo?

Pontos vermelhos apareceram nas bochechas e no pescoço de Calipso.

Litierses se animou.

— Ah, é sim! Que maravilha! Posso usar você para machucá-lo.

— Você *não vai* machucá-lo — rosnou Calipso.

Acima de Litierses, o toldo tremeu de novo, como se mil ratos estivessem correndo nos caibros. As plantas pareciam estar crescendo, a folhagem ficando mais densa e escura.

— Calipso — falei —, recue.

— Por que eu faria isso? Esse NEBRASCA acabou de ameaçar...

— Calipso! — Segurei os punhos dela e a puxei para longe da sombra na hora que o toldo desabou em cima de Litierses. O espadachim desapareceu embaixo de centenas de quilos de telhas, madeira e hera.

Observei o amontoado de plantas tremendo. Não vi orangotangos, nem deuses, ninguém que pudesse ser responsável pelo desabamento.

— Ela *tem que* estar aqui — murmurei.

— Quem? — Calipso arregalou os olhos para mim. — O que aconteceu?

Eu queria ter esperanças. Estava com medo de ter esperanças. Fosse qual fosse o caso, nós não podíamos ficar ali. Litierses estava gritando e lutando embaixo dos destroços, o que significava que não estava morto. Seus germânicos chegariam a qualquer segundo.

— Vamos sair daqui. — Apontei para a locomotiva verde. — Eu dirijo.

# 15

*Conduzindo o trem*
*Mais rápido! Vamos lá!*
*Não me pega... Droga!*

**UMA FUGA EM CÂMERA** lenta não era o que eu tinha em mente.

Nós dois corremos para o banco do condutor, que mal tinha espaço para um, e lutamos para ver quem ia assumir a direção enquanto apertávamos pedais e movíamos alavancas aleatórias.

— Já falei! *Eu* vou dirigir! — gritei. — Se consigo guiar o Sol, posso guiar isto aqui!

— Isto não é o Sol! — Calipso me deu uma cotovelada nas costelas. — É um trem de brinquedo.

Encontrei o interruptor da ignição. O trem começou a se mover. (A feiticeira vai alegar que foi *ela* quem encontrou. É uma mentira descarada.) Empurrei Calipso do banco. Como o trem estava andando a menos de um quilômetro por hora, ela simplesmente se levantou, ajeitou a saia e fez cara feia para mim.

— *Essa* é a velocidade máxima? — perguntou ela. — Não pode ser! Empurre mais alavancas!

Atrás de nós, de algum lugar embaixo dos destroços, veio um poderoso "BLARG!". A hera tremeu quando Litierses tentou sair de debaixo do toldo.

Seis germânicos apareceram na plataforma. (Cômodo *definitivamente* estava comprando esses bárbaros no atacado.) Os guarda-costas olharam para a gritaria que emanava do toldo desabado e depois para a gente; nós nos afastávamos lentamente. Em vez de correrem em nossa direção, começaram a tirar vigas e plantas de cima do chefe. Considerando nossas habilidades de fuga, eles devem ter concluído que teriam bastante tempo para irem atrás da gente depois.

Calipso pulou no estribo e apontou para o painel de controle.

— Tente o pedal azul.

— O pedal azul nunca é o certo!

Então ela foi lá e pisou nele. O vagão disparou, agora com o triplo da velocidade anterior, o que significava que nossos inimigos teriam que fazer uma corrida moderada para nos alcançar.

Em um ponto do percurso os trilhos faziam uma curva, nossas rodas guinchando enquanto nos afastávamos da estação, que desapareceu atrás de uma fileira de árvores. À esquerda, o terreno se abriu, revelando as bundas majestosas de elefantes africanos que estavam remexendo em uma pilha de feno. O cuidador deles franziu a testa quando passamos.

— Ei! — gritou ele. — Ei!

Acenei.

— Bom dia!

E nós sumimos. Os vagões chacoalhavam perigosamente conforme pegávamos velocidade. Meus dentes batiam. Minha bexiga se agitava. À frente, praticamente escondida atrás de uma tela de bambu, uma bifurcação no trilho estava marcada com uma placa em latim: BONUM EFFERCIO.

— Ali! — gritei. — *As coisas boas!* Nós temos que virar à esquerda!

Calipso observou o console, perdida.

— Como?

— Deve ter um botão — falei. — Alguma coisa que opere a direção.

De repente, eu vi. Não no nosso painel de controle, mas à frente, na lateral da pista: uma alavanca velha. Não havia tempo de parar o trem, nem de sair do vagão e virar a alavanca.

— Calipso, segure isto!

Joguei os bolinhos para ela e peguei o arco. Encaixei a flecha nele.

Antigamente, faria aquilo com as mãos nas costas. Agora, era quase impossível: disparar de um trem em movimento, mirando no ponto exato em que o impacto da flecha faria a alavanca se mover.

Pensei em minha filha Kayla, no Acampamento Meio-Sangue. Imaginei a voz serena dela me guiando pelas frustrações da arqueria mortal. Eu me lembrei do apoio que os outros campistas me deram para lançar a flecha que derrubou o Colosso de Nero.

Disparei. A flecha acertou a alavanca e a forçou para trás. O trilho se moveu. Com um solavanco, entramos no ramal da esquerda.

— Abaixa! — gritou Calipso.

Adentramos um túnel com largura suficiente para o trem e apenas para o trem. Infelizmente, estávamos indo rápido demais. O vagão se inclinou para o lado e arrastou na parede, e fagulhas voaram. Ao sairmos do outro lado, perdemos totalmente o equilíbrio.

O trem grunhiu e se inclinou, uma sensação que eu conhecia bem da época em que a carruagem do Sol tinha que desviar de um lançamento de ônibus espacial ou um dragão celestial chinês. (Aquilo era tão *irritante*.)

— Para fora! — gritei.

Puxei Calipso (sim, *de novo*) e pulei do trem no momento em que a fileira de vagões virou para a direita e descarrilou, fazendo tanto barulho que parecia um exército de bronze sendo esmagado por um punho gigante. (Eu talvez já tenha esmagado alguns exércitos assim antigamente.)

Quando dei por mim, estava de quatro, com a orelha encostada no chão, como se tentasse ouvir uma manada de búfalos se aproximando, embora eu não tivesse a mínima ideia do motivo.

— Apolo. — Calipso puxou a manga do meu casaco. — Se levante.

Minha cabeça latejante parecia várias vezes maior do que o habitual, mas eu não achava que tinha quebrado algum osso. O cabelo de Calipso havia se soltado; o casaco prateado estava sujo de areia e cascalho. Fora isso, ela parecia intacta. Talvez nossa antiga constituição divina nos tivesse protegido de danos maiores. Ou isso, ou tivemos sorte.

Nós tínhamos acabado no meio de uma arena circular. O trem estava caído de lado no cascalho como uma lagarta morta, a poucos metros de onde o trilho terminava. A área era cercada por jaulas de animais — paredes de vidro fosco com moldura de pedra. Mais acima, havia três fileiras de assentos. O anfiteatro era coberto por uma rede camuflada igual ao do hábitat dos orangotangos, embora eu desconfiasse que ali as redes servissem para impedir que os monstros alados saíssem voando.

Por toda a arena, correntes com algemas vazias estavam presas a pinos no chão. Não muito longe dali, havia estantes cheias de ferramentas bem tenebrosas: varas de gado, laçadores, chicotes, arpões.

Minha garganta deu um nó na mesma hora. Cogitei ter engolido um bolinho de grifo, mas o pacote ainda estava milagrosamente intacto nos braços de Calipso.

— É um local de treinamento — falei. — Já vi lugares assim. Esses animais estão sendo preparados para os jogos.

— *Preparados?* — Calipso olhou para as mesas com armas, confusa. — Como, exatamente?

— Eles são enfurecidos — expliquei. — Provocados. Passam fome. São treinados para matar qualquer coisa que se mova.

— Que selvageria. — Calipso se virou para a jaula mais próxima. — O que fizeram com esses pobres avestruzes?

Pela parede de vidro, quatro aves nos olhavam, a cabeça virando para os lados em uma série de movimentos agitados. Eram animais de aparência estranha por natureza, mas aqueles estavam equipados com coleiras com pinos de ferro no pescoço, capacetes de guerra com uma ponta de metal no estilo do Kaiser Guilherme, arame farpado enrolados nas patas. A ave mais próxima abriu o bico para mim, deixando à mostra os dentes de aço afiados.

— Os avestruzes de combate do imperador. — Senti como se um telhado estivesse desabando dentro do meu peito. O infortúnio daqueles animais me deprimia... mas pensar nas atitudes de Cômodo também. Os jogos nos quais ele se envolveu quando jovem imperador eram desagradáveis desde o começo, e tinham se transformado em uma coisa bem pior. — Ele gostava de usá-los para treinar sua pontaria. Com uma única flecha, decapitava uma ave correndo a toda velocidade. Quando isso já não era mais divertido... — Indiquei os pássaros incrementados.

O rosto de Calipso ficou amarelo-icterícia.

— *Todos* esses animais vão ser mortos?

Eu estava desanimado demais para responder. Tive lembranças do Coliseu durante o governo de Cômodo: a areia vermelha brilhante do piso do estádio coberta com as carcaças de milhares de animais exóticos, todos massacrados por esporte e espetáculo.

Fomos para a jaula seguinte. Um enorme touro vermelho andava de um lado para o outro com inquietação, os chifres e cascos brilhando em bronze.

— É um touro etíope — falei. — Nada consegue perfurar sua pele, nem armas de metal. É como o Leão de Nemeia, só que, hã... muito maior e vermelho.

Calipso passou por várias outras jaulas, com serpentes aladas árabes, um cavalo que deduzi ser do tipo carnívoro que cospe sangue. (Já pensei em usá-los na carruagem do Sol, mas eles davam *tanto* trabalho.)

Quando chegou à jaula seguinte, a feiticeira ficou paralisada.

— Apolo, aqui.

Havia dois grifos lá dentro.

Emmie e Josephine estavam certas. Eram animais magníficos.

Ao longo dos séculos, com a diminuição gradual de seus hábitats naturais, os grifos selvagens se tornaram criaturas esquálidas, fracas e raquíticas. (Como o furão de três olhos ou o texugo flatulento gigante, em risco de extinção.) Poucos grifos permaneceram grandes o bastante para aguentar o peso de um humano.

Mas o macho e a fêmea diante de nós eram do tamanho de leões. O pelo castanho-claro cintilava como malha de cobre. As asas avermelhadas estavam majestosamente dobradas nas costas. As cabeças aquilinas brilhavam com a plumagem dourada e branca. Na Antiguidade, um rei grego pagaria um trirreme cheio de rubis por um par reprodutor daqueles.

Felizmente, não encontrei indícios de maus-tratos aos animais. No entanto, os dois estavam acorrentados pelas patas de trás. Grifos ficam *muito* enfurecidos quando são aprisionados ou amarrados de alguma forma. Assim que o macho, Abelardo, nos viu, ele mordeu e gritou, batendo as asas. Ele enfiou as garras na areia e lutou contra a corrente, tentando nos alcançar.

A fêmea recuou até as sombras, fazendo um som gorgolejado alto como o rosnado de um cachorro com medo. Andou de um lado para o outro, a barriga encostando no chão, como se...

— Ah, não. — Achei que meu coração mortal fosse explodir. — Não me admira Britomártis querer tanto esses dois de volta.

Calipso parecia enfeitiçada pelos animais, mas se esforçou para prestar atenção em mim.

— O que você quer dizer? — perguntou.

— A fêmea está *com um ovo*. Ela precisa fazer o ninho imediatamente. Se não a levarmos de volta para a Estação Intermediária...

A expressão de Calipso tornou-se severa e firme como os dentes de aço dos avestruzes.

— Heloísa vai conseguir sair voando daqui?

— Eu... eu acho que sim. Minha irmã entende mais de animais selvagens, mas acho que sim.

— Um grifo grávido consegue carregar uma pessoa?

— Não temos muita escolha, vamos ter que tentar. — Apontei para a rede acima da arena. — É a forma mais rápida de sair daqui, caso consigamos soltar os grifos e retirar a rede. O problema é que Heloísa e Abelardo *não* vão nos ver como amigos. Eles estão acorrentados. Enjaulados. Esperando um bebê. Vão fazer picadinho de nós se chegarmos perto.

Calipso cruzou os braços.

— Que tal música? A maioria dos animais gosta de música.

Lembrei que fiz isso para hipnotizar os *myrmekos* no Acampamento Meio-Sangue, mas não estava muito a fim de repetir a dose e cantar sobre todos os meus fracassos de novo, principalmente na frente da minha companheira.

Olhei para o túnel por onde viemos. Ainda não havia sinal de Litierses e seus homens, mas isso não queria dizer muita coisa. Eles certamente já deviam estar chegando...

— Temos que ir logo — falei.

O primeiro problema era o mais fácil: as jaulas. Devia haver um interruptor em algum lugar para abri-las e libertar os animais. Subi nas cadeiras de espectadores com a ajuda de uma escada chamada Calipso e encontrei um painel de controle ao lado do único assento acolchoado da arena, obviamente onde o imperador ficava quando ia ver suas feras em treinamento.

Cada alavanca tinha um rótulo conveniente feito com fita adesiva e marcador. Uma dizia GRIFOS.

— Está pronta? — gritei para Calipso.

Ela estava bem em frente à jaula dos grifos, as mãos esticadas como se estivesse se preparando para pegar uma bola.

— Como eu estaria *pronta* para uma situação dessas?

Apertei o interruptor. Com um estalo alto, a parede de vidro desapareceu em um vão no parapeito.

Eu me juntei a Calipso, que estava murmurando uma cantiga de ninar ou algo do tipo. Os dois grifos não estavam impressionados. Heloísa rosnou alto e recuou, encostando-se na parede dos fundos da jaula. Abelardo puxou a corrente com uma força descomunal, tentando chegar até nós e arrancar nossas caras com mordidas.

Calipso me entregou o saco de bolinhos e apontou com o queixo para a jaula.

— Você só pode estar brincando — falei. — Se eu me aproximar para dar comida, eles vão *me* comer.

Ela parou de cantar.

— Você não é o deus das armas de alcance? Jogue os bolinhos!

Levantei os olhos para o céu bloqueado pela rede, que, aliás, eu considerava uma metáfora grosseira e desnecessária para meu exílio do Olimpo.

— Calipso, você não sabe nada sobre esses animais? Para conquistar a confiança deles, você tem que dar a comida na boca. Isso enfatiza que a comida vem de você, como se fosse a ave-mãe.

— Ah. — Calipso mordeu o lábio inferior. — Entendi. Você seria uma péssima ave-mãe.

Abelardo deu um pulo e piou para mim. Eu não estava agradando.

Calipso assentiu, como se tivesse tomado uma decisão.

— Nós dois vamos ter que fazer isso juntos. Vamos cantar em dueto. Sua voz dá para o gasto.

— Minha voz dá...

Minha boca ficou paralisada pelo choque. Dizer para *mim*, o deus da música, que eu tinha uma voz que dava para o gasto era como dizer para Shaquille O'Neal que suas enterradas davam para o gasto, ou dizer para Serena Williams que seus saques davam para o gasto.

Por outro lado, eu *não* era Apolo. Era Lester Papadopoulos. No acampamento, desesperado por causa das habilidades mortais inferiores, fiz um juramento pelo Rio Estige de não usar arqueria e música até voltar a ser um deus. Violei imediatamente o juramento ao cantar para os *myrmekos*, mas foi por uma boa causa. Depois disso, eu tenho vivido apavorado, me perguntando quando e como o espírito do Estige me puniria. Talvez, em vez de um castigo grandioso, eu teria uma morte lenta decorrente de mil insultos. Com que frequência um deus da música ouvia que sua *voz até que dava para o gasto* antes de desmoronar em uma pilha de poeira de desprezo por si mesmo?

— Tudo bem. — Suspirei. — Que dueto vamos cantar? "Islands in the Stream"?

— Não sei essa.

— "I Got You, Babe"?

— Não.

— Pelos deuses, tenho *certeza* de que estudamos os anos 1970 nas suas aulas de cultura pop.

— Que tal aquela música que Zeus cantava?

Pisquei.

— Zeus... cantando?

Achei o conceito ligeiramente apavorante. Meu pai trovejava. Punia. Repreendia. Fazia a cara mais feia do mundo. Mas não cantava.

O rosto de Calipso estava com uma expressão sonhadora.

— No palácio do Monte Otris, quando ele era copeiro de Cronos, Zeus entretinha a corte com músicas.

Eu me remexi, inquieto.

— Eu... ainda não tinha nascido.

Calipso era mais velha do que eu, mas nunca pensei no que isso queria dizer. Quando os titãs mandavam no cosmos, antes de os deuses se rebelarem e Zeus se tornar rei, Calipso sem dúvida havia sido uma criança livre, cria do general Atlas, correndo pelo palácio e perturbando os criados etéreos. Deuses. Calipso era velha o bastante para ser minha babá!

— Você deve conhecer a música.

Ela começou a cantar.

Senti minha cabeça formigando. Eu *conhecia* a música. Fui tomado por uma lembrança antiga de Zeus e Leto cantando essa melodia quando ele visitava

Ártemis e a mim quando éramos crianças em Delos. Meu pai e minha mãe, destinados a ficarem separados para sempre porque Zeus era um deus casado, cantavam esse dueto com alegria. Meus olhos se encheram de lágrimas. Fiquei com a parte mais grave da harmonia.

Era uma música mais velha do que os impérios, sobre dois amantes separados e loucos para se reencontrarem.

Calipso se aproximou dos grifos. Fui atrás dela, não porque tivesse medo de ir na frente, claro. Todo mundo sabe que, quando avançando para o perigo, o soprano vai primeiro. Eles são sua infantaria, enquanto os contratenores e os tenores são a cavalaria, e o baixo, a artilharia. Tentei explicar isso para Ares um milhão de vezes, mas ele não entende *nada* de arranjos vocais.

Abelardo parou de puxar a corrente. Ele nos observou, desconfiado, emitindo sons graves. A voz de Calipso era suplicante e cheia de melancolia. Percebi que ela sentia empatia pelos animais: enjaulados e acorrentados, desejando a liberdade. Talvez, pensei, só *talvez* o exílio de Calipso em Ogígia tivesse sido pior do que minha situação atual. Pelo menos eu tinha amigos com quem dividir meu sofrimento. Eu me senti culpado por não ter votado pela libertação dela da ilha mais cedo, mas de que adiantava pedir desculpas agora? Era tudo água do Estige por baixo dos portões de Érebo. Não tinha volta.

Calipso tocou a cabeça de Abelardo. Ele poderia facilmente ter cortado o braço dela fora, mas se agachou e se virou para pedir carinho, como um gato. Calipso se ajoelhou, tirou outro grampo e começou a mexer na algema do grifo.

Enquanto ela trabalhava, tentei chamar a atenção de Abelardo. Cantei do melhor jeito que consegui, canalizando minha dor e solidariedade nos versos, torcendo para Abelardo perceber que eu entendia seu sofrimento.

Calipso abriu a tranca. Com um estalo, a algema de ferro se soltou da pata de Abelardo. Calipso se moveu na direção de Heloísa, um gesto bem mais complicado, porque estava se aproximando de uma mãe grávida. A fêmea rosnou, apreensiva, mas não atacou.

Continuamos cantando, as vozes em afinação perfeita, se mesclando da forma como acontece com as melhores harmonias, criando algo maior do que a soma de duas vozes individuais.

Calipso libertou Heloísa. Deu um passo para trás e ficou ao meu lado enquanto terminávamos o último verso da música: *Enquanto os deuses viverem, eu vou amar você.*

Os grifos nos olharam. Pareciam mais intrigados do que com raiva.

— Bolinhos — aconselhou Calipso.

Virei metade do pacote nas mãos dela.

Eu não gostava da ideia de perder os braços. Eram anexos úteis. Ainda assim, estiquei a mão cheia de bolinhos de batata dourados para Abelardo. Ele se aproximou e farejou. Quando abriu o bico, eu enfiei a mão lá dentro e encostei os bolinhos na língua quente. Como um verdadeiro cavalheiro, ele esperou que eu tirasse a mão para engolir a guloseima.

Ele eriçou as penas do pescoço e se virou para piar para Heloísa. *A comida está boa. Venha!*

Calipso deu bolinhos para Heloísa. A fêmea encostou a cabeça na feiticeira em um sinal óbvio de afeição.

Por um momento, senti alívio. Euforia. Nós conseguimos. Mas, atrás de nós, bateram palmas.

De pé na entrada da jaula, sangrando e machucado, mas ainda muito vivo, estava Litierses, sozinho.

— Muito bem — disse o espadachim. — Vocês encontraram um lugar perfeito para morrer.

# 16

*Ó, filho de Midas*
*Você é muito idiota*
*Aqui vai um avestruz*

**NOS MEUS QUATRO MIL ANOS** de vida, eu tinha procurado muitas coisas: mulheres bonitas, homens bonitos, os melhores arcos compostos, o palácio perfeito à beira-mar e uma Gibson Flying V de 1958. Mas *nunca* me passou pela cabeça buscar um lugar perfeito para morrer.

— Calipso — falei, com voz fraca.

— O quê?

— Se nós morrermos aqui, eu só gostaria de dizer que você não é tão ruim quanto eu pensava.

— Obrigada, mas nós não vamos morrer. Isso me impediria de matar você mais tarde.

Litierses riu.

— Ah, vocês dois. Brigando como se tivessem futuro. Deve ser difícil para quem costumava ser imortal aceitar que a morte é algo real. Eu mesmo já morri. Tenho que admitir que não é divertido.

Fiquei tentado a cantar para ele do jeito que cantei para os grifos. Talvez conseguisse convencê-lo de que éramos os dois vítimas ali. Alguma coisa me disse que não daria muito certo. Para completar, os bolinhos de batata tinham acabado.

— Você é filho do rei Midas — comentei. — Voltou para o mundo mortal quando as Portas da Morte se abriram?

Eu não sabia muita coisa sobre esse incidente, mas houve uma fuga em massa do Mundo Inferior durante a guerra recente com os gigantes. Hades reclamou sem parar que Gaia tinha roubado todos os mortos dele para trabalharem para ela. Sinceramente, eu não posso culpar a Mãe Terra. Mão de obra boa e barata é *terrivelmente* difícil de encontrar.

O espadachim deu um meio sorriso.

— É, nós passamos pelas Portas da Morte. Mas o idiota do meu pai morreu rapidinho, graças a uma briga com Leo Valdez e o pessoal dele. Só sobrevivi porque fui transformado em estátua de ouro e coberto com um tapete.

Calipso recuou na direção dos grifos.

— Essa é... uma história e tanto.

— Não importa — rosnou o espadachim. — O Triunvirato me ofereceu trabalho. Reconheceram o valor de Litierses, Ceifeiro de Homens!

— Título impressionante — falei.

Ele ergueu a espada.

— É merecido, pode acreditar. Meus amigos me chamam de Lit, mas meus inimigos me chamam de Morte!

— Vou chamar você de Lit — decidi. — Embora você não me pareça muito amigável. Sabia que seu pai e eu éramos grandes amigos? Uma vez, eu até lhe dei orelhas de burro.

Assim que as palavras saíram da minha boca, percebi que aquilo talvez não fosse a melhor prova da minha amizade.

Lit deu um sorriso cruel.

— Eu sei, cresci ouvindo sobre a competição de música que você obrigou meu pai a julgar. Você deu orelhas de burro a ele porque meu pai declarou seu oponente o vencedor, não foi? É. Ele ficou com *tanto* ódio de você por causa disso que quase me dá vontade de gostar de você. Quase. — Ele treinou com a espada, cortando o ar. — Vai ser um prazer matar você.

— Espere! — gritei. — E aquela história de *traga-os vivos*?

Lit deu de ombros.

— Mudei de ideia. Primeiro, aquele telhado caiu em cima de mim. Depois meus guarda-costas foram engolidos por um bambuzal. Vocês não saberiam o que aconteceu, saberiam?

Eu sentia o sangue pulsando nos meus ouvidos.

— Não.

— Certo. — Ele olhou para Calipso. — Acho que vou deixar *você* viva por enquanto, para matá-la na frente do Valdez. Vai ser divertido. Mas esse antigo deus aqui... — Lit deu de ombros. — Vou ter que dizer para o imperador que ele resistiu à prisão.

Então ia ser assim. Depois de quatro milênios de glória, eu morreria em uma jaula de grifos em Indianápolis. Confesso que não foi desse jeito que eu tinha imaginado minha morte. Não tinha imaginado nadinha sobre ela, mas, se eu *tinha* que bater as botas, queria muito mais explosões e holofotes ofuscantes, um grupo de lindos deuses e deusas chorando e gritando *Não! Nos leve no lugar dele!* e bem menos estrume.

Com certeza, Zeus acabaria intercedendo. Ele não podia permitir que minha punição na Terra incluísse uma morte de verdade! Ou talvez Ártemis aparecesse para matar Lit com uma flecha mortal. Ela sempre podia se justificar para Zeus falando que tinha sido uma falha técnica esquisita do seu arco. No mínimo, eu esperava que os grifos me ajudassem, considerando que havia acabado de alimentá-los e cantar para eles com tanta doçura.

Nada disso aconteceu. Abelardo sibilou para Litierses, mas pareceu relutante em atacar. Talvez Litierses tivesse usado aqueles instrumentos de treinamento sinistros nele e na companheira.

O espadachim partiu para cima de mim com velocidade vertiginosa. Golpeou com a espada, bem na direção do meu pescoço. Meu último pensamento foi o quanto o cosmos sentiria minha falta. O último cheiro que senti foi o de maçãs assadas.

Mas, de algum lugar no alto, uma pequena forma humanoide caiu entre mim e meu inimigo. Com um estalo metálico e uma explosão de fagulhas, a espada de Litierses parou no meio de um X dourado: as lâminas cruzadas de Meg McCaffrey.

Talvez eu tenha chorado um pouco. Nunca tinha ficado tão feliz de ver alguém, e isso *inclui* Jacinto na vez que ele usou aquele smoking *incrível* no nosso encontro, então dá para ver que estou falando sério.

Meg usou suas espadas para empurrar Litierses, que cambaleou para trás. O cabelo preto curto estava cheio de pequenos galhos e grama. Ela usava os habituais tênis de cano alto vermelhos, sua legging amarela e o vestido verde que Sally Jackson lhe emprestou no dia que nos conhecemos. Achei isso comovente, de um jeito estranho.

Litierses a encarou com desprezo, mas não pareceu muito surpreso.

— Eu estava me perguntando se ameaçar esse deus idiota acabaria tirando você do seu esconderijo. Você assinou sua sentença de morte, fedelha.

Meg descruzou as espadas e respondeu de sua forma poética habitual.

— Nem a pau.

Calipso olhou para mim. Movendo os lábios, mas sem emitir qualquer som, perguntou:

— *ESTA* é Meg?

— *Esta é Meg* — concordei, uma frase que explicava muita coisa.

Litierses chegou para o lado e bloqueou a saída. Ele estava mancando um pouco, talvez por causa do incidente com o toldo.

— *Você* derrubou aquele telhado coberto de hera em mim. Fez os bambus atacarem meus homens.

— Aham — disse Meg. — Você é burro que dói.

Lit sibilou com irritação. Eu entendia o efeito que Meg exercia sobre as pessoas. Mesmo assim, meu coração estava cantarolando em um dó médio perfeito, de pura felicidade. Minha jovem protetora tinha voltado! (Eu sei, eu sei, tecnicamente ela era minha senhora, mas não vamos nos ater a detalhes.) Ela havia percebido seus erros. Tinha se rebelado contra Nero. Agora, ficaria ao meu lado e me ajudaria a recuperar minha divindade. A ordem cósmica estava restaurada!

Ela olhou para mim. Em vez de sorrir de alegria, de me abraçar ou de pedir desculpas, Meg disse:

— Saia daqui.

A ordem me deixou profundamente abalado. Dei um passo para trás, como se tivesse sido empurrado. Fui tomado por um desejo repentino de fugir. Quando nos separamos, Meg me disse que eu estava liberado dos serviços dela. Agora, estava evidente que nosso relacionamento de senhora e servo não seria rompido com tanta facilidade. Zeus queria que eu seguisse as ordens dela até que eu morresse ou me tornasse deus de novo. Não tenho certeza de que ele se importava com o resultado.

— Mas, Meg — supliquei. — Você acabou de chegar. Temos...

— Vá — disse ela. — Pegue os grifos e saia. Vou segurar o burrão.

Lit riu.

— Eu ouvi dizer que você é boa com as espadas, McCaffrey, mas nenhuma criança pode chegar aos pés do Ceifeiro de Homens.

Ele girou a espada como Pete Townshend rodava a guitarra (um gesto que eu ensinei a ele, embora nunca tenha aprovado a forma como ele quebrava o instrumento nos alto-falantes depois — que desperdício!).

— Deméter também é *minha* mãe — continuou Lit. — Os filhos dela são os melhores espadachins. Nós entendemos a necessidade de ceifar. É o outro lado de plantar, não é, irmãzinha? Vamos ver o que você sabe sobre ceifar vidas!

Ele investiu contra ela. Meg se defendeu do ataque e o empurrou para trás. Eles ficaram traçando círculos um em volta do outro, três espadas girando em uma dança mortal, como lâminas de um liquidificador fazendo uma vitamina de ar.

Enquanto isso, eu me vi forçado a andar na direção dos grifos, seguindo as ordens de Meg. Tentei ir devagar. Estava relutante em tirar os olhos da batalha, como se, só por ficar observando Meg, eu estivesse emprestando força a ela. Antes, quando era deus, isso seria possível, mas agora, como um Lester Papadopoulos na plateia poderia ajudar?

Calipso parou na frente de Heloísa, protegendo a futura mãe com o corpo. Alcancei a feiticeira.

— Você é mais leve do que eu — falei. — Monte em Heloísa. Tome cuidado com a barriga dela. Eu vou em Abelardo.

— E Meg? — perguntou Calipso. — Nós não podemos deixá-la aqui.

No dia anterior mesmo eu tinha considerado abandonar Calipso com os *blemmyae* quando foi ferida. Gostaria de poder dizer que não levei aquela ideia a sério, mas levei, ainda que por pouco tempo. Agora, ela se recusava a deixar Meg, que mal conhecia. Aquilo quase me fez questionar se eu era mesmo uma boa pessoa. (Gostaria de enfatizar a palavra *quase*.)

— Você está certa, claro. — Olhei para a arena. Na jaula oposta, os avestruzes de combate estavam espiando pelo vidro, completamente vidrados na luta de espadas. — Precisamos nos mandar, todos nós.

Eu me virei para falar com Abelardo.

— Peço desculpas adiantado. Sou péssimo montando grifos.

O grifo piou como quem diz *Vá em frente, cara*. Ele deixou que eu subisse e prendesse as pernas atrás da base das asas dele.

Calipso seguiu meu exemplo e montou com todo o cuidado no lombo de Heloísa.

Os grifos, impacientes para sair dali, passaram com cuidado pela luta até a arena. Litierses me atacou quando passei por ele, e teria cortado fora meu braço direito, mas Meg bloqueou o golpe dele com uma espada enquanto atacava os pés de Lit com a outra, forçando-o a recuar novamente.

— Se você levar esses grifos, só vai sofrer mais! — avisou Lit. — Todos os prisioneiros do imperador vão morrer lentamente, a garotinha em especial.

Minhas mãos tremeram de raiva, mas consegui prender uma flecha no arco.

— Meg — gritei —, venha!

— Eu já falei para você ir embora! — reclamou ela. — Você é um péssimo escravo.

Nisso pelo menos nós concordávamos.

Litierses avançou para cima dela de novo, cortando o ar. Eu não era especialista em luta de espadas, mas, embora Meg fosse boa, Litierses era melhor. Ele tinha mais força, velocidade e, com braços e pernas mais compridos, mais alcance também. Tinha o dobro do tamanho de Meg, além de incontáveis anos de prática. Se Litierses não houvesse se ferido recentemente com a queda do toldo na cabeça dele, desconfio que aquela luta talvez já tivesse acabado.

— Vá em frente, Apolo! — provocou Lit. — Dispare essa flecha em mim.

Eu tinha visto como ele podia ser rápido. Sem dúvida daria uma de Atena e cortaria minha flecha no ar antes que o atingisse. Tão injusto! Mas disparar nele não fazia parte do meu plano.

Eu me inclinei na direção da cabeça de Abelardo e disse:

— Voe!

O grifo se lançou no ar como se meu peso a mais não fosse nada. Circulou as arquibancadas do estádio, chamando a companheira para se juntar a ele.

Heloísa teve mais dificuldade. Andou por metade da arena, batendo as asas e rosnando com desconforto antes de decolar. Com Calipso agarrada desesperadamente a seu pescoço, Heloísa começou a voar em um círculo apertado atrás de Abelardo. Nós não tínhamos para onde ir, não com a rede acima de nós, mas eu tinha problemas mais imediatos.

Meg cambaleou e mal conseguiu conter o golpe de Lit. A tentativa seguinte cortou a coxa da menina e rasgou a legging. O tecido amarelo logo ficou laranja com o sangue.

Lit sorriu.

— Você é boa, irmãzinha, mas está ficando cansada. Não tem energia para me enfrentar.

— Abelardo — murmurei. — Precisamos pegar a garota. Mergulhe!

O grifo aceitou o pedido com um pouco de entusiasmo demais. Eu quase errei o alvo. Apontei minha flecha não na direção de Litierses, mas da caixa de controle ao lado do assento do imperador, mirando em uma alavanca em que reparei antes, a que dizia OMNIA: *tudo*.

*PLAFT!* A flecha acertou o alvo. Com uma série de estalos gratificantes, todas as paredes de vidro que separavam as jaulas se abriram.

Litierses estava ocupado demais para perceber o que tinha acontecido. Um grifo, em pleno voo, mergulhando na cabeça de uma pessoa costuma atrair todas as atenções. Lit recuou, permitindo que Abelardo apanhasse Meg McCaffrey com suas patas e voltasse para o alto.

Lit ficou boquiaberto.

— Belo truque, Apolo. Mas para onde você vai? Você está...

Foi nessa hora que ele foi atropelado por uma horda de avestruzes de armadura. O espadachim desapareceu embaixo de uma onda de penas, arame farpado e pernas rosadas e cheias de verrugas.

Enquanto Litierses berrava, se encolhendo todo para se proteger, as serpentes aladas, os cavalos cuspidores de sangue e o touro etíope foram se juntar à festa.

— Meg! — Eu estiquei o braço. Enquanto estava precariamente segura pelas patas de Abelardo, ela fez as espadas voltarem a ser anéis de ouro. Ela pegou minha mão. De alguma forma, consegui puxá-la para Abelardo e sentá-la na minha frente.

As serpentes voadoras foram na direção de Heloísa, que guinchou de um jeito desafiador e bateu as asas poderosas, subindo na direção da rede. Abelardo foi atrás.

Meu coração estava disparado no peito. Nós não conseguiríamos passar pela rede. Ela devia ter sido feita para aguentar força bruta, bicos e garras. Eu nos imaginei batendo na barreira e sendo jogados no chão da arena, como uma cama elástica que quica para baixo em vez de para cima. Parecia um jeito nem um pouco digno de morrer.

Antes de batermos na rede, Calipso levantou os braços. Berrou de fúria, e a rede explodiu para cima, arrancada dos apoios, e foi atirada ao céu como um lenço de papel gigantesco no meio de um vendaval.

Livres e ilesos, nós voamos para fora da arena. Olhei para Calipso, impressionado. Ela parecia tão surpresa quanto eu. Em seguida, desabou e caiu meio de lado. Heloísa compensou a posição e mudou o ritmo, para não deixar a feiticeira cair. Calipso, parecendo quase inconsciente, tentou se agarrar ao pelo do grifo.

Conforme nossas nobres montarias subiam ao céu, olhei para a arena. Os monstros estavam em uma luta livre, mas não vi sinal de Litierses.

Meg se virou para me olhar, a boca transparecendo uma raiva feroz.

— Você *devia* ter ido embora!

Em seguida, passou os braços ao meu redor e me deu um abraço tão apertado que senti minhas costelas se fraturando. Meg soluçava, o rosto enfiado na minha camisa, o corpo todo tremendo.

Quanto a mim, não chorei. Não, tenho certeza de que meus olhos estavam bem secos. Eu não berrei como um bebê, nem um pouco. O máximo que vou admitir é o seguinte: com as lágrimas dela umedecendo minha camisa, os óculos de gatinho espetando com desconforto meu peito, seu cheiro de maçãs assadas, terra e suor atacando minhas narinas, fiquei bem feliz por ser irritado mais uma vez por Meg McCaffrey.

# 17

*Na Estação, lá vai*
*McCaffrey comer meu pão.*
*Lágrimas divinas...*

**HELOÍSA E ABELARDO SABIAM** para onde ir. Eles sobrevoaram o telhado da Estação Intermediária até uma seção das telhas se abrir, permitindo que os grifos descessem em círculos até o salão principal.

Eles pousaram no parapeito, lado a lado no ninho, enquanto Josephine e Leo subiam a escada para se juntarem a nós.

Josephine abraçou Heloísa e depois Abelardo.

— Meus queridos! Vocês estão vivos!

Os grifos arrulharam e se aconchegaram nela.

Josephine sorriu para Meg McCaffrey.

— Bem-vinda! Sou Jo.

Meg piscou, aparentemente não muito acostumada a ser recebida com tanto entusiasmado.

Calipso tombou ao descer das costas de Heloísa. Teria caído do parapeito se Leo não a tivesse segurado.

— Opa, *mamacita* — disse ele. — Você está bem?

Ela piscou bem devagar.

— Estou. Sem estardalhaço. E não me chame de...

Ela desabou nos braços de Leo, que fez força para mantê-la de pé.

O garoto me encarou, nervoso.

— O que você fez com ela?

— Nadinha! — protestei. — Mas acho que ela conseguiu fazer magia.

Expliquei o que havia acontecido no zoológico: nosso encontro com Litierses, a fuga e como a rede que cobria a arena foi lançada para longe como uma lula saindo de um canhão de água (um dos projetos de menos sucesso de Poseidon).

Meg acrescentou, sem ajudar muito:

— Foi bem louco.

— Litierses — murmurou Leo. — Eu *odeio* esse cara. Cal vai ficar bem?

Josephine checou a pulsação de Calipso, depois encostou a mão na testa dela. Apoiada no ombro de Leo, a feiticeira roncava como um porco selvagem.

— Ela pifou — anunciou Josephine.

— Pifou? — gritou Leo. — Eu não gosto quando coisas pifam!

— É só modo de falar, amigão — disse Josephine. — Ela se exauriu magicamente. Temos que levá-la para Emmie na enfermaria. Aqui.

Josephine pegou Calipso no colo. Ignorando a escada, ela pulou do parapeito e pousou tranquilamente no chão seis metros abaixo.

Leo franziu a testa.

— Eu poderia ter feito isso.

Ele se virou para Meg. Sem dúvida a reconhecia das minhas muitas histórias tristes. Afinal, não é todo dia que se vê por aí garotinhas com roupas da cor de sinais de trânsito e óculos de gatinho.

— Você é Meg McCaffrey — deduziu ele.

— Sou.

— Legal. Eu sou Leo. E, hã... — Ele apontou para mim. — Eu soube que você pode, tipo, controlar esse cara?

Limpei a garganta.

— Nós só *cooperamos*! Eu não sou controlado por ninguém. Não é, Meg?

— Dá um tapa na sua cara — ordenou Meg.

Eu dei um tapa na minha cara.

Leo sorriu.

— Ah, isso é bom demais. Vou dar uma olhada na Calipso, mas vamos ter uma conversinha mais tarde.

Ele deslizou pelo corrimão da escada, me deixando com um pressentimento terrível.

Os grifos se acomodaram nos ninhos, arrulhando de satisfação um para o outro. Eu não era parteiro de grifos, mas Heloísa e seu ovo, graças aos deuses, pareciam bem.

Olhei para Meg. Meu rosto estava ardendo no local onde eu tinha me estapeado. Meu orgulho foi pisoteado como Litierses embaixo de uma horda de avestruzes de combate. Ainda assim, estava imensamente feliz em ver minha jovem amiga.

— Você me salvou. — E acrescentei uma palavra que nunca ocorria com facilidade a um deus: — Obrigado.

Meg tocou nos cotovelos. Nos dedos do meio, os anéis de ouro cintilavam com o símbolo de lua crescente da mãe, Deméter. Eu tinha feito o melhor curativo que pude na coxa dela durante o percurso até a Estação Intermediária, mas Meg ainda parecia abalada.

Achei que ela fosse chorar de novo, mas, quando me encarou, tinha a expressão obstinada de sempre, como se estivesse prestes a me chamar de Cara de Cocô ou a me mandar brincar de princesa e dragão com ela. (Ela *nunca* me deixava ser a princesa.)

— Eu não fiz por você — disse ela.

Tentei entender aquela frase sem sentido.

— Então, por que...

— Aquele cara. — Ela balançou os dedos na frente do rosto, indicando as cicatrizes de Litierses. — Ele era mau.

— Bom, nisso temos que concordar.

— E os que me trouxeram de Nova York. — Ela fez sua clássica expressão de nojo. — Marcus. Vortigern. Eles disseram coisas... O que fariam em Indianápolis. — Ela balançou a cabeça. — Coisas ruins.

Eu me perguntei se Meg sabia que Marcus e Vortigern tinham sido decapitados por terem deixado que ela escapasse. Achei melhor ficar quieto. Se Meg estivesse realmente curiosa, era só dar uma olhada no Facebook.

Ao nosso lado, os grifos se acomodaram para um descanso merecido. Enfiaram a cabeça embaixo das asas e ronronaram, o que seria fofo, se o barulho não fosse igual ao de uma serra elétrica.

— Meg... — Hesitei.

Senti como se uma parede nos separasse, embora não tivesse certeza de quem estava protegendo quem. Eu queria dizer tantas coisas para ela, mas não sabia como.

Tomei coragem.

— Eu vou tentar.

Meg me observou com cautela.

— Tentar o quê?

— Dizer para você... o que sinto. Para esclarecer as coisas. Me interrompa se eu disser alguma coisa errada, mas acho que é óbvio que ainda precisamos um do outro.

Ela não respondeu.

— Eu não culpo você por nada — continuei. — Por você ter me deixado sozinho no Bosque de Dodona, por ter mentido sobre seu padrasto...

— Não.

Pensei que seu fiel servo Pêssego, o *karpos*, fosse cair dos céus e arrancar meu couro cabeludo. Isso não aconteceu.

— O que eu quero dizer — tentei novamente — é que sinto muito por tudo que você passou. Nada foi culpa sua. Você não devia se culpar. Aquele demônio do Nero brincou com suas emoções, distorceu seus pensamentos...

— Não.

— Talvez eu devesse botar meus sentimentos em uma música.

— Não.

— Ou contar uma história sobre uma coisa similar que aconteceu comigo uma vez.

— Não.

— Um refrão curto no meu ukulele?

— Não.

Mas, daquela vez, detectei uma leve sugestão de sorriso no canto da boca de Meg.

— Podemos pelo menos concordar em trabalhar juntos? — perguntei. — O imperador desta cidade está atrás de nós dois. Se não o impedirmos, ele vai fazer muitas outras coisas ruins.

Meg deu de ombros.

— Tá.

Um estalo suave veio do ninho do grifo. Brotos verdes surgiam do feno seco, talvez sinal da melhora do humor de Meg.

Eu me lembrei das palavras de Cleandro no meu pesadelo: *Você devia ter percebido como ela está ficando poderosa.* Meg tinha conseguido me rastrear no zoológico. Fez hera crescer até derrubar o toldo e bambus engolirem um grupo de germânicos. Até tinha se teletransportado para fugir dos capangas de Cômodo. Poucos filhos de Deméter eram tão poderosos.

Ainda assim, eu não era bobo de achar que a gente sairia saltitando de braços dados por aí, sem pensar nos problemas que nos aguardavam. Mais cedo ou mais tarde, ela teria que enfrentar Nero novamente. Suas lealdades seriam testadas, seus medos seriam manipulados. Eu não podia libertá-la do passado, nem com a melhor música ou com o melhor refrão de ukulele.

Meg esfregou o nariz.

— Tem comida?

Eu não tinha percebido como estava tenso até relaxar. Se Meg estava pensando em comida, estávamos voltando para o caminho da normalidade.

— Tem comida. — Baixei a voz. — Olha só, não é tão bom quanto a pastinha de sete camadas de Sally Jackson, mas o pão fresco de Emmie e o queijo caseiro são bem aceitáveis.

Uma voz disse secamente atrás de mim:

— Fico feliz que você tenha gostado.

Eu me virei.

No alto da escada, Emmie disparava garras de grifo em mim com o olhar.

— Lady Britomártis está lá embaixo. Quer falar com você.

A deusa não me agradeceu. Não me cobriu de elogios, não me ofereceu um beijo nem me deu uma rede mágica de presente.

Britomártis só indicou uma cadeira do outro lado da mesa de jantar e disse:

— Sente-se.

Ela estava usando um vestido preto fino por cima de meias arrastão, um visual que me lembrou Stevie Nicks por volta de 1981. (Fizemos um dueto fabuloso em "Stop Draggin' My Heart Around", mas meu nome *nem sequer* apareceu nos créditos do disco.) Ela apoiou as botas de couro na mesa de jantar como se fosse a dona da casa, o que acho que era mesmo, e enrolou o cabelo castanho entre os dedos.

Olhei minha cadeira e a de Meg para ver se havia algum dispositivo explosivo ativado por molas, mas, sem o olhar especializado de Leo, não podia ter certeza. Minha única esperança: Britomártis parecia distraída, talvez distraída *demais* para fazer seus joguinhos habituais. Eu me sentei. Felizmente, meu *gloutos* não explodiu.

Uma refeição simples havia sido posta na mesa: mais salada, pão e queijo. Eu não tinha percebido que era hora do almoço, mas, quando vi a comida, meu estômago roncou. Estiquei a mão para pegar o pão. Com um sorriso doce, Emmie o puxou e entregou para Meg.

— Apolo, eu não ia querer que você comesse qualquer coisa que é só *aceitável*. Mas tem bastante salada.

Olhei com infelicidade para a tigela de alface e pepino. Meg pegou o pão inteiro e arrancou um pedaço, mastigando com gosto. Bom... *mastigando* é forma de dizer. Meg enfiou tanto pão na boca que era difícil saber se os dentes sequer se tocavam.

Britomártis entrelaçou os dedos. Até um simples gesto como aquele parecia uma armadilha elaborada.

— Emmie — disse ela —, como está a feiticeira?

— Descansando com conforto, minha senhora — respondeu a mulher. — Leo e Josephine estão cuidando dela... Ah, aqui estão eles agora.

Josephine e Leo foram até a mesa de jantar, os braços de Leo abertos como a estátua do Cristo Redentor.

— Podem relaxar! — anunciou ele. — Calipso está bem!

A deusa das redes grunhiu como se estivesse decepcionada.

Um pensamento me ocorreu. Eu franzi a testa para Britomártis.

— A rede na arena. Redes são *seu* departamento. Você ajudou a arrancá-la, não foi? Calipso não poderia ter feito aquela magia sozinha.

Britomártis deu um sorriso.

— Eu talvez tenha dado um impulsozinho no poder dela. Ela vai ser mais útil para mim se conseguir dominar as antigas habilidades.

Leo baixou os braços.

— Mas ela podia ter morrido!

A deusa deu de ombros.

— Improvável, mas é difícil dizer. É uma coisa complicada, magia. Nunca se sabe quando ou como vai sair.

Ela falou com repugnância, como se magia fosse uma função corporal mal controlada.

As orelhas de Leo começaram a soltar fumaça. Ele deu um passo na direção da deusa.

Josephine segurou o braço dele.

— Deixa pra lá, amigão. Emmie e eu vamos cuidar da sua garota.

Leo levantou um dedo para Britomártis.

— Você tem sorte de essas moças aqui serem tão incríveis. Jo me disse que, com tempo e treinamento, pode ajudar Calipso a recuperar totalmente a magia.

Josephine se remexeu, as ferramentas tilintando nos bolsos do macacão.

— Leo...

— Você sabia que ela foi uma gângster? — Ele sorriu para mim. — Jo conheceu Al Capone! Tinha uma identidade secreta e...

— Leo! — gritou ela.

Ele fez uma careta.

— E... não cabe a mim falar nada. Ah, olha, comida!

Ele se sentou e começou a cortar o queijo.

Britomártis espalmou as mãos na mesa.

— Mas chega de falar da feiticeira. Apolo, devo admitir que você foi moderadamente bem na recuperação dos meus grifos.

— *Moderadamente bem?* — Eu estava prestes a soltar alguns comentários bastante irritados, mas me contive. Será que os semideuses tinham que se controlar quando lidavam com deuses ingratos como ela? Não. Claro que não. Eu era especial e diferente. E merecia um tratamento melhor. — Que bom que você aprovou.

O sorriso de Britomártis foi pequeno e cruel. Imaginei redes se enrolando nos meus pés, interrompendo o fluxo de sangue nos meus tornozelos.

— Como prometi, vou recompensar você. Vou dar informações que vão levá-lo direto ao palácio do imperador, onde você vai nos deixar orgulhosos... ou ser executado de uma forma horrivelmente criativa.

# 18

*Meu querido Cômodo*
*Por favor, não cause incômodos*
*Ah, não, outra visão*

**POR QUE AS PESSOAS** sempre estragavam minhas refeições?

Primeiro, me serviram comida. Depois, explicaram como eu tinha grandes chances de morrer em breve. Eu desejava estar de volta ao Monte Olimpo, onde poderia me preocupar com coisas mais interessantes, como os últimos sucessos do tecno-pop, saraus de poesia e destruir comunidades sanguinárias com minhas flechas da vingança. Uma coisa que aprendi com a minha experiência como mortal: contemplar a morte é *muito* mais divertido quando é a de outra pessoa.

Antes que Britomártis nos desse nossa "recompensa", ela insistiu em ser informada sobre o que Josephine e Emmie tinham feito o dia todo, com a ajuda de Leo, para preparar a Estação Intermediária para um cerco.

— Esse cara é bom. — Josephine deu um soco carinhoso no braço de Leo. — As coisas que ele sabe sobre esferas de Arquimedes... *Muito* impressionante.

— Esferas? — perguntou Meg.

— É — disse Leo. — São umas coisas redondas.

— Cala a boca.

Meg voltou a ingerir carboidratos.

— Reposicionamos e abastecemos todas as bestas das torres de artilharia — continuou Jo. — Carregamos as catapultas. Fechamos todas as saídas e colocamos a Estação Intermediária em modo de vigilância vinte e quatro horas. Se alguém tentar entrar, vamos saber.

— E eles vão tentar — prometeu Britomártis. — É só questão de tempo.

Levantei a mão.

— E, hã, Festus?

Esperava que a tristeza na minha voz não estivesse óbvia demais. Não queria que os outros pensassem que eu estava pronto para sair voando no nosso dragão de bronze e deixar que a Estação Intermediária resolvesse seus próprios problemas. (Embora estivesse pronto para fazer exatamente isso.)

Emmie balançou a cabeça.

— Procurei na região da prefeitura ontem à noite e hoje de manhã. Nada. Os *blemmyae* devem ter levado a mala de bronze para o palácio.

Leo estalou a língua.

— Aposto que está com Litierses. Quando eu botar a mão naquele *hijo de*...

— O que nos leva a uma questão importante — interrompi. — Como Leo... quer dizer, como *nós* encontramos o palácio?

Britomártis tirou os pés da mesa. Inclinou-se para a frente.

— O portão principal do palácio do imperador fica embaixo do Monumento aos Soldados e Marinheiros.

Josephine grunhiu.

— Eu devia ter percebido.

— Por quê? — perguntei. — O que é isso?

Josephine revirou os olhos.

— É uma coluna *enorme* no meio de uma praça, alguns quarteirões ao norte daqui. É bem o tipo de construção chamativa e exagerada que se esperaria que um imperador tivesse na entrada de casa.

— É o maior monumento da cidade — acrescentou Emmie.

Tentei conter meu ressentimento. Soldados e marinheiros são gente boa, mas, se o maior monumento da sua cidade não é para Apolo, tem alguma coisa errada.

— Imagino que o palácio seja bem protegido, não é?

Britomártis riu.

— Até pelos meus padrões, o monumento é uma armadilha mortal. Torres de artilharia com metralhadoras. Lasers. Monstros. Tentar entrar pela porta da frente sem ser convidado teria consequências catastróficas.

Meg engoliu um pedaço enorme de pão, conseguindo de alguma forma não se engasgar.

— O imperador nos deixaria entrar.

— Bem, é verdade — concordou Britomártis. — Ele adoraria que você e Apolo aparecessem na porta dele e se entregassem. Mas só menciono a entrada principal porque vocês devem *evitá-la* a todo custo. Se vocês quiserem entrar no palácio sem serem presos e torturados até a morte, há outra possibilidade.

Leo mordeu um pedaço de queijo, que ficou com o formato de um sorriso. Ele o segurou na frente da boca.

— Leo fica feliz quando não está sendo torturado até a morte.

Meg não conseguiu segurar a risada. Um pedaço babado de pão saiu pela narina direita, mas ela não teve nem o decoro de parecer constrangida. Percebi que Leo e Meg *não* seriam boas influências um para o outro.

— Então, para entrar — disse a deusa —, vocês precisam usar a rede de águas e esgotos.

— O encanamento — falei. — Na minha visão da sala do trono do imperador, vi canais abertos de água corrente. Você sabe como ter acesso a eles?

Britomártis piscou para mim.

— Espero que você não tenha mais medo de água.

— Eu nunca tive medo de água! — Minha voz saiu mais aguda do que eu pretendia.

— Hum... — refletiu Britomártis. — Então por que será que os gregos sempre rezavam para você quando estavam em águas perigosas e queriam aportar em segurança?

— P-porque minha mãe ficou presa em um barco quando estava tentando me dar à luz! E a Ártemis também! Eu entendo querer estar em terra firme!

— E os boatos de que você não sabe nadar? Eu me lembro da festa na piscina do Tritão...

— *Claro* que eu sei nadar! Só porque eu não quis brincar de Marco Polo com você no fundo com minas navais...

— Ei, pessoalzinho divino — interrompeu Meg. — A rede de águas e esgotos?

— Certo! — Pela primeira vez, fiquei aliviado pela impaciência de Meg. — Deusa, como chegamos à sala do trono?

Britomártis estreitou os olhos na direção de Meg.

— *Pessoalzinho divino?* — Ela parecia estar refletindo como McCaffrey ficaria enrolada em uma rede com pesos de chumbo e jogada na Fossa das Marianas. — Bom, srta. McCaffrey, para acessar o sistema de águas do imperador, vocês vão precisar procurar no Canal Walk.

— O que é isso? — perguntou Meg.

Emmie bateu de leve na mão da menina.

— Eu posso mostrar a você. É um antigo canal que atravessa o centro. Reformaram a área, construíram vários prédios residenciais e restaurantes e sei lá mais o quê.

Leo colocou o sorriso de queijo na boca.

— Eu *adoro* sei lá mais o quê.

Britomártis sorriu.

— Que sorte, Leo Valdez. Porque suas habilidades vão ser necessárias para encontrar a entrada, desarmar as armadilhas e sei lá mais o quê.

— Espere aí. *Encontrar* a entrada? Achei que você fosse nos dizer onde fica.

— Eu acabei de dizer — retrucou a deusa. — Em algum lugar do canal. Procurem uma grade. Vocês vão saber quando encontrarem.

— Aham. E vai ter uma armadilha.

— Claro! Mas a segurança não vai ser tão reforçada quanto na entrada principal da fortaleza. E Apolo vai ter que superar o medo de água.

— Eu *não* tenho medo... — falei.

— Cala a boca — disse Meg, transformando minhas cordas vocais em blocos de cimento. Ela apontou uma cenoura para Leo. — Se encontrarmos a grade, você consegue dar um jeito de a gente entrar?

A expressão de Leo fez com que ele parecesse tão sério e perigoso quanto possível para um pequeno semideus élfico usando o macacão de uma garotinha (um limpo, veja só, que ele procurou *intencionalmente* e vestiu).

— Sou um filho de Hefesto, *chica*. Eu levo jeito para essas coisas. Esse tal Litierses já tentou me matar. E também acabar com os meus amigos. Agora, ameaçou Calipso! É, vou botar a gente pra dentro daquele palácio. Depois, vou encontrar Lit e...

— Iniciar um litígio contra ele? — sugeri, surpreso, mas satisfeito de perceber que conseguia falar de novo tão pouco tempo depois de me mandarem calar a boca.

Leo franziu a testa.

— Hã? Que piadinha infame.

— Quando sou eu quem fala, é poesia — garanti.

— Bem. — Britomártis se levantou, anzóis e pesos tilintando no vestido. — Quando Apolo começa a recitar poesia é sinal de que devo ir embora.

— Quem me dera saber disso antes — comentei.

Ela jogou um beijo para mim.

— Sua amiga Calipso deve ficar aqui. Josephine, veja se pode ajudá-la a recuperar o controle sobre seus poderes mágicos. Ela vai precisar para a batalha que vem por aí.

Josephine tamborilou os dedos na mesa.

— Faz muito tempo que não treino ninguém nas artes de Hécate, mas vou fazer o possível.

— Emmie — continuou a deusa —, cuide dos meus grifos. Heloísa pode botar o ovo a qualquer momento.

O couro cabeludo de Emmie ficou vermelho.

— E Georgina? Você nos mostrou como entrar no palácio do imperador. Agora espera que fiquemos aqui em vez de ir libertar nossa menina?

Britomártis levantou a mão pedindo cautela, como quem diz *Você está prestes a cair numa armadilha, minha querida.*

— Confie em Meg, Leo e Apolo. Esta tarefa é deles: encontrar e libertar os prisioneiros, recuperar o Trono de Mnemosine...

— E pegar Festus — acrescentou Leo.

— E principalmente Georgina — completou Jo.

— Podemos fazer umas compras também — ofereceu Leo. — Reparei que o molho de pimenta está acabando.

Britomártis preferiu não destruí-lo, embora, pela expressão dela, eu tenha percebido que foi por pouco.

— Amanhã, à primeira luz, procurem a entrada.

— Por que não antes? — perguntou Meg.

A deusa deu um sorrisinho.

— Você é destemida. Respeito isso. Mas precisa estar descansada e preparada para encontrar as forças do imperador. Seu ferimento na perna deve ser tratado.

E desconfio que não dorme direito há muitas noites. Além do mais, o incidente no zoológico deixou a segurança do imperador em alerta total. É melhor deixar a poeira baixar. Se ele pegar você, Meg McCaffrey...

— Eu sei.

Ela não demonstrou medo. O tom era o de uma criança que foi lembrada pela quinta vez de arrumar o quarto. O único sinal da ansiedade de Meg: no último pedaço de pão que segurava, tinha começado a brotar trigo.

— Enquanto isso — disse Britomártis —, vou tentar localizar as Caçadoras de Ártemis. Elas estiveram em uma missão por aqui não faz muito tempo. Talvez ainda estejam perto o bastante para vir ajudar.

Uma risadinha histérica escapou da minha boca. Pensar em vinte ou trinta outras arqueiras competentes ao meu lado, mesmo sendo donzelas que juraram fidelidade a Ártemis sem o menor senso de humor, fez com que eu me sentisse mais seguro.

— Isso seria bom.

— Mas, se eu não encontrar — disse a deusa —, vocês devem estar preparados para lutarem sozinhos.

— Típico. — Suspirei.

— E lembrem-se: a cerimônia de nomeação do imperador é depois de amanhã.

— Muito obrigado — falei. — Eu tinha até esquecido.

— Ah, não faça essa cara, Apolo! — Britomártis me lançou um último sorriso sedutor, irritante de tão bonitinho. — Se você sair dessa vivo, a gente pode ir ao cinema juntos. Prometo.

O vestido preto fino girou em torno do corpo dela como um tornado feito de redes. E ela sumiu.

Meg se virou para mim.

— Cerimônia de nomeação?

— É. — Eu olhei para o pão verde e meio peludo dela e me perguntei se ainda era comestível. — O imperador é bem megalomaníaco. Planeja renomear esta capital em homenagem a ele mesmo, como fazia na Roma Antiga. Provavelmente, vai renomear o estado, os habitantes e os meses do ano também.

Meg riu.

— Cidade Cômoda?

Leo deu um sorriso hesitante.

— Como é?

— O nome dele é...

— Não, Meg — avisou Josephine.

— ... Cômodo — continuou Meg, e franziu a testa. — Por que não devo dizer o nome dele?

— Ele presta atenção a essas coisas — expliquei. — É melhor não deixá-lo saber que estamos falando sobre...

Meg respirou fundo e gritou:

— CÔMODO, CÔMODO, CÔMODO, CÔMODO! CIDADE CÔMODA, COMODIANA, DIA CÔMODO, MÊS DE CÔMODO! HOMEM INCÔMODO!

O salão tremeu, como se a própria Estação Intermediária estivesse ofendida. Emmie ficou pálida. Nos ninhos, os grifos piaram de nervosismo.

— Você não deveria ter feito isso, querida — repreendeu Josephine.

Leo deu de ombros.

— Bom, se o tal Homem Incômodo não estava prestando atenção ao canal dele antes, acho que está agora.

— Que besteira — disse Meg. — Não o tratem como se ele fosse tão poderoso. Meu padrasto... — A voz dela falhou. — Ele... ele disse que Cômodo é o mais fraco dos três. Nós podemos vencê-lo.

As palavras dela me atingiram em cheio como uma das flechas de ponta grossa de Ártemis. (Posso garantir, dói muito.)

*Nós podemos vencê-lo.*

O nome do meu antigo amigo, gritado sem parar.

Cambaleei até ficar de pé, com ânsia de vômito, minha língua tentando se soltar da garganta.

— Opa, Apolo. — Leo correu para perto de mim. — Você está bem?

— Eu...

Mais um episódio de ânsia de vômito. Cambaleei na direção do banheiro mais próximo na mesma hora que uma visão me envolveu... me levando de volta para o dia em que cometi assassinato.

## 19

*Me chame de Narciso*
*Vou nos exercitar e*
*Depois matá-lo*

**SEI O QUE VOCÊ** está pensando. *Mas, Apolo, você é divino! Nunca cometeria um assassinato. Qualquer morte que você porventura provocasse seria apenas a manifestação da vontade dos deuses e não poderia ser recriminada. Inclusive seria uma honra ser morto por você!*

Você está certíssimo, querido leitor. É verdade que destruí cidades inteiras com minhas flechas em chamas. Infligi pragas incontáveis à humanidade. Uma vez, Ártemis e eu massacramos uma família de doze pessoas porque a matriarca falou uma coisa ruim sobre a *nossa* mãe. Que audácia!

Enfim. Para mim, nada disso tinha sido assassinato.

Mas, quando cambaleei para o banheiro, pronto para vomitar em uma privada que eu mesmo tinha limpado no dia anterior, lembranças horríveis me consumiram. Eu me vi na Roma Antiga, em um dia frio de inverno, quando *realmente* cometi um ato horrível.

Um vento gelado percorreu os salões do palácio. Chamas ardiam nos braseiros. Os rostos dos guardas pretorianos não mostravam qualquer sinal de desconforto, mas, ao passar por eles nos corredores, ouvia as armaduras tilintando com o tremor de seus corpos.

Ninguém se pôs no meu caminho enquanto eu me dirigia aos aposentos do imperador. E por que me parariam? Eu era Narciso, o *personal trainer* de confiança do soberano.

Naquela noite, meu disfarce mortal não estava funcionando muito bem. Meu estômago estava agitado. Suor escorria pela nuca. O choque dos jogos daquele dia ainda transtornava meus sentidos: o fedor de carcaças no chão da arena; a multidão com sede de sangue, gritando "CÔMODO! CÔMODO!"; o imperador em uma armadura dourada resplandecente e vestimentas roxas, jogando as cabeças cortadas dos avestruzes nos assentos dos senadores, apontando para os homens idosos com a espada: *Você é o próximo.*

Laetus, o prefeito pretoriano, tinha me puxado para um canto uma hora antes: *Nós falhamos no almoço. Esta é nossa última chance. Podemos derrotá-lo, mas só com a sua ajuda.*

Márcia, a amante de Cômodo, chorou enquanto segurava meu braço. *Ele vai matar todos nós. Vai destruir Roma. Você sabe o que precisa ser feito!*

Eles estavam certos. Eu tinha visto a lista de inimigos reais ou imaginários que Cômodo pretendia executar no dia seguinte. Márcia e Laetus estavam no topo da lista, seguidos de senadores, nobres e vários sacerdotes do templo de Apolo Sosiano. Eu não podia ignorar o que estava para acontecer. Cômodo faria picadinho deles com a mesma facilidade que destroçava seus avestruzes e leões.

Abri as portas de bronze da câmara do imperador.

Das sombras, Cômodo gritou:

— VÁ EMBORA!

Uma jarra de bronze passou raspando pela minha cabeça e bateu na parede com tanta força que rachou os azulejos do mosaico.

— Oi para você também — falei. — Nunca gostei muito daquele afresco.

O imperador piscou, tentando focar o olhar.

— Ah... é você, Narciso. Pode entrar. Ande logo! Tranque as portas!

Eu fiz o que ele pediu.

Cômodo se ajoelhou no chão, apoiado no sofá. Na opulência do quarto, com cortinas de seda, mobília dourada e paredes com afrescos coloridos, o imperador parecia deslocado, como um mendigo tirado de um beco de Subura. Os olhos estavam arregalados. A barba brilhava com baba. Vômito e sangue manchavam a túnica branca, o que não me surpreendeu, considerando que sua amante e seu prefeito tinham envenenado o vinho dele no almoço.

Mas, se você conseguisse *desconsiderar* essa cena, Cômodo não tinha mudado muito desde que tinha dezoito anos e estava relaxando na barraca do pai na Floresta do Danúbio. Ele estava com trinta e um agora, mas os anos mal haviam tocado nele. Para o horror dos fashionistas de Roma, ele deixara o cabelo crescer e usava uma barba desgrenhada para ficar parecido com seu ídolo, Hércules. Fora isso, era a imagem da perfeição romana, e podia ser facilmente confundido com um deus imortal, como ele tanto alegava ser.

— Eles tentaram me matar — rosnou ele. — Eu *sei* que foram eles! Mas não vou morrer. Vou mostrar para eles do que sou capaz!

Meu coração ficou apertado ao vê-lo daquele jeito. No dia anterior, eu tive tanta esperança.

Tínhamos treinado técnicas de luta a tarde toda. Forte e confiante, ele lutou comigo no chão e teria quebrado meu pescoço se eu fosse um mortal comum. Depois que me deixou levantar, passamos o restante do dia rindo e conversando, como fazíamos antigamente. Não que ele soubesse minha verdadeira identidade, mas, mesmo assim... Na pele de Narciso, eu tinha certeza de que poderia fazer aflorar a bondade do imperador e acabar reacendendo as brasas do homem glorioso que eu já tinha conhecido.

Mas, naquela manhã, ele acordou mais lunático e sedento de sangue do que nunca.

Eu me aproximei com cautela, como se ele fosse um animal ferido.

— Você não vai morrer com o veneno. Você é forte demais para isso.

— Exatamente! — Ele subiu no sofá, os nós dos dedos brancos por causa do esforço. — Vou me sentir melhor amanhã, assim que decapitar aqueles traidores.

— Talvez fosse melhor descansar alguns dias — sugeri. — Tirar um tempo para se recuperar e refletir.

— REFLETIR? — Ele fez uma careta de dor. — Eu não preciso *refletir*, Narciso. Vou matá-los e contratar novos conselheiros. Você, talvez? O que acha?

Eu não sabia se ria ou chorava. Cômodo só queria saber de seus amados jogos, e acabava atribuindo as responsabilidades do Império a prefeitos e amigos... que geralmente tinham uma expectativa de vida muito curta.

— Sou só um treinador — falei.

— E daí? Vou transformar você em nobre! Você vai governar Comodiana!

Franzi a testa ao ouvir aquele nome. Fora do palácio, ninguém aceitava o novo nome que o imperador dera a Roma. Os cidadãos se recusavam a se chamar de comodianos. As legiões estavam furiosas por agora serem conhecidas como *comodianae*. As proclamações malucas de Cômodo foram a gota d'água para seus sofridos conselheiros.

— Por favor, Cômodo — implorei. — Dê um tempo nas execuções e nos jogos. Para se curar. Para considerar as consequências dos seus atos.

Ele arreganhou os dentes, os lábios salpicados de sangue.

— Não comece *você* também! Parece meu pai. Não quero mais pensar nas consequências!

Meu ânimo desabou. Eu sabia o que aconteceria nos dias seguintes. Cômodo sobreviveria ao envenenamento. Ordenaria a purgação implacável de seus inimigos. A cidade seria decorada com cabeças em estacas. Cruzes se enfileirariam pela Via Ápia. Meus sacerdotes morreriam. Metade do senado morreria. A própria cidade de Roma, o bastião dos deuses olimpianos, seria abalada para sempre. E Cômodo ainda assim seria assassinado... algumas semanas ou meses depois, de alguma outra forma.

Eu baixei a cabeça, acatando a ordem do imperador.

— Claro, meu senhor. Posso preparar um banho para você?

Cômodo grunhiu em concordância.

— É melhor eu tirar essas roupas imundas mesmo.

Como sempre fazia depois das nossas sessões de treinamento, enchi a grande banheira de mármore com água de rosas fumegante. Ajudei-o a tirar a túnica suja e o guiei até a banheira. Por um momento, ele relaxou e fechou os olhos.

Eu me lembrei dele ainda adolescente, dormindo ao meu lado. Me lembrei de sua gargalhada gostosa enquanto corríamos pela floresta e do jeito como o rosto dele se franzia de forma adorável quando eu fazia as uvas quicarem em seu nariz.

Com uma esponja, limpei a baba e o sangue da barba e lavei delicadamente seu rosto. Então, fechei as mãos ao redor do pescoço.

— Sinto muito.

Afundei a cabeça dele e apertei o pescoço.

Cômodo era forte. Mesmo em seu estado enfraquecido, ele se debateu e lutou. Tive que canalizar meu poder divino para mantê-lo submerso, e, ao fazer isso, devo ter revelado minha verdadeira identidade.

Ele ficou parado, os olhos azuis arregalados de surpresa e decepção. Não conseguiu falar, mas movimentou os lábios e formou as palavras *Você. Me. Abençoou.*

A acusação arrancou um soluço da minha garganta. No dia em que o pai dele morreu, prometi a Cômodo: *Você sempre vai ter minhas bênçãos.* Agora, eu estava encerrando o reinado dele. Estava interferindo em questões mortais, não só para salvar vidas, ou para salvar Roma, mas porque não conseguiria suportar ver meu belo Cômodo morrer nas mãos de outra pessoa.

O último suspiro dele borbulhou pelos fios da barba. Fiquei curvado sobre a banheira, chorando, as mãos em volta da garganta dele, até a água esfriar.

Britomártis estava errada. Eu não tinha medo de água. Só não conseguia olhar para lagos, lagoas ou qualquer coisa do tipo sem imaginar o rosto de Cômodo, ferido pela traição, me encarando.

A visão sumiu. Meu estômago se contraiu. Eu me vi agachado próximo a outro recipiente com água, um localizado na Estação Intermediária.

Não sei bem quanto tempo fiquei ali, tremendo, com ânsia de vômito, desejando poder me livrar da minha casca mortal horrenda com a mesma facilidade com que me livrei do conteúdo do meu estômago. Depois de um tempo me dei conta de um reflexo laranja na água da privada. Agamedes estava atrás de mim, segurando a Bola 8 Mágica.

Soltei um resmungo de protesto.

— Você precisa mesmo se esgueirar atrás de mim quando estou vomitando? Sério?

O fantasma sem cabeça me entregou a esfera mágica.

— Papel higiênico seria mais útil — falei.

Agamedes esticou a mão para pegar o rolo, mas os dedos etéreos atravessaram o papel. Era estranho que ele conseguisse segurar a Bola 8 Mágica e não um rolo de papel higiênico. Talvez nossas anfitriãs tivessem preferido não gastar dinheiro com o rolo extramacio de folha dupla adequado a fantasmas.

Peguei a bola. Sem muita convicção, perguntei:

— O que você quer, Agamedes?

A resposta flutuou no líquido escuro: NÓS NÃO PODEMOS FICAR.

Grunhi.

— Não outro aviso de desgraça, por favor. Quem somos *nós*? Ficar onde?

Balancei a bola mais uma vez. A esfera exibiu a resposta: A PERSPECTIVA NÃO PARECE MUITO BOA.

Devolvi a Bola 8 Mágica para Agamedes, e foi como colocar a mão para fora de um veículo em movimento e sentir o vento na pele.

— Não posso brincar de adivinhação agora, Gasparzinho.

Ele não tinha rosto, mas pela postura percebi seu desamparo. O sangue do pescoço cortado escorria lentamente pela túnica. Imaginei a cabeça de Trofônio no corpo dele, os gritos agonizantes do meu filho para os céus: *Me leve no lugar dele! Salve-o, Pai, por favor!*

Então me veio à mente o rosto de Cômodo me encarando, magoado e traído, enquanto a carótida pulsava nas minhas mãos. *Você. Me. Abençoou.*

Chorei e abracei a privada, a única coisa no universo que não estava girando. Havia *alguém* que eu não tivesse traído e decepcionado? Algum relacionamento que eu não tivesse destruído?

Depois de uma eternidade miserável no meu universo particular do banheiro, uma voz surgiu atrás de mim.

— Ei.

Pisquei para afastar as lágrimas. Agamedes e sua bola mágica tinham sumido. No lugar dele, encostada na pia, estava Josephine. Ela me ofereceu um rolo novo de papel higiênico.

— Você devia estar no banheiro masculino? — perguntei, fungando.

Ela riu.

— Não seria a primeira vez, mas nossos banheiros são unissex.

Limpei o rosto e as roupas. Não consegui muito além de me encher de papel higiênico.

Josephine me ajudou a sentar na privada. Ela me garantiu que isso era melhor do que abraçar o vaso, embora, no momento, eu visse pouca diferença.

— O que aconteceu com você? — perguntou ela.

Sem preocupações com a minha dignidade, eu contei para ela.

Josephine tirou um pano do bolso do macacão. Molhou na pia e começou a limpar as laterais do meu rosto, nos lugares que não alcancei. Ela me tratou como se eu fosse sua Georgie de sete anos, ou mais uma de suas torres de bestas mecânicas: uma coisa preciosa, mas que dá trabalho.

— Não vou julgar você, Raio de Sol. Já fiz algumas coisas bem ruins na vida também.

Observei seu rosto, o queixo quadrado, o brilho metálico do cabelo grisalho na pele negra. Ela parecia tão gentil e afável, mas, assim como acontecia com o dragão Festus, às vezes eu tinha que parar e me forçar a lembrar: *Ah, certo, é uma máquina de morte gigante que cospe fogo.*

— Leo mencionou gângsteres — relembrei. — Al Capone?

Josephine deu um sorrisinho.

— Pois é. Al. E Diamond Joe. E Papa Johnny. Conheci todos os chefões da máfia. Eu era, como é que se diz? A conexão de Al com os fabricantes negros de bebidas alcoólicas.

Apesar de estar meio para baixo, não consegui deixar de sentir uma fagulha de fascinação. A Era do Jazz era uma das minhas favoritas, porque... bom, teve o jazz.

— Para uma mulher nos anos 1920, isso é impressionante.

— Acontece que eles nunca souberam que eu era mulher — explicou Jo.

Pensei em Jo com sapatos pretos de couro, um terno risca de giz, um alfinete de gravata de diamante e um chapéu fedora preto, com a submetralhadora, Pequena Bertha, encostada no ombro.

— Entendi.

— Me chamavam de Big Jo. — Ela olhou para a parede, pensativa. Talvez fosse só meu estado mental alterado, mas a imaginei como Cômodo, jogando uma jarra com tanta força que racharia os azulejos. — Aquele estilo de vida... era contagiante, perigoso. Me levou para um caminho sombrio, quase me destruiu. Mas Ártemis me encontrou e me ofereceu uma saída.

Eu me lembrei de Hemiteia e de sua irmã Parteno se jogando de um penhasco, em uma época em que a vida das mulheres era mais dispensável do que jarros de vinho.

— Minha irmã salvou muitas jovens de situações horríveis.

— Sim. — Jo deu um sorriso melancólico. — E Emmie salvou minha vida de novo.

— Mas vocês duas podiam ser imortais — resmunguei. — Podiam ter juventude, poder, vida eterna...

— Verdade — concordou Josephine. — Mas não teríamos passado as últimas décadas envelhecendo juntas. Tivemos uma vida boa aqui. Salvamos muitos semideuses e outros excluídos, os instruímos na Estação Intermediária, deixamos que frequentassem a escola e tivessem uma infância mais ou menos normal, criamos adultos que partiram para o mundo com as habilidades de que eles precisavam para sobreviver.

Balancei a cabeça.

— Não entendo. Comparar isso com a imortalidade não faz sentido.

Josephine deu de ombros.

— Tudo bem você não entender. Mas quero que você saiba que Emmie não abriu mão do seu dom divino por algo fútil. Depois de mais de sessenta anos vivendo com as Caçadoras, nós descobrimos uma coisa. Não é por quanto tempo você vive que importa. É aquilo pelo que você vive.

Franzi a testa. Era um jeito nada divino de pensar, como se você só pudesse ter imortalidade *ou* uma vida com propósito, mas não as duas coisas.

— Por que você está me dizendo isso? — perguntei. — Está tentando me convencer de que eu devia ficar como... como essa abominação? — Indiquei meu corpo mortal patético.

— Não estou dizendo para você o que fazer. Mas esse pessoal todo, Leo, Calipso, Meg, eles precisam de você. Estão contando com você. Emmie e eu também, para trazer nossa filha de volta. Você não precisa ser um deus. Só faça o melhor que puder pelos seus amigos.

— Eca.

Jo riu.

— Houve uma época em que esse tipo de discurso também me faria vomitar. Eu achava que amizade era uma armadilha. A vida era cada mulher por si. Mas quando entrei para as Caçadoras, Lady Britomártis me disse uma coisa. Você sabe como ela virou deusa?

Pensei por um momento.

— Ela era uma jovem donzela fugindo do rei de Creta. Para se esconder, pulou em uma rede de pesca no porto, não foi isso? Em vez de se afogar, foi transformada.

— Certo. — Jo entrelaçou os dedos. — Redes podem ser armadilhas. Mas também podem ser redes de *segurança*. Você só precisa saber quando pular nelas.

Eu a encarei. Esperei um momento de revelação, quando tudo fosse fazer sentido e meu espírito se elevaria.

— Desculpe — falei, por fim. — Não tenho ideia do que isso quer dizer.

— Tudo bem. — Ela estendeu a mão. — Vamos tirar você daqui.

— Sim — concordei. — Eu gostaria de uma boa noite de sono antes de partirmos amanhã.

Jo deu seu sorriso mais afável de máquina assassina.

— Ah, não. Nada de dormir ainda. Você tem suas tarefas da tarde para fazer, amigão.

## 20

*Ferro nas canelas*
*Pedalando com estilo*
*Mais um deus aos gritos*

**PELO MENOS NÃO PRECISEI** limpar as privadas.

Passei a tarde no ninho dos grifos, tocando música para Heloísa, acalmando-a enquanto ela botava o ovo. Ela gostou de Adele e de Joni Mitchell, o que forçou consideravelmente minhas cordas vocais, mas não curtiu a minha imitação de Elvis Presley. Os gostos musicais dos grifos são um mistério.

Em determinado momento, vi Calipso e Leo no salão, andando com Emmie, os três conversando, absortos. Agamedes flutuava para lá e para cá pelo salão, contorcendo as mãos. Tentei não pensar na mensagem da Bola 8 Mágica: NÓS NÃO PODEMOS FICAR, que não era animadora nem útil para alguém que estava tentando tocar uma música que combinasse com botar ovos.

Cerca de uma hora depois que comecei minha segunda *setlist*, Jo voltou a trabalhar no rastreador, o que me obrigou a encontrar canções que soassem bem com o barulho de um maçarico. Ainda bem que Heloísa gostou de Patti Smith.

A única pessoa que *não* vi durante a tarde foi Meg. Presumi que estivesse no telhado, fazendo o jardim crescer em um ritmo cinco vezes mais rápido do que o normal. De vez em quando, eu olhava para cima, me perguntando quando o telhado iria desabar e me enterrar em nabos.

Na hora do jantar, meus dedos estavam com bolhas de tanto tocar o ukulele de combate. Minha garganta parecia o Vale da Morte. No entanto, Heloísa estava piando com alegria em cima do ovo recém-botado.

Eu me sentia surpreendentemente melhor. Música e cura, afinal, não eram tão diferentes. Eu me perguntei se Jo havia me mandado até o ninho não só para ajudar Heloísa, mas para meu próprio bem. Aquelas mulheres da Estação Intermediária eram ardilosas.

Naquela noite, dormi como um morto, um *de verdade*, não do tipo inquieto, sem cabeça e alaranjado. Ao amanhecer, armados com as instruções de Emmie para chegar ao Canal Walk, Meg, Leo e eu já estávamos prontos para percorrer as ruas de Indianápolis.

Antes de sairmos, Josephine falou comigo em separado:

— Eu queria ir com vocês, Raio de Sol. Vou fazer o possível para treinar sua amiga Calipso hoje de manhã, para ver se ela consegue recuperar o controle sobre sua magia. Enquanto você estiver fora, vou me sentir melhor se usar isto.

Ela me deu uma algema de ferro.

Observei o rosto dela, mas ela não parecia estar brincando.

— Isso é um grilhão de grifo.

— Não! Eu nunca faria um grifo usar um grilhão.

— Mas você está dando um para *mim*. Não é o que prisioneiros usam?

— Não é a mesma coisa. Isto é o rastreador em que eu estava trabalhando.

Ela pressionou uma pequena cavidade na beirada do grilhão. Com um *clique*, asas metálicas se abriram dos dois lados, zumbindo como as asas de um beija-flor. O negócio quase pulou das minhas mãos.

— Ah, não — protestei. — *Não* me peça para usar um dispositivo alado. Hermes me enganou uma vez e acabou me convencendo a usar os sapatos dele. Cochilei em uma rede em Atenas e acordei na Argentina. Nunca mais vou cometer esse erro.

Jo desligou as asas.

— Você não precisa voar. A ideia inicial era fazer *duas* tornozeleiras, mas não tive tempo. Eu ia mandá-las para… — ela fez uma pausa, tentando controlar as emoções — …para procurar Georgina e trazê-la para casa. Como não posso fazer isso, se você tiver problemas, se a encontrar… — Jo apontou para uma segunda cavidade no grilhão. — Isso ativa o sinalizador. Vai me dizer onde você está e aí, acredite em mim, vamos mandar reforços.

Eu não sabia como Josephine conseguiria fazer aquilo. Elas não tinham uma cavalaria. Eu também não queria usar um dispositivo de rastreamento, por uma questão de princípios. Era contra a própria natureza de ser Apolo. Eu *sempre* devia ser a fonte de luz mais óbvia e mais brilhante no mundo. Se fosse preciso me procurar, alguma coisa estava errada.

Por outro lado, Josephine estava me olhando do mesmo jeito que minha mãe, Leto, sempre olhava quando tinha medo de eu ter me esquecido de escrever uma música nova para ela no Dia das Mães. (É uma espécie de tradição. E, sim, eu sou um filho maravilhoso, obrigado.)

— Muito bem.

Prendi o grilhão no tornozelo. Ficou um pouco apertado, mas pelo menos dava para esconder embaixo da barra da calça jeans.

— Obrigada. — Jo encostou a testa na minha. — Não morra.

Ela deu meia-volta e saiu andando com determinação para a oficina, sem dúvida ansiosa para criar mais dispositivos que servissem para me prender.

Meia hora depois, descobri uma coisa importante: nunca use um grilhão de ferro enquanto anda de pedalinho.

Nosso meio de transporte foi ideia de Leo. Quando chegamos às margens do canal, ele descobriu uma barraca que alugava pedalinhos, mas que estava fechada para a temporada. Ele decidiu "pegar emprestado" um pedalinho azul-petróleo e insistiu que o chamássemos de Temível Pirata Valdez. (Meg adorou isso. Eu me recusei.)

— É o melhor jeito de encontrar a tal grade da entrada secreta — garantiu ele enquanto estávamos pedalando. — Estamos no nível da água agora, não dá para não ver. Além do mais, estamos tirando a maior onda!

Meu conceito de tirar onda era obviamente bem diferente do dele.

Leo e eu ficamos na frente, pedalando. Sob o grilhão de ferro, meu tornozelo parecia estar sendo arrancado aos poucos por um dobermann. Minhas panturrilhas queimavam. Eu não entendia por que os mortais pagavam para ter essa experiência. Se o barquinho fosse puxado por hipocampos, talvez, mas trabalho físico? Argh.

Enquanto isso, no banco de trás, Meg observava a paisagem. Ela alegou que estava procurando a entrada secreta do esgoto, mas parecia mesmo estar relaxando.

— E aí, o que rola entre você e o imperador? — perguntou Leo, pedalando alegremente, como se o esforço não o incomodasse em nada.

Sequei a testa suada.

— Não sei do que você está falando.

— Pare com isso, cara. No jantar, quando Meg começou a gritar sobre cômodas, você saiu correndo para o banheiro e botou tudo pra fora.

— Eu não botei tudo pra fora. Eu praticamente *arremessei*.

— Desde aquela hora, você anda muito quieto.

Ele tinha razão. Ficar quieto não era algo típico de Apolo. Normalmente, eu tinha tantas coisas interessantes para dizer e músicas lindas para cantar. Percebi que devia contar para os meus companheiros sobre o imperador. Eles mereciam saber para onde nossas pedaladas nos levariam. Mas articular as palavras era difícil.

— Cômodo me culpa pela morte dele — falei.

— Por quê? — perguntou Meg.

— Provavelmente porque eu o matei.

— Ah. — Leo assentiu, compreensivamente. — Faz sentido.

Consegui narrar a história. Não foi fácil. Fiquei imaginando o corpo de Cômodo deslizando sob a superfície do canal, pronto para se erguer das profundezas verdes e geladas e me acusar de traição. *Você. Me. Abençoou.*

Quando terminei a falação, Leo e Meg ficaram em silêncio. Nenhum dos dois gritou *Assassino!*, mas também nenhum dos dois me olhou nos olhos.

— Que difícil, cara — disse Leo. — Mas parece que o Imperador Incômodo precisava morrer.

Meg fez um som que lembrava o espirro de um gato.

— É *Cômodo*. Ele é bonito, aliás.

Olhei para trás.

— Você o conheceu?

Meg deu de ombros. Em algum momento no dia anterior, uma pedrinha brilhante caiu da moldura dos óculos dela, como se uma estrela tivesse se apagado para sempre. Fiquei aborrecido por ter reparado em um detalhe tão pequeno.

— Eu o encontrei uma vez. Em Nova York. Ele visitou meu padrasto.

— Nero — pedi. — Chame-o de Nero.

— É. — Manchas vermelhas apareceram nas bochechas dela. — Cômodo era bonito.

Revirei os olhos.

— Ele também é vaidoso, orgulhoso, egoísta...

— Então ele é tipo seu rival? — perguntou Leo.

— Ah, cala a boca.

Por um tempo, o único som no canal era o do movimento do nosso pedalinho. Ecoava nas margens de três metros de altura e pelas laterais dos armazéns de tijolo que estavam sendo transformados em condomínios e restaurantes. As janelas escuras dos prédios nos olhavam, me deixando ao mesmo tempo com uma sensação de claustrofobia e exposição.

— Uma coisa que não entendo — disse Leo. — Por que Cômodo? Se esse Triunvirato é formado pelos três maiores e mais cruéis imperadores, o *dream team* de supervilões... Nero faz sentido. Mas o Incômodo? Por que não um cara mais malvado, mais famoso, como Máximo Matador ou Átila, o Huno?

— Átila, o Huno não foi um imperador romano — expliquei. — Quanto a Máximo Matador... Bom, é um ótimo nome, mas não um imperador de verdade. Quanto a por que Cômodo é parte do Triunvirato...

— Acham que ele é fraco — disse Meg.

Ela manteve o olhar nas águas agitadas pelo nosso pedalinho, como se visse seus próprios fantasmas sob a superfície.

— Como você sabe disso? — perguntei.

— Meu pa... Nero me contou. Ele e o terceiro, o imperador do Oeste, queriam Cômodo entre os dois.

— O terceiro imperador — falei. — Você sabe quem é?

Meg franziu a testa.

— Só o vi uma vez. Nero nunca usou o nome dele. Só o chamava de *meu parente*. Acho que até Nero tem medo dele.

— Fantástico — murmurei.

Qualquer imperador que intimidasse Nero não era alguém que eu quisesse conhecer.

— Então Nero e o sujeito do Oeste querem que Cômodo aja como um amortecedor entre os dois. Tipo a Suíça, alguém neutro — concluiu Leo.

*156*

Meg esfregou o nariz.

— É. Nero me disse... Ele falou que Cômodo era como Pêssego. Um bichinho feroz. Mas controlável.

A voz dela tremeu ao falar o nome do companheiro *karpos*.

Eu fiquei com medo de Meg me mandar dar um tapa na cara ou pular no canal, mas perguntei:

— Onde *está* Pêssego?

Ela fez um biquinho.

— O Besta...

— Nero — corrigi delicadamente.

— Nero o pegou. Ele disse... disse que eu não merecia ter um bichinho enquanto não me comportasse.

A raiva me fez pedalar mais rápido, me fez quase gostar da dor do grilhão esfolando meu tornozelo. Eu não sabia como Nero conseguiu aprisionar o espírito, mas entendia por que ele fez aquilo. Queria que Meg dependesse totalmente dele. Ela não tinha permissão de ter bens próprios, amigos próprios. Tudo na vida dela tinha que ser contaminado pelo veneno de Nero.

Se ele botasse as mãos em mim, sem dúvida me usaria da mesma forma. Fossem quais fossem as torturas horríveis que ele tinha planejado para Lester Papadopoulos, não seriam tão ruins quanto o que ele havia feito com Meg. Ele ainda a faria se sentir responsável por minha dor e morte.

— Vamos recuperar Pêssego — prometi.

— É, *chica* — concordou Leo. — O Temível Pirata Valdez nunca abandona um membro da tripulação. Não se preocupe com...

— Pessoal. — A voz de Meg ficou tensa. — O que é aquilo?

Ela apontou para estibordo. Uma série de ondulações surgiu na água verde, como se uma flecha tivesse sido disparada e percorrido a superfície.

— Você viu o que era? — perguntou Leo.

Meg assentiu.

— Uma... uma barbatana, talvez? Canais têm peixes?

Eu não sabia a resposta, mas não gostei do tamanho das ondas. Minha garganta parecia estar abrigando brotos de trigo.

Leo apontou para a frente.

— Ali.

Bem na nossa frente, um centímetro abaixo da superfície, escamas verdes ondularam e submergiram.

— Isso não é um peixe — falei, me odiando por ser tão perceptivo. — Acho que é outra parte da mesma criatura.

— Daquela ali? — Meg apontou para estibordo de novo. As duas agitações na água aconteceram com pelo menos doze metros de distância uma da outra. — Isso quer dizer que a criatura é maior do que o pedalinho.

Leo observou a água.

— Apolo, alguma ideia do que é essa coisa?

— Só um palpite. Vamos torcer para eu estar errado. Pedale mais rápido. Temos que encontrar a tal grade.

## 21

*Uma legião*
*E toneladas de pedras*
*Amo muito isso*

**NÃO GOSTO DE SERPENTES.**

Desde minha famosa batalha com Píton, eu passei a ter fobia de criaturas reptilianas escamosas. (E pode incluir aí minha madrasta, Hera. AHÁ!) Eu não suportava nem as cobras do caduceu de Hermes, George e Martha. Eram até simpáticas, mas ficavam atrás de mim *dia e noite*, implorando para que eu escrevesse uma música para elas sobre a alegria de comer ratos, uma alegria que eu não sentia.

Eu disse a mim mesmo que a criatura no canal não era uma serpente aquática. A água era fria demais, não devia haver muitos peixes suculentos para ela comer.

Por outro lado, eu conhecia Cômodo. Ele amava colecionar monstros exóticos, e logo me veio à mente uma serpente em particular que ele amaria, uma que poderia sobreviver facilmente comendo deliciosos passageiros de pedalinho...

*Apolo mau!*, pensei, afastando aquele pensamento. *Concentre-se na sua missão!*

Nós seguimos por mais uns quinze metros, e eu comecei a me perguntar se tinha exagerado na preocupação. Talvez o monstro não passasse de um jacaré de estimação abandonado pelos donos. Tinha isso no Meio-Oeste? Uns muito educados, talvez?

Leo me cutucou.

— Olha ali.

Na margem mais distante, vi um arco de alvenaria acima de uma velha adutora de esgoto, a entrada bloqueada por grades douradas.

— Quantos esgotos você já viu com grades douradas? — perguntou Leo. — Aposto que aquela entrada vai direto para o palácio do imperador.

Franzi a testa.

— Isso foi fácil demais.

— Ei. — Meg cutucou minha nuca. — Lembra o que Percy disse pra gente? Nunca diga coisas como *Conseguimos* ou *Foi fácil*. Vai dar azar!

— Minha existência toda é um azar.

— Pedale mais rápido.

Como foi uma ordem direta de Meg, eu não tinha escolha. Minhas pernas já estavam virando carvões em brasa, mas eu acelerei. Leo desviou nosso navio pirata de plástico azul-petróleo na direção da entrada de esgoto.

Estávamos a três metros quando acionamos a Primeira Lei de Percy Jackson. Nosso azar pulou da água na forma de um arco cintilante com pele de serpente.

Talvez eu tenha gritado. Leo berrou um aviso totalmente inútil:

— Cuidado!

O barco se inclinou para o lado. Mais arcos de dorso de serpente surgiram ao nosso redor, colinas ondulantes verdes e marrons cobertas de nadadeiras serrilhadas. As lâminas gêmeas de Meg surgiram com um brilho. Ela tentou ficar de pé, mas o pedalinho virou, nos jogando em uma explosão verde e fria de bolhas e membros se debatendo.

Meu único consolo: o canal não era fundo. Meus pés encontraram o chão, e consegui me levantar ofegando e tremendo, com água até os ombros. Uma parte do corpo da serpente, com um metro de diâmetro, envolveu o pedalinho e o espremeu. O casco implodiu, pedaços de plástico azul-petróleo se espalhando pelo ar. Um estilhaço quase acertou meu olho esquerdo.

Leo apareceu na superfície, o queixo quase debaixo da água. Ele foi até a grade do esgoto, subindo em um pedaço de serpente que estava no caminho. Meg, abençoado seja seu coração heroico, atacou o monstro, mas suas espadas não tiveram muito sucesso na pele lisa e escorregadia.

Então a cabeça da criatura irrompeu da água, e perdi todas as esperanças de chegar em casa a tempo de comer enchilada de tofu.

A cabeça triangular do monstro era tão larga que podia servir de estacionamento para um carro compacto. Os olhos brilhavam em um tom tão laranja quanto o de Agamedes. Quando abriu a bocarra, eu me lembrei de outro motivo pelo qual odiava serpentes. O bafo era pior do que o cheiro das roupas de Hefesto depois de um dia de trabalho.

A criatura tentou morder Meg. Apesar de estar com água até o pescoço, ela conseguiu enfiar a lâmina esquerda no olho da serpente.

O monstro jogou a cabeça para trás e sibilou, formando um redemoinho de pele de serpente que me derrubou e me fez submergir mais uma vez.

Quando voltei à superfície, Meg McCaffrey estava ao meu lado, o peito subindo e descendo enquanto ela tentava respirar, os óculos tortos e cobertos por água verde do canal. A cabeça da serpente balançava de um lado para o outro, como se tentando jogar longe a cegueira do olho machucado. O maxilar bateu no prédio mais próximo, quebrando janelas e enchendo a parede de rachaduras. Uma faixa no alto dizia QUASE PRONTO! Eu esperava que isso indicasse que o prédio estava vazio.

Leo alcançou a grade. Passou os dedos pelas barras douradas, talvez procurando botões, interruptores ou armadilhas. Meg e eu estávamos agora a dez metros dele, uma distância enorme quando havia uma serpente no caminho.

— Anda logo! — gritei para ele.

— Nossa, valeu! — respondeu ele. — Eu nem tinha pensado nisso.

O canal se agitou quando a serpente movimentou o corpo. A cabeça surgiu dois andares acima de nós. O olho direito tinha ficado escuro, mas a íris brilhante da esquerda e a bocarra horrenda me lembraram aquelas abóboras que os mortais enfeitam no Halloween. Que tradição boba. Eu sempre preferi correr por aí com minha fantasia de pele de cabra na Februália. Era bem mais digno.

Meg espetou a barriga da criatura. A lâmina dourada só produziu fagulhas.

— O que é essa coisa? — perguntou ela.

— A Serpente Cartaginense — falei. — Uma das feras mais temíveis a enfrentar as tropas romanas. Na África, quase afogou uma legião inteira de...

— Não tô nem aí. — Meg e a serpente se olharam com cautela, como se um monstro gigante e uma garotinha de doze anos fossem oponentes à altura. — Como eu mato esse bicho?

Minha mente disparou. Eu não raciocinava muito bem em momentos de pânico, o que resumia a maioria das situações em que estive recentemente.

— Eu... eu acho que a legião a esmagou com milhares de pedras.

— Eu não tenho uma legião — disse Meg. — Nem milhares de pedras.

A serpente sibilou novamente, borrifando veneno no canal. Puxei meu arco, mas me deparei com aquele probleminha chato de *manutenção* outra vez. Um arco e uma flecha molhados eram algo problemático, principalmente se eu planejava acertar um alvo pequeno como o outro olho da serpente. E havia toda a parte física de atirar com água até os ombros.

— Leo — chamei.

— Quase! — Ele bateu com uma chave inglesa na grade. — Continuem distraindo a fera!

Engoli em seco.

— Meg, se você puder perfurar o outro olho ou a boca...

— Enquanto você faz o quê? Se esconde?

Aquela garota realmente conseguia entrar na minha cabeça. Que ódio.

— Claro que não! Vou estar, hã...

A serpente atacou. Meg e eu mergulhamos em direções opostas. A cabeça da criatura provocou um tsunami entre nós, me fazendo girar e dar piruetas sob a água. Engoli alguns litros de esgoto e subi cuspindo, mas engasguei de horror quando vi Meg presa no rabo da serpente. O monstro a ergueu até a altura do olho que restava. Meg se debatia e atacava, mas ele a manteve longe, olhando para ela como quem pensa: *O que é essa coisa colorida com cor de sinal de trânsito?*

De repente, começou a espremer.

— Consegui! — gritou Leo.

*Clang.* As barras douradas se abriram.

Leo se virou, todo orgulhoso, mas então viu Meg.

— Nada disso!

Ele levantou uma das mãos e tentou conjurar fogo. Só conseguiu uma baforada de vapor. Lançou a chave inglesa, que quicou na serpente sem causar dano algum.

A cauda da cobra apertou a cintura de Meg, deixando seu rosto vermelho-tomate. Ela bateu com a espada no monstro. Nem um arranhãozinho.

Fiquei paralisado, sem conseguir ajudar, sem conseguir pensar.

Sabia como uma serpente daquelas era forte. Me lembrei de quando Píton me capturou, minhas costelas divinas estalando, meu ícor divino espremido na cabeça e ameaçando jorrar pelas orelhas.

— Meg! — gritei. — Aguenta aí!

Ela olhou para mim de cara feia, os olhos saltados, a língua inchada, como se pensando *E eu tenho escolha?*

A serpente me ignorou, sem dúvida interessada demais em despedaçar Meg como havia feito com o pedalinho. Atrás da cabeça da cobra estava a fachada destruída do prédio residencial, e a entrada do esgoto ficava logo à direita.

Eu sabia que a legião romana que lutara com aquela coisa jogara uma chuva de pedras nela. Se ao menos aquela parede de tijolos fosse da Estação Intermediária, eu poderia mandar...

A ideia me agarrou como se fosse uma serpente.

— Leo! — gritei. — Entre no túnel!

— Mas...

— Vá!

Alguma coisa começou a inflar no meu peito. Eu esperava que fosse poder, e não o meu café da manhã.

Enchi os pulmões e gritei no barítono que costumava reservar para óperas italianas:

— VÁ EMBORA, COBRA! EU SOU APOLO!

A frequência foi perfeita.

A parede tremeu e rachou. Uma cortina de três andares de tijolos se soltou e desabou nas costas da serpente, fazendo sua cabeça afundar. A cauda afrouxou, e Meg mergulhou no canal.

Ignorando a chuva de tijolos, eu me adiantei (de forma muito corajosa, acho eu) e puxei Meg para a superfície.

— Anda, pessoal! — gritou Leo. — A grade está fechando de novo!

Arrastei Meg para o esgoto (porque é para isso que os amigos servem), enquanto Leo tentava segurar a grade aberta com uma chave de roda.

Que os deuses abençoem esses corpos magrelos mortais! Nós passamos bem na hora que a grade fechou.

Lá fora, a serpente surgiu novamente depois do batismo de tijolos. Sibilou e bateu a cabeça meio cega na grade, mas achamos melhor não ficar ali para bater papo. Seguimos em frente, na escuridão das águas do imperador.

## 22

*Arraso no poema*
*Sobre a beleza do esgoto*
*É bem curto. Acabou*

**AO ANDAR COM ÁGUA** congelante até os ombros, fiquei até com saudades do Zoológico de Indianápolis. Ah, os simples prazeres da vida, como se esconder de germânicos assassinos, destruir trenzinhos e fazer serenata para grifos zangados!

O som da serpente batendo na grade foi ficando para trás aos poucos. Andamos por tanto tempo que fiquei com medo de morrermos de hipotermia antes de alcançarmos nosso destino. Mas aí vi uma pequena câmara mais elevada na lateral do túnel, talvez uma antiga plataforma de serviço. Saímos da água verde, imunda e gelada para descansar. Meg e eu nos encostamos um no outro enquanto Leo tentava fazer fogo.

Na terceira tentativa, sua pele crepitou, chiou e finalmente se acendeu em chamas.

— Se aproximem, crianças. — O sorriso dele parecia diabólico com o fogo laranja se espalhando pelo rosto. — Não tem nada como um Leo ardente para aquecer vocês!

Tentei chamá-lo de idiota, mas meus dentes estavam batendo tanto que só saiu:

— Id... id... id... id... id...

O lugar logo estava carregado com o cheiro de Meg e Apolo requentados: maçãs assadas, mofo, cecê e só um toque de magnificência. (Vou deixar você adivinhar qual aroma foi a *minha* contribuição.) Meus dedos foram de azul a cor-de-rosa novamente. Consegui voltar a sentir as pernas o suficiente para ficar incomodado com o grilhão de ferro me esfolando. Até consegui falar sem gaguejar.

Quando Leo nos julgou secos o bastante, apagou sua fogueira pessoal.

— Ei, Apolo, mandou bem.

— Com o quê? — perguntei. — O afogamento? Os berros?

— Que nada, cara. O jeito como você derrubou aquela parede. Você devia fazer isso mais vezes.

Puxei um pedaço de plástico azul-petróleo que estava grudado no meu casaco.

— Como um semideus irritante me disse uma vez: *Nossa, por que eu não pensei nisso?* Já expliquei, não consigo controlar esses surtos de poder. De alguma forma, naquele momento, encontrei minha voz divina. A argamassa usada nos tijolos ressoa a determinada frequência. É melhor manipulada por um barítono com cento e vinte e cinco decibéis...

— Você me salvou — interrompeu Meg. — Eu ia morrer. Pode ter sido por isso que você recuperou sua voz.

Eu estava relutante em admitir, mas ela talvez estivesse certa. Na última vez em que tive uma explosão de poder divino, na floresta do Acampamento Meio-Sangue, meus filhos Kayla e Austin estavam prestes a serem queimados vivos. Fazia sentido que a preocupação com os outros agisse como um gatilho para os meus poderes. Afinal, eu era altruísta, atencioso e um cara muito legal. Ainda assim, achei irritante que meu *próprio* bem-estar não fosse suficiente para me dar força divina. Minha vida também era importante!

— Bom — falei —, estou feliz por você não ter morrido esmagada, Meg. Algum osso quebrado?

Ela tocou na caixa torácica.

— Não. Estou bem.

Os movimentos rígidos, a pele pálida e os olhos entreabertos me indicavam outra coisa. Ela estava com mais dor do que admitiria. No entanto, até voltarmos para a enfermaria da Estação Intermediária, não havia muito o que fazer por ela. Mesmo se eu tivesse um kit de primeiros socorros adequado, enfaixar as costelas de uma garota que quase morreu esmagada poderia atrapalhar mais do que ajudar.

Leo olhou para a água verde-escura. Parecia mais pensativo do que o habitual, ou talvez só desse essa impressão porque não estava mais em chamas.

— Em que você está pensando? — perguntei.

Ele olhou para mim, sem comentário mordaz, sem sorriso brincalhão.

— Apenas... Oficina Leo e Calipso: conserto de automóveis e de monstros mecânicos.

— O quê?

— Uma brincadeira que eu e Cal fazíamos.

Não pareceu muito engraçado. Por outro lado, o humor mortal nem sempre chegava aos meus padrões divinos. Eu me lembrei de Calipso e Leo conversando com Emmie no dia anterior, enquanto andavam pelo salão.

— Tem alguma coisa a ver com o que Emmie estava dizendo para vocês? — arrisquei.

Leo deu de ombros.

— Coisas para o futuro. Nada com que se preocupar.

Como um ex-deus da profecia, sempre considerei o futuro uma fonte maravilhosa de preocupação. Mas decidi não insistir no assunto. Agora, o único objetivo futuro que importava era me levar de volta ao Monte Olimpo para que o mundo pudesse mais uma vez apreciar minha glória divina. Eu tinha que pensar no bem maior.

— Bem — falei —, agora que estamos aquecidos e secos, acho que está na hora de voltar para a água.

— Divertido — disse Meg. Ela pulou primeiro.

Leo foi na frente, mantendo uma das mãos em chamas acima da água para iluminar o caminho. De tempos em tempos, pequenos objetos saíam flutuando dos bolsos do cinto de ferramentas dele e passavam por mim: rolos de velcro, bolinhas de isopor, até alguns daqueles arames que se usa para fechar embalagem de pão.

Meg protegia nossa retaguarda, as espadas gêmeas brilhando na escuridão. Eu reconhecia que ela era habilidosa ao lutar, mas *queria* que tivéssemos uma ajudinha extra. Um semideus filho da deusa dos esgotos Cloacina seria bom... E olha que esta é a primeira vez que tive *esse* pensamento deprimente.

Eu me arrastava no meio, tentando evitar lembranças da minha viagem indesejada por uma dependência de tratamento de esgotos em Biloxi, Mississippi, anos atrás. (Aquele dia teria sido um desastre total, se não fosse o show improvisado que fiz com o Lead Belly.)

A correnteza se tornou mais forte, nos empurrando. À frente, percebemos o brilho de luzes elétricas, o som de vozes. Leo apagou o fogo da mão. Virou-se para nós e levou um dedo aos lábios.

Depois de seis metros, chegamos a um segundo conjunto de barras douradas. Além delas, o esgoto se abria em um espaço bem mais amplo, no qual a água corria na contracorrente, parte entrando no nosso túnel. Era mais difícil ficar de pé com a força do fluxo.

Leo apontou para a grade dourada.

— Isso funciona à base de uma tranca de clepsidra — disse ele baixinho, para que só a gente ouvisse. — Acho que consigo abrir sem fazer barulho, mas fiquem de olho só para o caso de... sei lá... serpentes gigantes.

— Temos fé em você, Valdez.

Eu não tinha ideia do que era uma tranca de clepsidra, mas, convivendo com Hefesto, aprendi que era melhor demonstrar otimismo e, como manda a educação, certo interesse, senão o funileiro se ofendia e parava de fazer brinquedos novinhos em folha com que eu pudesse brincar.

Não demorou muito para Leo destrancar a grade. Nenhum alarme soou. Nenhuma mina naval explodiu na nossa cara.

Entramos na sala do trono que havia aparecido na minha visão.

Felizmente, estávamos com água até o pescoço em um dos canais abertos que ladeavam a câmara, então eu duvidava que alguém pudesse nos ver com facilidade. Junto à parede atrás de nós, vídeos de Cômodo passavam sem parar nas telas gigantes.

Seguimos com dificuldade até o outro lado do canal.

Se você já tentou andar imerso em uma correnteza forte, sabe como é difícil. Além do mais, se você já tentou fazer isso, posso perguntar *por quê*? É completamente exaustivo. A cada passo, eu temia que o fluxo fosse me levar e me jogar nas entranhas de Indianápolis. Mas, não sei bem como, conseguimos chegar ao outro lado.

Espiei pela beirada do canal e me arrependi na mesma hora.

Cômodo estava *bem ali*. Graças aos deuses, tínhamos parado um pouco *atrás* do trono dele, então nem ele nem os guardas germânicos nos viram. A pessoa mais detestável de Nebrasca, Litierses, estava ajoelhada em frente ao imperador, na minha direção, mas com a cabeça baixa. Eu me encolhi antes que ele pudesse me ver. Fiz um gesto para os meus amigos. *Silêncio. Droga. Nós vamos morrer*. Ou algo do gênero. Eles pareceram captar a mensagem. Tremendo muito, eu me encostei na parede e ouvi a conversa se desenrolando acima de nós.

— ... parte do plano, senhor — dizia Litierses. — Agora nós sabemos onde fica a Estação Intermediária.

Cômodo grunhiu.

— Eu sei, eu sei. A antiga Union Station. Mas Cleandro revirou aquele lugar várias vezes e não encontrou nada.

— A Estação Intermediária fica lá — insistiu Litierses. — Os dispositivos de rastreamento que coloquei nos grifos funcionaram perfeitamente. O local deve estar protegido por algum tipo de magia, mas não vai resistir às escavadeiras dos *blemmyae*.

Meu coração subiu acima do nível da água, o que o deixou em algum lugar entre minhas orelhas. Não ousei olhar para os meus amigos. Eu tinha falhado novamente. Sem querer, havia entregado a localização do nosso abrigo.

Cômodo suspirou.

— Tudo bem. Mas quero Apolo capturado e trazido para mim acorrentado! A cerimônia de nomeação é amanhã. Nosso ensaio é, tipo, *agora*. Quando você consegue destruir a Estação Intermediária?

Litierses hesitou.

— Precisamos fazer um reconhecimento das defesas deles antes. E reunir nossas tropas. Dois dias?

— DOIS DIAS? Não estou pedindo para você atravessar os Alpes! Quero que aconteça *agora*!

— Amanhã no máximo, senhor, garanto — disse Litierses. — Definitivamente amanhã.

— Hum. Definitivamente estou começando a duvidar de você, filho de Midas. Se você não resolver...

Um alarme eletrônico soou na câmara. Por um momento, achei que tivéssemos sido descobertos. Posso ou não ter me aliviado um pouco no canal. (Não conte para Leo. Ele estava corrente abaixo.)

E então, do outro lado do salão, uma voz gritou em latim:

— Incursão no portão principal!

Litierses grunhiu.

— Vou lidar com isso, senhor. Não tema. Guardas, comigo!

Passos pesados sumiram ao longe.

Olhei para Meg e Leo, que estavam me fazendo a mesma pergunta silenciosa: *Mas que Hades?*

Eu não tinha ordenado uma incursão no portão principal. Nem havia ativado o grilhão de ferro no meu tornozelo. Não sabia quem seria tolo a ponto de fazer um ataque à entrada principal desse palácio subterrâneo, mas Britomártis *tinha prometido* procurar as Caçadoras de Ártemis. Talvez aquele fosse o tipo de manobra tática que elas planejariam para tentar distrair a segurança de Cômodo e evitar que nos detectassem. Teríamos tanta sorte assim? Acho que não. Era mais provável que alguém vendendo assinatura de revista tivesse tocado a campainha do imperador e estivesse prestes a se deparar com uma recepção bem hostil.

Olhei de novo pela beirada do canal. Cômodo estava sozinho com apenas um guarda.

Talvez pudéssemos dominá-los, três contra dois?

Só que estávamos a ponto de desmaiar de hipotermia, Meg provavelmente tinha umas costelas quebradas e, no melhor dos casos, meus poderes eram imprevisíveis. No time adversário, tínhamos um assassino bárbaro treinado e um imperador semidivino com uma reputação merecida de possuir força sobre-humana. Achei melhor ficar quieto.

Cômodo olhou para o guarda-costas.

— Alaric.

— Lorde?

— Acho que sua hora está chegando. Estou ficando impaciente com meu prefeito. Há quanto tempo Litierses está no cargo?

— Um dia, meu senhor.

— Parece uma eternidade! — Cômodo bateu com o punho no braço do trono. — Assim que ele der cabo dos invasores, quero que você o mate.

— Sim, senhor.

— Quero que você dizime a Estação Intermediária *amanhã de manhã* no *máximo*. Você consegue fazer isso?

— Claro, senhor.

— Que bom! Vamos fazer a cerimônia de nomeação imediatamente em seguida, no coliseu.

— É um estádio, senhor.

— É a mesma coisa! E a Caverna da Profecia? Está segura?

Senti como se tivesse levado um choque tão forte que me perguntei se Cômodo tinha colocado enguias-elétricas no canal.

— Segui suas ordens, senhor — disse Alaric. — Os animais estão no lugar certo. A entrada está bem protegida. Ninguém vai conseguir entrar.

— Perfeito! — Cômodo ficou de pé. — Agora vamos experimentar nossos trajes de corrida para o ensaio? Mal posso esperar para refazer esta cidade à minha própria imagem!

Esperei até o som dos passos deles sumir. Espiei e não vi ninguém ali.

— Agora — falei.

Nós nos arrastamos para fora do canal e ficamos pingando e tremendo na frente do trono de ouro. Eu ainda conseguia sentir o cheiro do óleo corporal preferido de Cômodo, uma mistura de cardamomo e canela.

Meg andou para se aquecer, as espadas brilhando nas mãos.

— Amanhã de manhã? Nós temos que avisar Jo e Emmie.

— É — concordou Leo. — Mas vamos em frente com o plano. Primeiro, encontramos os prisioneiros. E aquele Trono de sei lá o quê...

— Da Memória — falei.

— É, isso. *Aí* vamos sair daqui e avisar Jo e Emmie.

— Pode não funcionar — falei, nervoso. — Já *vi* como Cômodo refaz uma cidade. Vai haver caos e espetáculo, fogo e carnificina, e muitas e *muitas* fotos de Cômodo *em toda parte*. Acrescente a isso um exército de *blemmyae* com escavadeiras...

— Apolo. — Leo, determinado, fez sinal de *tempo* com as mãos. — Nós vamos usar o método Valdez para isso.

Meg franziu a testa.

— Qual é o método Valdez?

— Não pense demais no assunto — disse Leo. — Só vai deixar você deprimido. Na verdade, tente simplesmente não pensar.

Meg pensou no que Leo tinha explicado, então percebeu que estava pensando e pareceu encabulada.

— Tá.

Leo sorriu.

— Viu? Fácil! Agora, vamos explodir umas paradas.

## 23

*Sublime! Que nome!*
*Ela é Sarah, com cinco Ss*
*E com duas sílabas*

**NO COMEÇO, O MÉTODO** Valdez funcionou perfeitamente bem.

Não encontramos nada para explodir, mas também não tivemos que pensar demais sobre muita coisa. Isso porque também adotamos o método McCaffrey, que envolvia sementes de chia.

Ao sairmos da sala do trono, precisamos decidir que corredor tomar. Meg tirou um pacote molhado de sementes do tênis. (Não me dei ao trabalho de perguntar por que guardava sementes ali.) Ela fez a chia brotar na palma da mão, e a pequenina floresta verde indicou o corredor da esquerda.

— Por ali — anunciou Meg.

— Que superpoder incrível — disse Leo. — Quando sairmos daqui, vou arrumar uma máscara e uma capa para você. Daqui para a frente vou chamar você de Garota Chia.

Eu esperava que ele estivesse brincando, mas Meg pareceu feliz da vida.

Os brotos de chia nos levaram por um corredor e depois por outro. Para um esconderijo subterrâneo no sistema de esgoto de Indianápolis, o local era bem opulento. Os pisos eram de ardósia, as paredes de pedra cinza eram decoradas com tapeçarias e monitores exibindo... isso mesmo, vídeos de Cômodo. Quase todas as portas de mogno tinham placas de bronze entalhadas com: SAUNA CÔMODO, QUARTOS DE HÓSPEDES CÔMODO 1-6, REFEITÓRIO DOS EMPREGADOS CÔMODO e, sim, BANHEIRO CÔMODO.

Não encontramos guardas, funcionários nem hóspedes. A única pessoa com quem topamos foi uma faxineira saindo do ALOJAMENTO DA GUARDA IMPERIAL CÔMODO com um cesto de roupa suja.

Quando nos viu, seus olhos se arregalaram de terror. (Provavelmente porque estávamos mais sujos e úmidos do que qualquer coisa que ela tenha tirado do cesto de roupa suja dos germânicos.) Antes que ela começasse a gritar, eu me ajoelhei na frente dela e cantei "You Don't See Me", de Josie e as Gatinhas. Os olhos da empregada ficaram úmidos e desfocados. Ela engoliu o choro, voltou para o alojamento e fechou a porta.

Leo assentiu.

— Mandou bem, Apolo.

— Não foi difícil. Essa melodia é maravilhosa para provocar amnésia a curto prazo.

Meg fungou.

— Teria sido mais legal bater na cabeça dela.

— Ah, até parece — protestei. — Você *gosta* quando eu canto.

As orelhas dela ficaram vermelhas. Eu me lembrei de como a jovem McCaffrey chorou quando botei o coração e a alma para fora na toca das formigas gigantes no Acampamento Meio-Sangue. Eu fiquei orgulhoso do meu desempenho, mas acho que Meg não queria reviver aquele momento.

Ela me deu um soco na barriga.

— Não gosto nada.

— Ai!

Com a ajuda das sementes de chia, nos aprofundamos cada vez mais no complexo do imperador. O silêncio começou a pesar. Insetos imaginários rastejavam pelas minhas costas. Os homens de Cômodo já deviam ter resolvido o que quer que tivesse acontecido na entrada e provavelmente estavam retornando aos seus postos, talvez verificando câmeras de segurança em busca de invasores.

Finalmente, dobramos uma esquina e avistamos um *blemmyae* montando guarda na frente de uma porta de metal que guardava um cofre. O homem usava calça preta social e sapatos pretos lustrosos, mas nem tentava esconder o rosto peitoral. O cabelo nos ombros/cabeça era bem batidinho, estilo militar. O fio de um fone de segurança saía de debaixo da axila e ia até o bolso da calça. Ele não parecia estar armado, mas isso não me tranquilizou. Aqueles punhos enormes eram capazes de esmagar um pedalinho ou um Lester Papadopoulos.

Leo grunhiu baixinho.

— Esses caras de novo, não. — Ele abriu um sorriso e andou na direção do guarda. — Oi! Que dia lindo! Como vai?

O homem se virou, surpreso. Imaginei que o procedimento adequado seria alertar seus superiores sobre o invasor, mas uma pergunta fora dirigida a ele. Seria grosseria ignorar.

— Estou bem. — O guarda não conseguia decidir entre um sorriso simpático ou uma cara feia de intimidação. A boca deu um espasmo, dando a impressão de que ele estava fazendo uma abdominal. — Acho que você não deveria estar aqui.

— É mesmo? — Leo seguiu em frente. — Obrigado!

— De nada. Agora, por favor, coloque as mãos para cima.

— Assim?

Leo acendeu as mãos e queimou a cara peitoral do *blemmyae*.

O guarda cambaleou, engasgado com o fogo, batendo os cílios enormes que pareciam palmeiras em chamas. Procurou o botão do microfone preso ao fone.

— Posto doze — grunhiu ele. — Tenho...

As lâminas gêmeas douradas de Meg zuniram pela barriga dele, reduzindo-o a pó amarelo com um fone parcialmente derretido.

Uma voz soou no pequeno transmissor.

— Posto doze, favor repetir.

Peguei o dispositivo. Eu não tinha a *menor* vontade de usar uma coisa que já tinha estado no sovaco de um *blemmyae*, mas segurei o fone perto do ouvido e falei no microfone.

— Alarme falso. Tudo está chuchu lindeza. Obrigado.

— De nada — disse a voz no transmissor. — Senha diária, por favor.

— Ah, certamente! É...

Joguei o microfone no chão e o esmaguei com o pé.

Meg olhou para mim.

— *Chuchu lindeza?*

— Achei que um *blemmyae* diria algo do tipo.

— Nem é assim que se fala. É chuchu *beleza*.

— Uma garota que diz *pessoalzinho divino* está me corrigindo.

— Pessoal — disse Leo. — Fiquem de olho enquanto cuido desta porta. Deve haver alguma coisa importante aí dentro.

Fiquei de tocaia enquanto ele tentava abrir a porta. Meg, que não era tão boa em seguir instruções, voltou andando pelo caminho de onde tínhamos vindo. Então se agachou e começou a pegar as sementes de chia que tinha deixado cair quando conjurou as espadas.

— Meg — falei.

— Que foi?

— O que você está fazendo?

— Chia.

— Estou vendo isso, mas...

Eu quase falei são só brotos, mas me lembrei de uma vez que falei algo parecido para Deméter. A deusa me amaldiçoou, fazendo com que todas as peças de roupa que eu vestia imediatamente brotassem e florescessem. Imagine o desconforto ao colocar uma cueca de algodão e de repente a peça explodir em bolas de algodão de verdade, com caules e sementes bem onde... É, acho que você entendeu.

Meg recolheu os últimos brotos. Com uma das lâminas, quebrou o piso de ardósia. Plantou cuidadosamente a chia nas rachaduras e torceu a saia ainda molhada para regar as sementes.

Observei, fascinado, um pequeno espaço de vegetação verde crescer e florescer, abrindo novas rachaduras no piso. Quem podia imaginar que chia era tão robusta?

— Elas iam morrer logo, logo se continuassem na minha mão. — Meg se levantou com uma expressão obstinada. — Tudo que é vivo merece a chance de crescer.

O Lester que havia em mim achou aquele sentimento admirável. Já o Apolo não tinha tanta certeza. Ao longo dos séculos, conheci vários seres vivos que não pareceram dignos ou mesmo capazes de crescer. Alguns deles eu mesmo matei...

Ainda assim, eu desconfiava que Meg estivesse dizendo alguma coisa sobre si mesma. Ela aguentou uma infância horrível: a morte do pai, o abuso de Nero, que distorceu a mente dela para que o visse tanto como o padrasto gentil quanto como o terrível Besta. Apesar disso, Meg sobreviveu. Talvez por isso ela fosse capaz de sentir empatia por coisinhas verdes com raízes surpreendentemente fortes.

— Isso! — vibrou Leo. A porta do cofre fez um clique e se abriu. Leo se virou e sorriu. — Quem é o melhor, hein?

— Eu? — perguntei, mas logo desanimei. — Você não estava falando de mim, estava?

Leo me ignorou e entrou no cofre.

Fui atrás. Tive um déjà-vu intenso e desagradável ao entrar. Havia uma câmara circular com uma série de compartimentos com divisórias de vidro, como o local de treinamento do zoológico. Mas ali, em vez de animais, as jaulas eram ocupadas por pessoas.

Fiquei tão abalado que foi difícil respirar.

Na cela mais próxima, à minha esquerda, encolhidos em um canto, dois garotos dolorosamente magros me encaravam. As roupas estavam esfarrapadas. Sombras preenchiam os espaços fundos nas clavículas e costelas.

Na cela seguinte, uma garota de roupa camuflada cinza andava de um lado para o outro como um jaguar. O cabelo, na altura dos ombros, era branco, embora ela não parecesse ter mais do que quinze anos. Considerando o nível de energia e a ira dela, devia ser nova ali, capturada havia pouco tempo. Apesar de não ter arco, algo me dizia que era uma Caçadora de Ártemis. Quando ela me viu, andou até o vidro, bateu nele com os punhos e gritou com fúria, mas a voz estava abafada demais para eu entender as palavras.

Contei mais seis celas, todas ocupadas. No meio do aposento havia um poste de metal com ganchos e correntes, o tipo de objeto em que se prendiam escravos para inspeção antes da venda.

— *Madre de los dioses* — murmurou Leo.

Pensei que a Flecha de Dodona estivesse tremendo na minha aljava, mas percebi que quem estava tremendo era eu, tamanha era a raiva que sentia.

Sempre desprezei a escravidão. Em parte porque por duas vezes Zeus me fez mortal e me obrigou a trabalhar como escravo para reis humanos. A descrição mais poética que consigo oferecer sobre a experiência? Foi uma droga.

Mesmo antes disso, meu templo em Delfos criou uma forma especial de os escravos conquistarem a liberdade. Com a ajuda dos meus sacerdotes, milhares compraram a emancipação ao realizar um ritual chamado *venda de confiança*, pelo qual eu, o deus Apolo, passava a ser o novo dono deles e os tornava livres.

Bem mais tarde, os romanos me deixaram transtornado ao fazerem de minha terra sagrada, Delos, o maior mercado de escravos da região. Dá para *acreditar* na audácia? Mandei um exército furioso liderado por Mitrídates para corrigir a situação, massacrando vinte mil romanos no processo. Mas, *caramba*, eles bem que mereceram.

Resumindo: a prisão de Cômodo me lembrava tudo que eu odiava dos tempos áureos.

Meg andou até a cela em que os dois garotos magrelos estavam. Com a ponta da lâmina, cortou um círculo no vidro e deu um chute. O pedaço se soltou e girou no chão como uma moeda transparente gigante.

Os garotos tentaram se levantar, mas estavam tão fracos que não conseguiram. Meg pulou lá dentro para ajudá-los.

— É isso aí — murmurou Leo, em aprovação.

Ele tirou um martelo do cinto de ferramentas e andou até a cela da Caçadora. Fez sinal para ela se afastar e jogou o objeto. O martelo quicou e voltou, quase acertando o nariz de Leo.

A Caçadora revirou os olhos.

— Tudo bem, sr. Folha de Vidro. — Leo jogou o martelo de lado. — Vai ser assim? Vamos ver quem é que manda!

As mãos dele arderam em fogo branco. Ele encostou o dedo no vidro, que começou a entortar e borbulhar. Em segundos, um buraco se formou na altura do rosto dele.

— Ótimo. Chegue para o lado — disse a garota de cabelo prateado.

— Espere, vou fazer uma saída maior — prometeu Leo.

— Não precisa.

A garota de cabelo prateado recuou, se jogou pelo buraco e caiu graciosamente com uma cambalhota ao nosso lado, pegando o martelo caído de Leo quando se levantou.

— Mais armas — exigiu a garota. — Preciso de mais armas.

*Sim*, pensei, *definitivamente uma Caçadora de Ártemis.*

Leo pegou algumas ferramentas.

— Hum, eu tenho uma chave de fenda, um arco de serra e... acho que isso é um fatiador de queijo.

A garota franziu o nariz.

— Você é um faz-tudo, é isso?

— É Lorde Faz-Tudo para você.

A garota pegou as ferramentas.

— Quero todas. — Ela me olhou de cara feia. — E seu arco?

— Você não pode pegar meu arco — falei. — Eu sou Apolo.

A expressão dela mudou de choque para compreensão e então para calma forçada. Acho que o infortúnio de Lester Papadopoulos era conhecido entre as Caçadoras.

— Certo — disse a garota. — As outras Caçadoras devem estar vindo. Eu estava mais perto de Indianápolis e resolvi fazer um reconhecimento de terreno. Obviamente, não tive muito sucesso.

— Na verdade — falei —, houve uma movimentação no portão principal alguns minutos atrás. Talvez suas companheiras já tenham chegado.

Os olhos dela ficaram sombrios.

— Então temos que ir. Logo.

Meg ajudou os garotos esqueléticos a saírem da cela. De perto, eles pareciam ainda mais frágeis, o que me deixou furioso.

— Prisioneiros nunca deveriam ser tratados assim — resmunguei.

— Até deram comida para eles, mas eles não aceitaram. Estavam fazendo greve de fome — disse a garota de cabelo prateado, com admiração. — Corajoso... para dois garotos. Sou Hunter Kowalski, a propósito.

Eu franzi a testa.

— Uma Caçadora chamada Hunter?

— Pois é, já ouvi *isso* um milhão de vezes. Vamos soltar os outros.

Não encontrei nenhum botão ou painel de interruptores para abrir as portas de vidro, mas com a ajuda de Meg e Leo começamos a libertar o restante dos prisioneiros. A maioria parecia ser humana ou semideusa (era difícil distinguir), mas uma era *dracaena*. Ela parecia bem humana da cintura para cima, mas onde deviam estar as pernas ondulavam duas cobras.

— Ela é simpática — garantiu Hunter. — Dividimos a cela ontem à noite, mas os guardas nos separaram. O nome dela é Sssssarah, com cinco "s".

Isso bastava para mim. Nós a deixamos sair.

A câmara seguinte abrigava um jovem solitário que parecia lutador profissional. Usava apenas uma tanga vermelha e branca e um colar de contas das mesmas cores, mas não parecia estar despido. Assim como deuses são muitas vezes representados nus porque são seres perfeitos, aquele prisioneiro não tinha motivo para esconder o corpo. Com a pele escura e reluzente, a cabeça raspada e os braços e peito musculosos, ele parecia uma escultura feita a partir da melhor madeira e que ganhou vida graças ao talento de Hefesto. (Eu não podia deixar de falar com ele sobre isso mais tarde.) Os olhos, também castanho-escuros, eram intensos e furiosos, lindos de um jeito que só coisas perigosas podem ser. No ombro direito havia um símbolo que não reconheci, uma espécie de machado de lâmina dupla.

Leo acendeu as mãos para derreter o vidro, mas a *dracaena* sibilou.

— Não essssse — avisou ela. — Perigoso demaisssss.

Leo franziu a testa.

— Moça, nós *precisamos* de amigos perigosos.

— Mas ele lutava por dinheiro. Foi contratado pelo imperador. Sssssó está aqui agora porque irritou Cômodo.

Observei o Alto, Bonito & Sensual. (Clichê, eu sei, mas ele realmente era tudo isso.) Não pretendia deixar ninguém para trás, principalmente alguém que ficava tão bem de tanga.

— Nós vamos soltar você — gritei pelo vidro, sem saber se ele conseguia me ouvir direito. — Por favor, não nos mate. Nós somos inimigos de Cômodo, o homem que botou você aqui.

A expressão de AB&S não mudou: era uma mistura de raiva, desdém e indiferença, a mesma cara que Zeus fazia todas as manhãs antes do néctar com infusão de café.

— Leo — falei. — Vá em frente.

Valdez derreteu o vidro. AB&S saiu com lentidão e graça, como se tivesse todo o tempo do mundo.

— Oi — falei. — Sou o deus imortal Apolo. Quem é você?

A voz dele ribombou como trovão.

— Sou Jamie.

— Um nome nobre — decidi —, digno de reis.

— Apolo — chamou Meg. — Venha aqui.

Ela estava olhando para a última cela. *Claro* que seria na última.

Encolhida no canto, sentada em uma mala de bronze familiar, estava uma garotinha com um suéter de lã lilás e calça jeans verde. No colo dela havia um prato de gororoba de prisão, que ela estava usando para pintar a parede com o dedo. Os tufos de cabelo castanho pareciam ter sido cortados por ela mesma com uma tesoura sem ponta. Ela era grande para a idade, mais ou menos do tamanho de Leo, mas o rosto infantil dizia que ela não devia ter mais que sete anos.

— Georgina — falei.

Leo fez cara feia.

— Por que ela está sentada em Festus? Por que o colocariam aí com ela?

Eu não sabia, mas fiz sinal para Meg cortar o vidro.

— Me deixe entrar primeiro — falei.

Eu passei pelo vidro.

— Georgie?

Os olhos da garota pareciam prismas fraturados, girando com pensamentos errantes e pesadelos andantes. Eu conhecia bem aquela expressão. Ao longo dos séculos, vi muitas mentes mortais destruídas pelo peso de uma profecia.

— Apolo. — Ela soltou uma explosão de gargalhadas, como se o cérebro estivesse com um vazamento. — Você e a escuridão. Umas mortes, umas mortes, umas mortes.

# 24

*Eba! Vamos jogar*
*Produtos químicos tóxicos*
*Em qualquer lugar*

**GEORGINA SEGUROU MEU PUNHO**, provocando um arrepio desagradável pelo meu antebraço.

— Umas mortes.

Na lista de coisas que me apavoravam, garotinhas de sete anos que riam quando o assunto era morte estavam bem no topo, junto com répteis e armas falantes.

Eu me lembrei do limerique profético que indicou que devíamos vir para o Oeste, o aviso de que eu seria *a morte e loucura forçado*. Claramente, Georgina tinha encontrado esses horrores na Caverna de Trofônio. Eu não gostaria de seguir o exemplo dela. Para começo de conversa, não tenho a menor habilidade para pintura na parede com gororoba de prisão.

— Isso — falei, concordando. — Podemos conversar mais sobre morte quando tivermos levado você para casa. Vim aqui a pedido de Emmie e Josephine, para buscar você.

— Casa. — Georgina falou a palavra como se fosse um termo difícil em uma língua estrangeira.

Leo ficou impaciente. Entrou na cela e andou até ela.

— Oi, Georgie. Sou Leo. Que mala legal. Posso ver?

Georgina inclinou a cabeça.

— Minha roupa.

— Ah, hã... é. — Leo passou a mão no nome escrito no macacão emprestado. — Me desculpe pelas manchas de esgoto e pelo cheiro de queimado. Vou mandar lavar.

— O calor queimando — disse Georgie. — Você. Tudo.

— Certo... — Leo deu um sorriso inseguro. — As moças costumam dizer que sou ardente. Mas não se preocupe. Não vou botar fogo em você nem nada.

Estendi a mão para Georgie.

— Aqui, menina. Nós vamos levar você para casa.

Ela ficou satisfeita com a minha ajuda. Assim que ficou de pé, Leo correu até a mala de bronze e começou a paparicá-la.

— Ah, amigão, me desculpa — murmurou ele. — Eu *nunca* devia ter deixado você para trás. Vou levar você para a Estação Intermediária, para um bom ajuste. E depois você pode comer todo o molho tabasco e óleo de motor que quiser.

A mala não respondeu. Leo conseguiu ativar as rodinhas e a alça para poder puxá-la para fora da cela.

Georgina permaneceu dócil até ver Meg. Então, a garotinha teve uma explosão de força digna de mim.

— Não! — Ela se soltou da minha mão e voltou para a cela. Tentei acalmá-la, mas ela continuou a uivar e olhar para Meg horrorizada. — NERO! NERO!

Foi aí que Meg adotou seu jeito costumeiro de esconder todas as emoções: seu rosto mudou, tornando-se tão expressivo quanto um bloco de cimento, os olhos sombrios.

Hunter Kowalski correu para ajudar Georgie.

— Ei. Ei, ei, ei. — Ela acariciou o cabelo nojento da menina. — Está tudo bem. Nós somos amigos.

— Nero! — gritou Georgie de novo.

Franzindo a testa, Hunter olhou para Meg.

— Do que ela está falando?

Meg estava concentrada nos tênis de cano alto.

— Eu posso ir embora.

— *Todos* nós vamos embora — insisti. — Georgie, essa é Meg. Ela fugiu do Nero, é verdade. Mas está do nosso lado.

Decidi não acrescentar *Exceto pela vez em que me entregou ao padrasto e eu quase morri*. Não queria complicar as coisas.

No abraço gentil de Hunter, Georgie se acalmou. Os olhos arregalados e o corpo trêmulo me lembraram um pássaro assustado e frágil que precisa de muitos cuidados.

— Você e morte e fogo. — De repente, ela riu. — A cadeira! A cadeira, a cadeira.

— Ah, caramba — falei. — Ela está certa. Ainda precisamos da cadeira.

O Alto, Bonito & Sensual Jamie apareceu à minha esquerda, uma presença que parecia assomar como uma tempestade que se aproxima no horizonte.

— Que cadeira é essa?

— Um trono — respondi. — Mágico. Precisamos dele para curar Georgie.

Pelos olhares inexpressivos dos prisioneiros, vi que nada do que falei fez sentido para eles. Também me dei conta de que não podia pedir ao grupo todo para sair batendo perna pelo palácio em busca de uma peça de mobília, em especial aos garotos esfomeados e à *dracaena* (que nem perna tinha). Também não parecia que Georgie iria a qualquer lugar com Meg, ao menos não sem gritar muito.

— Vamos ter que nos separar — decidi. — Leo, você sabe o caminho de volta ao túnel do esgoto. Vá com nossos novos amigos. Vamos torcer para os guardas ainda estarem ocupados. Meg e eu vamos procurar o trono.

Leo olhou para a amada mala de dragão, depois para Meg e para mim, depois para os prisioneiros.

— Só você e Meg?

— Vão — disse Meg, evitando o olhar de Georgie. — Nós vamos ficar bem.

— E se os guardas *não* estiverem ocupados? — perguntou Leo. — Ou se tivermos que lutar com aquela cobra bizarra de novo?

— Cobra bizarra? — perguntou Jamie.

— Eu me ressssinto da sssssua essssscolha de palavrasssss — disse Sssssarah.

Leo suspirou.

— Não estou falando de você. É uma... Bem, você vai ver. Talvez possa conversar com ela e convencê-la a nos deixar passar. — Ele se virou para Jamie. — Se isso não rolar, acho que o monstro é do tamanho certo para você usá-lo como cinto.

Sssssarah sibilou de reprovação.

Hunter Kowalski passou o braço em torno de Georgie de forma protetora.

— Vamos levar você a um lugar seguro — prometeu ela. — Apolo, Meg, obrigada. Se vocês encontrarem o imperador, mandem-no para o Tártaro por mim.

— Vai ser um prazer — falei.

No corredor, alarmes começaram a soar.

Leo levou nossos novos amigos de volta pelo caminho de onde tínhamos vindo. Hunter foi segurando a mão de Georgina enquanto Jamie e Sssssarah ajudavam os garotos da greve de fome.

Quando o grupo desapareceu em uma esquina, Meg andou até seu pequeno canteiro de chia. Fechou os olhos, concentrada. Antes que desse para dizer *ch-ch-ch-chia*, os brotos se multiplicaram e se espalharam pelo corredor, um manto verde se expandindo cada vez mais rápido. Brotos se entrelaçaram do teto ao chão, de uma parede a outra, até o corredor estar bloqueado por uma cortina intransponível de plantas.

— Impressionante — falei, embora também estivesse pensando *Bem, nós não vamos sair por ali*.

Meg assentiu.

— Vai segurar um pouco qualquer um que tente ir atrás dos nossos amigos. Venha. A cadeira está por aqui.

— Como você sabe?

Em vez de responder, Meg saiu correndo. Como era ela quem tinha todos os poderes legais, decidi ir atrás.

Alarmes continuaram soando, o barulho perfurando meus tímpanos como espetos quentes. Luzes vermelhas brilhavam nos corredores, deixando as lâminas de Meg da cor de sangue.

Espiamos dentro da GALERIA CÔMODO DE ARTE ROUBADA, do CAFÉ IMPERIAL CÔMODO e da ENFERMARIA CÔMODO. Não vimos ninguém e não encontramos trono mágico algum.

Finalmente, Meg parou em frente a uma porta de aço. Pelo menos achei que fosse uma porta. Não tinha maçaneta, tranca nem dobradiças visíveis, era só um retângulo de metal sem nada na parede.

— Está aí dentro — disse ela.

— Como você sabe?

Ela me lançou o olhar dela de *ai-ai-ai*, o tipo de expressão que faria sua mãe dizer: *Se você fizer essa cara e um vento bater, vai ficar assim para sempre.* (Eu sempre levei essa ameaça a sério, pois mães divinas não brincam em serviço.)

— É que nem com as árvores, burrinho.

Pisquei.

— Você está falando de como nos levou até o Bosque de Dodona?

— É.

— Você consegue sentir o Trono de Mnemosine... porque é feito de madeira mágica?

— Sei lá. Acho que sim.

Pareceu um pouco forçado, mesmo para uma filha poderosa de Deméter. Eu não sabia como o Trono de Mnemosine fora criado. De fato, *podia* ter sido entalhado de alguma árvore especial de uma floresta sagrada. Os deuses adoravam esse tipo de coisa. Se fosse o caso, Meg talvez pudesse sentir a cadeira. Eu me perguntei se ela conseguiria me arranjar uma mesa de jantar mágica quando eu voltasse ao Olimpo. Eu precisava de uma bem grande para acomodar as Nove Musas no jantar de Ação de Graças.

Meg tentou fazer com a porta o mesmo que tinha feito com o vidro das celas. As espadas nem arranharam o metal. Ela tentou enfiar as lâminas entre a porta e a moldura. Nada.

Deu um passo para trás e franziu a testa para mim.

— Abra.

— *Eu?* — Tinha certeza de que Meg estava implicando comigo, porque eu era seu único deus escravo. — Não sou Hermes! Nem Valdez!

— Tente.

Como se fosse um pedido simples! Tentei todos os métodos óbvios. Empurrei a porta. Chutei. Tentei enfiar as pontas dos dedos nas beiradas para forçar a abertura. Abri os braços e gritei as palavras mágicas padrão: ABRACADABRA! SHAZAM! VILA SÉSAMO! Nada funcionou. Finalmente tentei um dos meus maiores trunfos. Cantei "Love Is an Open Door", da trilha sonora de *Frozen*. Até isso falhou.

— Impossível! — gritei. — Essa porta não tem gosto musical!

— Seja mais divino — sugeriu Meg.

*Se pudesse ser mais divino*, quis gritar, *eu não estaria aqui!*

Fiz mentalmente uma lista das coisas de que eu era deus: arqueria, poesia, paquera, luz do sol, música, medicina, profecia, paquera. Nenhuma dessas coisas abriria uma porta de aço inoxidável.

Espere aí...

Pensei no último aposento que espiamos, a enfermaria Cômodo.

— Materiais médicos.

Meg me observou, cética por trás das lentes de gatinho sujas.

— Você vai curar a porta?

— Não é bem isso. Venha comigo.

Na enfermaria, remexi nos armários e enchi uma pequena caixa de papelão com itens que poderiam ser úteis: esparadrapo, seringas, bisturis, amônia, água destilada, bicarbonato de sódio. E, finalmente...

— Ahá! — Triunfante, exibi um vidro com $H_2SO_4$ no rótulo. — Óleo de vitríolo.

Meg se afastou.

— O que é isso?

— Você vai ver. — Peguei equipamentos de segurança: luvas, máscara, óculos, o tipo de coisa para o qual não daria a menor bola se ainda fosse deus. — Vamos, Garota Chia!

— Soou melhor quando Leo falou — reclamou ela, mas me seguiu.

Na porta de aço, preparei duas seringas: uma com vitríolo e outra com água.

— Meg, para trás.

— Eu... Tudo bem. — Ela apertou o nariz por causa do fedor do óleo de vitríolo que esguichei em volta da porta. Filetes de vapor surgiram nos cantos. — O que é essa coisa?

— Na época medieval, usávamos óleo de vitríolo por suas propriedades curativas. Deve ser por isso que Cômodo tem na enfermaria dele. Atualmente, chamamos de ácido sulfúrico.

Meg se encolheu.

— Isso não é perigoso?

— Muito.

— E vocês *curavam* com isso?

— Era a Idade Média. A gente era bem louco naquela época.

Peguei a segunda seringa, a que estava cheia de água.

— Meg, o que eu vou fazer... nunca, nunca tente isso sozinha.

Eu me senti meio bobo dando esse conselho para uma garota que lutava regularmente com monstros usando espadas douradas, mas tinha prometido a Bill Nye, the Science Guy, que sempre divulgaria práticas laboratoriais seguras.

— O que vai acontecer? — perguntou ela.

Dei um passo para trás e injetei água nos cantos da porta. Na mesma hora, o ácido começou a borbulhar e cuspir de forma mais agressiva do que a Serpente Cartaginense. Para acelerar o processo, cantei uma música sobre calor e corrosão. Escolhi Frank Ocean, pois era tão intenso e emocionante que conseguia amolecer até as substâncias mais duras.

A porta gemeu e rangeu. Finalmente desabou para dentro, deixando um contorno fumegante de névoa ao redor.

— Nossa — disse Meg, o que devia ser o maior elogio que ela já tinha me feito.

Apontei para a caixa de papelão perto dos pés dela.

— Pode me passar o bicarbonato de sódio?

Salpiquei bastante pó em volta da porta para neutralizar o ácido. Não consegui deixar de dar um sorrisinho pela minha própria genialidade. Eu esperava que Atena estivesse olhando, porque SABEDORIA, BABY! E eu fiz com bem mais estilo do que os filhinhos dela.

Eu me curvei para Meg com um floreio.

— Você primeiro, Garota Chia.

— Finalmente você fez alguma coisa que preste — comentou ela.

— Você *tinha* que estragar meu momento.

Lá dentro, encontramos uma área de armazenamento de uns dois metros quadrados com apenas um item. O Trono de Mnemosine mal merecia ser chamado de *trono*. Era uma cadeira de bétula lixada de costas retas, sem decoração nenhuma exceto a silhueta de uma montanha entalhada no encosto. Argh, Mnemosine! Prefiro um trono propriamente dito, dourado e incrustado de rubis que nunca param de flamejar! Mas nem todas as deidades sabem se exibir.

Ainda assim, a simplicidade da cadeira me deixou nervoso. Eu sabia que itens terríveis e poderosos muitas vezes não tinham uma aparência muito impressionante. Os raios de Zeus? Só parecem ameaçadores depois que meu pai os lança. O tridente de Poseidon? Por favor. Ele *nunca* limpa as algas e o musgo daquela coisa... sem comentários. E o vestido de noiva que Helena de Troia usou para se casar com Menelau? Ah, deuses, era *tão* sem graça. Eu falei para ela: "Garota, você só pode estar brincando. Esse decote não valoriza você!" Mas quando Helena o vestiu... *uau*.

— Qual é a montanha do desenho? — Meg me arrancou do meu devaneio.
— O Olimpo?

— Na verdade, não. Estou supondo que seja o Monte Piero, onde a deusa Mnemosine deu à luz as Nove Musas.

Meg franziu o rosto.

— Todas as nove de uma vez? Deve ter doído.

Eu nunca tinha pensado nisso. Como Mnemosine era a deusa da memória, com cada detalhe de sua existência eterna gravado no cérebro, parecia estranho ela querer um lembrete de como foi o trabalho de parto entalhado em seu trono.

— Seja qual for o caso — falei —, nós já estamos demorando demais. Vamos tirar a cadeira daqui.

Usei meu rolo de esparadrapo para fazer tiras para os ombros, transformando a cadeira em uma mochila improvisada. Quem disse que Leo era o único do grupo que levava jeito para essas coisas?

— Meg, enquanto estou fazendo isso, encha aquelas seringas com amônia.
— Por quê?
— Só para emergências. Por favor.

Esparadrapo é uma coisa maravilhosa. Em pouco tempo, Meg e eu estávamos com bandoleiras cheias de seringas com amônia, e eu carregava uma cadeira nas costas. O trono era uma peça de mobília leve, o que era ótimo, pois ficava batendo no meu ukulele, no meu arco e na minha aljava. Acrescentei alguns bisturis na minha bandoleira só por diversão. Agora, só precisava de um bumbo e de uns pinos de malabarismo e estaria pronto para ser um artista hippie itinerante.

Ao chegarmos no corredor, hesitei. Em uma direção, o corredor seguia por trinta metros e virava para a esquerda. Os alarmes tinham parado de soar, mas daquela esquina vinha um rugido que ecoava e parecia com grandes ondas do mar ou com os gritos de uma plateia. Luzes multicoloridas piscavam na parede. Fiquei nervoso só de olhar naquela direção.

Nossa única outra opção nos levaria de volta à Muralha da Chia de Meg McCaffrey.

— É melhor pegar a saída mais rápida — falei. — Talvez a gente tenha que voltar pelo caminho que veio.

Meg estava fascinada, a cabeça inclinada na direção do rugido distante.

— Tem... alguma coisa lá. Precisamos ir ver.

— Por favor, não — implorei. — Nós salvamos os prisioneiros. Encontramos Festus. Arranjamos um móvel lindo. *Qualquer* herói consideraria isso um belo dia de trabalho!

Meg se empertigou.

— É alguma coisa importante — insistiu.

Ela conjurou as espadas e seguiu na direção das estranhas luzes ao longe.

— Odeio você — murmurei.

Então ajeitei a cadeira mágica nas costas e corri atrás dela, dobrando a esquina para dar de cara com uma arena enorme e cheia de holofotes.

# 25

*Aves grandes são más*
*Correm com pernas farpadas*
*Eu morro, e dói*

**CONCERTOS EM ESTÁDIO NÃO** eram novidade para mim.

Na Antiguidade, fiz vários shows com ingressos esgotados no anfiteatro de Éfeso. Jovens enlouquecidas jogavam suas *strophiae* para mim. Rapazes desmaiavam aos montes. Em 1965, cantei com os Beatles no Shea Stadium, apesar de Paul ter se *recusado* a aumentar o volume do meu microfone. Mal dá para ouvir minha voz em "Everybody's Tryin' to Be My Baby".

No entanto, nenhuma das minhas experiências anteriores havia me preparado para a arena do imperador.

Holofotes me cegaram quando saímos do corredor. A multidão gritou.

Conforme minha visão foi voltando ao normal, notei que estávamos na linha de cinquenta metros de um estádio de futebol americano. O campo estava configurado de um jeito estranho. Ao redor da circunferência central havia uma pista de corrida com três raias. Na grama havia doze postes de ferro aos quais estavam presas as correntes de vários animais. Em um, seis avestruzes de combate andavam em círculos como animais em um carrossel assassino. Em outro, três leões rugiam para os holofotes. Em um terceiro, uma elefanta com expressão triste se balançava de um lado para o outro, sem dúvida infeliz por ter sido paramentada com uma cota de malha farpada e um capacete de futebol americano enorme do Indianapolis Colts.

Com relutância, ergui o olhar para as arquibancadas. No mar de assentos azuis, a única seção ocupada era a última à esquerda, mas a plateia estava extremamente entusiasmada. Germânicos batiam com as lanças nos escudos. Os semideuses do Lar Imperial de Cômodo berravam insultos (que não vou repetir) sobre minha pessoa divina. Cinocéfalos, a tribo de homens com cabeça de cachorro, uivavam e rasgavam as camisas do time da cidade. *Blemmyae* batiam palmas educadamente, perplexos com o comportamento grosseiro dos outros. E, como era de se esperar, uma seção inteira da arquibancada estava ocupada por centauros selvagens. Sinceramente, não dava para fazer um evento esportivo ou um banho de sangue *em lugar algum* sem que eles comparecessem. Eles sopravam vuvuzelas, tocavam buzinas e empurravam uns aos outros, derramando cerveja e emporcalhando tudo.

No centro da multidão brilhava o camarote do imperador, decorado com faixas roxas e douradas que faziam um contraste horrível com a decoração azul e prateada do Colts. De cada lado do trono, vi uma mistura estranha de germânicos e mercenários homicidas com fuzis. Eu não entendia como os mercenários conseguiam ver qualquer coisa em meio à Névoa, mas eles deviam ter sido especialmente treinados para trabalhar em ambientes mágicos. Estavam imóveis e alertas, os dedos apoiados no gatilho, à espera de uma única ordem de Cômodo para nos exterminar, e não haveria nada que pudéssemos fazer para impedi-los..

O imperador se levantou. Usava uma túnica branca e roxa e uma coroa de louros dourada, mas debaixo da toga tive o vislumbre de uma roupa de corrida marrom e dourada. Com a barba desgrenhada, Cômodo parecia mais um chefe gaulês do que um romano, embora nenhum gaulês tivesse dentes brancos tão perfeitos.

— Finalmente! — A voz forte explodiu pelo estádio, amplificada pelos alto-falantes gigantescos pendurados acima do campo. — Bem-vindo, Apolo!

A plateia gritou e aplaudiu. Acima das arquibancadas, telões exibiram fogos de artifício digitais e piscaram com as palavras BEM-VINDO, APOLO! Das vigas do telhado de aço, sacos de confete explodiram, gerando uma tempestade de roxo e dourado que inundou o estádio.

Ah, que ironia! Aquele era *exatamente* o tipo de recepção que eu desejaria. No entanto, eu só queria voltar para o corredor e desaparecer. Mas, é claro, a entrada por onde viemos já não existia mais, fora substituída por uma parede de concreto.

Eu me agachei da forma mais discreta possível e apertei a pequena cavidade no grilhão de ferro. Nenhuma asa pulou para fora, então concluí que tinha encontrado o botão certo para ativar o sinal de emergência. Com sorte, alertaria Jo e Emmie do nosso infortúnio e da nossa localização, embora eu ainda não tivesse certeza do que elas poderiam fazer para nos ajudar. Pelo menos elas saberiam onde recolher os corpos depois.

Meg parecia estar se recolhendo para dentro de si mesma, fechando as janelas mentais contra todo aquele barulho e atenção. Por um momento breve e terrível, eu me perguntei se ela havia me traído novamente e me levado direto para as garras do Triunvirato.

Não. Eu me recusava a acreditar naquela hipótese. Mas... por que ela *insistiu* em ir naquela direção?

Cômodo esperou que a gritaria cessasse. Os avestruzes de combate puxaram as correntes. Leões rugiram. A elefanta balançou a cabeça, como se tentasse tirar o capacete ridículo.

— Meg — falei, tentando controlar o pânico. — Por que você... Por que estamos...?

A expressão dela estava tão intrigada quanto a dos semideuses do Acampamento Meio-Sangue que haviam sido atraídos para o Bosque de Dodona pelas vozes misteriosas.

— Alguma coisa — murmurou ela. — Tem alguma coisa aqui.

Era um eufemismo horrível. Havia *muitas* coisas ali. A maioria queria nos matar.

Os telões exibiram mais fogos, junto com mensagens irrelevantes como DEFESA! e FAÇAM BARULHO! e propagandas de bebidas energéticas. Parecia que meus olhos estavam sangrando.

Cômodo sorriu para mim.

— Eu tive que dar uma apressada nas coisas, velho amigo! Isto é só o ensaio, mas, como você está aqui, corri para preparar algumas surpresas. Vamos repetir o show todo amanhã com o estádio lotado, depois que eu derrubar a Estação Intermediária. Tente ficar vivo hoje, mas fique à vontade para sofrer o quanto quiser. E, Meg... — O *tsc-tsc-tsc* dele ecoou pela arena. — Seu padrasto está *muito* decepcionado com você. Você vai descobrir o quanto já, já.

Meg apontou uma das espadas para o camarote do imperador. Pensei que ela fosse fazer algum comentário intimidante, como *Você é burro*, mas a espada pareceu ser a mensagem completa. Isso me levou de volta a uma lembrança perturbadora de Cômodo no Coliseu, jogando cabeças cortadas de avestruz nos assentos dos senadores e apontando: *Vocês são os próximos*. Mas Meg não tinha conhecimento disso... tinha?

O sorriso de Cômodo hesitou. Ele pegou uma folha de papel.

— Vamos ao show! Primeiro, os cidadãos de Indianápolis serão escoltados sob a mira de armas e tomarão seus lugares. Vou dizer algumas palavras, agradecer por terem vindo e explicar que a cidade deles agora se chama Comodianápolis.

A multidão gritou e bateu os pés. Uma única buzina soou.

— É, é. — Cômodo conteve o entusiasmo da plateia. — Em seguida, um exército de *blemmyae* irá para a cidade com garrafas de champanhe, que serão devidamente usadas para batizar todos os prédios. Teremos faixas e mais faixas em minha homenagem em todas as ruas da cidade. Qualquer corpo que retirarmos da Estação Intermediária vai ser pendurado nas vigas lá em cima — ele apontou para o teto —, e a diversão vai começar!

Ele jogou as anotações no ar.

— Não dá nem para explicar como estou empolgado com tudo isso, Apolo! Você entende, não entende, que tudo foi predestinado? O espírito de Trofônio foi *bem* específico.

Minha garganta fez o barulho de uma vuvuzela.

— Você consultou o Oráculo das Sombras?

Eu não sabia se minhas palavras chegariam tão longe, mas o imperador riu.

— Ah, claro, querido! Não pessoalmente, é óbvio. Tenho subordinados para fazer esse tipo de coisa. Mas Trofônio foi bem claro: só quando eu destruir a Estação Intermediária e sacrificar sua vida nos jogos, poderei rebatizar esta cidade e governar o Meio-Oeste para sempre como deus-imperador!

Holofotes gêmeos se fixaram em Cômodo. Ele arrancou a toga e revelou o traje de corrida de pelo do Leão de Nemeia, a parte da frente e as mangas decoradas com emblemas de vários patrocinadores.

A multidão fez "oh" e "ah" enquanto o imperador girava, exibindo a roupa.

— Gostou? — perguntou ele. — Fiz muitas pesquisas sobre minha nova cidade! Meus dois colegas imperadores acham este lugar chato. Mas vou provar que estão errados! Vou organizar o melhor Campeonato Indy-Colt-500-AA de Gladiadores do mundo!

Não gostei muito do nome, mas a multidão foi à loucura.

Tudo pareceu acontecer ao mesmo tempo. Música country soava nos alto-falantes: possivelmente Blake Shelton, embora, com a distorção e o eco, nem meus ouvidos apurados soubessem com certeza. No outro lado da pista, uma parede se abriu. Três carros de corrida de Fórmula 1, vermelho, amarelo e azul, rugiram no asfalto.

Por todo o campo, as coleiras dos animais se soltaram das correntes. Nas arquibancadas, centauros selvagens jogavam frutas e tocavam suas vuvuzelas. De algum lugar atrás do camarote do imperador, canhões dispararam, arremessando doze gladiadores em direção ao campo. Alguns caíram rolando graciosamente e se levantaram, prontos para lutar. Outros se espatifaram na grama como bolinhas de cuspe armadas e não se mexeram mais.

Os carros de corrida zuniram pela pista, e Meg e eu tivemos que correr até o campo para não sermos atropelados. Gladiadores e animais começaram a se engalfinhar em uma luta livre em que garras e destruição estavam liberadas, tudo ao som contagiante da música country. E então, do nada, um saco enorme se abriu logo abaixo do maior dos telões, jogando centenas de bolas de basquete na linha dos cinquenta metros.

Até para os padrões de Cômodo, o espetáculo era completamente tosco e exagerado, mas eu duvidava que fosse viver tempo suficiente para escrever uma crítica ruim. A adrenalina disparou pelo meu organismo como uma corrente de 220 volts. Meg gritou e partiu para cima do avestruz mais próximo. Como eu não tinha nada melhor para fazer, fui atrás dela, com o Trono de Mnemosine e quinze quilos de bugigangas sacudindo nas costas.

Os seis avestruzes foram com tudo para cima da gente. Isso pode não parecer tão apavorante quanto a Serpente Cartaginense ou um colosso de bronze de *moi*, mas avestruzes podem correr a quase setenta quilômetros por hora. Os dentes de metal batiam, os elmos de pontas afiadas balançavam de um lado para o outro, as pernas envoltas em arame farpado pisoteavam a grama, uma floresta cor-de-rosa de árvores de Natal horrendas e assassinas.

Prendi uma flecha no arco, mas, mesmo se me saísse tão bem quanto Cômodo, era bem improvável que conseguisse decapitar as seis aves antes de elas nos matarem. Não sabia nem se Meg, com suas espadas formidáveis, seria capaz de derrotá-las.

Compus em silêncio um novo haicai de morte: *Aves grandes são más/Correm com pernas farpadas/Eu morro, e dói.*

Em minha defesa, não tive muito tempo para revisar.

A única coisa que nos salvou? Bolas de basquete *ex machina*. Outro saco deve ter sido aberto acima de nós, ou talvez uma pequena quantidade de bolas tivesse ficado presa na rede. Vinte ou trinta choveram ao nosso redor, obrigando os avestruzes a desviar e fugir. Uma ave menos afortunada pisou em uma bola e saiu voando, caindo de bico na grama. Duas de suas irmãs tropeçaram nela, criando uma pilha perigosa de penas, pernas e arame farpado.

— Vem! — Meg gritou para mim.

Em vez de lutar com as aves, ela segurou uma pelo pescoço e pulou nas costas dela, tudo isso, acredite se quiser, sem morrer. Ela saiu correndo, brandindo a espada para monstros e gladiadores.

Um pouco impressionante, verdade, mas como eu iria segui-la? Além do mais, Meg acabou arruinando meu plano de me esconder atrás dela. Que falta de consideração!

Disparei a flecha na ameaça mais próxima: um ciclope vindo em minha direção empunhando sua clava. Não fazia ideia de onde aquela criatura tinha saído, mas o mandei de volta para o Tártaro, onde era o lugar dele.

Desviei de um cavalo cuspidor de fogo, chutei uma bola de basquete na barriga de um gladiador e me esquivei de um leão atacando um avestruz com aparência deliciosa. (Fiz tudo isso, a propósito, com uma cadeira presa nas costas.)

Montada na ave mortal, Meg seguiu para o camarote do imperador, destruindo tudo que surgisse no caminho. Eu sabia qual era o plano dela: matar Cômodo. Tentei fazer o mesmo, mas minha cabeça latejava por causa da música country alta, dos gritos da multidão e do ruído dos motores de Fórmula 1 rasgando a pista.

Um grupo de guerreiros com cabeça de cachorro correu na minha direção — eram muitos e estavam perto demais para que eu acertasse com meu arco. Arranquei a bandoleira de seringas médicas e espirrei amônia nas caras caninas. Eles gritaram, enfiaram as garras nos olhos e se desfizeram em poeira. Como qualquer zelador do Monte Olimpo pode confirmar, amônia é excelente para tirar manchas e aniquilar monstros.

Segui na direção da única ilha de calma no campo: a elefanta.

Ela não parecia interessada em atacar ninguém. Levando em conta seu tamanho e as defesas formidáveis fornecidas pela cota de malha, nenhum dos outros combatentes parecia querer se aproximar dela. Ou talvez, ao ver o capacete do Colts, eles decidiram que era melhor não se meter com o time da cidade.

Alguma coisa nela era tão triste, tão melancólica, que me senti atraído por aquela alma que se assemelhava tanto à minha.

Peguei meu ukulele de combate e dedilhei uma música que tinha tudo a ver com o momento: "Elephant Gun", do Beirut. A introdução instrumental era atormentada e triste, perfeita para um solo de ukulele.

— Grande elefanta — falei ao me aproximar. — Posso montar em você?

Os olhos castanhos piscaram para mim. Ela arquejou como quem diz *Tanto faz, Apolo. Botaram esse capacete idiota em mim. Não ligo para mais nada.*

Um gladiador com um tridente interrompeu rudemente minha música. Eu bati na cara dele com o ukulele de combate. Em seguida, escalei a perna dianteira da elefanta e subi nas costas dela. Eu não treinava essa técnica desde que o deus da tempestade Indra me fez sair de madrugada em busca de vindalho, mas acho que montar em um elefante é uma daquelas habilidades que a gente nunca esquece.

Vi Meg na linha de vinte metros, deixando gladiadores gemendo e pilhas de cinzas de monstros para trás conforme seguia no avestruz em direção ao imperador.

Cômodo bateu palmas, extasiado.

— Muito bem, Meg! Eu adoraria lutar com você, mas AGUENTA AÍ!

A música parou abruptamente. Gladiadores ficaram paralizados no meio do combate. Os carros de corrida frearam até parar. Até o avestruz de Meg ficou imóvel e olhou ao redor, se perguntando por que tudo estava tão silencioso de repente.

Pelos alto-falantes, tambores soaram.

— Meg McCaffrey! — gritou Cômodo, com sua melhor voz de apresentador de programa de auditório. — Temos uma surpresa especial para você... Direto de Nova York, uma pessoa que você conhece bem! Será que você conseguirá salvá-lo antes que ele exploda em chamas?

Holofotes se cruzaram no ar. Aquele sentimento antigo pós-vindalho voltou, queimando meus intestinos. Agora eu entendia o que Meg tinha sentido antes, aquele vago *alguma coisa* que a atraíra ao estádio. Suspenso nas traves por uma longa corrente, rosnando e se contorcendo em um casulo de cordas, estava a surpresa especial do imperador: o companheiro de confiança de Meg, o *karpos* Pêssego.

# 26

*Tiro o chapéu para*
*Esta excelente elefanta*
*Vamos ser amigões?*

**PRENDI UMA FLECHA NO** arco e disparei na corrente.

Na maior parte dos casos, meu primeiro instinto é disparar. Normalmente, dá certo. (A não ser que você conte a vez em que Hermes entrou no meu banheiro sem bater. E, sim, eu sempre mantenho o arco à mão quando estou na privada. Por que não?)

Dessa vez, meu disparo foi equivocado. Pêssego estava lutando e se debatendo tanto que minha flecha passou direto pela corrente e caiu em um *blemmyae* qualquer na arquibancada.

— Pare! — gritou Meg para mim. — Você pode matar Pêssego!

O imperador riu.

— É, seria uma pena, considerando que ele está prestes a morrer queimado!

Cômodo pulou do camarote na pista de corrida. Meg levantou a espada e se preparou para atacar, mas os mercenários nas arquibancadas miraram seus fuzis. Não importava que eu estivesse a cinquenta metros de distância, os atiradores tinham mira digna de... bem, digna de mim. Um amontoado de pontos vermelhos de *lasers* surgiu no meu peito.

— Calma, calma, Meg — repreendeu o imperador, apontando para mim. — Meu jogo, minhas regras. A não ser que você queira perder *dois* amigos no ensaio.

Meg ergueu uma espada, depois a outra, parecendo avaliá-las, como se fossem opções. Ela estava longe demais para eu ver sua expressão, mas consegui sentir o sofrimento. Quantas vezes eu me vi em meio a um dilema desses? Destruo os troianos ou os gregos? Paquero as Caçadoras da minha irmã e corro o risco de levar uns tapas ou paquero Britomártis e corro o risco de ser explodido? Esses são os tipos de escolha que nos definem.

Enquanto Meg hesitava, um grupo de mecânicos usando togas empurrou outro carro de Fórmula 1 para a pista, uma máquina de um roxo chamativo com um número 1 dourado no capô. Projetando-se do teto havia uma lança fina de uns seis metros, com uma bola de tecido na ponta.

Meu primeiro pensamento: por que Cômodo precisava de uma antena tão grande? Então olhei de novo para o *karpos* pendurado. Sob a luz dos holofotes, Pêssego cintilava como se tivesse sido lambuzado com óleo. Os pés, normalmente descalços, estavam cobertos por uma lixa, como a superfície lateral de uma caixa de fósforos.

Meu estômago se revirou. A antena do carro de corrida não era uma antena. Era um fósforo gigante, colocado na altura exata para se acender quando entrasse em contato, em alta velocidade, com os pés de Pêssego.

— Uma vez que eu esteja dentro do carro — anunciou Cômodo —, meus mercenários não vão interferir. Meg, você pode tentar me deter da forma que quiser! Meu plano é completar uma volta, botar fogo no seu amigo, dar outra volta e atropelar você e Apolo. Acredito que chamam isso de volta da vitória!

A multidão berrou, aprovando. Cômodo pulou no carro. Sua equipe partiu, e o veículo roxo disparou em uma nuvem de fumaça.

Meu sangue virou uma substância viscosa e gosmenta, sendo bombeado lentamente pelo coração. Quanto tempo demoraria para o carro dar a volta na pista? Segundos, no máximo. Eu desconfiava que o para-brisa de Cômodo era à prova de flechas. Ele não me deixaria escapar da morte tão facilmente. Eu não tinha tempo nem para tocar um riff decente no ukulele.

Enquanto isso, Meg levou o avestruz para baixo do *karpos* pendurado. Ficou de pé no lombo da ave (o que não era uma tarefa fácil) e esticou as mãos o máximo que conseguiu, mas Pêssego estava muito acima dela.

— Vire fruta! — gritou Meg para ele. — Desapareça!

— Pêssego! — berrou Pêssego, o que provavelmente queria dizer *Você não acha que eu faria isso se pudesse?* As cordas deviam ser mágicas, ou algo do tipo, e estavam limitando a capacidade de transformação dele, confinando-o à forma atual, assim como Zeus tinha aprisionado minha divindade incrível no corpo infeliz de Lester Papadopoulos. Pela primeira vez, senti certa afinidade com o bebê demônio de fralda.

Cômodo já estava na metade da pista. Poderia ter ido mais rápido, mas insistiu em desviar e acenar para as câmeras. Os outros carros foram para o acostamento e o deixaram passar, o que fez com que eu me perguntasse se eles entendiam o conceito de corrida.

Meg pulou do avestruz. Segurou a trave e começou a subir, mas eu sabia que ela não teria tempo de ajudar o *karpos*.

O carro roxo contornou a extremidade oposta. Se Cômodo acelerasse na reta, tudo acabaria em segundos. Se ao menos eu pudesse colocar uma coisa grande e pesada no meio da passagem.

*Ah, espera*, pensou meu cérebro genial, *estou sentado em um elefante*.

Na base do capacete gigantesco do Colts havia uma palavra gravada: LÍVIA. Supus que fosse o nome da elefanta.

Eu me inclinei para a frente.

— Lívia, minha amiga, você está a fim de pisotear um imperador?

Ela soprou pela tromba, em sua primeira demonstração de entusiasmo. Eu sabia que elefantes eram inteligentes, mas a disposição dela em ajudar me surpreendeu. Tive a sensação de que Cômodo a tratara muito mal. Agora, ela queria matá-lo. Isso, pelo menos, era algo que tínhamos em comum.

Lívia partiu na direção da pista, empurrando outros animais, balançando a tromba para tirar gladiadores do caminho.

— Boa elefanta! — gritei. — Que elefanta maravilhosa!

O Trono de Mnemosine sacudia precariamente nas minhas costas. Gastei todas as minhas flechas (exceto pela flecha falante idiota) disparando em avestruzes de combate, em cavalos cuspidores de fogo, em ciclopes e em cinocéfalos. Depois, peguei meu ukulele de combate e soltei o grito de guerra ATACAR!

Lívia correu pela pista central na direção do carro de corrida roxo. Cômodo dirigiu bem na nossa direção, o rosto sorridente refletido em todos os monitores espalhados pelo estádio. Ele parecia adorar a possibilidade de batermos de frente.

Eu não estava tão animado. Cômodo era difícil de matar. Minha elefanta e eu não éramos, e eu também não tinha certeza de quanta proteção a cota de malha ia oferecer a Lívia. Torcia para que conseguíssemos forçar Cômodo para fora da pista, mas devia saber que ele jamais daria para trás em um desafio para ver quem amarelava primeiro. Sem capacete, o cabelo dele voava, as mechas louras, em um tom de dourado, parecendo em chamas.

*Sem capacete...*

Tirei um bisturi da bandoleira. Inclinado para a frente, cortei a tira do queixo do capacete de futebol americano de Lívia. Arrebentou com facilidade. Graças aos deuses por produtos de plástico vagabundo!

— Lívia, jogue!

A elefanta maravilhosa entendeu.

Ainda correndo a toda velocidade, ela enrolou a tromba na grade do capacete que protegia sua cara e arremessou o elmo, como um cavalheiro tirando o chapéu... Se o objeto pudesse se lançar para a frente como um projétil mortal.

Cômodo desviou. O capacete branco gigantesco quicou no para-brisa, mas o dano já tinha sido causado. Roxo Um fez uma curva para o campo em um ângulo absurdamente acentuado, virou para o lado e capotou três vezes, derrubando um grupo de avestruzes e dois gladiadores azarados.

— AHHHHHHH!

A plateia ficou de pé. A música parou. O restante dos gladiadores recuou para a beirada do campo, olhando o carro de corrida imperial capotado.

Saía fumaça do chassi. As rodas giravam, jogando longe restos de terra e grama.

Eu queria acreditar que o silêncio da plateia era um entreato cheio de esperança. Talvez os espectadores partilhassem do meu maior desejo: que Cômodo *não* saísse dos escombros, que tivesse sido reduzido a uma mancha imperial na grama artificial na linha de quarenta e duas jardas.

Mas uma figura fumegante se arrastou e se livrou dos destroços. A barba de Cômodo estava soltando fumaça. O rosto e as mãos estavam pretos de fuligem. Ele se levantou, o sorriso intacto, e se espreguiçou, como se tivesse acabado de tirar um bom cochilo.

— Bela tentativa, Apolo! — Ele segurou o chassi do carro de corrida destruído e o levantou acima da cabeça. — Mas vai ser preciso mais do que isso para me matar!

Ele atirou o carro para o lado, esmagando um ciclope.

A plateia gritou e bateu os pés.

— ESVAZIEM O CAMPO! — ordenou o imperador.

Na mesma hora, dezenas de cuidadores de animais, paramédicos e gandulas entraram no campo. Os gladiadores sobreviventes saíram de cara amarrada, como se percebendo que nenhuma luta mortal poderia competir com o que Cômodo tinha acabado de fazer.

Enquanto o imperador dava ordens aos seus servos, olhei para a *end zone*. De alguma forma, Meg tinha escalado até o alto da trave. Pulou na direção de Pêssego e segurou as pernas dele, provocando uma boa quantidade de berros e xingamentos por parte do *karpos*. Por um momento, eles se balançaram juntos na corrente. Mas Meg subiu no corpo do amigo, conjurou a espada e cortou a corrente. Os dois despencaram uns seis metros e caíram na pista, embolados. Felizmente, ele serviu de almofada para Meg. Considerando que pêssegos eram macios e tenros, imaginei que a menina estivesse bem.

— Bem! — Cômodo andou na minha direção. Estava mancando um pouco com o pé direito, mas não parecia sentir muita dor. — Foi um bom ensaio! Amanhã, teremos mais mortes, inclusive a sua, claro. Vamos fazer uns ajustes na parte da batalha. Talvez acrescentar mais carros de corrida e bolas de basquete? E, Lívia, sua elefanta velha e malvada! — Ele balançou o dedo para minha montaria paquiderme. — É *esse* tipo de energia que eu queria! Se você tivesse demonstrado o mesmo entusiasmo nos jogos anteriores, eu não teria sido obrigado a matar Claudius.

Lívia bateu os pés e soprou pela tromba. Acariciei a lateral da cabeça dela, tentando acalmá-la, mas pude sentir seu sofrimento devastador.

— Claudius era seu companheiro — supus, acariciando a elefanta. — Cômodo o matou.

O imperador deu de ombros.

— Eu *avisei*: participe dos meus jogos, senão… Mas elefantes são tão teimosos! São grandes e fortes e acostumados a fazerem o que querem, um pouco como os deuses. Mesmo assim — ele piscou para mim —, é incrível como uma pequena punição pode ajudar.

Lívia bateu os pés. Eu sabia que ela queria atacá-lo, mas, depois de ver Cômodo jogar um carro de corrida longe, eu desconfiava que ele não teria muita dificuldade em machucar Lívia.

— Nós vamos nos vingar dele — murmurei para ela. — Nossa hora vai chegar.

— Vai mesmo: amanhã! — concordou Cômodo. — Vocês vão ter outra chance de acabar comigo. Mas, agora... Ah, aqui estão os guardas que vão escoltar vocês até sua cela.

Um grupo de germânicos veio correndo pelo campo com Litierses na liderança.

O espadachim tinha um hematoma novo e feio no rosto que parecia muito com uma pegada de avestruz. Isso me deixou feliz. Ele também estava sangrando em vários cortes recentes nos braços, e as pernas da calça encontravam-se em farrapos. Os cortes pareciam resultado de pequenas flechas, como se as Caçadoras estivessem brincando com o alvo, fazendo o possível para acabar com a calça dele. Isso me alegrou ainda mais. Eu queria poder acrescentar um ferimento de flecha à coleção de Litierses, de preferência bem no meio do peito, mas minha aljava estava vazia, exceto pela Flecha de Dodona. Eu já tinha tido drama suficiente por um dia, não precisava de um diálogo shakespeariano ruim para fechá-lo com chave de ouro.

Litierses fez uma reverência desajeitada.

— Meu senhor.

Cômodo e eu falamos ao mesmo tempo:

— Sim?

Eu achava que estava bem mais senhoril sentado na minha elefanta com cota de malha, mas Litierses fez cara feia para mim.

— Meu senhor *Cômodo* — esclareceu ele —, as invasoras foram devidamente afastadas do portão.

— Até que enfim — murmurou o imperador.

— Eram Caçadoras de Ártemis, senhor.

— Sei. — Cômodo não pareceu muito preocupado. — Vocês mataram todas?

— Nós... — Lit engoliu em seco. — Não, meu senhor. Elas dispararam de diferentes direções e recuaram, nos atraindo a uma série de armadilhas. Nós perdemos só dez homens, mas...

— Vocês perderam dez. — Cômodo examinou as unhas sujas de fuligem. — E quantas dessas Caçadoras vocês mataram?

Lit recuou. Suas veias do pescoço latejavam.

— Eu... eu não tenho certeza. Não encontramos corpos.

— Então você não pode confirmar nenhuma morte. — Cômodo olhou para mim. — O que você aconselharia, Apolo? Devo tirar um tempo para refletir sobre o assunto? Devo considerar as consequências? Devo talvez dizer para meu prefeito Litierses não se preocupar? Ele vai ficar bem? Ele SEMPRE VAI TER MINHAS BÊNÇÃOS?

Ele gritou essa última pergunta, a voz ecoando pelo estádio. Até os centauros selvagens nas arquibancadas ficaram em silêncio.

— Não — decidiu Cômodo, o tom calmo mais uma vez. — Alaric, onde está você?

Um dos germânicos deu um passo à frente.

— Senhor?

— Leve Apolo e McCaffrey para a prisão. Consiga boas celas para eles. Coloque o Trono de Mnemosine no lugar. Mate o elefante e o *karpos*. O que mais? Ah, sim. — Da bota da roupa de corrida, Cômodo tirou uma faca de caça. — Segure os braços de Litierses para mim enquanto corto a garganta dele. Está na hora de arranjar um prefeito novo.

Antes que Alaric executasse essas ordens, o telhado do estádio explodiu.

## 27

*Destrua o telhado*
*Traga umas gatas com guinchos*
*Vamos dar o fora*

**BOM, NÃO EXATAMENTE *EXPLODIU*.** Na verdade, o telhado desmoronou, como tetos costumam fazer quando um dragão de bronze mergulha neles. Vigas se envergaram. Rebites soltaram. Folhas de metal corrugado grunhiram e se dobraram com um estrondo.

Festus mergulhou pela abertura, abrindo as asas para diminuir a velocidade da descida. Ele não parecia muito traumatizado pelo tempo como mala, mas, a julgar pela forma como cuspiu fogo na arquibancada, achei que estava meio mal-humorado.

Centauros selvagens saíram correndo, pisoteando os mercenários mortais e os germânicos. Os *blemmyae* aplaudiram educadamente, talvez achando que o dragão fizesse parte do show, até uma onda de chamas os reduzir a pó. Festus deu sua volta da vitória flamejante pela pista, aproveitando para queimar uns carros, enquanto mais de dez Caçadoras de Ártemis desciam para a arena como aranhas em uma teia.

(Eu sempre achei aranhas criaturas fascinantes, apesar de Atena não ir com a cara delas. A grande verdade é que ela morre de inveja daqueles rostinhos bonitos. AHÁ!)

Algumas Caçadoras permaneceram no telhado com os arcos preparados, esperando as outras irmãs chegarem ao campo. Assim que isso aconteceu, elas puxaram os arcos, espadas e facas e se juntaram à batalha.

Alaric, junto com a maioria dos germânicos do imperador, partiu para cima delas.

Enquanto isso, Meg McCaffrey tentava desesperadamente libertar Pêssego das cordas. Duas Caçadoras se aproximaram dela, e rolou uma conversa frenética, algo como: *Oi, estamos do seu lado. Você vai morrer. Venha conosco.*

Atordoada, Meg olhou para mim.

— VÁ! — gritei.

As Caçadoras então seguraram Meg e Pêssego e em seguida acionaram um mecanismo na lateral do cinto que as fez subir pelas cordas, como se as leis da gravidade não fossem nada de mais.

*Molinetes motorizados*, pensei, *que acessórios legais.* Se eu sobrevivesse àquele dia, ia recomendar que as Caçadoras fizessem camisetas com os dizeres GATAS COM GUINCHOS. Tenho certeza de que elas amariam a ideia.

O grupo mais próximo de Caçadoras correu em minha direção, não sem antes enfrentar alguns germânicos. Uma das Caçadoras me pareceu familiar, com cabelo preto curto e olhos azuis impressionantes. Em vez da roupa cinza habitual das seguidoras de Ártemis, ela usava calça jeans e uma jaqueta de couro preta cheia de alfinetes e *patches* dos Ramones e dos Dead Kennedys. Uma tiara prateada cintilava na testa. Ela brandia um escudo com o rosto horrendo da Medusa, não o real, eu desconfiava, pois esse teria me transformado em pedra, mas uma réplica boa o bastante para fazer até os germânicos se encolherem e recuarem.

O nome da garota me ocorreu: Thalia Grace. A tenente de Ártemis, líder das Caçadoras, foi me salvar pessoalmente.

— Salvem Apolo! — gritou ela.

Meu ânimo foi às alturas.

*Sim, obrigado!*, eu queria gritar. *FINALMENTE estão me dando o devido valor!*

Senti por um momento como se o mundo estivesse de volta à ordem normal.

Cômodo suspirou, irritado.

— *Nada* disso estava programado para acontecer nos meus jogos. — Ele olhou ao redor, aparentemente se dando conta de que suas ordens só seriam seguidas por Litierses e dois guardas. O restante já estava no meio da batalha.

— Litierses, vá para lá! — mandou ele. — Segure as Caçadoras enquanto eu me troco. Não posso lutar com roupa de corrida. Seria ridículo!

O olhar de Lit vacilou.

— Sire... você tinha me dispensado e ia... me matar?

— Ah, é. Bom, então vá se sacrificar! Mostre que é mais útil do que aquele seu pai idiota! Sinceramente, Midas tinha o toque de ouro, mas *mesmo assim* não conseguia fazer nada certo. E você não é melhor do que ele!

A pele ao redor do hematoma de avestruz de Litierses ficou vermelha, como se a ave ainda estivesse de pé na cara dele.

— Sire, com todo o respeito...

A mão de Cômodo atacou com a rapidez de uma cobra e segurou o pescoço do espadachim.

— *Respeito?* — sibilou o imperador. — Você quer falar comigo sobre *respeito?*

Flechas voaram na direção dos guardas restantes. Os dois germânicos caíram com lindos piercings nasais novos feitos de penas prateadas.

Um terceiro disparo voou na direção de Cômodo. O imperador usou Litierses como escudo, a ponta da flecha atravessando a coxa direita do homem.

O espadachim gritou.

Cômodo o largou com repugnância.

— Eu mesmo vou ter que matar você? *Sério?* — Ele levantou a faca.

Alguma coisa dentro de mim, sem dúvida uma falha de personalidade, me fez sentir pena do capanga.

— Lívia — falei.

A elefanta entendeu, dando uma trombada na parte de trás da cabeça de Cômodo, que caiu de cara no chão. Litierses pegou sua espada e enfiou a ponta no pescoço do imperador.

Cômodo berrou e apertou o ferimento. Pela quantidade de sangue, deduzi que o corte infelizmente não tinha acertado a jugular.

Os olhos de Cômodo arderam de ódio.

— Ah, Litierses, seu *traidor.* Vou matar você *lentamente* por causa disso.

Mas não era para ser.

O germânico mais próximo, vendo o imperador sangrando no chão, correu para ajudá-lo. Lívia pegou Litierses e nos levou para longe enquanto os bárbaros se posicionaram ao redor de Cômodo, formando um escudo humano, as lanças apontadas para nós. Estavam prontos para fazer picadinho da gente, mas uma chama zuniu entre os dois grupos, e Festus pousou ao lado de Lívia. Os germânicos recuaram rapidamente enquanto Cômodo gritava:

— Me coloquem no chão! Preciso matar aquelas pessoas!

— E aí, Lesteropoulos? — disse Leo, montado em Festus. — Jo recebeu seu alerta de emergência e mandou a gente voltar na mesma hora.

Thalia Grace e duas Caçadoras se aproximaram.

— Precisamos sair daqui imediatamente, ou vamos ser derrotados. — Ela apontou para um dos extremos do gramado, onde os sobreviventes da volta da vitória incandescente de Festus estavam começando a se organizar para o ataque: uma centena de centauros variados, cinocéfalos e semideuses do Lar Imperial.

Olhei para as laterais. Havia uma rampa larga que levava à arquibancada mais baixa, e talvez desse para um elefante passar por ali.

— Não vou deixar Lívia para trás. Levem Litierses. E peguem o Trono da Memória. — Tirei a cadeira das costas, dando graças aos deuses por ela ser tão leve, e a joguei para Leo. — Esse trono *precisa* ser levado até Georgie. Vou montado em Lívia por uma das saídas dos mortais.

A elefanta colocou Litierses na grama. Ele grunhiu e apertou a pele em torno da flecha na perna.

Leo franziu a testa.

— Hã, Apolo...

— Leo, já falei que não vou deixar esta nobre elefanta para trás para ser torturada! — insisti.

— Não, isso eu saquei. — Leo apontou para Lit. — Mas por que vamos levar *este* idiota com a gente? Ele tentou me matar em Omaha. Ameaçou Calipso no zoológico. Não posso só deixar Festus pisar nele?

— Não! — Eu não entendia por que fazia tanta questão de ajudar Litierses. Ver Cômodo trair seu capanga me deixou quase tão furioso quanto ver Nero manipulando Meg, ou... Bom, sim, Zeus me abandonando no mundo mortal pela *terceira vez*. — Ele precisa ser curado. Você vai se comportar, não vai, Lit?

O homem fez uma careta de dor, o sangue encharcando a calça jeans destruída, mas conseguiu assentir de leve.

Leo suspirou.

— Tudo bem, cara. Festus, o idiota sangrento vai com a gente, tá? Mas se ele der uma de espertinho durante o caminho, fique à vontade para jogá-lo em um arranha-céu.

Festus estalou em concordância.

— Eu vou com Apolo. — Thalia Grace subiu atrás de mim na elefanta, realizando uma fantasia minha com a bela Caçadora, embora eu não tivesse imaginado que aconteceria daquela forma. Ela assentiu para uma das colegas. — Ifigênia, tire as outras Caçadoras daqui. Vá!

Leo sorriu e prendeu o Trono de Mnemosine nas costas.

— Vejo vocês em casa. E não se esqueçam de comprar molho!

Festus bateu as asas metálicas, pegou Litierses e levantou voo. As Caçadoras ativaram os guinchos e subiram bem quando a primeira onda de espectadores furiosos chegava ao campo, jogando lanças e vuvuzelas, que caíram com estalos no chão.

Quando as Caçadoras se foram, a multidão se voltou para mim e minha amiga elefanta.

— Lívia — falei. — Você é rápida?

A resposta: rápida o bastante para fugir de uma multidão armada, principalmente com Thalia Grace nas costas, disparando flechas e exibindo o escudo de terror para qualquer um que chegasse perto demais.

Lívia parecia conhecer todos os corredores e rampas do estádio. Tinham sido feitos para comportar multidões, o que os tornava igualmente convenientes para elefantes. Contornamos alguns quiosques, disparamos por um túnel de serviço e finalmente saímos em uma plataforma de carga e descarga na Rua South Missouri.

Eu tinha esquecido como a luz do sol era maravilhosa! O ar fresco e limpo de um dia de inverno! Claro que não era tão revigorante quanto pilotar a carruagem do Sol, mas era uma visão bem melhor do que os esgotos infestados de cobras do Palácio Cômodo.

Lívia desceu pela Rua Missouri, virou no primeiro beco que encontrou, parou e se sacudiu. Eu entendi perfeitamente a mensagem dela: *Tirem essa cota de malha idiota de mim.*

Eu traduzi para Thalia, que botou o arco nas costas.

— Eu não a culpo. Pobre elefanta. Mulheres guerreiras têm que viajar com pouca bagagem.

Lívia levantou a tromba como quem diz "obrigada".

Passamos os dez minutos seguintes tirando a armadura da elefanta.

Quando terminamos, Lívia usou a tromba para nos dar um abraço.

Minha onda de adrenalina estava passando, fazendo com que eu me sentisse um balão murcho. Sentei apoiado na parede de tijolos, tremendo de frio e com as roupas úmidas.

Thalia tirou um cantil do cinto. Em vez de oferecer primeiro para mim, como teria sido apropriado, ela virou o líquido na mão em concha e deixou Lívia beber. A elefanta tomou cinco mãos cheias, não muito para um animal grande, mas piscou e grunhiu, satisfeita. Thalia tomou um gole e passou o cantil para mim.

— Obrigado — murmurei.

Bebi, e minha visão ficou clara na mesma hora. Parecia que eu tinha dormido seis horas e feito uma refeição deliciosa.

Olhei impressionado para o cantil.

— O que é isso? Não é néctar...

— Não — concordou Thalia. — É água da lua.

Eu trabalhava com as Caçadoras de Ártemis havia milênios, mas nunca tinha ouvido falar de água da lua. Eu me lembrei da história de Josephine sobre bares clandestinos nos anos 1920.

— Nunca ouvi falar. É uma bebida alcoólica?

Thalia riu.

— Não. Não é alcoólico, mas é mágico. Lady Ártemis nunca contou para você sobre isso, é? É tipo um energético para Caçadoras. Os homens raramente experimentam.

Virei um pouquinho na palma da mão. Parecia água normal, talvez um pouco mais prateada, como se tivesse alguns traços de mercúrio líquido.

Pensei em tomar outro gole, mas fiquei com medo de fazer meu cérebro vibrar a ponto de se liquefazer. Devolvi o cantil.

— Você... Você falou com a minha irmã?

A expressão de Thalia ficou séria.

— Em um sonho, algumas semanas atrás. Lady Ártemis disse que Zeus a proibiu de ver você. Ela não pode nem mandar as Caçadoras ajudarem você.

Eu já desconfiava disso, mas confirmar meus medos teria me deixado transtornado se não fosse a água da lua. A energia da bebida mágica conseguiu abafar qualquer emoção mais profunda. Meus sentimentos eram bolas de feno vagando pelo deserto.

— Você não pode me ajudar — falei. — Mas ainda assim está aqui. Por quê?

Thalia deu um sorriso tímido que deixaria Britomártis orgulhosa.

— Nós estávamos aqui perto. Ninguém nos *mandou* ajudar. Nós estamos procurando um monstro específico há semanas, e... — Ela hesitou. — Bom, isso é outra história. A questão é que nós estávamos de passagem. Ajudamos você da mesma forma que ajudaríamos qualquer semideus em perigo.

Ela não mencionou nada sobre Britomártis ter procurado as Caçadoras e pedido que viessem para cá. Eu decidi fazer o joguinho dela de vamos-fingir--que-nada-disso-aconteceu.

— Posso adivinhar outro motivo? — perguntei. — Acho que você me ajudou porque *gosta* de mim.

O canto da boca de Thalia tremeu.

— E por que você acha isso?

— Ah, por favor. Quando nos vimos pela primeira vez, você disse que eu era lindo. Não pense que não ouvi aquele comentário.

O rosto dela ficou vermelho, o que me deixou orgulhoso.

— Eu era mais nova na época — disse ela. — Era uma pessoa diferente. Tinha acabado de passar vários anos como um pinheiro. Minha visão e meu raciocínio estavam danificados pela seiva.

— Nossa — reclamei. — Que cruel.

Thalia deu um soco no meu braço.

— Você precisa de uma dose de humildade de vez em quando. Ártemis diz isso o tempo todo.

— Minha irmã é uma mulherzinha falsa, traiço...

— Cuidado — avisou Thalia. — Eu sou tenente dela, não esqueça.

Cruzei os braços, petulante, o tipo de coisa que Meg faria.

— Ártemis nunca me falou sobre a água da lua. Nunca me contou sobre a Estação Intermediária. Fico pensando que outros segredos ela está escondendo de mim.

— Talvez alguns. — O tom de Thalia foi cuidadosamente distraído. — Mas só nesta semana você viu mais do que qualquer um fora as Caçadoras verá. Você teve muita sorte.

Eu observei o beco e me lembrei de quando caí em Nova York como Lester Papadopoulos. Tanta coisa tinha mudado, mas eu não estava mais perto de voltar a ser um deus. Na verdade, a lembrança de ser um deus parecia mais distante do que nunca.

— Sim — resmunguei. — Muita sorte mesmo.

— Venha. — Thalia estendeu a mão. — Cômodo não vai demorar muito para organizar uma represália. Vamos levar nossa amiga elefanta para a Estação Intermediária.

# 28

*Arrotos fedidos
Espere. O quê?
Mas de onde você veio?*

**NO FIM DAS CONTAS**, entrar com um elefante na Estação Intermediária não foi tão difícil quanto eu havia esperado.

Eu tinha até imaginado a cena: nós tentando fazer Lívia escalar uma escada ou alugando um helicóptero para jogá-la pela escotilha no telhado direito nos ninhos dos grifos. Mas assim que nós chegamos à lateral do prédio, os tijolos rolaram e se rearrumaram, criando uma passagem em arco e uma rampa com declive suave.

Lívia entrou sem hesitar. No final do corredor, encontramos um abrigo perfeito para elefantes, com pé-direito alto, pilhas enormes de feno, janelas basculantes para deixar o sol entrar, um riacho serpenteando pelo meio do aposento e uma televisão de tela grande ligada no Canal Elefante da TV Hefesto, exibindo *Os verdadeiros elefantes das savanas africanas*. (Eu não sabia que a TV Hefesto tinha esse canal. Devia estar incluído no pacote *premium*, que eu não assinava.) Melhor de tudo, não havia nenhum gladiador nem armadura de elefante à vista.

Lívia bufou em aprovação.

— Fico feliz de você gostar, minha amiga. — Eu desci, seguido de Thalia. — Agora, divirta-se enquanto vamos procurar nossas anfitriãs.

Lívia entrou no riacho e rolou de lado, usando a tromba para se banhar. Fiquei tentado a me juntar a ela, mas tinha coisas menos agradáveis a resolver.

— Venha — disse Thalia. — Eu sei o caminho.

Eu não imaginava como ela o conhecia. A Estação Intermediária mudava tanto que parecia impossível alguém aprender a se deslocar ali dentro. Mas, fiel à palavra, Thalia me levou por vários lances de escadas, por um ginásio que eu nunca tinha visto, até o salão principal, onde havia um grupo de pessoas reunidas.

Josephine e Emmie estavam ajoelhadas na frente do sofá onde Georgina tremia, chorava e ria. Emmie tentou fazer a garotinha beber água. Jo limpou o rosto de Georgie com uma toalha. Ao lado delas vi o Trono de Mnemosine, mas não dava para saber se já tinham tentado usá-lo. Georgie não parecia melhor.

Na oficina de Josephine, Leo estava dentro do peitoral de Festus, operando um maçarico. O dragão tinha se encolhido o máximo possível, mas ainda ocupava um terço do aposento. A lateral da caixa torácica fora aberta como o capô de um caminhão. As pernas de Leo ficavam para fora, com fagulhas chovendo no chão ao redor dele. Festus não parecia incomodado com essa cirurgia invasiva. No fundo da garganta, ronronava em um tom baixo e metálico.

Calipso dava a impressão de estar totalmente recuperada do passeio ao zoológico do dia anterior. Ia de um lado para o outro da sala, levando comida, bebida e suprimentos médicos para os prisioneiros resgatados. Algumas das pessoas que libertamos ficaram bem à vontade e se serviram na despensa, remexendo em armários com tanta familiaridade que desconfiei que tinham morado na Estação Intermediária antes de serem capturados.

Os dois garotos esqueléticos estavam sentados à mesa de jantar, tentando ir devagar enquanto mastigavam pedaços de pão fresco. Hunter Kowalski, a garota de cabelo prateado, se juntara às outras Caçadoras de Ártemis, murmurando e lançando olhares desconfiados para Litierses. Ele estava sentado em uma espreguiçadeira no canto, virado para a parede, a perna ferida já com curativo.

Ssssssarah, a *dracaena*, tinha descoberto o caminho para a cozinha. Ela estava em frente à bancada, segurando uma cesta de ovos frescos do galinheiro, engolindo um ovo inteiro atrás do outro.

O Alto, Bonito & Jamie se encontrava no ninho dos grifos, fazendo amizade com Heloísa e Abelardo. Os animais deixaram que ele coçasse embaixo de seus bicos, um sinal de grande confiança, ainda mais porque eles estavam protegendo um ovo no ninho (e sem dúvida com medo de Ssssssarah comê-lo).

Infelizmente, Jamie tinha vestido roupas. Ele agora usava um terno caramelo e deixara a camisa aberta no colarinho. Eu não sabia onde ele tinha arranjado uma roupa tão arrumadinha que coubesse naquele corpanzil. Talvez a Estação Intermediária oferecesse roupas com a mesma facilidade com que oferecia hábitats de elefante.

Os outros prisioneiros libertados andavam pela sala, beliscando pão e queijo, olhando impressionados para o teto de vitral e às vezes fazendo caretas diante de barulhos altos, o que era completamente normal para quem estava sofrendo de Transtorno de Estresse Pós-Cômodo. O descabeçado Agamedes flutuava entre os recém-chegados, oferecendo a Bola 8 Mágica, o que acho que era a versão dele de jogar conversa fora.

Meg McCaffrey usava outro vestido verde com calça jeans, o que estragou seu visual de sinal de trânsito usual. Ela se aproximou, deu um soco no meu braço e parou do meu lado, como se estivéssemos esperando um ônibus.

— Por que você me bateu?

— Estava dizendo oi.

— Ah... Meg, esta é Thalia Grace.

Eu me perguntei se Meg também ia cumprimentá-la com um soco, mas a menina apenas esticou a mão e apertou a de Thalia.

— Oi.

Thalia sorriu.

— É um prazer, Meg. Ouvi falar que você é ótima com espadas.

Os olhos de Meg se estreitaram por trás dos óculos sujos.

— Onde você ouviu isso?

— Lady Ártemis anda observando você. Ela fica de olho em todas as jovens guerreiras promissoras.

— Ah, não — falei. — Pode dizer para minha amada irmã desistir. Meg é *minha* companheira semideusa.

— *Senhora* — corrigiu Meg.

— Dá no mesmo.

Thalia riu.

— Bom, se vocês me dão licença, é melhor eu dar uma olhada nas minhas Caçadoras antes que elas matem Litierses.

A tenente se afastou.

— Falando nisso... — Meg apontou para o filho machucado de Midas. — Por que você trouxe esse cara para cá?

Litierses não tinha se movido. Encarava a parede, de costas para as pessoas, como se as convidasse para uma apunhalada básica. Mesmo do outro lado da sala, era possível notar que ondas de desespero e derrota irradiavam dele.

— Você mesma disse — falei para Meg. — Tudo que é vivo merece uma chance de crescer.

— Humpf. Sementes de chia não trabalham para imperadores malvados. Não tentam matar seus amigos.

Percebi que Pêssego não estava em lugar algum.

— Seu *karpos* está bem?

— Está. Ele vai passar um tempinho fora... — Ela fez um gesto vago no ar, que indicava a terra mágica para onde os espíritos do pêssego vão quando não estão devorando os inimigos ou gritando PÊSSEGO! — Você *confia* mesmo em Lit?

O tom de Meg foi duro, mas seu lábio inferior tremeu. Ela levantou o queixo como se estivesse se preparando para um soco. Sua expressão era a mesma que estampou o rosto de Litierses quando o imperador o traiu, a mesma que a da deusa Deméter quando, séculos atrás, ela estava diante do trono de Zeus, a voz cheia de dor e descrença: *Você vai mesmo deixar Hades se safar de ter sequestrado minha filha Perséfone?*

Meg perguntava se nós podíamos confiar em Litierses. Mas a *verdadeira* pergunta dela era bem maior: ela podia confiar em alguém? Havia alguém no mundo, fosse um familiar, amigo ou Lester, que realmente ficaria ao lado dela quando a situação apertasse?

— Querida Meg — falei. — Não tenho como ter certeza sobre Litierses. Mas acho que temos que tentar. Só existe a possibilidade de fracassar quando paramos de tentar.

Ela observou um calo no dedo indicador.

— Mesmo depois que alguém tenta nos matar?

Dei de ombros.

— Se eu desistisse de todo mundo que já tentou me matar, eu *não* teria aliados no Conselho Olimpiano.

Ela fez beicinho.

— Famílias são um saco.

— Nisso nós concordamos plenamente — falei.

Josephine olhou para o lado e me viu.

— Ele está aqui!

Ela se aproximou correndo, segurou meu punho e me arrastou na direção do sofá.

— Nós estávamos esperando! Por que você demorou tanto? Temos que usar o trono!

Engoli um comentário mordaz.

Seria legal ouvir *Obrigada, Apolo, por libertar todos esses prisioneiros! Obrigada por trazer nossa filha de volta!* Ela poderia ao menos ter decorado o salão com algumas faixas dizendo APOLO É O MÁXIMO ou oferecido tirar o grilhão de ferro desconfortável do meu tornozelo.

— Vocês não precisavam ter me esperado — reclamei.

— Precisávamos, sim — disse Josephine. — Todas as vezes que tentamos colocar Georgie no trono, ela se debateu e gritou seu nome.

A cabeça de Georgie se virou para mim.

— Apolo! Morte, morte, morte.

Fiz uma careta.

— Eu queria muito que ela parasse de fazer essa associação.

Emmie e Josephine a levantaram delicadamente e a colocaram no Trono de Mnemosine. Dessa vez, a menina não resistiu.

Caçadoras curiosas e prisioneiros libertados se reuniram, embora eu tenha reparado que Meg ficou no fundo da sala, bem longe de Georgina.

— O bloquinho na bancada! — Emmie apontou para a cozinha. — Alguém pegue, por favor!

Calipso fez as honras. Voltou correndo com um pequeno bloco de folhas amarelas e uma caneta.

O corpo de Georgina oscilou. De repente, todos os músculos dela pareceram derreter. Ela teria caído da cadeira se as mães não a tivessem segurado.

Então, ela se sentou ereta. Ofegou. Os olhos se abriram, as pupilas do tamanho de moedas. Fumaça preta saiu pela boca. O cheiro rançoso, uma mistura de piche fervendo e ovos podres, fez todo mundo recuar, exceto a *dracaena*, Sssssarah, que farejou com fome.

Georgina inclinou a cabeça. Saiu fumaça por entre os tufos castanhos de cabelo, como se ela fosse um autômato ou uma *blemmyae* com a cabeça defeituosa.

— Pai!

A voz dela perfurou meu coração, tão estridente e dolorosa que achei que minha bandoleira de bisturis tivesse se virado para dentro. Era a mesma voz, o mesmo grito que ouvi milhares de anos atrás, quando Trofônio orou em sofrimento, pedindo que eu salvasse Agamedes do túnel desabado sobre o irmão.

A boca de Georgina se contorceu em um sorriso cruel.

— Então você finalmente ouviu minha oração?

A voz dela ainda era a de Trofônio. Todo mundo no salão olhou para mim. Até Agamedes, que não tinha olhos, pareceu me dirigir um olhar fulminante.

Emmie tentou tocar no ombro de Georgina, mas puxou a mão de volta, como se a pele da garotinha estivesse fervendo.

— Apolo, o que é isso? — perguntou Emmie. — Não é uma profecia. Isso nunca aconteceu...

— Você mandou minha irmãzinha resolver suas pendências por você, é? — Georgina bateu no próprio peito, os olhos arregalados e escuros, ainda me encarando. — Você é tão ruim quanto o imperador.

Senti como se um elefante com cota de malha estivesse de pé no meu peito. *Minha irmãzinha?* Se ele estivesse falando literalmente, então...

— Trofônio. — Eu mal conseguia falar. — Eu... eu não mandei Georgina. Ela não é minha...

— Amanhã de manhã — disse Trofônio. — A caverna só vai estar acessível na primeira luz da manhã. Sua profecia vai virar realidade... ou a do imperador. Seja como for, não vai poder se esconder no seu pequeno refúgio. Venha você, em pessoa. Traga a garota, sua senhora. Vocês dois vão entrar na minha caverna sagrada.

Uma gargalhada horrível saiu da boca de Georgina.

— Talvez vocês dois sobrevivam. Ou será que terão o mesmo destino que meu irmão e eu? Eu me pergunto, Pai, para quem você vai orar.

Com um último arroto de fumaça preta, Georgina caiu para o lado. Josephine a segurou antes que ela batesse no chão.

Emmie correu para ajudar. Juntas, elas colocaram Georgie no sofá com delicadeza, em meio a cobertores e travesseiros.

Calipso se virou para mim com o bloco em branco nas mãos.

— Me corrija se eu estiver errada — disse ela —, mas aquilo não foi uma profecia. Foi um recado para você.

Todos me olharam, o que fez meu rosto coçar. Era a mesma sensação que eu tinha quando um vilarejo grego inteiro olhava para o céu e clamava meu nome, pedindo chuva, e eu ficava constrangido demais para explicar que aquilo era, na verdade, departamento de Zeus. O máximo que eu podia fazer era oferecer a eles uma música nova, daquelas bem chiclete.

— Você está certa — falei, embora me doesse concordar com a feiticeira. — Trofônio não deu uma profecia à garota. Deu a ela uma... uma mensagem me dando um oi.

Emmie andou na minha direção, os punhos fechados.

— Ela vai ficar boa? Quando uma profecia é expelida no Trono da Memória, o requerente normalmente volta ao normal em alguns dias. Georgie... — A voz dela falhou. — Ela vai voltar a ficar bem?

Eu queria dizer que sim. Antigamente, a taxa de requerentes de Trofônio que se recuperavam era em torno de setenta e cinco por cento. E isso quando eles eram devidamente preparados pelos sacerdotes, os rituais eram respeitados e a profecia era interpretada no trono logo após a visita à caverna do terror. Georgina procurou a caverna sozinha com pouca ou nenhuma preparação. Ficou presa com aquela loucura e aquelas trevas por semanas.

— Eu... eu não sei — admiti. — Temos que torcer para...

— Temos que *torcer*? — perguntou Emmie.

Josephine segurou a mão dela.

— Georgie *vai* melhorar. Tenha fé. É melhor do que esperança.

Mas os olhos dela se fixaram em mim por tempo demais, me acusando, me questionando. Rezei para ela não pegar a submetralhadora.

Leo pigarreou. O rosto dele estava perdido na sombra da máscara de solda levantada, o sorriso aparecendo e sumindo como o gato da Alice.

— Hã... e aquele *irmãzinha*? Se Georgie é irmã de Trofônio, isso quer dizer...? — Ele apontou para mim.

Nunca na vida desejei tanto ser um *blemmyae*. Tudo que eu queria era esconder o rosto na camisa. Queria arrancar a cabeça e jogar do outro lado da sala.

— Eu não sei!

— Explicaria muita coisa — arriscou Calipso. — Por que Georgina se sentiu tão sintonizada com o Oráculo, por que conseguiu sobreviver à experiência. Se você... quer dizer... não Lester, mas Apolo é o pai dela...

— Ela *tem* pais. — Josephine passou o braço pela cintura de Emmie. — Nós estamos bem aqui.

Calipso levantou as mãos, pedindo desculpas.

— Claro. Eu só quis dizer...

— Sete anos — interrompeu Emmie, acariciando a testa da filha. — Nós a criamos pelos últimos sete anos. Em momento algum fez diferença para nós de onde ela veio, nem quem eram os pais biológicos. Quando Agamedes a trouxe... nós procuramos anúncios nos jornais. Verificamos os casos na polícia. Mandamos mensagens de Íris para todos os nossos contatos. *Ninguém* tinha dado como desaparecida uma bebê com as descrições dela. Os pais biológicos não a queriam, ou não podiam criá-la... — Ela fez cara feia para mim. — Ou talvez nem soubessem que ela existia.

Tentei me lembrar. Fiz de tudo. Mas se o deus Apolo teve um breve romance com uma moradora, ou até morador, do Meio-Oeste oito anos antes, eu não tinha recordação alguma. Pensei em Wolfgang Amadeus Mozart, que também chamou minha atenção quando tinha sete anos. Todo mundo dizia *Ele só pode ser filho de Apolo!* Os outros deuses me procuraram querendo confirmação, e eu queria *tanto* dizer *sim, a genialidade daquele garoto é toda minha!*, mas não conseguia me lembrar de ter conhecido a mãe de Wolfgang. Nem o pai.

— Georgina tem ótimas mães — falei. — Se ela é filha de... de Apolo... Me desculpem, eu não tenho como saber.

— Você não tem como saber — repetiu Josephine secamente.

— M-mas eu acho mesmo que ela vai se curar. A mente dela é forte. Ela arriscou a vida e a sanidade para nos transmitir aquela mensagem. O melhor que podemos fazer agora é seguir as instruções do oráculo.

Josephine e Emmie trocaram olhares que diziam *Ele é um canalha, mas tem coisa demais acontecendo nas nossas vidas agora. Vamos deixar para matá-lo depois.*

Meg McCaffrey cruzou os braços. Até ela pareceu sentir a sabedoria na mudança de assunto.

— Então vamos ao amanhecer?

Com dificuldade, Josephine se concentrou nela, provavelmente se perguntando de onde Meg tinha aparecido de repente. (Eu tinha esse pensamento com frequência.)

— Sim, querida. É a única hora em que dá para entrar na Caverna das Profecias.

Suspirei por dentro. Primeiro, foi o zoológico ao amanhecer. Depois, o Canal Walk ao amanhecer. Agora, a caverna. Eu queria muito que as missões perigosas pudessem começar em um horário mais razoável, tipo às três da tarde.

Um silêncio desconfortável se espalhou pela sala. Georgina dormia, a respiração irregular. Nos ninhos, os grifos eriçaram as penas. Jamie estalou os dedos, pensativo.

Finalmente, Thalia Grace deu um passo à frente.

— E o resto da mensagem: "Sua profecia vai virar realidade... ou a do imperador. Não vai poder se esconder no seu pequeno refúgio"?

— Não sei — admiti.

Leo levantou os braços.

— Um viva para o deus das profecias!

— Ah, cala a boca — resmunguei. — Ainda não tenho informações suficientes. Se sobrevivermos à caverna...

— Eu sei interpretar essa parte — disse Litierses da cadeira no canto.

O filho de Midas se virou para encarar as pessoas, as bochechas um mapa de cicatrizes e hematomas, os olhos vazios e desolados.

— Graças aos dispositivos de rastreamento que coloquei nos seus grifos, Cômodo sabe onde vocês estão. Vai estar aqui amanhã bem cedo. E vai apagar este lugar do mapa.

## 29

*Deus de descascar*
*O tofu está gostoso*
*Mas falta ìgboyà*

**LITIERSES TINHA TALENTO PARA** fazer amigos.

Metade das pessoas correu para matá-lo. A outra metade gritou que também queria matá-lo e que era melhor a primeira metade sair da frente.

— Seu canalha!

Hunter Kowalski arrancou Litierses da cadeira e o jogou na parede, encostando uma chave de fenda emprestada no pescoço dele.

— Sssssai pra lá! — gritou Sssssarah. — Vou engoli-lo inteiro!

— Eu devia ter arremessado esse cara na parede do prédio — rosnou Leo.

— PAREM!

Josephine atravessou o grupo, e, como já era de se esperar, as pessoas abriram caminho. Ela tirou Hunter Kowalski de cima de Litierses e fez cara feia para o homem, como se ele fosse uma carruagem com o eixo quebrado.

— Você colocou rastreadores nos nossos grifos?

Lit massageou o pescoço.

— Sim. E o plano funcionou.

— Você tem *certeza* de que Cômodo sabe nossa localização?

Eu geralmente evitava atrair a atenção de um grupo furioso, mas me senti compelido a falar.

— Ele está dizendo a verdade — falei. — Nós ouvimos Litierses falando com Cômodo na sala do trono. Pensei que Leo já tivesse contado isso para vocês.

— *Eu?* — protestou Leo. — Ei, as coisas estavam caóticas! Eu achei que você... — O visor caiu para a frente, deixando o restante da frase ininteligível.

Litierses abriu os braços, que tinham tantas cicatrizes que pareciam troncos usados para testar serras elétricas.

— Me matem se quiserem. Não vai fazer diferença. Cômodo vai destruir este lugar e todo mundo aqui dentro.

Thalia Grace pegou a faca de caça. Em vez de estripar o espadachim, ela fincou a lâmina na mesa de centro mais próxima.

— As Caçadoras de Ártemis não vão deixar isso acontecer. Nós já lutamos muitas batalhas impossíveis. Perdemos muitas irmãs, mas nunca recuamos. No verão passado, na Batalha de Old San Juan... — Ela hesitou.

Era difícil imaginar Thalia à beira das lágrimas, mas ela estava se controlando para não estragar a pose punk rock. Eu me lembrei de uma coisa que Ártemis havia me dito quando estávamos exilados juntos em Delos... que as Caçadoras dela e as Amazonas lutaram contra o gigante Orion em Porto Rico. Uma base amazona foi destruída. Muitas morreram — Caçadoras que, se não tivessem morrido em batalha, poderiam ter vivido por milênios. O Lester Papadopoulos dentro de mim achava essa ideia aterrorizante.

— Nós *não* vamos perder a Estação Intermediária também — continuou Thalia. — Vamos ficar ao lado de Josephine e Emmie. Nós chutamos o *podex* de Cômodo hoje. E vamos chutar de novo quando ele chegar aqui.

As Caçadoras aplaudiram e gritaram. Talvez eu também tenha gritado. Adoro quando heróis corajosos se voluntariam para lutar em batalhas das quais não quero participar.

Litierses balançou a cabeça.

— O que vocês viram hoje foi só uma pequena amostra da força total de Cômodo. Ele tem recursos... *amplos*.

Josephine grunhiu.

— Nossos amigos o deixaram no mínimo com o nariz sangrando hoje. Talvez ele não ataque amanhã. Vai precisar de tempo para se reorganizar.

Lit soltou uma gargalhada desanimada.

— Você não conhece Cômodo como eu. Vocês o deixaram furioso. Ele não vai esperar. Ele *nunca* espera. Amanhã cedo, vai atacar *com tudo*. Vai matar todos nós.

Eu queria discordar. Queria acreditar que o imperador daria meia-volta e recuaria, decidindo nos deixar em paz porque, ora, mandamos tão bem no ensaio. Talvez ele até mandasse uma caixa de bombons como pedido de desculpas.

Mas eu *conhecia* Cômodo. Eu me lembrava do chão do Coliseu coberto de cadáveres. Eu me lembrava das listas de execução. Eu me lembrava dos lábios salpicados de sangue rosnando para mim: *Você parece meu pai. Não quero mais pensar nas consequências!*

— Litierses está certo — falei. — Cômodo recebeu uma profecia do Oráculo das Sombras. Ele precisa destruir este lugar e me matar. Só assim poderá fazer a cerimônia de nomeação amanhã à tarde. O que significa que ele vai atacar de manhã. Ele não gosta muito de esperar para conseguir o que deseja.

— Nósssss poderíamosssss sssssair de fininho — sugeriu Ssssssarah. — Ir embora. Nosssss essssscondermos. Viver para lutar outro dia.

O fantasma Agamedes apontou com ênfase para a *dracaena*, obviamente concordando com a ideia dela. A gente acaba repensando nossas escolhas quando até nossos amigos mortos estão com medo de morrer.

Josephine balançou a cabeça.

— Não vou sair de fininho coisa nenhuma. Aqui é nossa casa.

Calipso assentiu.

— E se Emmie e Jo vão ficar, nós também vamos. Elas salvaram nossas vidas. Vamos lutar até a morte por elas. Certo, Leo?

Leo levantou o visor.

— Com certeza. Se bem que já passei por essa coisa de *morrer* e tal, então eu preferia lutar até a morte de outra pessoa. Por exemplo, a do Incômodo...

— Leo — repreendeu Calipso.

— É, nós estamos dentro. Eles nunca vão passar por nós.

Jamie passou por uma fila de Caçadoras e foi até a frente. Apesar do tamanho, ele se movia com a mesma graça de Agamedes, quase como se flutuasse.

— Eu tenho uma dívida com vocês — disse ele. — Vocês me salvaram da prisão daquele psicopata. Mas estou ouvindo muito sobre *nós* e *eles*. Sempre fico meio apreensivo quando as pessoas falam assim, como se todo mundo pudesse ser tão facilmente dividido em amigo e inimigo. A maioria de nós aqui nem se conhece.

O homenzarrão indicou o grupo com a mão: Caçadoras, ex-Caçadoras, um ex-deus, uma ex-titã, semideuses, uma mulher cobra, dois grifos, um fantasma decapitado. E, no andar de baixo, ainda tínhamos uma elefanta chamada Lívia. Poucas vezes vi uma coleção tão variada de defensores.

— E ainda tem esse aqui. — Jamie apontou para Litierses. Sua voz parecia o ribombar de trovões prontos para se libertarem. — Ele agora é amigo? Devo lutar lado a lado com quem me escravizou?

Hunter Kowalski brandiu a chave de fenda.

— Não deveria.

— Espere! — gritei. — Litierses pode ser útil.

Mais uma vez, eu não sabia bem por que tinha me manifestado. Aquilo prejudicava meu objetivo principal, que era permanecer sempre protegido e popular.

— Litierses conhece os planos de Cômodo. Ele sabe que tipo de forças vão nos atacar. E a vida de Litierses está em perigo, assim como a nossa.

Expliquei que Cômodo tinha mandado matá-lo e que Litierses tinha enfiado a espada no pescoço do antigo senhor.

— Issssso não me faz confiar nele — sibilou Sssssarah.

O grupo murmurou em concordância. Algumas Caçadoras se prepararam para atacar.

— Esperem! — gritou Emmie, subindo na mesa de jantar.

O cabelo comprido se soltara da trança, fios de prata caindo pelas laterais do rosto. As mãos estavam sujas de massa de pão. Por cima das roupas camufladas, ela estava usando um avental com a foto de um hambúrguer e o slogan TIRE AS MÃOS DOS MEUS GLÚTENS.

Ainda assim, o brilho duro nos olhos dela me lembrou o da jovem princesa de Naxos que pulou de um penhasco com a irmã, confiando nos deuses; a princesa que decidiu que preferia morrer a viver com medo do pai bêbado e furioso. Eu nunca tinha pensado que ficar mais velha, mais grisalha e mais corpulenta fosse deixar uma pessoa mais bonita. Mas parecia ser o caso de Emmie. De pé na mesa, ela era o centro de gravidade do salão, serena e firme.

— Para quem não me conhece — começou ela —, meu nome é Hemiteia. Jo e eu cuidamos da Estação Intermediária. Nós nunca recusamos pessoas com problemas, nem antigos inimigos. — Ela indicou Litierses. — Aqui recebemos de braços abertos os rejeitados pela sociedade: órfãos e fugitivos, pessoas que sofreram abuso, foram maltratadas ou enganadas, pessoas que não se sentem à vontade em nenhum outro lugar.

Ela indicou o teto, onde o vitral refletia a luz do sol em ângulos verdes e dourados.

— Britomártis, a Senhora das Redes, nos ajudou a construir este palácio.

— Uma rede de segurança para os seus amigos — falei de repente, lembrando o que Josephine me contara. — Mas uma armadilha para os seus inimigos.

Mais uma vez, eu era o centro das atenções. Mais uma vez, não gostei. (Eu estava *mesmo* começando a me preocupar comigo mesmo.) Meu rosto ardeu devido ao fluxo repentino de sangue nas minhas bochechas.

— Desculpe — falei para Emmie.

Ela me encarou, séria, como se questionasse onde mirar a próxima flecha. Acho que ela ainda não tinha me perdoado por possivelmente ser o pai divino de Georgina, apesar de ter recebido a notícia havia pelo menos cinco minutos. Tudo bem, eu tinha que dar um desconto. Às vezes, uma revelação daquelas podia demorar uma hora ou mais para ser absorvida.

Ela finalmente deu o braço a torcer e disse, assentindo:

— Apolo está certo. Amanhã podemos ser atacados, mas nossos inimigos vão descobrir que a Estação Intermediária protege os seus. Cômodo *não* vai sair daqui vitorioso. Josephine e eu vamos lutar para defender este lugar e qualquer um debaixo do nosso teto. Se vocês quiserem ser parte da nossa família, por um dia ou para sempre, são todos bem-vindos. *Todos* vocês. — Ela cravou o olhar em Lit.

O rosto do espadachim ficou pálido, as cicatrizes quase desaparecendo. Ele abriu a boca para dizer alguma coisa, mas emitiu apenas um ruído engasgado. Ele deslizou na parede e começou a tremer, chorando bem baixinho.

Josephine se agachou ao lado dele. Olhou para o grupo como se perguntando *Alguém ainda vai querer arranjar confusão com esse cara?*

Ao meu lado, Jamie grunhiu.

— Gostei dessas mulheres — disse ele. — Elas têm *ìgboyà*.

Eu não sabia o que era *ìgboyà*. Não conseguia nem adivinhar que língua era aquela, mas gostei do jeito como Jamie pronunciou a palavra. Decidi que compraria um pouco de *ìgboyà* assim que possível.

— Muito bem, então. — Emmie limpou as mãos no avental. — Se alguém quiser ir embora, agora é a hora. Mas vou preparar uma marmita para quem quiser levar.

Ninguém respondeu.

— Certo — disse Emmie. — Nesse caso, todo mundo vai ter uma tarefa para fazer à tarde!

Ela me fez descascar cenouras.

Sinceramente, uma invasão se aproximava, e eu, o antigo deus da música, fiquei preso na cozinha preparando salada. Eu deveria estar andando por aí com o ukulele, animando todo mundo com minhas músicas e meu carisma, não descascando vegetais!

O lado bom foi que as Caçadoras de Ártemis tiveram que limpar os currais de gado, então talvez houvesse certa justiça no cosmos.

Quando o jantar ficou pronto, todo mundo se espalhou pelo salão principal para comer. Josephine se sentou com Litierses em um canto, falando com ele devagar e calmamente, como se estivesse lidando com um pitbull que sofreu nas mãos de um dono cruel. A maioria das Caçadoras ficou sentada nos ninhos dos grifos, com as pernas balançando na beirada enquanto observavam o salão abaixo. Pelos sussurros e expressões sérias, imaginei que elas estivessem falando sobre a melhor forma de matar um grande número de inimigos no dia seguinte.

Hunter Kowalski se ofereceu para ficar com Georgina. A garotinha dormia profundamente desde a experiência traumática no Trono da Memória, mas a Caçadora queria estar lá caso ela acordasse. Emmie concordou e agradeceu, mas só depois de me lançar um olhar acusatório que dizia *Não estou vendo você se oferecer para ficar com sua filha a noite toda*. Ah, francamente. Até parece que eu sou o primeiro deus que esqueceu que teve uma filha que depois foi levada por um fantasma decapitado para ser criada por duas mulheres em Indianápolis!

Descobri que os dois semideuses que fizeram greve de fome, irmãos chamados Deacon e Stan, eram residentes da Estação Intermediária havia um ano. Agora os dois descansavam na enfermaria e recebiam néctar na veia. Sssssarah pegou uma cesta de ovos e saiu rastejando para passar a noite na sauna. Jamie comeu com alguns dos outros prisioneiros nos sofás, o que não fez com que eu me sentisse nem um pouco deixado de lado, não mesmo, que isso.

Isso me deixou à mesa de jantar com Meg (novidade!), Leo, Calipso, Emmie e Thalia Grace.

Emmie ficava olhando para o outro lado da sala, para Josephine e Litierses.

— Nosso novo amigo, Litierses... — Ela pareceu incrivelmente sincera ao dizer a palavra *amigo*. — Eu conversei com ele mais cedo. Ele me ajudou a bater o sorvete e me contou muitas coisas sobre o exército que vamos enfrentar amanhã.

— Tem sorvete? — perguntei.

Eu tinha um talento natural para me concentrar no que realmente importava.

— Mais tarde — prometeu Emmie, embora o tom dela me dissesse que eu talvez não ganhasse nada. — É de baunilha. Nós íamos colocar pêssegos congelados, mas... — Ela olhou para Meg. — Achamos que talvez fosse de mau gosto.

Meg estava ocupada demais enfiando refogado de tofu na boca para responder.

— De qualquer modo — continuou Emmie —, Litierses acha que enfrentaremos algumas dezenas de mercenários mortais e de semideuses do Lar Imperial, algumas centenas de cinocéfalos variados e outros monstros, além das hordas habituais de *blemmyae* disfarçados de policiais, bombeiros e operários.

— Ah, que bom — disse Thalia Grace. — A galera de sempre.

Emmie deu de ombros.

— Cômodo quer derrubar a Union Station. Vai forjar uma evacuação de emergência para os mortais não notarem nada.

— Vazamento de gás — supôs Leo. — Quase sempre é vazamento de gás.

Calipso catou os pedaços de cenoura da salada, o que encarei como uma ofensa pessoal.

— Então, qual é nossa desvantagem? Dez para um? Vinte para um?

— Vai ser mole — disse Leo. — Eu cuido dos primeiros duzentos sozinho, e depois, se eu me cansar...

— Leo, chega. — Calipso franziu a testa para Emmie, como quem pede desculpas. — Ele faz mais piadinhas quando está nervoso. Também faz piadinhas *piores*.

— Eu não faço ideia do que você está falando.

Leo usou dois pedaços de cenoura como presas e rosnou.

Meg quase se engasgou com a comida.

Thalia soltou um longo suspiro.

— Ah, sim. Vai ser uma batalha divertida. Emmie, como está o seu estoque de flechas? Vou precisar de uma aljava inteira só para disparar em Leo.

Emmie sorriu.

— Temos muitas armas. E, graças a Leo e Josephine, as defesas da Estação Intermediária nunca estiveram tão fortes.

— De nada! — Leo cuspiu os pedaços de cenoura. — Eu também gostaria de mencionar o dragão gigante de bronze ali no canto, supondo que eu consiga terminar os ajustes hoje à noite. Ele ainda não está cem por cento.

Em outras situações, eu acharia o dragão de bronze gigante bem tranquilizador, mesmo que estivesse só setenta e cinco por cento, mas não gostei da proporção de vinte para um. Os gritos sedentos de sangue da plateia da arena ainda ressoavam nos meus ouvidos.

— Calipso, e a sua magia? — falei. — Voltou?

A frustração que tomou conta do rosto dela foi bem familiar. Era a mesma expressão que eu fazia quando pensava em todas as coisas divinas maravilhosas que eu não podia mais fazer.

— Só alguns surtos — respondeu ela. — Hoje de manhã, movi uma xícara de café pela bancada.

— É — disse Leo —, mas fez isso de um jeito *incrível*.

Calipso deu um tapa nele.

— Josephine diz que vai levar um tempo. Depois que a gente... — Ela hesitou. — Depois que a gente sobreviver à batalha de amanhã.

Tive a sensação de que não era aquilo que ela pretendia dizer. Leo e Emmie trocaram um olhar conspiratório. Preferi não insistir no assunto. No momento, a única conspiração em que eu estava interessado era a que me levaria de volta ao Monte Olimpo e restabeleceria a minha divindade antes do café da manhã do dia seguinte.

— Nós vamos conseguir — decretei.

Meg engoliu o restante da comida. Em seguida, exibiu seus modos refinados de sempre soltando um arroto e limpando a boca com o antebraço.

— Não eu e você, Lester. Nós não vamos estar aqui.

A salada do almoço começou a se revirar no meu estômago.

— Mas...

— A profecia, pateta. Primeira luz, lembra?

— É, mas se a Estação Intermediária for atacada... nós não devíamos estar aqui para ajudar?

Nunca pensei que uma pergunta daquelas partiria de mim. Quando eu era deus, teria adorado deixar os heróis mortais à própria sorte, se defendendo sozinhos. Teria feito pipoca e assistido ao banho de sangue de longe, no Monte Olimpo, ou talvez só visto os melhores momentos depois. Mas, como Lester, eu me sentia obrigado a defender aquelas pessoas: a minha querida Emmie, a rude Josephine e a não tão pequena Georgina, que podia ou não ser minha filha. Thalia e as Caçadoras, Jamie da Tanga Adorável, os pais grifos orgulhosos no andar de cima, a excelente elefanta embaixo, até o detestável Litierses... Eu queria estar ao lado deles.

Você deve estar se perguntando por que eu ainda não tinha me dado conta do conflito de horários que minha obrigação causaria — procurar a Caverna de Trofônio na primeira luz me impediria de ficar na Estação Intermediária. Em minha defesa, só posso dizer que os deuses podem dividir sua essência em muitas manifestações ao mesmo tempo. Nós não somos muito bons em organização do tempo.

— Meg está certa — disse Emmie. — Trofônio convocou vocês. Conseguir a *sua* profecia pode ser a única forma de impedir que a profecia do imperador se realize.

Eu era o deus das profecias, e até *eu* estava começando a odiar profecias. Olhei para o espírito de Agamedes, pairando perto da escada. Pensei na última mensagem da Bola 8 Mágica. *Nós não podemos ficar.* Ele se referia aos defensores da Estação Intermediária? Ou a Meg e a mim? Ou a uma coisa totalmente diferente? Eu estava tão frustrado que queria pegar aquela bola e tacar na cabeça inexistente dele.

— Isso é bom, Apolo — disse Thalia. — Se Cômodo vier para cima de nós com tudo, é bem provável que não haja quase ninguém protegendo o Oráculo. Vai ser sua melhor chance de entrar.

— É — disse Leo. — Além do mais, talvez você volte a tempo de lutar conosco! Ou, você sabe, todo mundo morra e não faça diferença.

— Ah, agora estou me sentindo bem melhor — resmunguei. — Que problemas Meg e eu poderíamos encontrar, não é verdade?

— Pois é — concordou Meg.

Ela não parecia nem um pouco preocupada. Só podia ser falta de imaginação. Eu conseguia pensar em todos os tipos de destinos horríveis que poderiam acontecer com duas pessoas entrando na caverna perigosa de um espírito apavorante e hostil. Eu preferiria lutar com um monte de *blemmyae* em escavadeiras. Até consideraria descascar mais cenouras.

Quando eu estava recolhendo os pratos, Emmie segurou meu braço.

— Só me diga uma coisa — pediu ela. — Foi vingança?

Olhei para ela.

— O que... foi vingança?

— Georgina — murmurou ela. — Porque eu... você sabe, abri mão do seu presente da imortalidade. Ela foi... — A mulher apertou bem os lábios, como se não confiasse neles para dizer mais nada.

Eu não sabia que podia me sentir tão mal. Odeio isso no coração mortal. Parece ter uma capacidade infinita de ficar mais pesado.

— Querida Emmie — falei. — Eu *nunca* faria isso. Nem nos meus piores dias, quando estou destruindo nações com flechas carregadas de doenças ou montando listas de músicas bregas para o karaokê do Olimpo, eu *nunca* me vingaria dessa forma. Juro para você: eu não fazia ideia de que você estava aqui, nem de que tinha abandonado as Caçadoras, nem de que Georgina existia, nem de... Na verdade, eu não fazia ideia de nada. E sinto muito.

Para o meu alívio, um sorriso leve surgiu no rosto dela.

— Eu consigo acreditar nisso, pelo menos.

— Que eu sinto muito?

— Não — disse ela. — Que você não fazia ideia de nada.

— Ah... Então está tudo bem?

Ela pensou.

— Por enquanto. Mas quando Georgie se recuperar... nós vamos conversar mais.

Eu assenti, embora achasse que minha lista de tarefas desagradáveis já estava bem cheia.

— Muito bem, então. — Eu suspirei. — Acho melhor eu descansar um pouco e talvez começar a compor um novo haicai de morte.

## 30

*Lester, seu imbecil*
*Não passa nem uma noite*
*Sem se envergonhar*

**NÃO TIVE SORTE COM** o haicai.

Eu ficava empacado no primeiro verso, *Eu não quero morrer*, e não conseguia pensar em mais nada. Odeio encher linguiça quando a ideia principal já está tão clara.

As Caçadoras de Ártemis se deitaram nos ninhos de grifos depois de montarem armadilhas com fios imperceptíveis acionados pelo toque e alarmes com sensor de movimento. Sempre faziam isso quando eu acampava com elas, o que eu achava bobo. Claro, quando era um deus, eu flertava com elas na cara de pau, mas nunca fui além disso. E como Lester? Não estava muito a fim de morrer com mil flechas prateadas no peito. No mínimo, as Caçadoras deviam ter confiado na minha preocupação com meu próprio bem-estar.

Thalia, Emmie e Josephine se sentaram juntas à mesa da cozinha por um tempão, conversando baixinho. Eu esperava que elas estivessem discutindo mais segredos de Caçadoras, algumas armas mortais que pudessem usar contra os exércitos de Cômodo. Mísseis balísticos da lua, talvez. Ou napalm da lua.

Meg não se deu ao trabalho de procurar um quarto de hóspedes. Ela se acomodou no sofá mais próximo e logo já estava roncando.

Fiquei de pé ali perto, ainda sem me sentir pronto para voltar ao quarto que dividia com Leo Valdez. Vi a lua subir pelo vitral redondo gigantesco acima da oficina de Josephine.

Uma voz logo atrás de mim falou:

— Não está cansado?

Que bom que eu não era mais o deus do Sol. Se alguém tivesse me dado um susto daqueles na minha carruagem, minha reação teria sido tão enérgica que o meio-dia teria acontecido às seis da manhã.

Jamie estava ao meu lado, uma aparição elegante e bela. O luar brilhava em tons de cobre na cabeça dele. O colar de contas vermelhas e brancas aparecia por baixo da gola da camisa.

— Ah! — falei. — Hã... Não.

Eu me encostei na parede, torcendo para parecer casual, atraente e charmoso. Infelizmente, errei a parede.

Jamie foi muito gentil e fingiu não notar.

— Você devia tentar dormir — falou na sua voz baixa e retumbante. — O desafio que vai encarar amanhã... — Rugas de preocupação surgiram na testa dele. — Não consigo nem imaginar.

Dormir parecia um conceito estranho, ainda mais agora, com meu coração disparado como um pedalinho com defeito.

— Ah, não sou muito de dormir. Eu era um deus, sabe? — Eu me perguntei se flexionar meus músculos ajudaria a provar isso. Decidi que não. — E você? É um semideus?

Jamie grunhiu.

— Uma palavra interessante. Eu diria que sou um *elomìtràn*, um dos *outros*. Também faço pós-graduação em contabilidade na Universidade de Indiana.

Eu não tinha ideia de como reagir àquela informação. Não conseguia pensar em assuntos que me fariam parecer interessante em uma conversa com um estudante de contabilidade. Também não tinha me dado conta do quanto Jamie era mais velho do que eu. Estou falando do mortal Lester, não do eu deus. Fiquei confuso.

— Mas Sssssarah disse que você trabalhava para Cômodo. Você é um gladiador?

As beiradas da boca de Jamie se viraram para baixo.

— Não sou um gladiador. Só luto nos fins de semana, por dinheiro. Artes marciais híbridas. Gidigbo e dambe.

— Não sei o que é isso.

Ele riu.

— A maioria das pessoas não sabe. São formas de arte marcial nigeriana. A primeira, gidigbo, é um estilo de luta livre do meu povo, os iorubás. O outro é um esporte hauçá. É mais violento, mas eu gosto.

— Entendo — falei, embora na verdade não entendesse.

Mesmo na Antiguidade, eu era completamente ignorante em relação a qualquer coisa que acontecesse abaixo do deserto do Saara. Nós, olimpianos, costumávamos ficar na nossa região, em torno do Mediterrâneo, o que era, concordo, terrivelmente esnobe da nossa parte.

— Você luta por dinheiro?

— Para pagar meus estudos. Eu não sabia em que estava me metendo quando fui trabalhar com esse tal de imperador.

— Mas você sobreviveu — comentei. — Consegue ver que o mundo é, hã, bem mais estranho do que a maioria dos mortais costuma perceber. Você, Jamie, deve ter muito *igboyà*.

A gargalhada dele foi grave e intensa.

— Meu nome na verdade é Olujime. Para a maioria dos americanos, Jamie é mais fácil.

Isto eu entendia. Era mortal havia apenas poucos meses e não aguentava mais soletrar *Papadopoulos*.

— Bem, Olujime, é um prazer conhecê-lo. Temos sorte de ter um defensor como você.

— Humm. — Olujime assentiu com seriedade. — Se sobrevivermos ao dia de amanhã, talvez a Estação Intermediária precise de um contador. Uma propriedade tão complexa... tem muitas implicações fiscais.

— Hã...

— Estou brincando — disse ele. — Minha namorada diz que eu brinco demais.

— *Hã*. — Dessa vez, soou como se eu tivesse levado um chute na barriga. — Sua namorada. Claro. Você pode me dar licença?

Fugi.

Apolo idiota. Claro que Olujime tinha namorada. Eu não sabia quem ou o que ele era, nem por que o destino o arrastou para o nosso mundinho estranho, mas era óbvio que alguém tão interessante não estaria solteiro. Além disso, ele era velho demais para mim, ou jovem, dependendo do ponto de vista. Decidi não pensar mais naquilo.

Exausto, mas inquieto, andei pelos corredores que costumavam mudar de lugar até dar de cara com uma pequena biblioteca. Quando digo *biblioteca*, estou falando das de antigamente, sem livros, só pergaminhos empilhados em cubículos. Ah, o cheiro de papiro me fez viajar no tempo!

Eu me sentei à mesa no centro da sala e me lembrei das conversas que tinha em Alexandria com a filósofa Hipátia. Que mulher inteligente. Desejei que ela estivesse ali agora. O conselho dela sobre como sobreviver à Caverna de Trofônio seria útil.

Mas, neste momento, meu único conselheiro estava enfiado na aljava às minhas costas. Com relutância, peguei a Flecha de Dodona e a coloquei na mesa.

O cabo da flecha tremeu na superfície. *MUITO TEMPO ME DEIXASTE NA ALJAVA. DE FATO, TEUS NÍVEIS DE ESTUPIDEZ ME ESTUPEFAZEM.*

— Você já se perguntou por que você não tem amigos?

*INCORRETO*, disse a flecha. *CADA GALHO DO BOSQUE SAGRADO DE DODONA, CADA GRAVETO E RAIZ... PARA TODOS ESSES, EU SOU MUITO QUERIDO.*

Eu duvidava. Era mais provável que, quando havia chegado a hora de escolher um galho para entalhar uma flecha e mandar em uma missão comigo, o bosque todo tenha votado com unanimidade naquele pedaço de freixo particularmente irritante. Até oráculos sagrados têm limite para ouvir coisas como *estupefazem* e *de fato*.

— Então me fale, ó Flecha Sábia, muito querida por todas as demais árvores, como chegamos à Caverna de Trofônio? E como Meg e eu vamos sobreviver?

As penas da flecha tremeram. *TU DEVES PEGAR UM CARRO.*

— Só isso?

*SAI BEM ANTES DA AURORA. É CONTRAFLUXO, SIM, MAS HAVERÁ UMA OBRA NA RODOVIA TRINTA E SETE. ESTIMA UM TRAJETO DE UMA HORA E QUARENTA E DOIS MINUTOS.*

Olhei para ela desconfiado.

— Você por acaso está... vendo no Google Maps?

Uma longa pausa. *CLARO QUE NÃO. TU ESTÁS POR FORA. QUANTO A COMO SOBREVIVERÁS, PERGUNTA-ME FUTURAMENTE, QUANDO CHEGARES AO DESTINO.*

— Isso quer dizer que você precisa de um tempo para pesquisar a Caverna de Trofônio na Wikipédia?

*NÃO DIREI MAIS NADA PARA TI, VILÃO! TU NÃO ÉS DIGNO DOS MEUS CONSELHOS SÁBIOS!*

— *Eu* não sou digno? — Peguei a flecha e a sacudi. — Você não ajuda em nada, sua inútil...

— Apolo.

Calipso estava parada à porta. Ao lado dela, Leo sorriu.

— A gente não sabia que você estava discutindo com a sua flecha. Quer que a gente volte depois?

Suspirei.

— Não, entrem.

Os dois se sentaram na minha frente. Calipso entrelaçou os dedos sobre a mesa, como uma professora em uma reunião de pais.

Leo tentou ao máximo fingir ser uma pessoa capaz de ficar séria.

— Então, hã, escute, Apolo...

— Eu sei — falei com infelicidade.

Ele piscou como se eu tivesse jogado fagulhas de solda nos olhos dele.

— Sabe?

— Supondo que a gente não morra amanhã — falei —, vocês dois pretendem ficar na Estação Intermediária.

Os dois ficaram olhando para a mesa. Um pouco mais de choro e de drama seria legal, alguns soluços sentidos de *por favor, nos perdoe!*, mas talvez aquele fosse o melhor pedido de desculpas que Lester Papadopoulos merecia.

— Como você adivinhou? — perguntou Calipso.

— Suas conversas sérias com Josephine e Emmie. Os olhares furtivos.

— Ei, cara, eu não sou furtivo. Não tenho um pingo de furtividade — disse Leo.

Eu me virei para Calipso.

— Josephine tem uma oficina maravilhosa para Leo. E pode ensinar você a recuperar sua magia. Emmie tem jardins dignos da sua antiga casa, Ogígia.

— Minha antiga *prisão* — corrigiu Calipso, embora a voz não estivesse carregada de raiva.

Leo se agitou.

— É que... Josephine me lembra muito a minha mãe. Ela precisa de ajuda aqui. A Estação Intermediária pode ser um prédio vivo, mas dá quase tanto trabalho quanto Festus.

Calipso assentiu.

— Nós viajamos tanto, Apolo, em perigo constante, durante meses. Não são só a magia e os jardins que me atraem. Emmie disse que poderíamos viver como os jovens normais desta cidade. Até ir à escola.

Se não fosse o olhar sério dela, eu talvez tivesse rido.

— Você, uma antiga imortal, mais velha até do que eu, quer frequentar a escola?

— Ei, cara — disse Leo. — Nenhum de nós teve chance de ter uma vida normal.

— Nós gostaríamos de ver como seríamos juntos e separados no mundo mortal — continuou Calipso. — Ir mais devagar. Namorar. Namorado e namorada. Talvez... sair com amigos.

Ela falou essas palavras como se estivessem carregadas de um tempero exótico, um gosto que queria saborear.

— Acontece que, Lester, amigão — disse Leo —, nós prometemos ajudar você. Estamos preocupados por deixar você sozinho.

Os olhos deles estavam tão cheios de preocupação, preocupação *comigo*, que eu precisei engolir o nó que surgiu na minha garganta. Nós viajamos juntos por seis semanas. Na maior parte do tempo, desejei com todas as minhas forças estar em outro lugar, com outras pessoas. Mas, com exceção da minha irmã, não havia mais ninguém com quem eu já tivesse passado por tanta coisa. Percebi que ia sentir falta daqueles dois. Que os deuses me ajudem.

— Eu entendo. — Tive que me forçar a falar. — Josephine e Emmie são boas pessoas. Podem oferecer um lar para vocês. E eu não vou ficar sozinho. Tenho Meg agora. Não pretendo perdê-la de novo.

Leo assentiu.

— É, Meg é fogo. Olha que entendo bem disso.

— Além do mais — disse Calipso —, nós não vamos... como é a expressão... fugir completamente do mapa.

— Sumir — corrigi. — Embora fugir também seja uma ótima ideia.

*236*

— É — disse Leo. — Nós ainda temos muitas coisas de semideuses a fazer. Em algum momento, tenho que entrar em contato com meus amigos: Jason, Piper, Hazel, Frank. Tem muita gente por aí que ainda quer me dar um soco.

— E temos que sobreviver ao dia de amanhã — acrescentou Calipso.

— Isso aí, gata. Boa lembrança. — Leo bateu na mesa à minha frente. — A questão, *ese*, é que não vamos abandonar você. Se você precisar de nós, grite. Estaremos lá.

Pisquei para segurar as lágrimas. Eu não estava triste. Não estava surpreso pela amizade deles. Não, foi só um dia muito longo, e meus nervos estavam à flor da pele.

— Eu agradeço — falei. — Vocês dois são bons amigos.

Calipso secou os olhos. Sem dúvida ela também estava só cansada.

— Não vamos nos empolgar. Você ainda é muito irritante.

— E você ainda é um pé no *gloutos*, Calipso.

— Tudo bem. — Ela deu um sorrisinho. — Agora nós todos *devíamos* ir descansar. A manhã vai ser agitada.

— Argh. — Eu enfiei a mão no cabelo. — Você não consegue conjurar um espírito do vento para mim? Eu tenho que dirigir até a Caverna de Trofônio amanhã, e não tenho carruagem nem carro.

— Carro? — Leo deu um sorriso malicioso. — Ah, eu consigo arrumar um desses!

# 31

*Comece com dó*
*Deixe as outras notas pra*
*Lá. Sem mimimi*

**ÀS CINCO DA MANHÃ** do dia seguinte, na rotatória em frente à Estação Intermediária, Meg e eu encontramos Leo de pé na frente de um Mercedes vermelho brilhante. Eu não perguntei onde ele tinha arranjado o veículo. Ele também não me disse. O que ele *disse* foi que tínhamos que voltar em vinte e quatro horas (supondo que viveríamos por tanto tempo) e tentar não ser parados pela polícia.

Aí vai a má notícia: saindo dos limites da cidade, eu fui parado pela polícia.

Ah, que azar infeliz! O policial nos parou sem motivo algum. Tive medo de ele ser um *blemmyae*, mas ele não era educado o bastante.

Ele franziu a testa ao analisar minha habilitação.

— É uma carteira de motorista provisória de Nova York, garoto. O que você está fazendo dirigindo um carro assim? Onde estão seus pais e aonde você está levando essa garotinha?

Por pouco não expliquei que eu era uma deidade de quatro mil anos, um guia do Sol muito experiente, que meus pais estavam no reino celestial e que a garotinha era minha senhora semideusa.

— Ela é minha...

— Irmãzinha — disse Meg. — Ele está me levando para a aula de piano.

— Hã, é — concordei.

— E nós estamos atrasados! — Meg balançou os dedos de um jeito que não lembrava o gesto de tocar piano. — Porque meu irmão é muito burro.

O policial franziu a testa.

— Esperem aqui.

Ele andou até a viatura, talvez para checar minha carteira de motorista no sistema ou chamar apoio da SWAT.

— Seu irmão? — perguntei a Meg. — Aula de piano?

— A parte do muito burro era verdade.

O policial voltou com uma expressão confusa no rosto.

— Desculpe. — Ele devolveu minha habilitação. — Erro meu. Dirijam com segurança.

E foi isso.

Eu me perguntei o que tinha mudado na mente do policial. Talvez, quando Zeus criou minha carteira de motorista, tenha acrescentado algum feitiço que permitia que eu passasse ileso por burocracias desnecessárias como policiais em rodovias. Sem dúvida Zeus tinha ouvido que dirigir sendo mortal era perigoso.

Nós seguimos em frente, embora o incidente tenha me deixado abalado. Na rodovia 37, eu fiquei observando os carros que seguiam na direção oposta, me perguntando quais eram dirigidos por *blemmyae*, semideuses ou mercenários indo trabalhar no Palácio Cômodo, ansiosos para destruir meus amigos a tempo da cerimônia de nomeação.

A leste, o céu foi de ônix para carvão. Nas margens da estrada, postes de luz pintavam a paisagem de laranja-Agamedes — cercas e pastos, árvores, ravinas secas. Vez ou outra, víamos um posto de gasolina ou um oásis de Starbucks. Também passamos por outdoors que anunciavam OURO: MELHORES PREÇOS! em letras garrafais e exibiam a imagem de um homem sorridente em um terno barato muito parecido com o rei Midas.

Eu me perguntei como Litierses estava se saindo na Estação Intermediária. Quando partimos, o local borbulhava de agitação: todo mundo ajudando a montar armaduras, afiar armas e preparar armadilhas. Litierses estava ao lado de Josephine, explicando como Cômodo e suas várias tropas funcionavam. Ele só parecia parcialmente presente, como um homem com uma doença terminal aconselhando os outros pacientes sobre a melhor forma de prolongar o inevitável.

Estranhamente, eu confiava nele. Não achava que trairia Josephine, Emmie, a pequena Georgina e o resto da família improvisada e heterogênea com a qual eu tanto me preocupava. O comprometimento de Lit parecia genuíno. Ele agora odiava Cômodo mais do que qualquer um de nós.

Por outro lado, seis semanas antes, eu jamais desconfiaria que Meg McCaffrey trabalhava para Nero...

Olhei para minha pequena senhora. Ela estava esparramada no banco, os tênis vermelhos de cano alto apoiados no painel acima do porta-luvas, em uma posição que não parecia muito confortável. Devia ser o tipo de hábito que alguém desenvolve quando criança e depois fica relutante de abandonar quando cresce.

Ela continuava tocando piano no ar.

— Você pode acrescentar algumas pausas à sua composição — falei. — Só para dar uma variada.

— Quero fazer aula.

Eu não sabia se tinha ouvido corretamente.

— Aula de piano? Agora?

— Não agora, panaca. Mas em algum momento. Você pode me ensinar?

Que ideia apavorante! Eu gostaria de acreditar que já tinha alcançado certo status na minha carreira de deus da música para não precisar dar aulas de piano a principiantes. Se bem que Meg me *pediu* para lhe ensinar, não ordenou. Detectei algo de hesitante e esperançoso na voz dela, um broto verde novinho de chia surgindo. Isso me fez pensar em Leo e Calipso na noite anterior na biblioteca, falando com ternura sobre a vida normal que poderiam ter em Indiana. Era estranha a frequência com que os humanos sonhavam com o futuro. Nós, imortais, nem pensávamos nisso. Para nós, sonhar com o futuro é como olhar para o ponteiro das horas do relógio.

— Tudo bem — falei. — Isso se a gente sobreviver às aventuras desta manhã.

— Combinado.

Meg tocou uma nota final que Beethoven teria amado. E, de dentro da mochila de suprimentos, ela tirou um saco de cenouras (descascadas por mim, não precisa agradecer) e começou a mastigar alto enquanto batia as pontas dos tênis.

Porque ela era Meg.

— Agora precisamos definir nossa estratégia — sugeri. — Quando chegarmos às cavernas, vamos ter que encontrar a entrada secreta. Duvido que seja tão óbvia quanto a entrada mortal.

— Hum, tá.

— Quando você tiver eliminado os guardas que encontrarmos...

— Quando *nós* tivermos eliminado — corrigiu ela.

— Tanto faz. Vamos precisar procurar dois riachos próximos. Vamos ter que beber dos dois antes...

— Não me conta. — Meg levantou uma cenoura como se fosse uma batuta. — Nada de spoilers.

— *Spoilers?* Essa informação pode salvar nossas vidas!

— Eu não gosto de spoilers — insistiu ela. — Eu quero ser surpreendida.

— Mas...

— Não.

Apertei o volante, nervoso. Tive que me controlar para não pisar no acelerador e fazer com que voássemos em direção ao horizonte. Eu queria falar sobre a Caverna de Trofônio... não só para instruir Meg, mas para ver se eu tinha entendido os detalhes direito.

Passei a maior parte da noite em claro na biblioteca da Estação Intermediária. Li pergaminhos, revirei minha memória imperfeita, até tentei arrancar mais respostas da Flecha de Dodona e da Bola 8 Mágica de Agamedes. Obtive algumas respostas, mas o que consegui juntar só me deixou mais nervoso.

E eu gostava de falar quando estava nervoso.

Mas Meg não parecia preocupada com a tarefa à frente. Ela agia de forma tão irritante e desligada quanto na primeira vez que a vi, naquele beco em Manhattan.

Será que ela só estava bancando a corajosa? Eu achava que não. Sempre achei impressionante a capacidade que os mortais tinham de se adaptar em face de uma catástrofe. Até os humanos mais traumatizados, maltratados e surpreendidos conseguiam seguir com suas vidas. Refeições ainda eram preparadas. Trabalho ainda era feito. Aulas de piano eram começadas e cenouras eram mastigadas.

Durante quilômetros, seguimos em silêncio. Eu mal consegui ouvir uma música decente, porque o Mercedes não tinha rádio por satélite. Maldito Leo Valdez e seus veículos econômicos!

A única estação que consegui sintonizar transmitia uma coisa chamada Zoológico Matinal. Depois da minha experiência com Calipso e os grifos, eu não estava muito a fim de pensar em zoológicos.

Atravessamos cidades pequenas com hotéis velhos, brechós, lojas de ração e vários veículos à venda na beira da estrada. A paisagem era plana e monótona, um lugar que poderia muito bem se passar pelo antigo Peloponeso, exceto pelos postes telefônicos e outdoors. Bem, e pela estrada em si. Os gregos nunca foram bons em construir estradas. Provavelmente porque Hermes era o deus das viagens, e sempre estava mais interessado em fazer viagens fascinantes e perigosas do que em construir rodovias rápidas e seguras.

Finalmente, duas horas depois de sair de Indianápolis, o amanhecer chegou, e eu comecei a entrar em pânico.

— Estou perdido — admiti.

— Eu sabia — disse Meg.

— Não tenho culpa! Eu segui aquelas placas indicando uma tal de Casa de Deus!

Meg olhou para mim com desdém.

— A loja cristã de Bíblias pela qual a gente passou? Por que você faria isso?

— Ah, francamente! As pessoas precisam ser mais específicas sobre que deuses estão anunciando!

Meg arrotou na mão fechada.

— Encoste e pergunte à flecha. Estou ficando enjoada.

Eu não queria perguntar à flecha. Mas também não queria que Meg vomitasse as cenouras no banco de couro. Parei no acostamento e puxei o projétil profético da aljava.

— Ó, Flecha Sábia — falei. — Estamos perdidos.

*EU SOUBE DISSO QUANDO TE CONHECI.*

Aquela flecha tinha uma haste tão fina. Uma haste tão fácil de quebrar! Respirei fundo. Se eu destruísse o presente do Bosque de Dodona, era bem capaz de sua padroeira, minha avó hippie Reia, lançar uma maldição sobre mim, me fazendo ficar com cheiro de patchouli pela eternidade e além.

— O que eu quero dizer — falei — é que precisamos encontrar a entrada da Caverna de Trofônio. E rápido. Você pode nos direcionar para lá?

A flecha vibrou, talvez procurando conexões de wi-fi na região. Levando em conta nossa localização remota, eu temi que começasse a transmitir o Zoológico Matinal.

*A ENTRADA MORTAL SE SITUA UMA LÉGUA A OESTE*, entoou. *PERTO DE UM GALPÃO COM TELHADO AZUL.*

Por um momento, fiquei surpreso demais para falar.

— Isso foi... realmente útil.

*MAS TU NÃO PODES USAR A ENTRADA MORTAL*, acrescentou a flecha. *ESTÁ MUITO BEM PROTEGIDA, E SERIA FATAL.*

— Ah. Menos útil.

— O que ela está dizendo? — perguntou Meg.

Fiz um gesto pedindo que ela fosse paciente. (Por quê, eu não sei. Era um desejo impossível.)

— Grande Flecha, você por acaso não saberia qual é a *melhor* forma de entrar na caverna?

*SEGUE ESTA ESTRADA PARA O OESTE. TU VERÁS UMA BARRACA COM OVOS FRESCOS SELECIONADOS.*

— Sim?

*ESSA BARRACA NÃO É IMPORTANTE. CONTINUA DIRIGINDO.*

— Apolo. — Meg me cutucou. — O que ela está dizendo?

— Alguma coisa sobre ovos frescos.

Essa resposta pareceu satisfazê-la. Pelo menos, ela parou de me cutucar.

*VAI MAIS LONGE*, aconselhou a flecha. *PEGA A TERCEIRA À ESQUERDA. QUANDO TU VIRES A PLACA DO IMPERADOR, TU VAIS SABER QUE É HORA DE PARAR.*

— Que placa do imperador?

*TU VAIS SABER QUANDO VIRES. PARA LÁ, PULA A CERCA E PROSSEGUE PARA O LOCAL DOS DOIS RIACHOS.*

Dedos frios tocaram um acorde nas minhas vértebras. *O local dos dois riachos...* Isso, pelo menos, fazia sentido para mim. Eu queria que não fizesse.

— E depois? — perguntei.

*DEPOIS TU PODES BEBER E PULAR NO ABISMO DE HORRORES. MAS, PARA FAZER ISSO, TU DEVES ENFRENTAR OS GUARDIÕES QUE NÃO PODEM SER MORTOS.*

— Fantástico — falei. — Por acaso tu não tens... Por acaso você não tem mais informações sobre esses guardiões imatáveis no seu artigo da Wikipédia?

*TU FAZES PIADA COMO UM PIADISTA CHEIO DAS PIADINHAS. MAS, NÃO. MEUS PODERES PROFÉTICOS NÃO VEEM ISSO. E MAIS UMA COISA.*

— O quê?

*DEIXA-ME NO MERCEDES. EU NÃO DESEJO MERGULHAR NA MORTE E NA ESCURIDÃO.*

Eu coloquei a flecha embaixo do banco do motorista. Em seguida, relatei a conversa toda para Meg.

Ela franziu a testa.

— Guardiões imatáveis? O que isso quer dizer?

— A essa altura, Meg, qualquer palpite seu é tão bom quanto um meu. Agora vamos procurar nosso abismo de horrores, tudo bem?

# 32

*Vaquinha fofinha*
*Tão linda, quente e cruel!*
*Iiiih! Posso matá-la?*

**A PLACA DO IMPERADOR** foi bem fácil de encontrar:

ADOTE UMA RODOVIA
OS PRÓXIMOS OITO QUILÔMETROS SÃO PATROCINADOS POR:
TRIUNVIRATO S.A.

Cômodo e seus colegas podiam ser assassinos sedentos por poder buscando a dominação do mundo, mas pelo menos se preocupavam com a limpeza e a manutenção das estradas.

Uma cerca de arame farpado acompanhava a margem da via. Depois dela, uma paisagem sem nada de interessante: algumas árvores e arbustos em meio a uma campina ampla. À luz do amanhecer, o orvalho exalava vapor por cima da grama. Ao longe, atrás de um amontoado de arbustos, dois animais grandes pastavam. Eu não conseguia identificar suas formas exatas. Pareciam vacas. Eu duvidava que fossem. Não vi nenhum outro guardião, matável ou não, o que não me tranquilizou nem um pouco.

— Bem — falei para Meg. — Vamos?

Penduramos nossas coisas no ombro e saímos do carro.

Meg tirou o casaco e colocou em cima do arame farpado. Apesar das instruções da flecha para *pular*, nós só conseguimos dar um passo gigante e desajeitado.

Eu abaixei o arame superior para Meg, mas ela não conseguiu fazer o mesmo por mim. Isso me deixou com uns rasgos constrangedores no traseiro da calça jeans.

Nós nos esgueiramos pelo campo na direção dos dois animais pastando.

Eu estava encharcado de suor. O ar frio da manhã se condensava na minha pele, me fazendo sentir como se estivesse mergulhando em sopa fria, gaspacho de Apolo. (Humm, isso até que soou gostoso. Vou ter que patentear quando me tornar deus de novo.)

Nós nos agachamos atrás dos arbustos, a menos de dez metros dos animais. O amanhecer pintava o horizonte de vermelho.

Eu não sabia quanto tempo teríamos para entrar na caverna. Quando o espírito de Trofônio disse "ao amanhecer", ele se referia ao crepúsculo náutico? Ao crepúsculo civil? Ao momento em que os faróis da carruagem do Sol ficavam visíveis pela primeira vez ou a quando a carruagem estava alta o bastante no céu para que fosse possível ler os adesivos no meu para-choque traseiro? Fosse qual fosse o caso, nós tínhamos que ir logo.

Meg ajeitou os óculos e chegou um pouquinho para o lado a fim de dar uma olhada, quando uma das criaturas levantou a cabeça por tempo suficiente para que eu vislumbrasse os chifres.

Sufoquei um grito. Segurei o pulso de Meg e a puxei de volta para trás dos arbustos.

Normalmente, isso resultaria em uma mordida da parte dela, mas decidi arriscar. Estava um pouco cedo demais para eu ver minha jovem amiga ser morta.

— Não se mexa — sussurrei. — São yales.

Ela piscou um olho, depois o outro, como se meu aviso estivesse seguindo lentamente do lado esquerdo para o direito do cérebro.

— Yale? Isso não é uma universidade?

— É — murmurei. — E um dos símbolos da Universidade de Yale é o yale, mas isso não é importante. Esses monstros... — Engoli o medo, que tinha gosto de alumínio. — Os romanos os conheciam como *centícoras*. São absolutamente mortais. Também são atraídos por movimentos repentinos e barulhos altos. Portanto, *shh*.

Na verdade, mesmo quando deus, eu nunca tinha chegado tão perto de um yale. Eles eram animais ferozes e orgulhosos, extremamente territoriais e agressivos. Eu me lembrava de ter um vislumbre deles na minha visão da sala do trono de Cômodo, mas os animais eram tão raros que eu me convenci de que deviam ser outro tipo de monstro. Além do mais, não conseguia imaginar que Cômodo fosse louco o bastante para manter yales tão perto de humanos.

Eles pareciam mais iaques gigantes do que vacas. Pelo marrom desgrenhado com manchas amarelas cobria seus corpos, enquanto o da cabeça era todo amarelo. Crinas tipo de cavalo desciam pelo pescoço. Os rabos peludos eram tão compridos quanto o meu braço, e os grandes olhos de âmbar... Ah, caramba. Pelo jeito como estou descrevendo, eles quase parecem fofos. Mas garanto que não são.

As características mais proeminentes dos yales são os chifres, duas lanças brancas cintilantes de osso sulcado, absurdamente longos para o tamanho da cabeça da criatura. Eu já tinha visto aqueles chifres em ação. Muito tempo antes, durante a campanha oriental de Dioniso, o deus do vinho soltou um rebanho de yales em cima de um exército indiano de cinco mil homens. Eu me lembrava dos gritos daqueles guerreiros.

— O que fazemos? — sussurrou Meg. — Matamos eles? São meio fofos.

— Os guerreiros espartanos também são meio fofos até enfiarem um espeto em você. Mas não, nós não podemos matar yales.

— Tá, tudo bem. — Uma pausa longa, e o lado rebelde típico de Meg surgiu. — Por que não? O pelo é invulnerável às minhas espadas? Eu odeio quando isso acontece.

— Não, Meg, acho que não. O motivo de não podermos matar essas criaturas é que os yales estão na lista de monstros em risco de extinção.

— Você está inventando isso.

— Por que eu inventaria uma coisa dessas? — Eu tive que lembrar a mim mesmo de manter a voz baixa. — Ártemis monitora a situação com muito cuidado. Quando os monstros começam a sumir da memória coletiva dos mortais, eles se regeneram cada vez menos do Tártaro. Temos que deixá-los se reproduzirem e refazer a população!

Meg pareceu na dúvida.

— Aham.

— Ah, pare com isso. Você com certeza ouviu falar sobre o templo de Poseidon na Sicília. Teve que ser realocado só porque descobriram que o local era área de reprodução de uma hidra de barriga vermelha.

Meg me olhou com uma cara que sugeria que ela não tinha ouvido falar naquilo, apesar de ter aparecido nas manchetes alguns milhares de anos antes.

— De qualquer modo — insisti —, os yales são *muito* mais raros do que as hidras de barriga vermelha. Não sei onde Cômodo encontrou estes, mas, se nós os matássemos, todos os deuses nos amaldiçoariam, a começar pela minha irmã.

Meg olhou mais uma vez para os animais peludos pastando em paz na campina.

— Você já não está amaldiçoado pelo Rio Estige ou algo assim?

— Essa não é a questão.

— Então, o que vamos fazer?

O vento mudou de direção. De repente, eu me lembrei de outro detalhe sobre os yales. Eles tinham excelente faro.

O par levantou a cabeça simultaneamente e virou os lindos olhos âmbar na nossa direção. O yale macho berrou. Se uma buzina de nevoeiro pudesse gargarejar com enxaguatório bucal, o som seria aquele. Em seguida, os dois monstros atacaram.

Eu me lembrei de mais fatos interessantes sobre yales. (Se eu não estivesse prestes a morrer, seria capaz de narrar um documentário.) Para animais tão grandes, sua velocidade é impressionante.

E os chifres! Quando os yales atacam, os chifres tremem como antenas de inseto, ou, talvez mais precisamente, lanças de cavaleiros medievais, que adoravam colocar essas criaturas nos escudos heráldicos. Os chifres também giram, os sulcos fazendo um movimento de saca-rolhas só para perfurar melhor nossos corpos.

Eu queria poder filmar esses animais majestosos. Teria conseguido milhões de curtidas no DeusTube! Mas, se você já foi atacado por dois iaques lanosos e pintados com lanças duplas na cabeça, entende que operar uma câmera nessas circunstâncias é difícil.

Meg me empurrou e me tirou do caminho dos animais quando eles partiram para cima dos arbustos. O chifre esquerdo do macho roçou na minha panturrilha, cortando a calça jeans. (Estava sendo um péssimo dia para minha calça jeans.)

— Árvores! — gritou Meg.

Ela segurou minha mão e me puxou para os carvalhos mais próximos. Felizmente, os yales não eram tão rápidos em dar meia-volta quanto eram em atacar. Eles galoparam em um arco amplo enquanto Meg e eu nos escondemos.

— Eles não parecem mais tão fofos — observou Meg. — Tem certeza de que a gente não pode matar esses troços?

— Não pode!

Avaliei meu repertório limitado de habilidades. Eu cantava e tocava ukulele, mas todo mundo sabia que os yales não tinham um bom ouvido para música. Meu arco e flecha não serviriam de nada. Eu podia tentar apenas ferir os animais, mas, com a minha sorte, acabaria matando-os por acidente. Eu estava sem seringas de amônia, sem paredes de tijolo, sem elefantes e sem explosões de força divina. Restava só meu carisma natural, do qual eu achava que os yales não iam gostar.

Os animais se aproximaram devagar. Provavelmente, estavam confusos sobre como nos matar com aquelas árvores no caminho. Os yales eram agressivos, mas não caçadores. Se alguém entrasse no território deles, atacavam. Os invasores morriam ou fugiam. Problema resolvido. Eles não estavam acostumados a intrusos que brincavam de ficar fora do alcance.

Contornamos os carvalhos, tentando ficar atrás dos animais.

— Yales legais — cantei. — Yales excelentes.

Eles não pareceram impressionados.

Então eu vi algo quase trinta metros além dos animais: na grama alta havia um amontoado de pedras, cada uma do tamanho de uma máquina de lavar roupa. Nada muito importante, mas meus ouvidos apurados captaram o som de água corrente.

Apontei as pedras para Meg.

— A entrada da caverna deve ser ali.

Ela enrugou o nariz.

— Então corremos até lá e pulamos?

— Não! — gritei. — Deve haver dois riachos. Temos que parar e beber deles. E a caverna em si... Duvido que vá ser uma descida fácil. Precisamos de tempo para encontrar um jeito seguro de descer. Se pularmos, podemos morrer.

— Esses harvards não vão nos dar tempo para fazer isso.

— Yales.

— Tanto faz — disse ela, roubando minha fala. — Quanto você acha que aquelas coisas pesam?

— Muito.

Ela pareceu inserir este dado em uma calculadora mental.

— Tudo bem. Se prepare.

— Para o quê?

— Nada de spoilers.

— Odeio você.

Meg esticou as mãos. Ao redor dos yales, a grama começou a crescer numa velocidade impressionante, trançando-se em cordas verdes grossas que se enrolaram nas pernas dos animais. As criaturas se debateram e berraram como buzinas de nevoeiro engasgadas, mas a grama continuou aumentando, subindo pelos flancos, envolvendo os corpos enormes.

— Vá — disse Meg.

Corri.

Trinta metros nunca pareceram tão longe.

Na metade do caminho até as pedras, olhei para trás. Meg estava tropeçando, o rosto brilhando de suor. Ela devia estar usando toda sua força para manter os yales presos. Os animais puxavam e giravam os chifres, cortando a grama, puxando, com toda a força, para se livrar da relva.

Cheguei à pilha de pedras. Como tinha desconfiado, um dos rochedos tinha duas fendas, uma do lado da outra, cada uma dando origem a um riacho, como se Poseidon tivesse passado ali e rachado a pedra com seu tridente: *quero água quente aqui e água fria aqui*. Uma fonte gorgolejava um líquido de um branco diluído, da cor de leite desnatado. O outro era preto como tinta de lula. Eles corriam juntos em um caminho cheio de musgo antes de sumir no chão lamacento.

Depois dos riachos, uma fenda profunda ziguezagueava entre as pedras maiores, um talho na terra de três metros de largura que não deixava dúvidas da presença das cavernas abaixo. Na beirada do abismo, uma corda estava enrolada e presa a um pitom de ferro.

Meg cambaleou na minha direção.

— Anda logo. — Ela ofegou. — Pula.

Atrás dela, os yales se soltavam aos poucos das amarras de grama.

— Nós temos que beber — falei para ela. — Mnemosine, a Fonte da Memória, é preta. Lete, a Fonte do Esquecimento, é branca. Se bebermos das duas ao mesmo tempo, o efeito de uma neutraliza o da outra e prepara nossas mentes...

— Não me importo. — O rosto de Meg estava branco como as águas de Lete. — Vá você.

— Mas você tem que ir comigo! Foi o que o oráculo disse! Além do mais, você não vai estar em condições de se defender.

— Tudo bem — grunhiu ela. — Beba!

Afundei uma das mãos em concha na água de Mnemosine e a outra na de Lete. Bebi as duas simultaneamente. Não tinham gosto; senti só um frio intenso e entorpecente, do tipo que dói tanto que você só sente a dor bem depois.

Meu cérebro começou a rodar e girar como um chifre de yale. Meus pés pareciam balões de hélio. Meg enfrentava dificuldades em amarrar a corda na minha cintura. Por algum motivo, achei isso hilário.

— Sua vez — falei, rindo. — Beba, beba!

Meg fez uma careta.

— E perder a cabeça? Acho que não.

— Mas que bobinha! Se você não se preparar para o oráculo...

Na campina, os yales se soltaram e arrancaram uma área ampla de grama do chão.

— Não dá tempo!

Meg pulou e me agarrou pela cintura. Como a boa amiga que era, ela me empurrou no abismo sombrio abaixo.

# 33

*Me afogo e congelo*
*Bolinhos para as serpentes?*
*Vamos nessa, Batman*

**MEG E EU DESPENCAMOS** pela escuridão, nossa corda desenrolando conforme quicávamos em pedra após pedra, minhas roupas e minha pele sofrendo arranhões brutais.

Fiz o que qualquer um faria: gritei.

— IUPIIIII!

A corda se esticou mais ainda, aplicando em mim a manobra de Heimlich com tanta violência que quase cuspi o apêndice. Meg grunhiu de surpresa e acabou me soltando. Ela mergulhou ainda mais fundo no breu. Um momento depois, ouvi um *splash* vindo de baixo.

— Foi divertido! De novo! — Ri, pendurado no vazio.

O nó se soltou na minha cintura, e eu caí na água gelada.

Foi graças ao meu estado delirante que eu não me afoguei imediatamente. Não senti necessidade de lutar, de me debater, nem de ofegar. Só flutuei, achando tudo aquilo hilário. Os goles que tomei de Lete e de Mnemosine batalhavam na minha mente. Eu não conseguia me lembrar do meu próprio nome, o que achei extremamente engraçado, mas conseguia relembrar com perfeita clareza os pontos amarelos nos olhos de serpente de Píton quando ele afundou os dentes nos meus bíceps imortais um milênio antes.

Sob a água escura, não era para eu estar vendo nada. Mesmo assim, imagens flutuavam à minha frente. Talvez meus globos oculares só estivessem congelando.

Vi meu pai, Zeus, sentado em uma cadeira de treliça ao lado de uma piscina infinita na beirada de um terraço. Depois da piscina, um mar azul se prolongava até o horizonte. A cena tinha mais a ver com Poseidon, mas eu conhecia aquele lugar: era o apartamento de luxo da minha mãe na Flórida. (Sim, eu tinha uma mãe imortal que se aposentou e foi morar na Flórida. Fazer o quê?)

Leto estava ajoelhada ao lado de Zeus, as mãos unidas em súplica. Os braços cor de bronze contrastavam com o vestido branco. O cabelo comprido e dourado ziguezagueava pelas costas em uma ondulação elaborada.

— Por favor, meu senhor! — implorava ela. — Ele é seu filho. Aprendeu a lição!

— Ainda não — resmungou Zeus. — O verdadeiro teste ainda está por vir.

Eu ri e acenei.

— Oi, mãe! Oi, pai!

Como eu estava debaixo d'água e muito provavelmente tendo uma alucinação, eles não deveriam ter me ouvido. Mesmo assim, Zeus me encarou e fez cara feia.

A cena evaporou. Eu me deparei com um imortal diferente.

Flutuando à minha frente havia uma deusa sombria, o cabelo de ébano ondulando na corrente fria, o vestido se espalhando ao redor como fumaça vulcânica. O rosto era delicado e sublime, o batom, a sombra e o rímel aplicados com eficiência em tons de meia-noite. Os olhos brilhavam com ódio absoluto.

Adorei vê-la ali.

— Oi, Estige!

Os olhos de obsidiana se estreitaram.

— Você. Violador de juramentos. Não pense que eu esqueci.

— Mas *eu* esqueci! — falei. — Quem eu sou mesmo?

Eu estava falando sério. Sabia que ela era Estige, a deusa do rio mais importante do Mundo Inferior. Eu sabia que ela era a mais poderosa de todas as ninfas aquáticas, filha mais velha do titã do mar, Oceano. Eu sabia que ela me odiava, o que não me causava espanto, já que ela também era a deusa do ódio.

Mas eu não tinha a menor ideia de quem eu era nem o que fiz para ser objeto da animosidade dela.

— Sabia que estou me afogando agora?

Aquilo foi tão hilário que comecei a rir com um fluxo de bolhas.

— Vou cobrar a dívida — rosnou Estige. — Você vai PAGAR por suas promessas quebradas.

— Tudo bem! — concordei. — Quanto?

Ela sibilou de irritação.

— Vamos deixar isso para depois. Volte à sua missão idiota!

A deusa sumiu. Alguém me segurou pela nuca, me tirou da água e me jogou em uma superfície dura de pedra.

Minha salvadora era uma garotinha de uns doze anos. Pingava água do seu vestido verde esfarrapado. Arranhões sangrentos cobriam seus braços. A calça jeans e os tênis de cano alto estavam cobertos de lama.

O mais assustador era que as pedrinhas nos cantos dos óculos de gatinho não estavam só cintilando, e sim emitindo luz própria, ainda que bem fraquinha. Percebi que eu só conseguia enxergar a garota por causa daquelas pequenas constelações perto dos olhos dela.

— Você não me é estranha — grunhi. — Peg, não é? Ou Megan?

Ela franziu a testa, quase tão ameaçadora quanto a deusa Estige.

— Você não está de brincadeira com a minha cara, está?

— Não!

Abri um sorrisão, apesar de estar encharcado e tremendo. Me ocorreu que provavelmente eu entraria em choque hipotérmico. Listei todos os sintomas: tremor, tontura, confusão, batimentos cardíacos disparados, náusea, cansaço... Uau, assim eu ia longe!

Se ao menos eu conseguisse lembrar meu nome. Achei que tivesse dois. Um era Lester? Ah, caramba. Que horrível! O outro começava com A.

Alfred? Humm. Não. Isso faria da garotinha o Batman, e não me parecia certo.

— Meu nome é Meg — disse ela.

— Sim! Sim, claro. Obrigado. E eu sou...

— Um idiota.

— Humm. Não... Ah! Foi uma piada!

— Não exatamente. Mas seu nome é Apolo.

— Certo! E estamos aqui por causa do Oráculo de Trofônio.

Ela inclinou a cabeça, posicionando a constelação em seus óculos em outra casa astrológica.

— Você não consegue se lembrar dos nossos nomes, mas consegue se lembrar *disso*?

— Estranho, não é? — Eu me sentei com dificuldade. Meus dedos tinham ficado azuis, o que não devia ser um bom sinal. — Eu me lembro dos passos para fazer um requerimento ao Oráculo! Primeiro, bebemos das fontes de Lete e de Mnemosine. Já fiz isso, não fiz? É por isso que me sinto tão estranho.

— É. — Meg torceu a saia para tirar a água. — Precisamos nos mexer, senão vamos morrer congelados.

— Tudo bem! — Com a ajuda dela, fiquei de pé. — Depois de beber das fontes, descemos para uma caverna. Ah! Estamos aqui! Depois, entramos nas profundezas dela. Humm. Por ali!

Na verdade, só havia um caminho.

Quinze metros acima, um trecho estreito de luz do dia penetrava a fresta pela qual caímos. A corda estava pendurada fora do nosso alcance. Não sairíamos pelo mesmo lugar por onde entramos. À esquerda, uma grande pedra se projetava. Na metade dela, uma cachoeira jorrava de uma fissura, caindo na piscina aos nossos pés. À direita, a água formava um rio escuro e corria por um túnel estreito. A saliência onde estávamos seguia junto ao rio, larga o bastante para andar, supondo que não escorregássemos, caíssemos e nos afogássemos.

— Muito bem, então!

Eu fui na frente, acompanhando o riacho.

Quando chegamos a uma curva, o parapeito de pedra estreitou. O teto foi ficando mais baixo, e em determinado momento já estávamos quase engatinhando. Atrás de mim, Meg respirava em baforadas trêmulas, a expiração tão alta que ecoava mais do que o ruído da correnteza.

Foi difícil se mover e formar pensamentos racionais ao mesmo tempo. Era como tocar vários ritmos em uma bateria. Minhas baquetas tinham que se mover em padrões completamente diferentes dos meus pés nos pedais do bumbo e do chimbal. Um pequeno erro, e minha batida frenética de jazz viraria uma polca soturna.

Eu parei e me virei para Meg.

— Bolinho de mel?

Na luz pálida das pedras dos óculos, foi difícil interpretar a expressão dela.

— Espero que você não esteja se referindo a mim.

— Não, nós precisamos de bolinhos de mel. Você trouxe, ou fui eu?

Bati nos meus bolsos encharcados. Só senti chaves de carro e uma carteira. Eu tinha uma aljava, um arco e um ukulele nas costas (ah, um ukulele! Maravilha!), mas era bem improvável que eu tivesse guardado doces em um instrumento de cordas.

Meg franziu a testa.

— Você nunca falou nada sobre bolinhos de mel.

— Mas eu acabei de me lembrar! Nós precisamos deles para as cobras!

— Cobras. — Meg desenvolveu um tique facial que não parecia estar relacionado à hipotermia. — Por que haveria cobras aqui?

— Boa pergunta! Só sei que temos que dar bolinhos de mel para agradá-las. Então... nós esquecemos os bolinhos?

— Você nunca falou nada sobre bolinhos!

— Ah, que pena. Tem alguma coisa que possamos usar no lugar? Oreo, talvez?

Meg balançou a cabeça.

— Não temos Oreo.

— Humm. Tudo bem. Acho que vamos ter que improvisar.

Ela olhou com apreensão para o túnel.

— Você me mostra como improvisar com essas cobras. Eu vou atrás.

Isso me pareceu uma ideia esplêndida. Segui em frente com um sorriso no rosto, menos onde o teto do túnel ficava baixo demais. Nesses casos, segui agachado com um sorriso no rosto.

Apesar de escorregar para dentro do rio algumas vezes, de bater a cabeça em algumas estalactites e de me engasgar com o cheiro acre de cocô de morcego, eu não senti angústia nenhuma. Minhas pernas pareciam flutuar. Meu cérebro sacudia dentro do crânio, se ajeitando com a facilidade de um giroscópio.

Coisas de que eu me lembrava: eu tive uma visão de Leto. Ela estava tentando convencer Zeus a me perdoar. Isso foi *tão* fofo! Também tive uma visão da deusa Estige. Ela estava furiosa... Foi hilário! E, por algum motivo, eu conseguia me lembrar de cada nota que Stevie Ray Vaughan tocou em "Texas Flood". Que música incrível!

Coisas de que eu não conseguia me lembrar: eu não tinha uma irmã gêmea? O nome dela era... Lesterina? Alfreda? Nenhum dos dois parecia certo. Além do mais, por que Zeus estava com raiva de mim? E por que Estige estava com raiva de mim? Além disso, quem era aquela garota atrás de mim, com os óculos de pedras cintilantes, e por que ela não tinha bolinhos de mel?

Meus pensamentos podiam estar confusos, mas meus sentidos estavam mais apurados do que nunca. No túnel à nossa frente, lufadas de ar mais quente batiam no meu rosto. Os sons do rio se dissiparam, os ecos ficando mais graves e mais suaves, como se a água estivesse se espalhando em uma caverna maior. Um novo cheiro agrediu minhas narinas, um odor mais seco e mais ácido do que cocô de morcego. Ah, sim... pele e excremento de réptil.

Eu parei.

— Já sei por quê!

Eu sorri para Peggy... Megan... não, *Meg*.

Ela fez cara feia.

— Sabe por que o quê?

— Por que cobras! — falei. — Você me perguntou por que encontraríamos cobras, não foi? Ou foi outra pessoa? As cobras são simbólicas! Representam a sabedoria profética das profundezas da terra, assim como os pássaros simbolizam a sabedoria profética dos céus.

— Aham.

— Então, cobras são atraídas por oráculos! Principalmente os que ficam em cavernas!

— Tipo aquela cobra monstruosa que ouvimos no Labirinto, Píton?

Achei aquela referência ligeiramente perturbadora. Eu tinha certeza de que sabia quem era Píton alguns minutos antes. Agora, não fazia a menor ideia. Me veio à mente o nome Monty Python. Era isso mesmo? Eu não achava que o monstro e eu nos tratávamos pelo primeiro nome.

— Bom, sim, acho que é isso — falei. — As cobras devem estar logo à frente! É por isso que precisamos de bolinhos de mel. Você tem alguns, não tem?

— Não, eu...

— Excelente!

Segui em frente.

Como eu desconfiava, o túnel se alargou em uma câmara ampla. Um lago cobria toda a área, que devia ter cerca de vinte metros de diâmetro, exceto por uma pequena ilha de pedra no centro. Acima de nós, o teto abobadado estava cheio de estalactites, como candelabros pretos. Cobrindo a ilha e a superfície da água havia uma camada de serpentes em movimento, como espaguete deixado em água fervente por tempo demais. Lindas criaturas. Milhares delas.

— Ta-dá! — exclamei.

Meg não pareceu compartilhar do meu entusiasmo. Ela voltou para o túnel.

— Apolo... você precisaria de um zilhão de bolinhos de mel para tantas cobras.

— Ah, mas, sabe, nós temos que chegar àquela ilha no centro. É onde vamos receber nossa profecia.

— Mas, se entrarmos na água, as cobras não vão nos matar?

— Provavelmente! — Sorri. — Vamos descobrir!

Pulei no lago.

# 34

*Meg ganha um solo*
*Espanta toda a plateia*
*Mandou bem, McCaffrey*

— APOLO, CANTE! — gritou Meg.

Não existem palavras mais eficientes para me fazer parar. Eu amava que me pedissem para cantar!

Eu estava na metade do lago das cobras, mergulhado até a cintura numa sopa de macarrão reptiliano, mas me virei e olhei para a garota de pé na boca do túnel. Devo ter deixado os animais agitados quando passei. Eles sibilavam, indo de um lado para o outro, as cabecinhas bonitinhas deslizando na superfície, as bocas brancas abertas. (Ah, entendi! Por isso aquelas cobras eram chamadas de boca-de--algodão!)

Muitas estavam indo na direção de Meg, parecendo farejar seus tênis para decidir se iam ou não se juntar a ela no parapeito. Meg ficava se apoiando na ponta de um pé e depois do outro, como se não estivesse muito animada com aquela ideia.

— Você disse *cante*? — perguntei.

— Disse! — A voz dela estava aguda. — Enfeitice as cobras! Faça com que se afastem!

Eu não entendia o que ela queria dizer. Quando eu cantava, minha plateia *se aproximava*. Quem era essa garota Meg, afinal? Pelo jeito, ela estava me confundindo com São Patrício. (Aliás, ele era um cara legal, mas, quando se tratava de cantar, sua voz era terrível. As lendas não costumam mencionar que ele expulsou as cobras da Irlanda com sua versão horrenda de "Te Deum".)

— Cante aquela música do ninho das formigas! — pediu ela.

Ninho das Formigas? Eu me lembrava de cantar com o Rat Pack e com o A Flock of Seagulls, mas não com o Ninho das Formigas. Eu nem me lembrava de ter feito parte de um grupo com esse nome.

No entanto, entendi por que Megan/Peg/Meg podia estar nervosa. Aquelas cobras de água eram venenosas. Assim como os yales, podiam ser agressivas quando seu território era invadido. Mas Meg estava na boca do túnel, não tinha entrado no território delas. Por que estava nervosa?

Olhei para baixo. Centenas de víboras me rodeavam, exibindo as boquinhas fofas com os dentinhos afiados. Elas se deslocavam lentamente na água gelada, ou talvez só estivessem impressionadas com a minha presença: o alegre, carismático e encantador sei lá qual era o meu nome! Mas elas pareciam estar sibilando muito mesmo.

— Ah! — Ri quando percebi a situação. — Você está preocupada comigo! Estou prestes a morrer!

Tive um impulso vago de fazer alguma coisa. Correr? Dançar? O que foi mesmo que Meg tinha sugerido?

Antes que eu pudesse decidir, Meg começou a cantar.

A voz dela era fraca e desafinada, mas reconheci a melodia. Tinha quase certeza de que eu a tinha composto.

Sempre que alguém começa uma música em público, há um momento de hesitação. Transeuntes param para ouvir, tentando discernir o que estão ouvindo e entender por que uma pessoa qualquer no meio da multidão decidiu cantar para eles. Conforme a voz irregular de Meg foi ecoando pela caverna, as cobras sentiram as vibrações. Mais cabecinhas do tamanho de um polegar apareceram na superfície. Mais bocas brancas se abriram, como se estivessem tentando sentir o gosto da música. Em volta da minha cintura, a nuvem de serpentes agitadas perdeu densidade quando elas voltaram sua atenção para Meg.

Ela cantou sobre perda e arrependimento. É... eu me lembrava vagamente de ter cantado essa música. Eu estava andando pelos túneis do ninho dos *myrmekos*, despejando minha tristeza, abrindo meu coração enquanto procurava Meg. Na música, assumi responsabilidade pelas mortes dos meus maiores amores, Dafne e Jacinto. Os nomes me atingiram como estilhaços de uma janela quebrada.

Meg repetiu minha performance, mas com uma letra diferente. Ela estava inventando os próprios versos. Conforme as cobras se reuniam aos seus pés, sua voz se tornava mais forte, mais segura. Ela ainda estava desafinando, mas cantava com uma convicção de partir o coração, a música tão triste e verdadeira quanto a minha.

— É culpa minha — cantou ela. — Seu sangue nas minhas mãos. A rosa esmagada que não consegui salvar.

Fiquei perplexo por ela ter tamanha poesia dentro de si. Era óbvio que as cobras também ficaram. Elas se balançavam aos pés de Meg, formando uma multidão, iguais aos fãs do Pink Floyd no clássico show da banda em um palco flutuante em Veneza, em 1989. Não sei bem por quê, mas eu me lembrava desse show perfeitamente.

Um segundo atrasado, eu percebi que era um milagre ainda não ter sido picado e morto. O que eu estava fazendo no meio do lago? Só a música de Meg estava me mantendo vivo, a voz destoante, bonita e encantadora prendendo a atenção de milhares de víboras.

Como elas, eu queria ficar parado ouvindo. Mas uma sensação de inquietação crescia dentro de mim. Aquela caverna... o Oráculo de Trofônio. Alguma coisa me dizia que ali não era um bom lugar para desnudar sua alma.

— Meg — sussurrei. — Pare.

Pelo visto, ela não conseguia me ouvir.

Agora, a caverna toda parecia concentrada na sua voz. As paredes de pedra brilhavam. Sombras oscilavam, como se dançassem. As estalactites cintilantes apontavam para Meg como ponteiros de bússola.

Ela cantou sobre ter me traído, sobre ter voltado para a casa de Nero, sobre sucumbir ao medo do Besta...

— Não — falei, um pouco mais alto. — Não, Meg!

Tarde demais. A magia da caverna captou a música dela, amplificando a voz cem vezes. A câmara se encheu com o som de pura dor. O lago se agitou quando serpentes em pânico submergiram e fugiram, passando pelas minhas pernas em uma corrente forte.

Talvez elas tivessem fugido por um canal escondido. Talvez tivessem se dissolvido. Eu só sabia que a pequena ilha de pedra no centro da caverna ficou vazia de repente, e eu era o único ser vivo que restava no lago.

E Meg continuou cantando. Parecia que sua voz saía do corpo à força, como se um punho gigante e invisível estivesse espremendo a garota como um daqueles brinquedos com apito. Luzes e sombras piscavam nas paredes da caverna, formando imagens fantasmagóricas para ilustrar a letra da música.

Em uma cena, um homem de meia-idade se agachava e sorria, como se olhando para uma criança. Ele tinha cabelo escuro e encaracolado como o meu (eu quis dizer de Lester), um nariz largo cheio de sardas e olhos suaves e gentis. Ele estendeu uma rosa vermelha.

— Da sua mãe — sussurrou ele, um refrão da música de Meg. — Essa rosa nunca vai murchar, querida. Você nunca vai precisar se preocupar com espinhos.

A mão gorducha de uma criança apareceu na visão, pegando a flor. Eu desconfiava que era uma das primeiras lembranças de Meg, da qual mal tinha consciência. Ela pegou a rosa, e as pétalas se abriram em uma flor fantástica. O cabo envolveu carinhosamente o pulso de Meg. Ela deu um gritinho de alegria.

Uma visão diferente: o imperador Nero com seu terno roxo, se ajoelhando para olhar nos olhos de Meg. Ele sorriu de um jeito que podia ser confundido com gentileza se você não o conhecesse. O queixo duplo se projetava da barba fina, como a tira de um capacete. Anéis com pedras cintilavam nos dedos gordos.

— Você vai ser uma menina boazinha, não vai? — Ele apertou o ombro de Meg com força demais. — Seu papai teve que ir embora. Talvez, se for boazinha, você o veja de novo. Você não gostaria disso?

A versão mais nova de Meg assentiu. Não sei muito bem como, mas senti que ela tinha uns cinco anos. Imaginei seus pensamentos e suas emoções se enroscando dentro dela, formando uma casca protetora grossa.

Outra cena surgiu. Em frente à Biblioteca Pública de Nova York, em Midtown, o cadáver de um homem caído nos degraus de mármore. Uma das mãos estava espalmada sobre a barriga, que lembrava um campo de batalha horrendo, cheio de trincheiras vermelhas onde havia talvez cortes de faca ou das garras de um predador enorme.

A polícia andava ao redor, fazendo anotações, tirando fotos, contendo os curiosos com uma fita amarela. Mas eles abriram passagem para duas pessoas: Nero, com um terno roxo diferente, mas a mesma barba horrenda e os anéis, e

Meg, agora com uns seis anos, horrorizada, pálida, relutante. Ela viu o corpo e começou a chorar. Tentou se virar, mas Nero colocou a mão pesada no ombro dela para segurá-la no lugar.

— Quero que veja isso. — A voz dele transbordava de solidariedade falsa. — Lamento tanto, minha querida. O Besta... — Ele suspirou, como se a cena trágica fosse inevitável. — Preciso que você seja mais aplicada nos seus estudos, entende? Deve fazer tudo que o mestre espadachim disser. Partiria meu coração se mais alguma coisa acontecesse, algo até pior do que isso. Olhe. Grave na memória.

Os olhos de Meg se encheram de lágrimas. Ela se aproximou do pai morto. Na outra mão dele havia o cabo de uma rosa. As pétalas esmagadas estavam espalhadas sobre a barriga, quase invisíveis em meio ao sangue. Ela berrou: "Papai! Me ajudem!". A polícia não prestou atenção a ela. A multidão agiu como se ela não existisse. Só Nero estava ao seu lado.

No fim, ela se virou para ele, escondeu o rosto no terno e chorou descontroladamente.

Sombras piscaram com mais rapidez nas paredes da caverna. A música de Meg começou a reverberar, se partindo em ondas aleatórias de barulho. O lago perturbava-se ao meu redor. Na pequena ilha de pedra, a escuridão aumentou, jorrando para cima como uma fonte, formando o contorno de um homem.

— Meg, pare de cantar! — gritei.

Com um soluço final, ela caiu de joelhos, o rosto coberto de lágrimas. Então caiu de lado, grunhindo, a voz como uma lixa sendo amassada. As pedras nos óculos ainda cintilavam, mas com um tom azulado, como se todo o calor tivesse sido removido delas.

Eu queria mais do que qualquer coisa correr para junto de Meg. O efeito da água dos riachos da Memória e do Esquecimento já tinha passado. Eu conhecia Meg McCaffrey. Queria consolá-la. Mas também sabia que o perigo que ela corria não chegara ao fim.

Olhei para a ilha. O espectro parecia só um pouco com um ser humano, composto de sombras e fractais de luz. Imagens da letra da música de Meg piscavam e sumiam no corpo dele. Ele tinha uma aura mais assustadora do que o escudo de égide de Thalia, ondas de terror que ameaçavam arrancar o autocontrole do meu corpo.

— Trofônio! — gritei. — Deixa ela em paz!

A forma dele ganhou mais foco: o cabelo escuro lustroso, o rosto orgulhoso. Ao seu redor voava um enxame de abelhas-fantasma, suas criaturas sagradas, pequenas manchas de escuridão.

— Apolo. — A voz dele ressoava grave e severa, como aconteceu quando ele se manifestou por Georgina no Trono da Memória. — Esperei muito tempo, Pai.

— Por favor, meu filho. — Juntei as mãos. — Meg não é sua requerente. Sou eu!

Trofônio olhou para a jovem McCaffrey, agora encolhida e trêmula na borda da pedra.

— Se ela não é minha requerente, por que me chamou cantando os próprios sofrimentos? Ela tem muitas perguntas sem resposta. Eu poderia fazer isso. Só que o preço seria a sanidade dela.

— Não! Ela estava… Ela estava tentando me proteger. — Engasguei com as palavras. — Ela é minha amiga. Não bebeu das fontes. *Eu* bebi. *Eu* sou o requerente do seu oráculo sagrado. Me leve no lugar dela!

A gargalhada de Trofônio foi um som horrível… digno de um espírito que morava na escuridão com milhares de cobras venenosas.

— *Me leve no lugar dela* — repetiu ele. — O mesmo pedido que fiz quando meu irmão Agamedes ficou preso no túnel, o peito esmagado, a vida se esvaindo. Você me ouviu naquela ocasião, Pai?

Minha boca ficou seca.

— Não puna a garota por um erro meu.

As abelhas-fantasma de Trofônio voaram em uma nuvem mais ampla, zumbindo furiosamente na minha cara.

— Você sabe por quanto tempo eu vaguei pelo mundo mortal depois de matar meu irmão, Apolo? Depois de cortar a cabeça dele, com minhas mãos ainda cobertas de sangue, eu cambaleei pela selva durante semanas, meses. Implorei para a terra me engolir e acabar com minha infelicidade. Consegui parte do meu desejo.

Ele fez um gesto indicando o lugar em que estávamos.

— Eu moro na escuridão agora porque sou *seu filho*. Vejo o futuro porque sou *seu filho*. Toda a minha dor e loucura… Por que eu não deveria compartilhar isso com os que procuram minha ajuda? E *você*? Ajuda as pessoas sem cobrar nada por isso?

Minhas pernas cederam. Caí de joelhos, a água gelada batendo no queixo.

— Por favor, Trofônio. Sou mortal agora. Cobre seu preço de mim, não dela!

— A garota já se ofereceu! Ela se abriu para mim, me falou dos seus maiores medos e arrependimentos.

— Não! Não, ela não bebeu das duas fontes. A mente dela não está preparada. Ela vai morrer!

Imagens surgiram na forma escura de Trofônio como flashes: Meg coberta de gosma na toca das formigas, Meg entre mim e Litierses, a espada dele detida pelas lâminas douradas cruzadas dela; Meg me abraçando com força enquanto saíamos no nosso grifo do Zoológico de Indianápolis.

— Ela é importante para você — disse o oráculo. — Você daria sua vida em troca da dela?

Tive dificuldade em compreender a pergunta. Dar minha vida? Em qualquer momento dos meus quatro mil anos de existência, minha resposta teria sido um enfático *Não! Você está maluco?* Ninguém devia abrir mão da vida *nunca*. A vida é importante! O objetivo das minhas missões no mundo mortal, encontrar e proteger todos os oráculos antigos, era justamente recuperar minha imortalidade e não ter que pensar em perguntas horríveis assim!

Mas... pensei em Emmie e Josephine renunciando à imortalidade uma pela outra. Pensei em Calipso abrindo mão do lar, dos poderes e da vida eterna por uma chance de andar pelo mundo, descobrir o que era o amor e possivelmente apreciar as maravilhas de uma escola de ensino médio em Indiana.

— Sim — foi o que me vi dizendo. — Sim, eu morreria para salvar Meg McCaffrey.

Trofônio riu, um som úmido e furioso como o movimento das víboras na água.

— Muito bem! Então prometa que vai me conceder um desejo. O que quer que eu peça, você vai fazer.

— S-seu desejo?

Eu não era mais deus. Trofônio sabia disso. Mesmo que *pudesse* conceder desejos, eu me recordava de uma conversa bem recente com a deusa Estige sobre os perigos de fazer juramentos que eu não poderia cumprir.

Mas que escolha eu tinha?

— Sim — falei. — Eu prometo. O que você pedir. Então temos um acordo? Você vai me levar no lugar da garota?

— Bem, eu não prometi nada em troca! — O espírito ficou preto como petróleo. — Só queria arrancar essa promessa de você. O destino da garota já está decidido.

Ele esticou os braços, expelindo milhões de abelhas fantasmagóricas malignas. Meg gritou de terror quando o enxame a envolveu.

# 35

*Detesto meu filho*
*Baita cretino arrogante*
*Que oposto do pai!*

**EU NÃO SABIA QUE** era capaz de me mover tão rápido. Não no corpo de Lester Papadopoulos, pelo menos.

Atravessei o lago e fui até Meg. Tentei desesperadamente afastar as abelhas, mas os fiapos de escuridão a envolviam, voando para dentro da boca, do nariz e das orelhas, passando até pelos dutos lacrimais. Como deus da medicina, eu teria achado isso fascinante, se não fosse tão repulsivo.

— Trofônio, pare! — implorei.

— Isso não é coisa minha — disse o espírito. — Sua amiga abriu a mente para o Oráculo das Sombras. Ela fez perguntas. Agora, está recebendo as respostas.

— Ela não fez perguntas!

— Ah, fez. A maioria sobre você, pai. O que vai acontecer com você? Para onde você deve ir? Como ela pode ajudar você? Essas são as principais preocupações na mente dela. Uma lealdade tão equivocada…

Meg começou a se debater. Eu a virei de lado, como se deve fazer quando alguém está tendo uma convulsão. Vasculhei meu cérebro. O que mais? Tirar objetos afiados das redondezas… Todas as cobras tinham ido embora, que bom. Não havia muito que eu pudesse fazer em relação às abelhas. A pele dela estava fria, mas eu não tinha nada quente e seco com que cobri-la. O cheiro de sempre, aquele aroma leve e inexplicável de maçãs, ficou úmido como mofo. As pedrinhas dos óculos estavam completamente escuras, as lentes opacas por causa da condensação.

— Meg — falei. — Fique comigo. Se concentre na minha voz.

Ela murmurou palavras sem sentido. Com uma pontada de pânico, me dei conta de que, se ela me desse uma ordem direta em seu estado delirante, mesmo algo simples como *Me deixe em paz* ou *Vá embora*, eu seria obrigado a obedecer. Eu tinha que encontrar um jeito de ancorar a mente dela, de protegê-la do pior das visões sombrias — uma tarefa difícil para a minha consciência ainda confusa e não totalmente confiável.

Murmurei alguns cânticos de cura, velhas melodias que eu não usava havia séculos. Antes dos antibióticos, antes da aspirina, antes mesmo das ataduras esterilizadas, nós tínhamos músicas. Eu era o deus da música e da cura por um bom motivo. Nunca se deve subestimar o poder curativo da música.

A respiração de Meg ficou regular, mas o enxame de sombras ainda a envolvia, atraído pelos medos e dúvidas dela como... Bem, como abelhas por mel.

Trofônio limpou a garganta.

— Sobre o favor que você prometeu...

— Cala a boca! — cortei.

— Cala a boca — murmurou Meg, febril.

Preferi interpretar isso como apenas um eco direcionado a Trofônio, e não uma ordem de uma senhora a seu servo. Felizmente, minhas cordas vocais concordaram.

Cantei para Meg sobre a mãe dela, Deméter, a deusa capaz de curar toda a terra depois de uma seca, um incêndio ou uma inundação. Cantei sobre a misericórdia e a gentileza de Deméter, que transformou o príncipe Triptólemo em deus por causa do bem que ele tinha feito; que amamentou o bebê Demofonte por três noites, tentando torná-lo imortal; que abençoou os fabricantes de cereal dos tempos modernos, inundando o mundo com cereais de todos os tipos e sabores. Ela era uma deusa de benevolência infinita.

— Você sabe que ela ama você — falei, aninhando a cabeça de Meg no meu colo. — Ela ama todos os filhos. Veja o quanto ela se dedicava a Perséfone, apesar de aquela garota... Bom, fazer seus modos à mesa parecerem os de uma dama da alta sociedade! Hã... sem querer ofender.

Percebi que não estava mais cantando, e sim tagarelando, tentando afastar os medos de Meg com um tom de voz tranquilizador.

— Uma vez — continuei —, Deméter se casou com um deus menor da colheita, Carmanor. Você nunca deve ter ouvido falar dele. Ninguém o conhecia. Ele era uma deidade local em Creta. Rude, retrógrado, malvestido. Mas, ah, como eles se amavam. Eles tiveram um filho... o menino mais feio que você já viu. Ele *não* tinha qualidades que compensassem isso. Parecia um porco, todo mundo dizia. Até tinha um nome horrível: Eubulo. Parece Ebola, eu sei. Mas Deméter não dava a mínima para os insultos de todo mundo. Fez de Eubulo o deus dos bandos suínos! Só digo isso porque... Bem, nunca se sabe, Meg. Deméter tem planos para você, tenho certeza. Você não pode morrer assim. Tem muita coisa à sua espera. Deméter pode fazer de você a deusa menor dos porquinhos fofinhos!

Era impossível saber se ela estava me ouvindo. Os olhos se moviam debaixo das pálpebras fechadas como se ela tivesse entrado num estágio profundo de sono. Ela não estava mais se debatendo tanto. Ou eu estava imaginando coisas? Eu estava tremendo muito, de frio ou medo, era difícil ter certeza.

Trofônio bufou.

— Ela entrou em transe profundo. Não é necessariamente um bom sinal. Ela ainda pode morrer.

Eu dei as costas para ele.

— Meg, não escute Trofônio. Ele só sabe de medo e dor. Está tentando nos fazer perder a esperança.

— Esperança — disse o espírito. — Palavra interessante. Eu já tive esperança uma vez, de que meu pai pudesse agir como um *pai*. Superei esse sentimento depois de alguns séculos morto.

— Não me culpe por você ter roubado o tesouro do rei! — rosnei. — Você está aqui porque *você* fez besteira.

— Eu orei para você!

— Bom, talvez você não tenha orado para a coisa certa na hora certa! — gritei. — Ore por sabedoria antes de fazer alguma burrice! Não ore para que eu salve você depois de seguir seus piores instintos!

As abelhas voaram em volta de mim e zumbiram com raiva, mas não me atacaram. Eu me recusei a alimentá-las com medo. A única coisa que importava no momento era me manter controlado, ancorado, pelo bem de Meg.

— Eu estou aqui. — Afastei o cabelo molhado da testa dela. — Você não está sozinha.

— A rosa morreu — choramingou ela, em transe.

Senti como se uma daquelas serpentes tivesse se contorcido no meu peito e estivesse devorando meu coração, uma artéria de cada vez.

— Meg, a flor é só uma parte da planta. Flores voltam a crescer. Você tem raízes profundas. Tem caules fortes. Você tem... Seu rosto está verde. — Eu me virei para Trofônio. — Por que o rosto dela está verde?

— Interessante. — Ele parecia qualquer coisa, menos interessado. — Talvez ela esteja morrendo.

Ele inclinou a cabeça, como se ouvisse alguma coisa ao longe.

— Ah. Aqui estão eles, esperando você.

— O quê? Quem?

— Os servos do imperador. *Blemmyae*. — Trofônio apontou para o outro lado do lago. — Um túnel por baixo da água bem ali, está vendo? Ele leva ao resto do sistema de cavernas, a parte conhecida pelos mortais. Os *blemmyae* aprenderam que não devem vir até esta câmara, mas estão esperando você do outro lado. Você só vai poder fugir daqui se passar por ali.

— Então é o que nós vamos fazer.

— Tenho minhas dúvidas — disse Trofônio. — Mesmo que sua jovem amiga sobreviva, os *blemmyae* estão com explosivos à sua espera.

— *O QUÊ?*

— Ah, Cômodo deve ter dito para eles usarem os explosivos como último recurso. Ele gosta de me ter como vidente pessoal. Manda os homens dele aqui de tempos em tempos, eles saem meio mortos e loucos, mas o imperador recebe vislumbres gratuitos do futuro. É uma maravilha. Mas ele prefere destruir este oráculo a permitir que você escape vivo.

Eu estava perplexo demais para responder. Trofônio soltou outra gargalhada.

— Não fique tão desanimado, Apolo. O lado bom é que não importa se Meg vai morrer aqui, porque ela vai morrer de qualquer jeito! Olha, ela está espumando pela boca agora. Essa é sempre a parte mais divertida.

Meg estava mesmo cuspindo espuma branca. Na minha opinião médica mais do que embasada, isso raramente era bom sinal.

Segurei o rosto dela.

— Meg, me escute. — A escuridão girava ao redor dela, fazendo minha pele formigar. — Estou aqui. Sou Apolo, o deus da cura. Você *não* vai morrer.

Meg não gostava de receber ordens. Eu sabia disso. Ela se contorceu e espumou, tossindo palavras aleatórias como *cavalo, palavras cruzadas, trevos, raízes*. Também não era um bom sinal, medicamente falando.

Minha cantoria não funcionou. Ser assertivo não funcionou. Só conseguia pensar em mais um remédio, uma técnica antiga para retirar veneno e espíritos do mal. A prática não era mais indicada pela maioria das associações médicas, mas eu me lembrei do limerique do Bosque de Dodona, o verso que mais me fez perder o sono: *a morte e loucura forçado*.

Era agora.

Eu me aproximei do rosto de Meg, como fazia quando ensinava respiração boca a boca no treinamento de primeiros socorros do Acampamento Júpiter. (Aqueles semideuses romanos idiotas estavam *sempre* se afogando.)

— Peço desculpas por isso.

Apertei o nariz de Meg e encostei a boca na dela. Tive uma sensação gosmenta e desagradável, bem parecida com o que eu imaginava que Poseidon sentiu quando percebeu que estava beijando a Górgona Medusa.

Nada me deteria. Em vez de expirar, eu inspirei, sugando a escuridão dos pulmões de Meg.

Talvez, em algum momento da sua vida, água tenha entrado pelo seu nariz. Imagine a sensação, só que com veneno de abelha e ácido em vez de água. Pois é. A dor quase me fez desmaiar, uma nuvem tóxica de horror subindo pelas minhas cavidades nasais, descendo pela garganta e indo até o peito. Senti abelhas fantasmagóricas ricocheteando pelo meu sistema respiratório, tentando lançar seus ferrões durante a passagem.

Prendi a respiração, determinado a deixar o máximo possível de escuridão longe de Meg pelo máximo de tempo que eu conseguisse. Eu dividiria esse peso com ela, mesmo que me matasse.

Minha mente deslizou pelas lembranças de Meg.

Eu era uma garotinha assustada, tremendo nos degraus da biblioteca, olhando para o corpo do meu pai assassinado.

A rosa que ele tinha me dado estava esmagada e morta. As pétalas estavam espalhadas pelos ferimentos que o Besta fez na barriga dele.

O Besta fez aquilo. Eu não tinha dúvida. Nero tinha me avisado várias vezes.

Papai havia jurado que a rosa nunca morreria. Eu nunca teria que me preocupar com espinhos. Ele disse que a flor era presente da minha mãe, uma mulher que nunca vi.

Mas a rosa estava morta. Papai estava morto. Minha vida não era nada além de espinhos.

Nero colocou a mão no meu ombro.

— Sinto muito, Meg.

Os olhos dele estavam tristes, mas a voz havia sido tomada pela decepção. Isso só comprovava minhas suspeitas. A morte de papai era minha culpa. Eu devia ter treinado mais, tido modos melhores, não ter protestado quando Nero me disse para brigar com as crianças maiores... e com os animais que eu não queria matar.

Eu tinha aborrecido o Besta.

Chorei, com ódio de mim mesma. Nero me abraçou. Escondi o rosto na roupa roxa dele, sentindo a colônia doce e enjoativa. Era um aroma que não lembrava tanto flores, e sim um cheiro velho, ressecado e decadente. Eu não sabia ao certo como *conhecia* esse cheiro, mas ele me inundou com um sentimento familiar de impotência e terror. Nero era tudo que eu tinha. Eu não tinha flores de verdade, um pai de verdade, uma mãe de verdade. Não era digna dessas coisas. Tinha que me agarrar ao que eu tinha.

De repente, as mentes unidas, Meg e eu desabamos no Caos primordial: o miasma do qual as Parcas teciam o futuro, traçando o destino de forma aleatória.

A mente de ninguém deveria ser exposta a tal poder. Mesmo quando era deus, eu temia chegar perto demais dos limites do Caos.

Era o mesmo tipo de perigo que os mortais corriam quando pediam para ver a forma verdadeira de um deus, uma pira ardente e terrível de pura possibilidade. Ver uma coisa assim podia vaporizar humanos, transformá-los em sal ou pó.

Protegi Meg do miasma da melhor maneira que pude, envolvendo a mente dela com a minha em uma espécie de abraço, mas nós dois ouvimos as vozes agudas.

*Cavalo branco veloz*, sussurraram elas. *O falante das palavras cruzadas. Terras fatais arrasadas.*

E mais: frases ditas rápido demais, sobrepostas demais para fazer sentido. Meus olhos começaram a arder. As abelhas consumiram meus pulmões. Mas eu continuei prendendo a respiração. Vi um rio enevoado ao longe, o próprio Estige. A deusa sombria me chamou da margem, me convidando a atravessar. Eu seria imortal de novo, ao menos do jeito como as almas humanas eram imortais depois da morte. Podia passar para os Campos de Punição. Eu não merecia ser punido pelos meus muitos crimes?

Infelizmente, Meg sentia a mesma coisa. A culpa a puxava para baixo. Ela não acreditava que merecia sobreviver.

O que nos salvou foi um pensamento simultâneo:

*Não posso desistir. Apolo precisa de mim. Meg precisa de mim.*

Aguentei mais um pouco, depois mais um pouco. Então não consegui aguentar mais.

Eu expirei e expeli o veneno da profecia. Ofegando por ar fresco, desabei ao lado de Meg na pedra fria e úmida. Lentamente, o mundo voltou a seu estado sólido. As vozes sumiram. A nuvem de abelhas fantasmagóricas desapareceu.

Eu me apoiei nos cotovelos. Encostei os dedos no pescoço de Meg. A pulsação estava leve e fraca, mas minha amiga não estava morta.

— Graças às Três Parcas — murmurei.

Pela primeira vez, eu estava falando sério. Se Cloto, Láquesis e Átropos estivessem na minha frente naquela hora, eu teria dado um beijo nos narizes verruguentos delas.

Na ilha, Trofônio suspirou.

— Ah, que pena. A garota talvez fique insana pelo resto da vida. Já é alguma coisa.

Olhei com raiva para meu filho falecido.

— *Consolo?*

— É. — Ele inclinou a cabeça etérea, escutando novamente. — É melhor você se apressar. Vai ter que carregar a garota pelo túnel debaixo da água, então acho que vocês dois podem se afogar. Ou os *blemmyae* podem matar vocês do outro lado. Mas, se isso não acontecer, eu quero aquele favor.

Eu ri. Depois do meu mergulho no Caos, não foi um som bonito.

— Você ainda espera um *favor?* Depois de atacar uma garota indefesa?

— Por dar a você sua profecia — corrigiu Trofônio. — É toda sua, supondo que você consiga extraí-la da garota no Trono da Memória, claro. Agora, meu favor, como você prometeu: destrua esta caverna.

Veja bem... eu tinha acabado de voltar do miasma da pura profecia, mas *ainda assim* fui pego de surpresa por aquele pedido.

— Como é que é?

— O local é exposto demais — disse Trofônio. — Seus aliados da Estação Intermediária nunca vão conseguir defendê-lo do Triunvirato. Os imperadores vão continuar atacando. Não quero mais ser usado por Cômodo. É melhor que o oráculo seja destruído.

Eu me perguntei se Zeus concordaria. Sempre achei que meu pai quisesse que eu *restaurasse* todos os oráculos antigos, para só então eu poder recuperar minha divindade. Não sabia se destruir a Caverna de Trofônio seria um plano B aceitável. Por outro lado, se Zeus queria que as coisas fossem feitas de uma maneira específica, deveria ter me dado instruções mais claras.

— Mas, Trofônio... O que vai acontecer com você?

Ele deu de ombros.

— Talvez meu oráculo reapareça em outro lugar daqui a alguns séculos, em circunstâncias melhores, em um local mais seguro. Talvez isso lhe dê tempo para se tornar um pai melhor.

Eu estava começando a considerar seriamente atender ao pedido dele.

— Como eu destruo este lugar?

— Eu talvez tenha mencionado que os *blemmyae* têm explosivos na caverna ao lado. Se eles não usarem, você tem que usar.

— E Agamedes? Ele também vai desaparecer?

Faíscas surgiram no corpo do espírito. Tristeza, talvez?

— Depois de um tempo — disse Trofônio. — Diga para Agamedes... Diga que o amo e que lamento que esse tenha sido nosso destino. É mais do que recebi de você.

Sua coluna de escuridão giratória começou a se desenrolar.

— Espere! — gritei. — E Georgina? Onde Agamedes a encontrou? Ela é minha filha?

A gargalhada de Trofônio ecoou fracamente pela caverna.

— Ah. Considere esse mistério meu último presente para você, pai. Espero que deixe você louco!

E então sumiu.

Fiquei sentado no chão, perplexo e arrasado. Não me sentia fisicamente machucado, mas percebi que era possível ser ferido de muitas formas naquele buraco cheio de cobras, mesmo que nenhuma delas chegasse perto de você. Havia outros tipos de veneno.

A caverna ribombou, criando ondulações no lago. Eu não sabia o que aquilo queria dizer, mas nós não podíamos ficar. Segurei Meg nos braços e entrei na água.

# 36

*Seja educado*
*Quando montar bombas ou...*
*Splat! Virou geleia*

**TALVEZ EU TENHA MENCIONADO:** eu não sou o deus do mar.

Tenho muitas habilidades fascinantes. No meu estado divino, sou bom em quase tudo que tento fazer. Mas, como Lester Papadopoulos, eu *não* era mestre em nadar debaixo d'água carregando peso, nem conseguia ficar sem oxigênio por mais tempo do que um mero mortal.

Fui seguindo pela passagem, abraçando Meg junto ao peito, meus pulmões queimando de revolta.

*Primeiro, você nos enche de abelhas proféticas das sombras!*, gritaram meus pulmões. *Agora, nos obriga a ficar embaixo d'água! Você é uma pessoa horrível!*

Eu só podia torcer para Meg sobreviver à experiência. Como ela ainda estava inconsciente, não pude avisá-la para prender a respiração. O máximo que podia fazer era tornar o trajeto o mais curto possível.

Pelo menos, a corrente estava a meu favor. A água me empurrou na direção que eu queria ir, mas, depois de seis ou sete segundos, tive certeza de que íamos morrer.

Meus ouvidos latejavam. Tateei cegamente em busca de apoios nas paredes escorregadias de pedra. As pontas dos meus dedos deviam estar esfoladas, mas o frio incapacitava meu sistema nervoso. A única dor que sentia vinha de dentro do meu peito e da minha cabeça.

Minha mente começou a pregar peças enquanto eu tentava obter mais oxigênio. *Você consegue respirar debaixo d'água!*, dizia ela. *Vá em frente! Vai ficar tudo bem!*

Estava prestes a inspirar quando reparei em um leve brilho verde acima. Ar? Radiação? Limonada? Qualquer uma dessas coisas parecia melhor do que me afogar no escuro. Bati os pés naquela direção.

Eu imaginei que estaria cercado de inimigos quando chegasse à superfície, então tentei subir ofegando e me debatendo o mínimo possível. Cuidei para que a cabeça de Meg surgisse acima da água e apertei de leve sua barriga para expelir qualquer fluido dos pulmões dela. (É para isso que servem os amigos.)

Fazer tudo isso em silêncio não foi tarefa fácil, mas assim que observei os arredores fiquei feliz de ser um ninja de ofegos baixos e poucos movimentos.

A caverna não era muito maior do que a anterior. Havia lâmpadas elétricas penduradas no teto, lançando luz verde na água. Do lado oposto, avistei uma doca cheia de barcaças de alumínio, que provavelmente serviam para acessar áreas do rio subterrâneo que, de outro modo, seriam fatais. Três *blemmyae* estavam agachados sobre um objeto grande que parecia dois tanques de mergulho grudados um no outro, as rachaduras cheias de massa de vidraceiro, e um monte de fios.

Se Leo Valdez tivesse elaborado tal dispositivo, poderia ser qualquer coisa, desde um mordomo robótico a um propulsor a jato. Considerando a falta de criatividade dos *blemmyae*, cheguei à deprimente conclusão de que eles estavam armando uma bomba.

Os únicos motivos para eles não terem reparado em nós e nos matado foram: 1) eles estavam ocupados discutindo, e 2) eles não estavam olhando na nossa direção. A visão periférica dos *blemmyae* compreende basicamente a área das axilas, então eles geralmente só olham para a frente.

Um *blemmyae* usava uma calça verde-escura e uma camisa verde aberta; roupa de guarda florestal, talvez? O segundo vestia o uniforme azul da polícia de Indiana. A terceira... Ah, não. Aquele vestido florido de novo.

— Não, senhor! — gritou o policial da forma mais educada possível. — *Não* é aí que o fio vermelho vai, se me permite dizer.

— É claro que permito — disse o guarda florestal. — Mas estudei o desenho. Vai aí sim, porque o fio azul tem que entrar *aqui*. E, perdão por dizer isso, mas você é um idiota.

— Está perdoado — disse o policial, com simpatia —, mas só porque *você* é um idiota.

— Ah, garotos — disse a mulher. A voz era definitivamente a de Nanette, a mulher que nos recebeu no nosso primeiro dia em Indianápolis. Parecia impossível que ela tivesse se regenerado do Tártaro tão rápido depois de ser morta pela torre de besta de Josephine, mas atribuí isso à minha péssima sorte de sempre. — Não vamos discutir. Podemos ligar para o número de atendimento ao cliente e...

Meg aproveitou essa oportunidade para tossir bem alto. Não tínhamos onde nos esconder exceto embaixo d'água, e eu não estava em condições de submergir de novo.

Nanette nos viu. Sua cara/peito se contorceu em um sorriso, o batom, de um laranja intenso, brilhava como lama na luz verde.

— Ah, olhem só! Visitantes!

O guarda florestal puxou uma faca de caça. O policial pegou a arma. Mesmo com a noção de profundidade tão ruim da espécie, não era provável que ele errasse o alvo estando tão perto.

Indefeso na água, segurando uma Meg ofegante e meio inconsciente, fiz a única coisa em que consegui pensar. Gritei.

— Não nos matem!

Nanette riu.

— Ah, querido, por que não mataríamos vocês?

Olhei para a bomba feita com tanques de mergulho. Sem dúvida Leo Valdez saberia exatamente o que fazer em uma situação daquelas, mas o único conselho em que eu conseguia pensar era algo que Calipso tinha me dito no zoológico: *Metade da magia é agir como se fosse funcionar. A outra metade é escolher um alvo supersticioso.*

— Vocês não deveriam nos matar — anunciei —, porque eu sei onde entra o fio vermelho!

Os *blemmyae* sussurraram baixinho. Eles podiam ser imunes a encantos e música, mas compartilhavam da relutância dos mortais em ler as instruções e ligar para o serviço de atendimento ao cliente. A hesitação deles me deu alguns instantes para dar um tapa em Meg (*delicadamente*, na bochecha, só para acordá-la).

Ela se debateu e se sacudiu, o que já estava de bom tamanho para quem antes estava totalmente apagada. Examinei a caverna em busca de possíveis rotas de fuga. À nossa direita, o rio serpenteava por um túnel de teto baixo. Eu não estava mais com vontade de nadar por aquelas cavernas. À esquerda, na beirada da doca, se projetava uma rampa com corrimões. Decidi que aquela seria nossa saída para a superfície.

Infelizmente, no meio do caminho havia três humanoides superfortes com uma bomba.

Os *blemmyae* terminaram de conversar.

Nanette olhou para mim de novo.

— Muito bem! Por favor, diga onde entra o fio vermelho. Depois, vamos matar você da forma mais indolor possível, e podemos todos ir para casa felizes.

— Uma proposta generosa — falei. — Mas eu preciso *mostrar*. É difícil demais explicar daqui. Permissão para atracar?

O policial baixou a arma. Um bigode peludo cobria suas últimas costelas.

— Bom, ele pediu permissão. Foi educado.

— Humm. — Nanette passou a mão no queixo, ao mesmo tempo coçando a barriga. — Permissão concedida.

Juntar-me a três inimigos na doca era uma opção só um pouco melhor do que congelar no rio, mas fiquei feliz por tirar Meg da água.

— Obrigado — falei aos *blemmyae* depois que eles nos puxaram.

— De nada — disseram os três ao mesmo tempo.

— Vou só colocar minha amiga aqui... — Cambaleei na direção da rampa, me perguntando se daria para tentar sair correndo.

— Aí já está bom — avisou Nanette —, por favor e obrigada.

Não havia palavras em grego arcaico para *odeio você, mulher-palhaço assustadora*, mas murmurei algo parecido. Apoiei Meg na parede.

— Está me ouvindo? — sussurrei.

Os lábios dela estavam azulados. Os dentes rangiam sem parar. Os olhos estavam revirados, é só dava para ver a parte branca cheia de vasinhos vermelhos.

— Meg, por favor. Vou distrair os *blemmyae*, mas você precisa sair daqui. Consegue andar? Engatinhar? Qualquer coisa?

— Hum-um-um. — Meg tremeu e tossiu. — Shumma-shumma.

Desconhecia essa língua, mas supus que Meg não iria a lugar nenhum sozinha. Eu teria que fazer mais do que só distrair os *blemmyae*.

— Muito bem! — disse Nanette. — Por favor, nos mostre o que sabe, para podermos derrubar esta caverna em cima de vocês!

Forcei um sorriso.

— Claro. Vamos ver...

Eu me ajoelhei ao lado do dispositivo. Era tão simples que fiquei triste pelos *blemmyae*. Na verdade, só havia dois fios e dois receptores, tudo codificado pelas cores azul e vermelho.

Olhei para cima.

— Ah. Uma pergunta rápida. Eu estou ciente de que os *blemmyae* não têm um bom ouvido para música, mas...

— Não é verdade! — O guarda florestal pareceu ofendido. — Eu não tenho ouvidos, mas escuto muito bem!

Os outros dois fizeram reverências enfáticas, o equivalente a assentir para os *blemmyae*.

— Eu escuto muitíssimo bem — concordou Nanette.

— E eu gosto de todo tipo de música! Explosões. Tiros. Motores de carro. Todos os sons são bons — disse o guarda florestal.

— Entendi — falei. — Mas minha pergunta era... seria possível que sua espécie também seja daltônica?

Eles pareceram perplexos. Examinei mais uma vez a maquiagem de Nanette, o vestido e os sapatos, e ficou claro para mim por que tantos *blemmyae* preferiam se disfarçar com uniformes mortais. Eram daltônicos, claro!

Só para deixar claro, não estou querendo dizer que ser daltônico ou não ter um bom ouvido para música indica falta de criatividade ou de inteligência. Longe disso! Alguns dos meus gênios criativos preferidos, de Mark Twain a Mister Rogers e William Butler Yeats, também sofriam disso.

Mas, nos *blemmyae*, restrições sensoriais e falta de inteligência pareciam ser parte do mesmo pacote deprimente.

— Deixa pra lá — falei. — Vamos começar. Nanette, você poderia pegar o fio vermelho, por favor?

— Já que você pediu com tanta educação... — Nanette se inclinou e pegou o fio azul.

— O outro fio vermelho — falei.

— Claro. Eu sabia!

Ela pegou o fio vermelho.

— Agora, prenda ao receptor vermelho... a *este* receptor. — Apontei.

Nanette fez o que eu instruí.

— Prontinho! — falei.

Ainda perplexos, os *blemmyae* olharam para o dispositivo.

— Mas tem outro fio — disse o policial.

— É verdade — falei, com paciência. — Vai no segundo receptor. No entanto — segurei a mão de Nanette antes que ela nos explodisse —, quando você o conectar, provavelmente vai ativar a bomba. Está vendo essa telinha aqui? Não sou nenhum Hefesto, mas suponho que seja o cronômetro. Por acaso vocês sabem de quanto tempo é a contagem regressiva?

O policial e o guarda florestal conversaram na língua monotônica e gutural dos *blemmyae*, que soava como duas lixadeiras elétricas falando em código morse. Olhei para Meg, que estava onde eu a tinha deixado, ainda tremendo e murmurando *shumma-shumma* baixinho.

O guarda florestal sorriu de um jeito satisfeito.

— Bem, senhor. Como fui o único que leu o diagrama, decidi que posso dar a resposta com segurança. O tempo é cinco segundos.

— Ah. — Algumas abelhas-fantasma subiram pelo meu pescoço. — Então, quando você conectar o fio, não vai haver tempo para sair da caverna antes que a bomba exploda.

— Exatamente! — Nanette abriu um sorriso. — O imperador foi bem claro. Se Apolo e a menina saírem da câmara do oráculo, matem os dois e derrubem a caverna com uma grande explosão!

O policial franziu a testa.

— Não, ele disse para matá-los *com* a grande explosão.

— Não, senhor — disse o guarda florestal. — Ele disse para causarmos a grande explosão só se fosse necessário. Podíamos matar esses dois se eles aparecessem, mas, se não... — Ele coçou o cabelo nos ombros. — Estou confuso agora. Para que era a bomba?

Fiz uma oração silenciosa agradecendo a Cômodo por ter enviado *blemmyae* e não germânicos para cuidar daquela tarefa. Claro que isso provavelmente significava que os germânicos estavam lutando com meus amigos na Estação Intermediária naquele momento, mas eu só conseguia lidar com uma crise catastrófica de cada vez.

— Amigos — falei. — Inimigos amigáveis, *blemmyae*. O que quero dizer é o seguinte: se vocês ativarem a bomba, vocês três também vão morrer. Estão preparados para isso?

O sorriso de Nanette sumiu.

— Ah. Humm...

— Já sei! — O guarda florestal balançou o dedo para mim com entusiasmo. — Por que *você* não conecta o fio depois que nós três sairmos?

— Não seja bobo — disse o policial. — Ele não vai se matar e matar a garota só porque pedimos. — Ele me lançou um olhar esperançoso. — Ou vai?

— Não importa — repreendeu Nanette. — O imperador mandou *a gente* matar Apolo e a garota. Não fazer com que eles se matassem.

Os outros murmuraram, concordando. Seguir ordens ao pé da letra era o mais importante, claro.

— Tive uma ideia! — falei, quando, na verdade, não tinha pensado em nada.

Queria ter bolado um plano inteligente para derrotar os *blemmyae* e tirar Meg dali. Até o momento, nenhum plano inteligente tinha se materializado. Também havia a questão da minha promessa a Trofônio. Eu tinha jurado destruir o oráculo dele. Preferia fazer isso sem morrer no processo.

Os *blemmyae* esperaram educadamente que eu continuasse. Tentei canalizar a bravata de Calipso. (Ah, deuses, por favor, nunca contem para ela que a usei como inspiração.)

— É verdade que vocês têm que nos matar. Eu entendo! Mas tenho uma solução que vai alcançar todos os seus objetivos: uma grande explosão, a destruição do oráculo, a nossa morte e vocês saírem dessa vivos.

Nanette assentiu.

— Esse último é um bônus, sem dúvida.

— Tem um túnel subterrâneo bem ali... — Expliquei que Meg e eu nadamos da câmara de Trofônio por ele. — Para destruir efetivamente a sala do oráculo, vocês não podem armar a bomba aqui. Alguém teria que nadar com o dispositivo até o fundo do túnel, ativar o *timer* lá e nadar de volta. Eu não sou forte o bastante, mas um *blemmyae* poderia fazer isso com facilidade.

O policial franziu a testa.

— Mas cinco segundos... é tempo suficiente?

— Ah — falei —, mas todo mundo sabe que, debaixo d'água, cronômetros demoram o dobro de tempo, então vocês teriam dez segundos, na verdade.

Nanette piscou.

— Tem certeza disso?

O guarda florestal a cutucou com o cotovelo.

— Ele *disse* que todo mundo sabe disso. Não seja mal-educada!

O policial coçou o bigode com o cano da arma, o que devia ser contra os protocolos de segurança do departamento.

— Eu ainda não entendi bem por que temos que destruir o oráculo. Por que não podemos matar vocês dois, digamos... com esta arma... e deixar o oráculo em paz?

Suspirei.

— Se ao menos fosse possível! Mas, meu amigo, não é seguro. Essa garota e eu entramos e saímos com nossa profecia, não foi? Isso quer dizer que outros invasores podem fazer o mesmo. O imperador devia estar falando sobre isso quando mandou vocês causarem uma grande explosão. Vocês não querem ter que voltar aqui com uma bomba cada vez que alguém invadir, querem?

O policial pareceu apavorado.

— Minha nossa, não!

— E deixar o oráculo intacto, neste lugar que mortais obviamente visitam como se fosse um ponto turístico... Bom, isso é um perigo! Não explodir a caverna do oráculo seria *muito* descortês da nossa parte — falei.

— Hummm. — Os três *blemmyae* assentiram/se curvaram com sinceridade.

— Mas — disse Nanette —, se você estiver tentando nos enganar... e peço desculpas por levantar essa possibilidade...

— Não, não. Eu entendo perfeitamente. Que tal isto: preparem a bomba. Se vocês voltarem em segurança e a caverna explodir no momento correto, vocês podem fazer a cortesia de nos matar de forma rápida e indolor. Se alguma coisa der errado...

— Nós podemos arrancar seus membros! — sugeriu o policial.

— E esmagar seus corpos até virarem geleia! — acrescentou o guarda florestal. — Que ideia maravilhosa. Obrigado!

Tentei manter meu nervosismo sob controle.

— Disponham.

Nanette observou a bomba, talvez sentindo que havia algo de errado com meu plano. Graças aos deuses, ela não notou nada, ou foi educada demais para mencionar suas reservas.

— Bem — disse ela por fim —, sendo assim, já volto!

Ela pegou os tanques e pulou na água, o que me deu alguns maravilhosos segundos para elaborar um plano para evitar ser esmagado até virar geleia. Finalmente, as coisas estavam melhorando!

# 37

*Fruta preferida?*
*Espero que não seja uva*
*Nem maçã nem figo*

**POBRE NANETTE.**

Eu me pergunto o que passou pela mente dela quando se deu conta de que, mesmo debaixo d'água, cinco segundos ainda duravam exatamente cinco segundos. Quando o dispositivo explodiu, eu a imaginei borbulhando um último xingamento terrível, algo como *Ah, que cocô*.

Eu até sentiria pena da *blemmyae*, se ela não estivesse tramando a minha morte.

A caverna tremeu. Pedaços de estalactite desabaram no lago e bateram nos cascos das barcaças. Um jato de ar irrompeu da água, agitando a doca e espalhando pela caverna um cheiro de batom de tangerina.

O policial e o guarda florestal franziram a testa para mim.

— Você explodiu Nanette. Isso não foi educado.

— Esperem! — gritei. — Ela ainda deve estar nadando de volta. É um túnel comprido.

Isso me fez ganhar mais uns três ou quatro segundos, durante os quais minha mente não conseguiu bolar nenhum plano de fuga inteligente. Bom, pelo menos eu esperava que a morte de Nanette não tivesse sido em vão. Torcia para que a explosão tivesse destruído a Caverna do Oráculo, como Trofônio queria, mas não dava para ter certeza.

Meg ainda estava apenas parcialmente consciente, murmurando e tremendo. Eu tinha que levá-la de volta à Estação Intermediária e colocá-la no Trono da

Memória o mais rápido possível, mas antes tinha que me livrar dos *blemmyae*. Minhas mãos estavam dormentes demais para eu usar o arco ou o ukulele. Eu queria ter alguma outra arma, até mesmo um lenço mágico brasileiro que pudesse sacudir na cara dos inimigos. Ah, se uma onda de força divina se espalhasse pelo meu corpo!

O guarda florestal suspirou, já sem paciência.

— Tudo bem, Apolo. Prefere que a gente pisoteie ou desmembre você? É justo deixar você escolher.

— Que educado — falei. E ofeguei. — Ah, meus deuses! Olhem aquilo ali!

Você precisa me perdoar, querido leitor. Sei que esse método de distração é o truque mais batido que existe. Na verdade, é tão velho que já era usado antes mesmo de os rolos de papiro serem inventados, e foi registrado pela primeira vez em tabuletas de argila na Mesopotâmia. Mas os *blemmyae* caíram.

Para eles, "olhar aquilo ali" era algo que levava tempo. Não conseguiam dar uma olhadinha de relance. Não conseguiam virar a cabeça sem virar o corpo todo, então tinham que fazer um movimento de cento e oitenta graus.

Eu não tinha outro truque em mente. Só sabia que precisava salvar Meg e sair dali. Outro tremor sacudiu a caverna novamente, desequilibrando os *blemmyae*, e aproveitei para aumentar minha vantagem e chutar o guarda florestal para dentro do lago. Exatamente naquele momento, um pedaço do teto se soltou e despencou em cima dele, em uma tempestade de detritos. O guarda florestal desapareceu no lago, debaixo da espuma revolta.

Só consegui ficar olhando, abismado. Tinha quase certeza de que *eu* não tinha feito o teto rachar e desabar. Pura sorte? Ou talvez o espírito de Trofônio tivesse me concedido um último favor ressentido por ter destruído a caverna dele. Esmagar uma pessoa em uma chuva de pedras parecia o tipo de favor que ele concederia.

O outro *blemmyae* não viu o que tinha acabado de acontecer e estava completamente perdido. Ele se virou para mim, uma expressão perplexa no rosto peitoral.

— Não tem nada ali, Apolo... Espere. Para onde foi meu amigo?

— Hã? — perguntei. — Que amigo?

Seu bigode impressionante deu um tremelique.

— Eduardo. O guarda florestal.

Eu me fiz de desentendido.

— Um guarda florestal? Aqui?

— Sim, ele estava aqui agora mesmo.

— Não vi nenhum guarda por aqui, não.

A caverna tremeu de novo. Infelizmente, nenhum pedaço prestativo se soltou do teto para esmagar meu último inimigo.

— Bem — disse o policial —, talvez ele tenha precisado ir embora. Se me permite, agora terei que matar você eu mesmo. Ordens são ordens.

— Ah, sim, mas primeiro...

O policial não ia cair na minha lábia outra vez. Ele segurou meu braço, esmagando vários ossos no processo. Eu gritei. Meus joelhos se dobraram.

— Deixe a garota ir embora — supliquei em meio à dor. — Me mate logo e deixe-a ir.

Fiquei bem surpreso com a minha atitude. Aquelas não eram as últimas palavras que eu tinha programado. Caso estivesse à beira da morte, torcia para ter tempo de compor uma balada com meus feitos gloriosos, uma balada *muito* longa. Mas ali estava eu, no final da minha vida, implorando não por mim, mas por Meg McCaffrey.

Eu adoraria levar o crédito pelo que aconteceu em seguida. Gostaria de pensar que meu nobre gesto de sacrifício provou meu valor e invocou nossos espíritos salvadores direto do plano etéreo. Mas era mais provável que eles já estivessem na área procurando Meg e ouviram meu grito de dor.

Com um grito de batalha de gelar o sangue, três *karpoi* correram pelo túnel e voaram no policial, avançando bem na cara dele.

O policial cambaleou pela doca, os três espíritos do pêssego uivando, arranhando e mordendo como um bando de piranhas aladas com sabor de fruta... O que, pensando bem, não é nem um pouco parecido com uma piranha.

— Por favor, saiam! — berrou o policial. — Por favor e obrigado!

Os *karpoi* não estavam preocupados com boas maneiras. Depois de mais vinte segundos de pesseguice selvagem, o policial foi reduzido a uma pilha de cinzas de monstro, tecido rasgado e fios de bigode.

O *karpos* do meio cuspiu uma coisa que um dia podia ter sido a arma do policial e bateu as asas folhosas. Deduzi que era nosso amigo, o famoso Pêssego, porque os olhos dele brilhavam com mais crueldade, e a fralda parecia mais pesada e mais perigosa.

Eu aninhei meu braço quebrado.

— Obrigado, Pêssego! Não sei como posso...

Ele me ignorou e voou até Meg. Chorando, acariciou o cabelo dela.

Os outros dois *karpoi* me observaram com uma intensidade faminta nos olhos.

— Pêssego? — choraminguei. — Você pode dizer para eles que sou amigo? Por favor?

Pêssego estava aos prantos, inconsolável. Ele pegou um pouco de terra e esfregou nas pernas de Meg, como se estivesse plantando uma muda.

— Pêssego! — chamei de novo. — Posso ajudá-la, mas preciso levá-la de volta para a Estação Intermediária. O Trono da Memória...

Uma onda de náusea fez o mundo se inclinar e girar. Minha visão ficou verde.

Quando recuperei o foco, vi Pêssego e os outros dois *karpoi* lado a lado, me encarando.

— Pêssego? — perguntou Pêssego.

— Sim — grunhi. — Nós precisamos levar a Meg para Indianápolis o quanto antes. Se você e seus amigos... Hã, acho que não fomos apresentados. Sou Apolo.

Pêssego apontou para o amigo da direita.

— Pêssego. — E para o bebê demônio da esquerda. — Pêssego.

— Entendi. — Tentei pensar. A dor se alastrava do meu braço até o queixo. — Agora, escutem, eu... eu tenho um carro. Um Mercedes vermelho, está aqui perto. Se eu conseguir chegar lá, posso levar Meg até... até...

Olhei para o antebraço quebrado. Estava ficando com uns tons lindos de roxo e laranja, como um pôr do sol no Egeu. Percebi que não ia dirigir para lugar algum.

Minha mente começou a afundar em um mar de dor debaixo daquele lindo pôr do sol.

— Volto em um minuto — murmurei.

E desmaiei.

# 38

*Estação vai mal*
*Cômodo tem que pagar*
*E não em dinheiro*

**EU NÃO ME LEMBRO** de muita coisa da viagem de volta.

Não sei bem como, mas Pêssego e seus dois amigos carregaram Meg e a mim para fora da caverna e até o Mercedes. O mais perturbador foi que os três *karpoi* deram um jeito de dirigir até Indianápolis enquanto Meg murmurava e tremia no banco do carona e eu grunhia no de trás.

Não me pergunte como os três *karpoi* conseguiram dirigir um carro. Foi um trabalho em equipe. Não sei qual usou o volante, o freio ou o acelerador. Não é o tipo de comportamento que se espera de uma fruta comestível.

Só sei que, quando recuperei quase totalmente a consciência, tínhamos entrado na cidade.

Meu antebraço quebrado estava enrolado em folhas grudadas com seiva. Eu não lembrava como isso havia acontecido, mas o braço parecia melhor. Ainda doía, mas não de forma excruciante. Considerei sorte os espíritos do pêssego não terem tentado me plantar e me aguar.

Consegui me sentar ereto na hora que o Mercedes virou na Rua Capital. À nossa frente, viaturas da polícia bloqueavam a passagem. Grandes placas vermelhas em cavaletes anunciavam: EMERGÊNCIA: VAZAMENTO DE GÁS. AGRADECEMOS A PACIÊNCIA!

Vazamento de gás. Leo Valdez acertou de novo. Supondo que ainda estivesse vivo, ele esfregaria isso na nossa cara durante semanas.

Alguns quarteirões depois do bloqueio, uma coluna de fumaça preta subia mais ou menos de onde a Estação Intermediária ficava. Meu coração se partiu, doendo mais até do que o braço. Olhei para o relógio do painel do Mercedes. Fazia menos de quatro horas que tínhamos saído. Parecia uma vida, uma vida *divina*.

Observei o céu. Não vi dragão de bronze voando, nem grifos sempre dispostos a ajudar lutando para defender seu ninho. Se a Estação Intermediária tivesse sucumbido... Não, eu tinha que pensar positivo. Não deixaria que meus medos atraíssem mais enxames de abelhas proféticas.

— Pêssego — falei. — Preciso que você...

Olhei para a frente e quase pulei pelo teto do carro. Pêssego e os dois amigos estavam me olhando, os queixos apoiados no encosto do banco do motorista e as mãos posicionadas no melhor estilo "Não ouço, não vejo e não falo", mas, no caso deles, acho que seria algo mais para "Não vejo, não descasco, não como".

— Ah... sim. Oi — falei. — Por favor, preciso que vocês fiquem com Meg. Precisam protegê-la a todo custo.

Pêssego Primeiro mostrou os dentinhos afiados e rosnou:

— Pêssego.

Encarei como concordância.

— Tenho que ver como estão nossos amigos na Estação Intermediária. Se eu não voltar... — As palavras grudaram na minha garganta. — ... vocês vão ter que procurar o Trono da Memória. Colocar Meg naquela cadeira é a única forma de curar a mente dela.

Olhei para os três pares de olhos verdes brilhantes. Não conseguia saber se os *karpoi* entendiam o que eu estava dizendo, nem fazia ideia de como eles fariam para seguir minhas instruções. Se a batalha tivesse terminado, e o Trono da Memória tivesse sido levado ou destruído... Não. Isso era o pólen da maldita abelha afetando meus pensamentos!

— Só... cuidem dela — pedi.

Saí do carro e vomitei corajosamente na calçada. Pontinhos cor-de-rosa dançaram diante dos meus olhos. Fui me arrastando pela rua, o braço coberto de seiva e folhas, as roupas úmidas com cheiro de bosta de morcego e excremento de cobra. Não foi minha entrada em batalha mais gloriosa.

Ninguém me parou nas barricadas. Os policiais trabalhando (mortais comuns, achei) pareciam mais interessados nas telas dos smartphones do que na fumaça subindo atrás deles. Talvez a Névoa escondesse a verdadeira situação. Talvez eles tivessem concluído que, se um mendigo maltrapilho queria andar na direção de um vazamento de gás, não eram eles que iam impedir. Ou talvez eles estivessem engajados em uma batalha épica de *Pokémon GO*.

Avançando um quarteirão dentro da área do cordão de isolamento, vi a primeira escavadeira em chamas. Eu desconfiava que tinha sido atingida por uma mina terrestre modificada por Leo Valdez, pois, além de estar parcialmente destruída e em chamas, também estava toda grudada com adesivos de carinhas sorridentes e cheia de chantilly.

Manquei mais rápido. Vi mais escavadeiras destruídas, escombros espalhados, carros batidos e pilhas de pó de monstro, mas nenhum corpo. Isso me animou um pouco. Depois da esquina da rotatória da Union Station, ouvi o retinir de espadas à frente, e então um tiro e algo que soou como um trovão.

Nunca tinha ficado tão feliz de ouvir uma batalha acontecendo. Aquilo mostrava que nem todo mundo estava morto.

Corri. Minhas pernas exaustas gritaram em protesto. Cada vez que meus sapatos batiam no asfalto, uma dor terrível subia pelo meu antebraço.

Dobrei a esquina e me vi no meio da zona de combate. Correndo para cima de mim com um olhar assassino, havia um guerreiro semideus, um adolescente que eu nunca tinha visto, usando armadura em estilo romano por cima das roupas normais. Para minha sorte, ele já tinha apanhado muito. Os olhos estavam quase fechados de tão inchados. O peitoral de bronze, amassado como um telhado de metal depois de uma tempestade de granizo. Ele mal conseguia segurar a espada. Eu não me encontrava em condições muito melhores, mas raiva e desespero se tornaram o meu combustível. Consegui soltar o ukulele do ombro e usá-lo para bater na cara do semideus.

Ele caiu aos meus pés.

Eu estava me sentindo muito orgulhoso do meu ato heroico até erguer o olhar. No meio da rotatória, em cima do chafariz e cercado de ciclopes, meu estudante de pós-graduação preferido, Olujime, parecia um antigo deus da guerra, balançando uma arma de bronze que se assemelhava a um taco de hóquei com o dobro de largura. Cada movimento criava filetes de eletricidade nos inimigos. Cada golpe desintegrava um ciclope.

Gostei ainda mais de Jamie. Nunca fui grande fã de ciclopes. Mesmo assim... havia algo de estranho no modo como ele usava os raios. Eu sempre conseguia reconhecer o poder de Zeus em ação. Já tinha sido acertado pelos raios dele muitas vezes. A eletricidade de Jamie era diferente: tinha um cheiro mais úmido, de ozônio, clarões de um vermelho mais escuro. Eu queria que pudéssemos conversar mais sobre isso, mas ele parecia meio ocupado.

Lutas menores aconteciam aqui e ali por toda a rotatória. Os defensores da Estação Intermediária pareciam estar em vantagem. Hunter Kowalski pulava de inimigo em inimigo, suas flechas derrubando com facilidade *blemmyae*, guerreiros com cabeça de cachorro e centauros selvagens. A caçadora tinha uma habilidade incrível de disparar em movimento, evitar contra-ataques e mirar nas patelas das vítimas. Como arqueiro, fiquei impressionado. Se eu ainda tivesse meus poderes divinos, a abençoaria com prêmios fabulosos como uma flecha mágica e quem sabe até um exemplar autografado da minha coletânea de maiores hits em vinil clássico.

Na entrada do hotel, Sssssarah, a *dracaena*, estava sentada encostada em uma caixa de correio, as pernas de cobra enroladas debaixo do corpo, o pescoço inchado do tamanho de uma bola de basquete. Corri até ela para ver se estava ferida, mas aí percebi que o caroço no pescoço dela tinha o formato de um capacete de guerra gaulês. O peito e a barriga também estavam bem volumosos.

Ela me lançou um sorriso preguiçoso.

— E aí?

— Sssssarah. Você engoliu um germânico inteiro?

— Não. — Ela arrotou. O cheiro era definitivamente de algo bárbaro, com um toque de cravo. — Bom, talvez.

— Onde estão os outros? — Eu me abaixei quando uma flecha prateada voou acima da minha cabeça, destruindo o para-brisa de um Subaru que estava próximo. — Onde está Cômodo?

Sssssarah apontou para a Estação Intermediária.

— Lá dentro, acho. Abriu caminho até o prédio, matando quem esssssti-vessssse pela frente.

Ela não pareceu muito preocupada, provavelmente porque estava saciada e sonolenta. A coluna de fumaça escura em que eu havia reparado antes saía de um buraco no telhado da Estação Intermediária. Tive uma visão ainda mais angustiante em seguida: caída nas telhas verdes como um pedaço de inseto grudado em papel mata-moscas, estava a asa solta de bronze de um dragão.

Fúria ferveu dentro de mim. Seja a carruagem do Sol, Festus ou um ônibus escolar, *ninguém* se mete com meu meio de transporte.

As portas principais do prédio da Union Station estavam escancaradas. Corri para dentro, passando por pilhas de pó de monstro e tijolos, móveis em chamas e um centauro pendurado de cabeça para baixo, chutando e choramingando em uma armadilha de rede.

Em uma escadaria, uma Caçadora de Ártemis ferida grunhia de dor enquanto uma companheira fazia uma atadura em sua perna sangrenta. Alguns metros à frente, um semideus desconhecido estava imóvel no chão. Eu me ajoelhei ao lado dele, um garoto de uns dezesseis anos, *minha* idade mortal. Não senti pulsação. Eu não sabia de que lado ele estava, mas isso não importava. Fosse como fosse, sua morte era uma perda terrível e desnecessária. Eu estava começando a achar que talvez as vidas dos semideuses não eram tão descartáveis quanto nós, deuses, gostávamos de acreditar.

Eu me apressei por mais corredores, confiando que a Estação Intermediária me mandaria na direção certa. Entrei na biblioteca onde me sentei na noite anterior. A cena lá dentro me atingiu como a explosão de uma das minas de Britomártis.

O corpo de um grifo estava deitado sobre a mesa. Com um soluço de horror, corri para o lado dele. A asa esquerda de Heloísa estava dobrada por cima do corpo como uma mortalha. A cabeça, inclinada em um ângulo nada natural. No chão ao redor dela, muitas armas quebradas, armaduras amassadas e pó de monstro. Ela morreu lutando contra um monte de inimigos... mas morreu.

Meus olhos arderam. Segurei sua cabeça, respirando o distinto cheiro de feno e de penas.

— Ah, Heloísa. Você me salvou. Por que não pude salvar você?

Onde estava o companheiro dela, Abelardo? O ovo estava em segurança? Eu não sabia qual pensamento era mais terrível: toda a família de grifos morta ou o pai e o bebê grifo forçados a viver com a perda arrasadora de Heloísa.

Beijei o bico dela. Mas não era possível ficar de luto naquele momento. Outros amigos ainda podiam estar precisando de ajuda.

Com energia renovada, subi uma escadaria dois degraus de cada vez.

Passei pelas portas duplas e entrei no salão principal.

Era uma cena estranhamente calma. Saía fumaça pelo buraco do telhado, subindo do loft, onde havia o chassi fumegante de uma escavadeira, inexplicavelmente de cabeça para baixo. O ninho de Abelardo e Heloísa parecia intacto, mas não havia sinal do grifo macho nem do ovo. Na área da oficina de Josephine, a cabeça cortada de Festus estava caída no chão, os olhos de rubi apagados e sem vida. Não encontrei o restante do corpo.

Sofás foram esmagados e virados. Eletrodomésticos estavam cheios de buracos de balas. O alcance do dano era de partir o coração.

Mas o problema mais sério era o impasse ao redor da mesa de jantar.

No lado mais próximo de mim estavam Josephine, Calipso, Litierses e Thalia Grace. Thalia estava com o arco na mão. Lit segurava a espada. Calipso estava com as mãos levantadas numa postura de artes marciais e Josephine segurava sua submetralhadora, Pequena Bertha.

Do outro lado da mesa estava Cômodo em pessoa, com um sorriso brilhante apesar de um corte diagonal na cara, ainda sangrando. A armadura de ouro imperial reluzia por cima da túnica roxa. Ele segurava sua arma, uma espata de ouro, de maneira despreocupada, na lateral do corpo.

De cada lado dele havia guarda-costas germânicos. O bárbaro da direita estava dando um mata-leão em Emmie, a outra mão encostando uma besta na cabeça dela. Georgina estava com ela, que abraçava a garotinha com força. A menina parecia ter recuperado totalmente a sanidade apenas para agora ter que enfrentar aquele novo terror.

À esquerda de Cômodo, um segundo germânico segurava Leo Valdez de um jeito parecido.

Fechei as mãos, furioso.

— Vilania! Cômodo, solte-os!

— Oi, Lester! — Cômodo abriu um sorriso ainda mais largo. — Você chegou bem na hora da diversão!

# 39

*Durante essa luta*
*Fotografar, só sem flash*
*Ops. Foi mal. Ha-ha.*

**OS DEDOS DE THALIA** puxaram a corda do arco. Uma gota de suor, prateada como água da lua, desceu pela lateral do rosto.

— Às suas ordens — ela me disse. — É só dizer, e eu abro um buraco bem no meio da cara desse imperador idiota.

Era uma proposta tentadora, mas eu sabia que ela não estava falando sério. Thalia sentia tanto medo quanto eu de pôr a vida de Leo e Emmie em risco... e principalmente a da pobre Georgie, que já tinha passado por tantas coisas horríveis. Era improvável que qualquer uma de nossas armas matasse um imortal como Cômodo, ainda por cima acompanhado de dois guardas. Por mais rápidos que fôssemos, não conseguiríamos salvar nossos amigos.

Josephine mexeu na submetralhadora. O macacão estava respingado de gosma, pó e sangue. O cabelo curto e grisalho brilhava por causa do suor.

— Vai ficar tudo bem, amor — murmurou ela. — Fique calma.

Eu não sabia se ela estava falando com Emmie, com Georgie ou consigo mesma.

Ao lado dela, as mãos de Calipso estavam paralisadas no ar, como se ela estivesse na frente do seu tear, pensando no que tecer. Os olhos estavam grudados em Leo. Ela balançou a cabeça de leve, talvez dizendo para ele *Não seja idiota.* (Ela falava isso com frequência.)

Litierses estava ao meu lado. O ferimento na perna tinha começado a sangrar de novo, encharcando as ataduras. O cabelo e as roupas estavam chamuscados, como se ele tivesse corrido por um corredor polonês de lança-chamas, a camisa parecendo um marshmallow queimado.

A julgar pela lâmina ensanguentada da espada, concluí que era ele o responsável pelo novo corte na cara de Cômodo.

— Isso não vai acabar bem — murmurou Lit para mim. — Alguém tem que morrer.

— Não — falei. — Thalia, baixe o arco.

— O quê?

— Josephine, sua arma também. Por favor.

Cômodo riu.

— Sim, vocês todos deviam ouvir Lester! E, Calipso, querida, se você tentar conjurar um daqueles espíritos do vento de novo, eu *vou* matar seu amiguinho aqui.

Olhei para a feiticeira.

— Você conjurou um espírito?

Ela assentiu, distraída e abalada.

— Um pequeno.

— Só vamos deixar claro — gritou Leo — que eu *não* sou amiguinho coisa nenhuma. Nada de usar diminutivos para se referir a mim, ok? — Ele levantou os braços, embora o pescoço estivesse imobilizado por um dos guardas. — Além do mais, pessoal, está tudo bem. Tudo sob controle.

— Leo — falei, com a voz firme —, tem um bárbaro de dois metros segurando uma besta contra sua cabeça.

— É, eu sei — disse ele. — É tudo parte do plano!

Ao falar a palavra *plano*, ele piscou para mim de forma exagerada. Ou Leo realmente *tinha* um plano (improvável, pois, nas semanas em que convivemos, ele recorreu muito mais a blefes, piadas e improvisação), ou esperava que *eu* tivesse. O que era terrivelmente provável. Como já devo ter mencionado, as pessoas sempre cometiam esse erro. Não é porque sou deus que vou ter todas as respostas!

Cômodo levantou dois dedos.

— Albatrix, se o semideus falar de novo, você tem minha permissão para disparar nele.

O bárbaro grunhiu em concordância. Leo fechou a boca. Eu vi nos olhos dele que, mesmo sob a mira de uma besta, ele estava lutando para não soltar uma resposta ferina.

— Agora! — disse Cômodo. — Como estávamos discutindo antes de Lester chegar, eu exijo o Trono de Mnemosine. Onde está?

Graças aos deuses! O trono ainda estava escondido, o que significava que Meg tinha salvação. Saber disso fortaleceu minha determinação.

— Você está me dizendo — perguntei — que seu grande exército cercou e invadiu este lugar e não conseguiu nem encontrar uma cadeirinha? Isso é só o que você tem agora, dois germânicos palermas e uns reféns? Que tipo de imperador você é? Agora, seu pai, Marco Aurélio... *Ele, sim*, era um imperador.

A expressão dele azedou. Os olhos escureceram. Eu me lembrei da vez em que um servo derramou vinho nas vestes de Cômodo. Ele ficou com a mesma expressão sombria enquanto batia no garoto com um cálice de chumbo até quase matá-lo. Eu ainda era um deus naquela época, e achei o incidente um pouco desagradável. Agora, sabia melhor como era estar do outro lado da crueldade de Cômodo.

— Eu não terminei, *Lester* — rosnou ele. — Admito que este maldito prédio foi mais problemático do que eu esperava. Culpo meu ex-prefeito, Alaric. Ele estava *lamentavelmente* despreparado. Tive que matá-lo.

— Não me diga — murmurou Litierses.

— Mas a maior parte dos meus soldados só está perdida — disse Cômodo. — Eles vão voltar.

— Perdida? — Olhei para Josephine. — Para onde foram?

Seus olhos permaneceram grudados em Emmie e Georgie, mas ela pareceu cheia de orgulho ao responder:

— Pelo que a Estação Intermediária está me dizendo — explicou ela —, metade das tropas monstruosas dele caíram em um túnel gigantesco marcado como LAVANDERIA. O resto acabou na sala da fornalha. Ninguém volta da sala da fornalha.

— Não importa! — gritou Cômodo.

— E os mercenários dele — continuou Josephine — acabaram no Centro de Convenções Indiana. Agora, estão tentando se livrar dos inúmeros corredores da Expo Casa e Jardim.

— Soldados são dispensáveis! — berrou Cômodo. Sangue escorria do novo ferimento facial, salpicando a armadura e a veste. — Seus amigos aqui não são tão facilmente substituíveis. Nem o Trono da Memória. Então, vamos fazer um acordo! Vou levar o trono. Vou matar a garota e Lester e derrubar este prédio. Foi o que a profecia me mandou fazer, e nunca discuto com oráculos! Em troca, os outros serão libertados. Não preciso deles mesmo.

— Jo. — Emmie disse o nome dela como se estivesse dando uma ordem.

Talvez ela quisesse dizer: *Você não pode deixá-lo vencer*. Ou: *Você não pode deixar Georgina morrer*. Fosse o que fosse, no rosto de Emmie eu vi aquele mesmo descaso pela vida mortal que teve quando era uma jovem princesa e se jogou do penhasco. Ela não ligava para a morte, desde que fosse nos termos dela. A luz determinada em seus olhos não se apagou em três mil anos.

Luz...

Um tremor percorreu meu corpo. Eu me lembrei de uma coisa que Marco Aurélio dizia para o filho, uma citação que depois ficou famosa em seu livro *Meditações*: "Pense em si mesmo como morto. Você viveu sua vida. Agora, pegue o que restou e viva direito. O que não transmite luz cria sua própria escuridão."

Cômodo *odiava* esse conselho. Achava sufocante, pretensioso, impossível. O que era *viver direito*? Cômodo pretendia viver *para sempre*. Afastaria a escuridão com o rugido das plateias e o brilho do espetáculo.

Mas ele não gerava luz.

Não como a Estação Intermediária. Marco Aurélio aprovaria este lugar. Emmie e Josephine viviam direito com o tempo que tinham, criando luz para todos que apareciam por lá. Não era uma surpresa que Cômodo as odiasse. Não era uma surpresa que o imperador estivesse tão determinado a destruir aquela ameaça ao seu poder.

E Apolo, acima de tudo, era o deus da luz.

— Cômodo. — Eu me empertiguei todo, tentando ficar maior que a minha nada impressionante altura. — Este é o único acordo. Você vai soltar seus reféns. Vai sair daqui de mãos vazias e não vai voltar nunca mais.

O imperador riu.

— Isso seria mais intimidante se viesse de um deus, não de um adolescente espinhento.

Os germânicos eram treinados para ficarem impassíveis, mas não conseguiram conter os sorrisinhos de desprezo. Eles não me temiam. Agora, não havia problema nisso.

— Eu ainda sou Apolo. — Abri os braços. — Última chance de sair por vontade própria.

Detectei um brilho de dúvida nos olhos do imperador.

— O que você vai fazer... me matar? Ao contrário de você, *Lester*, eu sou imortal. Não posso morrer.

— Eu não preciso matar você. — Fui até a beirada da mesa de jantar. — Olhe para mim com atenção. Não reconhece minha natureza divina, velho amigo?

Cômodo sibilou.

— Reconheço o traidor que me estrangulou na banheira. Reconheço o suposto *deus* que me prometeu bênçãos e me abandonou! — Sua voz tremia de dor, que ele tentou esconder atrás de uma careta arrogante. — Só vejo um adolescente flácido com pele oleosa. E que também precisa urgentemente cortar o cabelo.

— Meus amigos — falei para os outros —, quero que vocês desviem o olhar. Estou prestes a revelar minha verdadeira forma divina.

Como não eram bobos nem nada, Leo e Emmie fecharam bem os olhos. Emmie cobriu o rosto de Georgina com a mão. Eu esperava que os amigos ao meu lado na mesa de jantar fizessem o mesmo. Precisava acreditar que eles confiavam em mim, apesar dos meus fracassos, apesar da minha aparência.

Cômodo fez um ruído de deboche.

— Você está molhado e sujo de cocô de morcego, Lester. É um moleque patético que foi arrastado pela escuridão. Essa escuridão ainda está na sua mente. Vejo o medo nos seus olhos. Essa é sua verdadeira forma, Apolo! Você é uma fraude.

*Apolo*. Ele me chamou pelo meu nome.

Embora ele tentasse disfarçar, vi o terror e o choque em seus olhos. Pensei no que Trofônio tinha me contado: Cômodo mandava criados à caverna para obter respostas, mas nunca ia ele mesmo. Por mais que precisasse do Oráculo das Sombras, ele temia o que o lugar podia revelar, de quais dos seus medos mais profundos o enxame de abelhas se alimentaria.

Eu sobrevivi a uma jornada que ele jamais ousaria fazer.

— Vejam — falei.

Cômodo e seus homens poderiam ter afastado o olhar. Mas não fizeram isso. Em seu orgulho e desprezo, eles aceitaram meu desafio.

Meu corpo se aqueceu, cada partícula se acendendo em uma reação em cadeia. Como a lâmpada mais poderosa do mundo, enchi a sala de brilho. Eu me tornei pura luz.

Durou só um microssegundo. E os gritos começaram. Os germânicos recuaram, as bestas disparando loucamente. Uma flecha zuniu ao lado da cabeça de Leo e se fincou no sofá. A outra se despedaçou no chão, com farpas deslizando pelo piso.

Melodramático como sempre, Cômodo levou as mãos aos olhos e gritou:

— MEUS OLHOS!

Minha força sumiu. Eu me apoiei na mesa para não cair.

— Podem olhar — falei para os meus amigos.

Leo se soltou do germânico. Correu até Emmie e Georgina, e os três se afastaram enquanto Cômodo e seus homens, agora cegos, cambaleavam e uivavam, fumaça saindo das órbitas oculares.

Onde antes estavam os captores e reféns, havia silhuetas queimadas no piso. Os detalhes nas paredes de tijolos agora pareciam em altíssima definição. A capa do sofá mais próximo, antes vinho, estava rosa. A veste roxa de Cômodo também ficou mais clara e adquiriu um tom fraco de malva.

Eu me virei para meus amigos. As roupas deles também tinham mudado de cor, e a parte da frente do cabelo tinha mechas mais claras, mas todos mantiveram sabiamente os olhos fechados.

Thalia me observou, impressionada.

— O que aconteceu? Por que você está torrado?

Olhei para baixo. Era verdade: minha pele estava escura como um tronco de árvore. Meu gesso de folha e seiva tinha se queimado, deixando meu braço totalmente cicatrizado. Até que gostei do resultado, embora esperasse voltar a ser deus antes de descobrir que tipos horríveis de câncer de pele provoquei em mim mesmo. Tardiamente, percebi o tamanho do perigo que corri. Eu tinha conseguido revelar minha verdadeira forma divina. Tornei-me pura luz. Apolo burro! Apolo incrível, maravilhoso e burro! Esse corpo mortal não foi feito para canalizar um poder daqueles. Tive sorte de não ter queimado na mesma hora como uma lâmpada antiga.

Cômodo berrou. Segurou-se na primeira coisa que conseguiu encontrar, que por acaso era um de seus germânicos, e levantou o bárbaro cego acima da cabeça.

— Vou destruir todos vocês!

Ele jogou o bárbaro na direção do som da voz de Thalia. Como todos nós ainda enxergávamos, nos dispersamos com facilidade e evitamos virar pinos de boliche. O germânico bateu na parede oposta com tanta força que se desfez em uma explosão de pó amarelo, deixando uma linda declaração expressionista abstrata nos tijolos.

— Não preciso de olhos para matar vocês!

Cômodo golpeou para cima com a espada, cortando um pedaço da mesa de jantar.

— Cômodo — avisei —, você vai embora desta cidade e nunca vai voltar, ou vou tirar mais do que sua visão.

Ele partiu para cima de mim. Dei um passo para o lado. Thalia disparou uma flecha, mas Cômodo estava indo rápido demais. A flecha acertou o segundo germânico, que grunhiu de surpresa, caiu de joelhos e virou pó.

Cômodo tropeçou em uma cadeira e caiu de cara no tapete da sala. Não me entendam mal: *nunca* é legal se divertir com as dificuldades de alguém que não enxerga, mas, naquele caso específico, não consegui evitar. Se alguém merecia cair de cara no chão, esse alguém era o imperador Cômodo.

— Você vai embora — falei novamente. — E nunca mais vai voltar. Seu reinado em Indianápolis chegou ao fim.

— É Comodianápolis!

Com dificuldade, ele se levantou. A armadura tinha novas marcas. O corte no rosto não estava ficando mais bonito. Um bonequinho feito de hastes aveludadas, geralmente usadas para limpar cachimbos, talvez um brinquedo feito por Georgina, se agarrara à barba densa do imperador como um alpinista.

— Você não ganhou nada, Apolo — rosnou ele. — Você não tem ideia do que está sendo preparado para os seus amigos no Leste e no Oeste! Eles vão morrer. Todos eles!

Leo Valdez suspirou.

— Tudo bem, pessoal. Isso foi divertido, mas vou derreter a cara dele agora, tá?

— Espere — disse Litierses.

O espadachim avançou para cima do antigo senhor.

— Cômodo, vá enquanto ainda pode.

— Você só é o que é por causa de *mim*, garoto — disse o imperador. — Salvei você da obscuridade. Fui um segundo pai. Dei um objetivo para você!

— Um segundo pai ainda pior do que o primeiro — disse Lit. — E encontrei um novo objetivo.

Cômodo atacou, balançando a espada loucamente.

Lit o enfrentou. Seguiu na direção da oficina de Josephine.

— Aqui, Novo Hércules.

Cômodo mordeu a isca e correu na direção da voz de Lit.

Lit se abaixou e bateu com a lâmina no traseiro do imperador.

— Caminho errado, sire.

O imperador tropeçou na estação de soldagem de Josephine, depois recuou até uma serra circular que, felizmente para ele, estava desligada na hora.

Litierses se posicionou ao lado do vitral gigantesco. Percebi seu plano na hora em que gritou:

— Aqui, Cômodo!

O imperador uivou e atacou. Lit saiu do caminho. Cômodo correu direto para a janela. Talvez conseguisse parar, mas, no último segundo, Calipso balançou as mãos. Um sopro de vento impulsionou Cômodo para a frente. O Novo Hércules, o deus-imperador de Roma, estilhaçou o vidro e caiu no abismo.

# 40

*Shakespeare, não invente*
*Um soneto impossível*
*Pra cima de mim*

**FOMOS ATÉ A JANELA** e olhamos para baixo. Não havia sinal do imperador. Alguns dos nossos amigos estavam na rotatória lá embaixo, confusos, olhando para nós.

— Um pequeno aviso antes teria sido legal — gritou Jamie.

Ele tinha ficado sem inimigos para eletrocutar. Ele e Hunter Kowalski estavam ilesos, de pé no meio de um mosaico de cacos de vidro.

— Onde está Cômodo? — perguntei.

Hunter deu de ombros.

— Nós não o vimos.

— Como assim? — perguntei. — Ele literalmente voou por esta janela.

— Não — corrigiu Leo. — Ele *Litierses-mente* voou pela janela. Não é? Foi sensacional, cara.

— Obrigado — disse Lit, assentindo.

Os dois se cumprimentaram com um *high-five*, como se não tivessem passado os últimos dias falando sobre o quanto queriam matar um ao outro. Eles dariam ótimos deuses olimpianos.

— Bem — disse Thalia. As novas mechas grisalhas da minha explosão solar ficaram bem encantadoras nela. — Acho que seria bom dar uma verificada nas redondezas. Se Cômodo ainda estiver por aí… — Ela olhou para a Rua South Illinois. — Espere, aquela é *Meg*?

Dobrando a esquina vinham os três *karpoi*, segurando Meg McCaffrey acima da cabeça como se ela estivesse pegando jacaré (ou pegando pêssego). Quase pulei da janela para ir até ela, mas lembrei que não conseguia voar.

— O Trono da Memória — falei para Emmie. — Precisamos dele agora!

Encontramos os *karpoi* no saguão do prédio. Um dos Pêssegos havia pegado a Flecha de Dodona de seu esconderijo, debaixo do banco do motorista do Mercedes, e agora a carregava entre os dentes como uma faca na boca de um pirata. Ele a ofereceu para mim. Eu não sabia se devia agradecer ou xingá-lo, mas guardei a flecha na aljava por via das dúvidas.

Josephine e Leo vieram correndo de uma sala lateral carregando entre os dois minha velha mochila, o Trono da Memória. Eles o colocaram no meio de um tapete persa ainda fumegando.

Os bebês pêssego colocaram Meg na cadeira com cuidado.

— Calipso — falei. — Bloco de anotações?

— Pode deixar! — Ela pegou o bloquinho amarelo e um lápis. Ela seria uma ótima aluna de ensino médio, estava sempre preparada para a aula!

Eu me ajoelhei ao lado de Meg. A pele dela estava azul demais, a respiração, irregular demais. Coloquei as mãos nas têmporas dela e verifiquei os olhos. As pupilas estavam do tamanho de cabeças de alfinete. A consciência dela parecia estar sumindo, ficando cada vez menor.

— Força, Meg — supliquei. — Você está entre amigos agora. Está no Trono de Mnemosine. Fale sua profecia!

Meg se sentou ereta de repente. As mãos seguraram as laterais da cadeira como se uma corrente elétrica forte tivesse tomado conta dela.

Nós todos recuamos, formando um círculo ao seu redor enquanto fumaça escura saía por sua boca e envolvia suas pernas.

Quando ela falou, felizmente não foi com a voz de Trofônio, só em um tom neutro e grave digno do próprio Delfos:

*Palavras forjadas da memória ardem*
*Antes da nova lua no Monte do Diabo*
*Um terrível desafio para o lorde jovem*
*Até o Tibre se encher de corpos empilhados.*

— Ah, não — murmurei. — Não, não, não.
— O quê? — perguntou Leo.
Olhei para Calipso, que estava anotando furiosamente.
— Vamos precisar de um bloco maior.
— Como assim? — perguntou Josie. — A profecia já deve ter acabado...
Meg ofegou e continuou:

*Para o sul o Sol segue caminho,*
*Por labirintos obscuros e terras fatais arrasadas*
*Até achar o dono do cavalo branquinho*
*E arrancar os ditos do falante de palavras cruzadas.*

Fazia séculos que eu não ouvia uma profecia com essa forma, mas eu a conhecia bem. Queria poder impedir a declamação e poupar o sofrimento de Meg, mas não havia nada que eu pudesse fazer.

Ela tremeu e expirou a terceira estrofe:

*Ao palácio ocidental Lester tem que viajar,*
*A filha de Deméter encontra raízes antigas.*
*Só o guia com patas sabe como chegar*
*Percorrendo o caminho com as botas inimigas.*

Como ápice do horror, ela cuspiu um dístico rimado:

*Ao conhecer os três e ao Tibre vivo chegar,*
*Só então Apolo começa a dançar.*

A fumaça preta sumiu. Corri para a frente, e Meg caiu nos meus braços. A respiração dela já estava mais regular, a pele mais quente. Graças às Parcas. A profecia foi exorcizada.

Leo foi o primeiro a falar.

— O que *foi* isso? Compre uma profecia e leve três de graça? Foram muitos versos.

— Foi um soneto — falei, ainda sem acreditar. — Que os deuses nos ajudem! Foi um soneto shakespeariano.

O limerique de Dodona já tinha sido ruim. Mas um soneto shakespeariano inteiro? Um horror desses só podia ter vindo da Caverna de Trofônio.

Eu relembrei minhas muitas discussões com William Shakespeare.

*Bill*, eu dizia. *Ninguém vai aceitar essa poesia!*

Thalia pendurou o arco no ombro.

— Isso tudo foi um poema? Mas tinha quatro partes diferentes.

— É — falei. — Os sonetos transmitem as profecias mais elaboradas, com múltiplas partes móveis. Nenhuma boa, infelizmente.

Meg começou a roncar.

— Vamos analisar nosso destino depois — falei. — Temos que deixar Meg descansar...

Meu corpo também escolheu aquele momento para desmoronar. Eu tinha exigido muito dele. Então, se rebelou. Caí de lado, e Meg tombou em cima de mim. Nossos amigos se adiantaram. Senti que fui erguido delicadamente e me perguntei, atordoado, se estava pegando pêssego ou se Zeus tinha me convocado de volta ao céu.

Mas vi o rosto de Josephine me olhando de cima, como um presidente do Monte Rushmore, quando ela me levou por um corredor.

— Enfermaria para este aqui — disse ela para alguém ao seu lado. — E depois... *Eca*. Ele precisa muito de um banho.

Algumas horas de sono sem sonhos foram seguidas por um banho de espuma relaxante.

Não era o Monte Olimpo, amigos, mas estava quase chegando lá.

No final da tarde, eu estava vestindo roupas limpas que não me deixavam congelando e não fediam a excremento subterrâneo. Minha barriga estava cheia de mel e pão recém-assado. Andei pela Estação Intermediária, ajudando no que podia. Foi bom me manter ocupado. Isso me impediu de pensar demais nos versos da Profecia das Sombras.

Meg descansava confortavelmente em um quarto de hóspedes, protegida com afinco por Pêssego, Pêssego e o Outro Pêssego.

As Caçadoras de Ártemis cuidavam dos feridos, que eram tão numerosos que a Estação Intermediária teve que dobrar o tamanho da enfermaria. Lá fora, a elefanta Lívia ajudava na limpeza, tirando veículos quebrados e destroços da rotatória. Leo e Josie passaram a tarde recolhendo peças de Festus, que, segundo eles, foi destruído pelas mãos de Cômodo. Felizmente, Leo parecia achar isso mais uma chateação do que uma tragédia.

— Que nada, cara — comentou ele quando ofereci minhas condolências. — Consigo montá-lo de volta sem problemas. Eu o projetei para que fosse como um kit de Lego, que dá para ser montado rapidinho!

Ele voltou a ajudar Josephine, que estava usando um guindaste para tirar a pata traseira esquerda de Festus da torre do sino da Union Station.

Calipso, em um surto de magia aérea, conjurou espíritos do vento suficientes para reparar os estilhaços de vidro do vitral redondo, depois desabou por causa do esforço.

Sssssarah, Jamie e Thalia Grace percorreram as ruas ao redor, procurando por indícios de Cômodo, mas o imperador tinha desaparecido. Pensei em como salvei Hemiteia e Parteno quando elas pularam daquele penhasco tanto tempo atrás, dissolvendo-as em luz. Uma quase-deidade como Cômodo seria capaz de fazer algo assim consigo mesmo? Fosse qual fosse o caso, eu desconfiava que ainda veríamos o Novo Hércules novamente.

No pôr do sol, fui convidado a me juntar a uma pequena cerimônia íntima em memória de Heloísa, o grifo. Toda a população da Estação queria ter ido homenagear o sacrifício dela, mas Emmie explicou que um grupo muito grande incomodaria ainda mais Abelardo. Enquanto Hunter Kowalski ficava cuidando do ovo no galinheiro (para onde havia sido levado por questões de segurança, antes da batalha), eu me juntei a Emmie, Josephine, Georgie e Calipso no telhado. Abelardo, o viúvo de luto, observou em silêncio enquanto Calipso e eu, parentes honorários desde nossa missão de resgate no zoológico, depositamos, com toda a delicadeza, o corpo de Heloise em um trecho de terra não cultivada no jardim.

Depois da morte, os grifos ficam surpreendentemente leves. Os corpos desidratam quando o espírito os abandona, deixando só pelo, penas e ossos ocos. Demos um passo para trás quando Abelardo se aproximou do corpo da companheira. Ele eriçou as asas e encostou de leve o bico na plumagem do pescoço de

Heloísa pela última vez. Jogou a cabeça para trás e soltou um grito agudo, um chamado que dizia *Eu estou aqui. Onde está você?*

Em seguida, levantou voo e desapareceu nas nuvens baixas cinzentas. O corpo de Heloísa virou pó.

— Vamos plantar erva-de-gato neste canteiro. — Emmie secou uma lágrima da bochecha. — Heloísa adorava erva-de-gato.

Calipso enxugou os olhos na manga.

— Parece uma ótima ideia. Para onde Abelardo foi?

Josephine observou as nuvens.

— Ele vai voltar. Precisa de tempo. Vai demorar várias semanas para o ovo chocar. Vamos ficar de olho por ele.

Pensar no grifo e no ovo sozinhos no mundo me deixou indescritivelmente triste, mas eu sabia que eles tinham a família de consideração mais amorosa que poderiam algum dia encontrar ali na Estação Intermediária.

Durante a breve cerimônia, Georgina ficou me olhando com cautela, suas mãos brincando com alguma coisa. Uma boneca? Eu não estava prestando muita atenção. Josephine deu um tapinha nas costas da filha.

— Tudo bem, querida — disse Josephine para ela. — Vá em frente.

Georgina veio na minha direção arrastando os pés. Estava usando um macacão novinho em folha, que ficava bem melhor nela do que em Leo. Limpo, o cabelo dela estava mais leve, o rosto, mais rosado.

— Minhas mães me disseram que você talvez seja meu pai — murmurou ela.

Engoli em seco. Ao longo dos séculos, passei por situações semelhantes incontáveis vezes e sempre ficava desconfortável, mas, como Lester Papadopoulos, eu me senti mais constrangido do que nunca.

— Talvez... Talvez eu seja, Georgina. Não sei.

— Tudo bem. — Ela ergueu o que estava segurando, um bonequinho feito de limpadores de cachimbo, e o colocou na minha mão. — Fiz isto pra você. Pode levar quando for embora.

O boneco não era grande coisa, uma espécie de biscoito de gengibre, mas com silhueta de homem, feito de arame e fiapos coloridos, com alguns fios de barba nas juntas... Espere. Ah, caramba. Era o mesmo bonequinho que tinha sido esmagado pela cara de Cômodo. Devia ter caído quando ele voou janela afora.

— Obrigado — falei. — Georgina, se você algum dia precisar de mim, se algum dia quiser conversar...

— Não, eu estou bem.

Ela se virou e correu para os braços de Josephine.

Josephine beijou a cabeça dela.

— Você foi ótima, querida.

Elas se viraram e foram para a escada. Calipso me deu um sorrisinho debochado e as seguiu, me deixando sozinho com Emmie.

Por alguns momentos, ficamos em silêncio em frente ao canteiro do jardim.

Emmie apertou seu antigo casaco prateado de Caçadora um pouco mais em volta do corpo.

— Heloísa e Abelardo foram nossos primeiros amigos aqui quando assumimos a Estação Intermediária.

— Sinto muito, mesmo.

O cabelo grisalho dela brilhava como aço no pôr do sol. As rugas pareciam mais fundas, o rosto mais velho e cansado. Quanto tempo mais ela viveria nessa vida mortal? Mais vinte anos? Um piscar de olhos para um imortal. Mas eu não conseguia mais sentir irritação por ela ter desistido do meu presente da divindade. Era evidente que Ártemis compreendera a escolha dela. Ártemis, que rejeitava toda forma de amor romântico, achou que Emmie e Josephine mereciam envelhecer juntas. Eu também tinha que aceitar isso.

— Você construiu uma coisa boa aqui, Hemiteia — falei. — Cômodo não conseguiu destruir isso. Você vai restaurar o que perdeu, tenho certeza. Sinto inveja de você.

Ela conseguiu dar um sorriso leve.

— Nunca achei que fosse ouvir essas palavras de você, Lorde Apolo.

*Lorde Apolo.* O título parecia não pertencer a mim. Parecia um chapéu que havia usado séculos atrás... Uma coisa grande e nada prática e pesada como aqueles chapéus elisabetanos que Bill Shakespeare usava para esconder a careca.

— E a Profecia das Sombras? — perguntou Emmie. — Você sabe o que quer dizer?

Observei uma pena de grifo rolar na terra.

— Uma parte. Não tudo. Talvez o suficiente para traçar um plano.

Emmie assentiu.

— Então é melhor reunirmos nossos amigos. Podemos conversar no jantar. Além do mais — ela me deu um soquinho no braço —, as cenouras não vão se descascar sozinhas.

# 41

*Um pão com tofu*
*Não cai bem com profecias*
*Quero sobremesa*

**QUE AS PARCAS CONDENEM** todas as raízes às profundezas do Tártaro, é só o que tenho a dizer sobre a questão.

Na hora do jantar, o salão principal estava quase todo recuperado.

Até Festus, por incrível que pareça, tinha sido mais ou menos reconstruído e estava no telhado, apreciando um belo banho com óleo de motor e molho Tabasco. Leo parecia satisfeito com seu trabalho, embora ainda estivesse procurando algumas partes do dragão que faltavam. Ele tinha passado a tarde inteira andando pela Estação e murmurando:

— Se alguém vir um baço de bronze gigante, me avise!

As Caçadoras estavam sentadas em grupos no salão, como sempre faziam, mas agora também interagiam com os recém-chegados à Estação Intermediária. Lutar lado a lado criara laços de amizade.

Emmie se sentou na cabeceira da mesa de jantar. Georgina dormia no colo dela, uma pilha de livros de colorir e canetas à frente. Thalia Grace se sentou na outra ponta, girando a adaga como um peão. Josephine e Calipso estavam lado a lado, estudando as anotações da feiticeira e discutindo várias interpretações dos versos proféticos.

Eu me sentei ao lado de Meg. Que surpresa! Ela parecia totalmente recuperada, graças à cura de Emmie. (Por sugestão minha, Emmie retirou o terrário de cobras curativas da enfermaria enquanto estava tratando Meg. Temi que McCaffrey acordasse, visse as serpentes, entrasse em pânico e as transformasse em bonequinhos de chia.) Os três espíritos do pêssego que nos ajudaram tinham ido embora para o plano extradimensional das frutas.

O apetite da minha jovem amiga estava ainda mais voraz do que o habitual. Ela enfiava o peru de tofu com molho na boca, com movimentos tão furtivos que lembrava a criança de rua meio selvagem que conheci no beco em Nova York. Tratei de manter as mãos bem longe dela.

Finalmente, Josephine e Calipso levantaram os olhos do bloco amarelo.

— Tudo bem. — Calipso soltou um suspiro profundo. — Interpretamos alguns versos, mas precisamos da sua ajuda, Apolo. Talvez você possa começar nos contando o que aconteceu na Caverna de Trofônio.

Olhei para Meg. Tinha medo de que, se recontasse nossas aventuras horríveis, ela entrasse embaixo da mesa com o prato e rosnasse quando tentássemos tirá-la de lá.

Ela só arrotou.

— Não me lembro de muita coisa. Pode contar.

Expliquei que destruí a caverna a pedido de Trofônio. Josephine e Emmie não pareceram satisfeitas, mas pelo menos não gritaram nem berraram. A submetralhadora de Josephine estava guardada no armário da cozinha. Eu só esperava que meu pai, Zeus, reagisse com a mesma calma quando descobrisse que destruí o oráculo.

Emmie olhou ao redor.

— Agora que estou pensando, não vejo Agamedes desde antes da batalha. Alguém viu?

Ninguém tinha visto um fantasma laranja sem cabeça.

Emmie acariciou o cabelo da filha.

— Não me importo de o oráculo ter sido destruído, mas me preocupo com Georgie. Ela sempre se sentiu ligada àquele lugar. E Agamedes... ela gosta muito dele.

Observei a garota adormecida. Tentei pela milionésima vez ver alguma semelhança com meu eu divino, mas teria sido mais fácil acreditar que ela era parente de Lester Papadopoulos.

— A última coisa que quero — falei — é causar mais sofrimento a Georgina. Mas acho que a caverna tinha que ser destruída. Não só por nós. Mas por ela. Para que ela se liberte e siga em frente.

Eu me lembrei dos desenhos na parede do quarto da garota, feitos na agonia da loucura profética. Esperava que, talvez, ao me dispensar com aquele boneco feio de limpador de cachimbo, Georgie estivesse tentando deixar para trás toda a experiência que teve. Com algumas latas de tinta pastel, Josephine e Emmie poderiam dar a ela paredes que seriam uma nova tela.

As duas mulheres se entreolharam e assentiram, parecendo chegar a um acordo silencioso.

— Tudo bem — disse Josephine. — Quanto à profecia...

Calipso leu o soneto em voz alta. Não pareceu mais alegre do que antes. Thalia girou a faca.

— A primeira estrofe menciona a nova lua.

— Um prazo — supôs Leo. — Sempre uma droga de prazo.

— Mas a próxima lua é daqui a cinco noites — disse Thalia.

Uma Caçadora de Ártemis era fonte confiável quando o assunto eram as fases da lua.

Ninguém pulou de alegria. Ninguém gritou *Viva! Mais uma catástrofe para impedir em cinco dias!*

— *O Tibre se encher de corpos.* — Emmie abraçou a filha com força. — Suponho que Tibre se refira ao Pequeno Tibre, a barragem do Acampamento Júpiter, na Califórnia.

Leo franziu a testa.

— É. O lorde jovem... só pode ser meu amigo Frank Zhang. E o Monte do Diabo deve ser o Monte Diablo, ao lado do acampamento. Eu odeio o Monte Diablo. Lutei contra Enchiladas lá uma vez.

Josephine fez uma cara de quem queria perguntar o que aquilo significava, mas decidiu não falar nada.

— Então os semideuses de Nova Roma estão prestes a ser atacados.

Estremeci, em parte por causa das palavras da profecia, em parte por causa do molho de peru de tofu escorrendo pelo queixo de Meg.

— Acredito que a primeira estrofe se refira a uma coisa só. Menciona *palavras forjadas da memória*. A harpia Ella está no Acampamento Júpiter usando a memória fotográfica para reconstruir os livros perdidos da Sibila de Cumas.

Meg limpou o queixo.

— Hã?

— Os detalhes não são importantes agora. — Fiz sinal para que ela continuasse comendo. — Meu palpite é que o Triunvirato pretende botar fogo no acampamento. *Palavras forjadas da memória ardem.*

Calipso franziu a testa.

— Cinco dias. Como vamos avisá-los a tempo? Todos os nossos meios de comunicação mal funcionam.

Achei aquilo extremamente irritante. Se ainda fosse deus, estalaria os dedos e mandaria na mesma hora uma mensagem pelo mundo usando os ventos, sonhos ou uma manifestação do meu glorioso eu. Agora, estávamos incapacitados. Os únicos deuses que se mostraram dispostos a nos ajudar foram Ártemis e Britomártis, mas não dava para esperar que elas fizessem mais, não sem correrem o risco de sofrer uma punição tão ruim quanto a que Zeus infligiu a mim. Eu não desejaria isso nem para Britomártis.

Quanto à tecnologia mortal, era inútil para nós. Em nossas mãos, os telefones funcionavam mal e explodiam (quer dizer, com uma frequência maior do que acontecia com mortais). Computadores derretiam. Eu tinha pensado em escolher um mortal aleatório na rua e dizer *Ei, faça uma ligação para mim*. Mas para quem a pessoa ligaria? Para uma outra pessoa aleatória na Califórnia? Como a mensagem chegaria ao Acampamento Júpiter, quando a maioria dos mortais nem ao menos conseguia *encontrar* o Acampamento Júpiter? Além do mais, a mera tentativa colocaria mortais na mira de monstros, morte por raio e cobranças exorbitantes no plano de dados.

Olhei para Thalia.

— As Caçadoras conseguem cobrir essa distância tão grande?

— Em cinco dias? — Ela franziu a testa. — Se violássemos todos os limites de velocidade, talvez. Se não sofrêssemos ataques no caminho...

— Só que isso nunca acontece — disse Emmie.

Thalia colocou a faca na mesa.

— O maior problema é que nós precisamos continuar a missão das Caçadoras. Temos que encontrar a Raposa de Têumessa.

Eu a encarei, perplexo. Quase pedi a Meg que me ordenasse dar um tapa em mim mesmo, só para ter certeza de que não estava preso em um pesadelo.

— A Raposa de Têumessa? É *esse* o monstro que vocês estão caçando?

— Infelizmente.

— Mas é impossível! E horrível!

— Raposas são fofas — disse Meg. — Qual é o problema?

Eu poderia ter enumerado todas as cidades que a Raposa de Têumessa tinha destruído na Antiguidade, poderia ter explicado que ela engolia o sangue das vítimas e destruía exércitos de guerreiros gregos, mas não quis estragar o jantar de ninguém.

— Thalia está certa, é tudo que você precisa saber — falei. — Não podemos pedir que as Caçadoras nos ajudem mais do que já nos ajudaram. Elas têm os próprios problemas para resolver.

— É verdade — disse Leo. — Vocês foram extraordinárias e fizeram muito por nós, T.

Thalia inclinou a cabeça.

— Faz parte do trabalho, Valdez. Mas você me deve um vidro do molho de pimenta que mencionou.

— Isso pode ser providenciado — prometeu Leo.

Josephine cruzou os braços.

— Está tudo ótimo, mas continuamos com o mesmo dilema. Como mandamos uma mensagem para a Califórnia em cinco dias?

— Eu — disse Leo.

Todos olhamos para ele.

— Leo — disse Calipso —, nós levamos seis semanas para chegar aqui vindo de Nova York.

— É, mas com três passageiros — disse ele. — E... sem querer ofender, um deles era um antigo deus que atraía bastante atenção negativa.

Realmente. A maioria dos inimigos que nos atacaram na viagem se apresentou com gritos de *Ali está Apolo! Matem-no!*

— Eu viajo rápido e com pouca bagagem — disse Leo. — Já percorri grandes distâncias sozinho. Consigo chegar à Califórnia.

Calipso não pareceu feliz. Sua pele ficou um tom mais escuro do que o bloco amarelo.

— Ei, *mamacita*, eu vou voltar — prometeu ele. — Só vou começar as aulas um pouco depois! Você pode me ajudar a botar o dever de casa em dia.

— Odeio você — resmungou ela.

Leo apertou a mão dela.

— Além do mais, vai ser bom ver Hazel e Frank de novo. E Reyna também, apesar de aquela garota ainda me assustar.

Supus que Calipso não estava *muito* aborrecida com o plano, pois nenhum espírito aéreo pegou Leo e o jogou pela janela.

Thalia Grace apontou para o bloco.

— Então deciframos uma estrofe. Viva. E o resto?

— Acho que o resto é sobre mim e Meg — falei.

— Aham — concordou Meg. — Passa o pãozinho?

Josephine entregou a cesta para ela e observou impressionada enquanto minha amiga colocava na boca um pãozinho macio atrás do outro.

— Então o verso sobre o Sol ir para o sul — disse Josephine. — É você, Apolo.

— Obviamente — concordei. — O terceiro imperador deve estar em algum lugar do sudoeste americano, em uma terra de *morte queimada*. Chegamos lá por labirintos...

— O Labirinto — disse Meg.

Estremeci. Nossa última passagem pelo Labirinto ainda estava fresca na minha memória: fomos parar nas cavernas de Delfos, ouvimos meu antigo inimigo Píton deslizando e sibilando acima das nossas cabeças. Eu esperava que desta vez, pelo menos, Meg e eu não tivéssemos que participar de uma corrida de três pernas.

— Em algum lugar no sudoeste — continuei —, nós temos que encontrar o falante de palavras cruzadas. Acredito que seja uma referência à Sibila Eritreia, outro Oráculo antigo. Eu... eu não me lembro de muita coisa sobre ela...

— Que surpresa — resmungou Meg.

— Mas ela era conhecida por proferir suas profecias em acrósticos, jogos de palavras.

Thalia fez uma careta.

— Parece ruim. Annabeth me contou que encontrou a Esfinge no Labirinto uma vez. Enigmas, labirintos, quebra-cabeças... Não, obrigada. Me dê alguma coisa em que eu possa disparar.

Georgina choramingou, ainda dormindo.

Emmie beijou a testa da menina.

— E o terceiro imperador? — perguntou ela. — Você sabe quem é?

Revirei as frases da profecia na mente: *dono do cavalo branquinho*. Isso não ajudava em nada. A maioria dos imperadores romanos gostava de ser retratada como general vitorioso cavalgando em corcéis por Roma. Alguma coisa me abalava naquela terceira estrofe: *ao palácio ocidental, com as botas inimigas*. Meus dedos mentais não conseguiam segurar a resposta.

— Meg — falei —, e o verso que diz *A filha de Deméter encontra raízes antigas?* Você tem família no sudoeste? Se lembra de já ter ido lá?

Ela me olhou com cautela.

— Não.

E enfiou outro pãozinho na boca, como um ato de rebeldia: *Me obrigue a falar agora, palhaço.*

— Mas, olha. — Leo estalou os dedos. — O verso seguinte, *Só o guia com patas sabe como chegar*. Isso quer dizer que você vai encontrar um sátiro? Eles são guias, não são? Tipo o treinador Hedge? É o que eles fazem.

— Verdade — disse Josephine. — Mas não vemos um sátiro por aqui há...

— Décadas — concluiu Emmie.

Meg engoliu mais carboidratos.

— Eu arrumo um.

Fiz cara feia.

— Como?

— Arrumando, ué.

Meg McCaffrey, uma garota de poucas palavras e muitos arrotos.

Calipso virou a página do bloco.

— Agora temos os dois versos finais: *Ao conhecer os três e ao Tibre vivo chegar/ Só então Apolo começa a dançar.*

Leo estalou os dedos e começou a dançar na cadeira.

— Já estava na hora, cara. Lester precisa de mais rebolado.

— Ai. — Eu não estava a fim de falar sobre aquilo. Ainda estava chateado pelo Earth, Wind & Fire ter me rejeitado em 1973 por achar que eu não tinha balanço suficiente. — Acredito que esses versos signifiquem que logo vamos saber a identidade dos três imperadores. Quando nossa missão se completar no sudoeste, Meg e eu vamos poder viajar para o Acampamento Júpiter e chegar ao Tibre vivos. E então, eu espero, vou conseguir encontrar o caminho de volta à minha antiga glória.

— *Rebolando* — cantarolou Leo.

— Cala a boca — resmunguei.

Ninguém ofereceu mais nenhuma interpretação do soneto. Ninguém se ofereceu para ir em meu lugar naquela arriscada missão.

— Bem! — Josephine bateu na mesa de jantar. — Quem quer bolo de cenoura com merengue?

As Caçadoras de Ártemis foram embora naquela noite, no nascer da lua.

Mesmo exausto, fiz questão de me despedir. Encontrei Thalia Grace na rotatória, supervisionando as Caçadoras que selavam o bando de avestruzes de combate recém-libertados.

— Você fica tranquila para montar neles?

Achei que só Meg McCaffrey fosse maluca de fazer aquilo.

Thalia ergueu as sobrancelhas.

— Eles não têm culpa de terem sido treinados para combate. Vamos montar neles por um tempo, recondicioná-los e encontrar um lugar seguro para soltá-los, onde possam viver em paz. Estamos acostumadas a lidar com animais selvagens.

As Caçadoras já tinham libertado os avestruzes dos capacetes e do arame farpado. Os implantes de presas de aço foram removidos dos bicos, fazendo as aves parecerem mais à vontade e (ligeiramente) menos assassinas.

Jamie andou entre o bando, acariciando pescoços e falando com eles com muita calma e serenidade. Ele estava irretocável com o terno marrom, ileso da batalha matinal. Sua arma estranha — o taco de hóquei de bronze — não estava em lugar algum. Então o misterioso Olujime era lutador, contador, guerreiro mágico e encantador de avestruzes. Por algum motivo, não fiquei surpreso.

— Ele vai com vocês? — perguntei.

Thalia riu.

— Não. Só está nos ajudando com os preparativos. Parece um cara legal, mas acho que não serve para Caçadora. Ele não é nem, hã... do tipo greco-romano, é? Ele não é um legado de vocês, olimpianos.

— Não — concordei. — Ele é de uma tradição e de uma ascendência totalmente diferentes.

O cabelo curto e espetado de Thalia balançou ao vento, como se reagindo à inquietação dela.

— Você quer dizer de outros deuses.

— Isso. Ele mencionou os iorubás, mas admito que sei bem pouco sobre eles.

— Como isso é possível? Outros panteões de deuses, lado a lado?

Dei de ombros. A imaginação limitada dos mortais costumava me surpreender, como se o mundo só pudesse ser *uma coisa* ou *outra*. Às vezes, os humanos pareciam tão presos ao modo de pensar quanto aos corpos mortais. Não que os deuses fossem muito melhores.

— Como pode *não* ser possível? — retruquei. — Na Antiguidade, era senso comum. Cada país, às vezes cada cidade, tinha seu próprio panteão de deuses. Nós, olimpianos, sempre fomos acostumados a viver em proximidade à, hã... concorrência.

— Então você é o deus do Sol — disse Thalia. — Mas outra deidade de outra cultura *também* é o deus do Sol?

— Exatamente. Manifestações diferentes da mesma verdade.

— Não entendo.

Abri as mãos, sem saber o que dizer.

— Sinceramente, Thalia Grace, não sei explicar melhor. Mas você já deve ser semideusa por tempo suficiente para saber: quanto mais você vive, mais estranho o mundo fica.

Thalia assentiu. Semideus nenhum podia contestar aquela declaração.

— Então, escute — disse ela. — Quando você estiver no Oeste, se for para Los Angeles, dê um alô para meu irmão Jason, que mora lá. Ele estuda com a namorada, Piper McLean.

— Vou dar uma olhada neles, pode deixar — prometi. — E mandar lembranças suas.

Os músculos do ombro dela relaxaram.

— Obrigada. E, se eu falar com Lady Ártemis...

— Sim. — Tentei engolir o choro. Ah, como eu estava com saudade da minha irmã. — Mande lembranças minhas também.

Ela estendeu a mão.

— Boa sorte, Apolo.

— Para você também. Boa caçada à raposa.

Thalia deu uma gargalhada amarga.

— Duvido que vá ser boa, mas obrigada.

Na última vez que vi as Caçadoras de Ártemis, elas estavam descendo a Rua South Illinois em um bando de avestruzes, indo para o Oeste, como se em busca da lua crescente.

## 42

*Panquecas de lanche*
*Precisando de um guia?*
*Olhe nos tomates*

**NA MANHÃ SEGUINTE, MEG** me acordou com um chute.

— Hora de ir.

Minhas pálpebras se abriram. Eu me sentei, grunhindo. Quando se é o deus do Sol, é um prazer raro poder dormir até tarde. Agora, ali estava eu, um mero mortal, e as pessoas ficavam me acordando ao amanhecer. Eu tinha passado milênios *sendo* o amanhecer. Estava farto daquela vida mortal.

Meg estava parada ao lado da minha cama, de pijama e tênis de cano alto vermelhos (meus deuses, ela *dormia* com eles?), o nariz escorrendo como sempre, uma maçã verde mordida na mão.

— Imagino que você não tenha trazido café da manhã pra mim.

— Posso jogar essa maçã em você.

— Deixa pra lá. Vou me levantar.

Meg foi tomar banho. Sim, às vezes ela fazia isso. Eu me vesti, arrumei as coisas da melhor maneira possível e fui para a cozinha.

Enquanto comia panquecas (humm), Emmie cantarolava e fazia barulho pela cozinha. Georgina estava sentada à minha frente colorindo, os calcanhares batendo nas pernas da cadeira. Josephine estava na estação de soldagem, toda feliz fundindo placas de metal. Calipso e Leo, que se recusaram a se despedir de mim falando que nos veríamos em breve, discutiam na bancada da cozinha sobre o que Leo devia botar na mala para a viagem até o Acampamento Júpiter e jogavam bacon um no outro. A sensação era tão aconchegante e familiar que fiquei com vontade de me oferecer para lavar pratos se significasse ficar mais um dia.

Litierses estava sentado ao meu lado, segurando uma xícara grande de café. Os ferimentos da batalha foram tratados, mas o rosto ainda parecia um formigueiro.

— Vou cuidar delas. — Ele indicou Georgina e as mães.

Eu duvidava que Josephine e Emmie quisessem "ser cuidadas", mas não disse nada para Litierses. Ele teria que aprender sozinho a se adaptar àquele novo ambiente. Até eu, o glorioso Apolo, às vezes precisava descobrir novas coisas.

— Tenho certeza de que você vai se sair bem aqui — falei. — Eu confio em você.

Ele deu uma risada amarga.

— Não vejo por quê.

— Nós temos coisas em comum: somos filhos de pais autoritários, fizemos escolhas ruins e depois nos sentimos oprimidos por elas, mas somos talentosos no que escolhemos fazer.

— E bonitos? — Ele deu um sorriso torto.

— Naturalmente. Claro.

Ele fechou as mãos em volta da xícara.

— Obrigado. Pela segunda chance.

— Eu acredito nisso. E em terceiras e quartas chances. Mas só perdoo cada pessoa uma vez por milênio, então não faça besteira nos próximos mil anos.

— Vou me lembrar disso.

Atrás dele, no corredor mais próximo, vi um brilho laranja fantasmagórico. Pedi licença e fui dar mais um adeus difícil.

Agamedes estava flutuando na frente de uma janela com vista para a rotatória. A túnica brilhante ondulava em um vento etéreo. Ele encostou uma das mãos no parapeito, como se para se apoiar. A outra mão estava segurando a Bola 8 Mágica.

— Estou feliz por você ainda estar aqui — falei.

Como ele não tinha rosto, não dava para identificar os sentimentos dele, mas a postura parecia triste e resignada.

— Você sabe o que aconteceu na Caverna de Trofônio. Você sabe que ele se foi.

Ele curvou o corpo, confirmando.

— Seu irmão me pediu para dizer que ama você. Que lamenta pelo destino que você teve. Eu também quero pedir desculpas. Quando você morreu, eu não atendi às súplicas de Trofônio para salvar você. Senti que vocês dois mereciam enfrentar as consequências daquele roubo. Mas foi... foi uma punição muito longa. Talvez longa demais.

O fantasma não respondeu. O corpo vacilou, como se o vento etéreo estivesse ficando mais forte, levando-o para longe.

— Se você quiser, quando eu recuperar minha condição de deus, vou visitar pessoalmente o Mundo Inferior. Vou pedir a Hades para deixar sua alma passar para os Campos Elísios.

Agamedes me ofereceu a Bola 8.

— Ah. — Peguei a esfera e a sacudi uma última vez. — Qual é seu desejo, Agamedes?

A resposta surgiu flutuando na água, um bloco denso de palavras na pequena face branca do dado: VOU PARA ONDE DEVO IR. VOU ENCONTRAR TROFÔNIO. CUIDEM UM DO OUTRO, COMO MEU IRMÃO E EU NÃO CONSEGUIMOS.

Ele soltou o parapeito da janela. O vento o levou, e Agamedes se dissolveu em partículas de pó iluminadas pela luz do sol.

O sol já estava alto quando me juntei a Meg McCaffrey no telhado da Estação Intermediária.

Ela usava o vestido verde que Sally Jackson lhe dera, assim como a legging amarela, agora remendada e limpa. Os tênis estavam livres da lama e do cocô. Dos lados do rosto, limpadores de cachimbo nas cores do arco-íris estavam entrelaçados no cabelo — sem dúvida um presente de despedida de Georgina.

— Como você está se sentindo? — perguntei.

Meg cruzou os braços e olhou para o canteiro de tomates de Hemiteia.

— Ah. Estou bem.

Com isso, acho que ela queria dizer: *Fiquei louca e cuspi profecias e quase morri. Como você pode fazer essa pergunta e esperar que eu não dê um soco em você?*

— E... qual é seu plano? — perguntei. — Por que o telhado? Se estamos procurando o Labirinto, não devíamos estar no térreo?

— Precisamos de um sátiro.

— É, mas... — Olhei ao redor. Não vi nenhum homem-bode saindo dos canteiros de Emmie. — Como você pretende...

— Shhh.

Ela se agachou ao lado dos tomates e tocou a terra. O chão soltou um barulho e começou a se erguer. Por um momento, tive medo de que um novo *karpos* pudesse surgir com olhos vermelhos brilhantes e um vocabulário que se resumia à palavra *Tomate!*

Em vez disso, as plantas se separaram. A terra pareceu se enrolar para revelar a forma de um jovem dormindo de lado. Ele parecia ter uns dezessete anos, talvez menos. Usava uma jaqueta preta sobre uma camiseta verde e uma calça jeans larga. Por cima do cabelo cacheado havia um gorro vermelho. Um cavanhaque desgrenhado enfeitava o queixo. Acima dos tênis, os tornozelos eram cobertos de pelo castanho denso. Ou aquele jovem gostava de meias que pareciam tapetes peludos ou era um sátiro se passando por humano.

Ele não me era estranho. Então reparei no que ele aninhava nos braços: um saco de papel do restaurante Enchiladas del Rey. Ah, sim. O sátiro que gostava de *enchiladas*. Fazia alguns anos, mas eu me lembrava dele agora.

Eu me virei para Meg, impressionado.

— Esse é um dos sátiros mais *importantes*, um Senhor da Natureza, na verdade. Como você o encontrou?

Ela deu de ombros.

— Só procurei o sátiro certo. Acho que é ele.

O sátiro acordou com um susto.

— Eu não comi! — gritou ele. — Eu só estava... — Ele piscou e se sentou, terra deslizando da cabeça. — Espere... aqui não é Palm Springs. Onde eu estou?

Sorri.

— Oi, Grover Underwood. Sou Apolo. Essa é Meg. E você, meu amigo de sorte, foi convocado para nos guiar pelo Labirinto.

# GUIA PARA ENTENDER APOLO

**Acampamento Meio-Sangue** — campo de treinamento para semideuses gregos localizado em Long Island, Nova York

**Acampamento Júpiter** — campo de treinamento para semideuses romanos localizado entre as Oakland Hills e as Berkeley Hills, na Califórnia

**Agamedes** — filho do rei Ergino; meio-irmão de Trofônio, que o decapitou para evitar sua identificação depois do roubo do tesouro do rei Hirieu

**amazona** — integrante de uma tribo de mulheres guerreiras

**anfiteatro** — construção oval ou circular a céu aberto usada para apresentações e eventos esportivos. Os assentos da plateia eram construídos em semicírculo ao redor do palco

**ânfora** — jarro de cerâmica usado para guardar vinho

**Ares** — deus grego da guerra; filho de Zeus e Hera e meio-irmão de Atena

**Ártemis** — deusa grega da caça e da lua; filha de Zeus e Leto e irmã gêmea de Apolo

**Asclépio** — deus da medicina; filho de Apolo. Seu templo era o centro médico da Grécia Antiga

**Atena** — deusa grega da sabedoria

**ateniense** — relativo à cidade de Atenas, Grécia

**Atlas** — um titã. Pai de Calipso e de Zoë Doce-Amarga. Foi condenado a segurar o céu por toda eternidade depois da guerra entre os titãs e os olimpianos

Tentou, sem sucesso, enganar Hércules para que tomasse seu lugar para sempre, mas Hércules também o enganou

**Bizâncio** — antiga colônia grega que depois se tornou Constantinopla (agora Istambul)

*blemmyae* — tribo de pessoas sem cabeça com o rosto no peito

**Bosque de Dodona** — local de um dos oráculos gregos mais antigos, posterior apenas ao Oráculo de Delfos. O movimento das folhas das árvores no bosque oferecia respostas a sacerdotes e sacerdotisas que o visitavam

**Britomártis** — deusa grega das redes de caça e de pescaria. Seu animal sagrado é o grifo

**Bruta Crispina** — imperatriz romana de 178 a 191 d.C. Casou-se com o futuro imperador romano Cômodo quando tinha dezesseis anos. Depois de dez anos de casamento, foi banida para Capri por adultério e depois morta

**Caçadoras de Ártemis** — grupo de donzelas leais à deusa Ártemis. São abençoadas com juventude eterna e habilidades de caça enquanto rejeitarem homens

**caduceu** — símbolo tradicional de Hermes, com duas cobras enroladas em um cajado, muitas vezes alado

**Calíope** — musa da poesia épica; teve vários filhos, inclusive Orfeu

**Calipso** — deusa ninfa da ilha mítica Ogígia; filha do titã Atlas. Ela deteve o herói Odisseu por muitos anos

**Campos Elísios** — paraíso para o qual os heróis gregos eram enviados quando os deuses lhes ofereciam imortalidade

**Campos de Punição** — parte do Mundo Inferior para onde as pessoas que foram más durante a vida são enviadas para expiarem seus crimes após a morte

**Caos Primordial** — a primeira coisa a existir no mundo; o abismo de onde as Parcas teciam o futuro; um vazio do qual os primeiros deuses foram criados

**Carmanor** — deus grego menor da colheita. Deidade local de Creta que se casou com Deméter. Juntos, eles tiveram um filho, Eubulo, que se tornou deus dos bandos suínos

**Caverna de Trofônio** — fenda profunda e lar do Oráculo de Trofônio

**centauro** — raça de criaturas metade homem, metade cavalo

**centícora** (*ver também* **yale**) — criatura feroz parecida com um antílope, com chifres grandes que giram em qualquer direção

**ciclope** — membro de uma raça primordial de gigantes que tem um único olho no meio da testa

**Cloacina** — deusa romana do sistema de esgoto

**Coliseu** — anfiteatro elíptico no centro de Roma, na Itália. Com capacidade para cinquenta mil espectadores sentados, o Coliseu era usado para competições entre gladiadores e para espetáculos públicos. Também chamado Anfiteatro Flaviano

*Colossus Neronis* **(Colosso de Nero)** — estátua enorme de bronze do imperador Nero. Mais tarde, foi transformada no deus-sol com a adição de uma coroa de raios

**Cômodo** — Lúcio Aurélio Cômodo era filho do imperador romano Marco Aurélio. Tornou-se coimperador aos dezesseis anos e imperador aos dezoito, quando o pai morreu. Governou de 177 a 192 d.C. e era megalomaníaco e cruel; considerava-se o Novo Hércules e gostava de matar animais e de lutar com gladiadores no Coliseu

**cretense** — relativo à ilha de Creta

**Cronos** — o mais jovem dos doze titãs; filho de Urano e Gaia e pai de Zeus. Matou o pai a pedido da mãe. Titã senhor da agricultura e das colheitas, da justiça e do tempo.

**dambe** — antiga forma de boxe, associado ao povo hauçá, do oeste da África

**Dafne** — linda náiade que atraiu a atenção de Apolo. Ela foi transformada em loureiro para fugir do deus

**Dédalo** — hábil artesão que criou o Labirinto em Creta onde o Minotauro (parte homem, parte touro) era mantido

**Delos** — ilha grega no mar Egeu, perto de Míconos; local de nascimento de Apolo

**Deméter** — deusa grega da agricultura; filha dos titãs Reia e Cronos

**Demofonte** — filho bebê do rei Celeu, que Deméter amamentou e tentou tornar imortal como ato de gentileza; irmão de Triptólemo

**Dioniso** — deus grego do vinho e da orgia; filho de Zeus

**Égide** — escudo usado por Thalia Grace, com a imagem aterrorizante da Medusa na frente; transforma-se em uma pulseira de prata quando ela não está usando

*elomiírán* — palavra iorubá para *outros*

**Eritreia** — ilha onde Sibila de Cumas, um interesse amoroso de Apolo, morava antes de ele convencê-la a partir com a promessa de uma vida longa

**Esparta** — cidade-estado da Grécia Antiga com domínio militar

**espata** — espada longa usada pelas unidades da cavalaria romana

**Estáfilo** — rei de Naxos, Grécia; semideus filho de Dioniso; pai de Hemiteia e Parteno

**Estige** — ninfa da água poderosa; filha mais velha do titã do mar, Oceano. Deusa do rio mais importante do Mundo Inferior. Deusa do ódio. O Rio Estige foi batizado em homenagem a ela.

**Eubulo** — filho de Deméter e Carmanor; deus grego dos bandos suínos

**Festas dionisíacas** — comemoração que acontecia em Atenas, Grécia, para homenagear o deus Dioniso. Os eventos principais eram apresentações teatrais

**Flavianos** — os Flavianos foram uma dinastia imperial que governou o império romano entre 69 e 96 d.C.

**fogo grego** — arma incendiária muito usada em batalhas navais porque continua a queimar mesmo na água

**Gaia** — deusa grega da terra; esposa de Urano; mãe dos titãs, gigantes, ciclopes e outros monstros

**Ganimedes** — herói divino de Troia que Zeus abduziu para trabalhar como seu copeiro no Olimpo

**germânicos** — povo de uma tribo que vivia a oeste do Rio Reno

**gidigbo** — forma de luta que envolve dar cabeçadas, dos iorubás da Nigéria, África

***gloutos*** — grego para *nádegas*

**górgonas** — três irmãs monstruosas (Esteno, Euríale e Medusa) cujos cabelos eram serpentes vivas venenosas; os olhos de Medusa podem transformar em pedra aqueles que a encaram

**grifo** — criatura alada com cabeça de águia e corpo de leão; animal sagrado de Britomártis

**Guerra dos Titãs** — batalha épica que durou dez anos entre os titãs e os olimpianos, que resultou na vitória dos olimpianos

**Guerra de Troia** — de acordo com as lendas, a Guerra de Troia foi declarada contra a cidade de Troia pelos *achaeans* (gregos), quando Páris, príncipe de Troia, roubou Helena de seu marido, Menelau, rei de Esparta

**Hades** — deus grego da morte e das riquezas. Senhor do Mundo Inferior

**harpia** — criatura fêmea alada que rouba objetos

**hauçá** — língua falada no norte da Nigéria e de Niger; também é o nome de um povo

**Hécate** — deusa da magia e das encruzilhadas

**Hefesto** — deus grego do fogo, do artesanato e dos ferreiros; filho de Zeus e Hera, casado com Afrodite

**Hemiteia** — filha adolescente do rei Estáfilo de Naxos. Irmã de Parteno. Apolo transformou as duas em divindades para salvá-las quando pularam de um penhasco para fugir da fúria do pai

**Hera** — deusa grega do casamento; esposa e irmã de Zeus. Madrasta de Apolo

**Héracles** — equivalente grego de Hércules, filho de Zeus e Alcmena. O mais forte de todos os mortais

**Hércules** — equivalente romano de Héracles; filho de Júpiter e Alcmena, que nasceu com grande força

**Hermes** — deus grego dos viajantes; guia dos espíritos dos mortos; deus da comunicação

**hipocampos** — criaturas metade cavalo e metade peixe

**icor** — fluido dourado que é o sangue dos deuses e imortais

**ìgboyà** — palavra iorubá para *confiança, ousadia, coragem*

**Ilha Three Mile** — usina nuclear perto de Harrisburg, Pensilvânia, onde, em 28 de março de 1979, houve uma falha parcial no reator número 2, deixando a população em estado de alerta

**iorubá** — um dos três maiores grupos étnicos da Nigéria, África; também a língua e a religião do povo iorubá

**Íris** — deusa grega do arco-íris e mensageira dos deuses

**Jacinto** — herói grego e amante de Apolo. Morreu enquanto tentava impressionar o deus com suas habilidades de lançamento de disco

**Júlio César** — político e general romano que se tornou ditador de Roma, pondo fim à república e construindo o Império Romano

**karpos (pl.: *karpoi*)** — espírito dos grãos

**Labirinto** — um labirinto subterrâneo construído originalmente na ilha de Creta pelo artesão Dédalo para aprisionar o Minotauro

**Leão de Nemeia** — leão enorme e cruel que atormentava a Nemeia, na Grécia. Sua pele era resistente a todas as armas humanas. Hércules o estrangulou

**Lete** — palavra grega para *esquecimento*. Nome de um rio no Mundo Inferior cujas águas provocam esquecimento. Nome de um espírito grego do esquecimento

**Leto** — mãe de Ártemis e Apolo junto com Zeus; deusa da maternidade

**Litierses** — filho do rei Midas. Ele desafiava pessoas em competições de colheita e decapitava os perdedores, ganhando o apelido de "Ceifeiro de Homens".

**livros sibilinos** — conjunto de profecias em versos rimados escritos em grego

**Marco Aurélio** — imperador romano de 161 a 180 d.C. Pai de Cômodo. Considerado o último dos "Cinco Bons Imperadores"

**Marsias** — um sátiro que perdeu para Apolo após desafiá-lo em um concurso de música. Foi esfolado vivo como punição

**Midas** — rei com poder de transformar tudo que tocasse em ouro; pai de Litierses. Ele escolheu Marsias como vencedor do concurso de música entre Apolo e Marsias, o que fez com que Apolo o amaldiçoasse com orelhas de asno

**Minotauro** — filho de Minos de Creta, tinha cabeça de touro e corpo de homem. O Minotauro ficava no Labirinto e matava as pessoas que eram enviadas para lá. Foi finalmente derrotado por Teseu

**Mnemosine** — deusa titã da memória; filha de Urano e Gaia

**Monte Olimpo** — lar dos doze olimpianos

**Monte Otris** — montanha na Grécia central. Base dos titãs durante a guerra de dez anos entre os titãs e os olimpianos

**Mundo Inferior** — reino dos mortos, para onde as almas vão pela eternidade; governado por Hades

*myrmeko* — criatura gigantesca similar a uma formiga que envenena e paralisa a presa antes de comê-la; conhecida por proteger vários metais, particularmente o ouro

**Narciso** — caçador conhecido pela beleza; filho do deus do rio Cefiso e da ninfa Liríope. Era vaidoso, arrogante e desdenhava de seus admiradores. Apaixonou-se pelo próprio reflexo. Narciso também era o nome do treinador e parceiro de lutas de Cômodo, que afogou o imperador na banheira. Eram dois Narcisos diferentes.

**Nero** — imperador romano de 54 a 68 d.C. Mandou matar a mãe e a primeira esposa. Muitos acreditam que foi o responsável por iniciar um incêndio que destruiu Roma, mas culpou os cristãos, que queimava em cruzes. Ele construiu um palácio novo e extravagante na área destruída e perdeu apoio quando os gastos da construção o obrigaram a aumentar os impostos. Cometeu suicídio

**Nove Musas** — deusas gregas da literatura, ciências e artes que inspiraram artistas e escritores durante séculos

**ninfa** — deidade feminina que dá vitalidade à natureza

**Oceano** — filho mais velho de Urano e Gaia; deus titã do mar

**Ogígia** — ilha mágica que é o lar e a prisão de Calipso

**ouro imperial** — metal raro letal para monstros, consagrado no Panteão; sua existência era um segredo muito bem guardado dos imperadores

**Oráculo de Delfos** — porta-voz das profecias de Apolo

**Oráculo de Trofônio** — um grego que foi transformado em oráculo após sua morte; localizado na Caverna de Trofônio; famoso por aterrorizar todos os que o procuravam

**Órion** — caçador gigante que foi o ajudante mais leal e estimado de Ártemis até ser morto por um escorpião

**Pã** — deus grego da natureza; filho de Hermes

**Parteno** — filha adolescente do rei Estáfilo, de Naxos; irmã de Hemiteia. Apolo a transformou, junto com a irmã, em divindades, para salvá-las quando pularam de um penhasco para fugir da fúria do pai

**Peloponeso** — grande península e região geográfica no sul da Grécia, separada da parte norte do país pelo Golfo de Corinto

**Pequeno Tibre** — a barreira do Acampamento Júpiter

**Perséfone** — rainha grega do Mundo Inferior; esposa de Hades; filha de Zeus e Deméter

**Píton** — serpente monstruosa que Gaia designou para proteger o Oráculo de Delfos

*podex* — ânus em latim

**Portas da Morte** — portal para a Casa de Hades localizado no Tártaro. As portas têm dois lados: um no mundo mortal, o outro no Mundo Inferior

**Poseidon** — deus grego do mar; filho dos titãs Cronos e Reia, irmão de Zeus e Hades

**Potina** — deusa romana das crianças, que cuida do que elas bebem

**pretor** — pessoa eleita para magistrado e comandante do exército romano *princeps* — príncipe de Roma; os primeiros imperadores usavam esse título

**Raposa de Têumessa** — raposa gigantesca enviada pelos deuses para destruir a cidade de Tebas em punição por um crime. O animal foi criado para nunca ser capturado

**Rio Estige** — rio que forma a fronteira entre a Terra e o Mundo Inferior

**Rio Tibre** — o terceiro rio mais longo da Itália. Roma foi fundada às suas margens. Na Roma antiga, os criminosos executados eram jogados no rio

**sátiro** — deus grego da floresta, parte bode e parte homem

**Serpente Cartaginense** — cobra de 36 metros que surgiu no rio Bagrada, no norte da África, para enfrentar o general romano Marco Atílio Régulo e suas tropas durante a Primeira Guerra Púnica

**Sibila** — uma profetisa

**Subura** — área da cidade de Roma cheia de gente de classe mais baixa

**Quíron** — centauro; diretor de atividades do Acampamento Meio-Sangue

*quíton* — traje grego; peça de linho ou lã sem mangas, presa no ombro por broches e na cintura por um cinto

**Tântalo** — rei que serviu aos deuses um ensopado feito dos próprios filhos. Foi enviado para o Mundo Inferior, onde sua maldição foi ficar preso em um lago sob uma árvore frutífera, mas sem jamais poder beber água nem comer as frutas

**Tártaro** — marido de Gaia; espírito do abismo; pai dos gigantes. É também uma região no Mundo Inferior

**titãs** — raça de deidades gregas poderosas, descendentes de Gaia e Urano, que governaram durante a Era de Ouro e foram derrubados por uma raça de deuses mais jovens, os olimpianos

**touro etíope** — touro africano gigante e agressivo cuja couraça vermelha é resistente a todas as armas de metal

**Três Parcas** — mesmo antes de existirem os deuses, havia as Parcas: Cloto, a que tece o fio da vida; Láquesis, a que determina o comprimento da linha; e Átropos, a que corta o fio e decide quando uma vida chega ao fim

**Triptólemo** — filho do rei Celeu e irmão de Demofonte. Favorito de Deméter, ele se tornou o inventor do arado e da agricultura

**trirreme** — antigo navio de guerra grego ou romano com três fileiras de remo de cada lado

**triunvirato** — aliança política formada entre três indivíduos

**Trofônio** — semideus filho de Apolo, criador do templo de Apolo em Delfos e espírito do Oráculo das Sombras. Ele decapitou o meio-irmão Agamedes para que não o identificassem depois do roubo do tesouro do rei Hirieu.

**Troia** — cidade romana situada na Turquia dos dias atuais; local da Guerra de Troia

**Trono da Memória** — Mnemosine entalhou essa cadeira, na qual um requerente se sentava depois de visitar a Caverna de Trofônio e receber os trechos de versos do Oráculo. Quando se sentava na cadeira, o requerente repetia os versos, os sacerdotes anotavam, e eles se tornavam a profecia

**Urano** — personificação grega do céu; marido de Gaia e pai dos titãs

**Via Ápia** — uma das primeiras e mais importantes estradas da antiga república romana. Depois que o exército romano controlou a revolta liderada por Spartacus em 73 a.C., eles crucificaram mais de seis mil escravos e ocuparam duzentos e dez quilômetros de beira de estrada com seus corpos.

**yale** (*ver também* **centícora**) — criatura feroz parecida com um antílope, com chifres grandes que giram em qualquer direção

**Zeus** — deus grego do céu e rei dos deuses

**Zoë Doce-Amarga** — filha de Atlas que foi exilada e depois entrou para as Caçadoras de Ártemis, tornando-se sua leal tenente

www.intrinseca.com.br

| | |
|---:|:---|
| *1ª edição* | MAIO DE 2017 |
| *impressão* | JUNHO DE 2024 |
| *reimpressão* | BARTIRA |
| *papel de miolo* | PÓLEN NATURAL 70 G/M² |
| *papel de capa* | CARTÃO SUPREMO ALTA ALVURA 250 G/M² |
| *tipografia* | ADOBE CASLON PRO |